# 逾越

## 非裔美国文学与文化批评

启真馆 出品

启真学术文库
QIZHEN

# 逾越

## 非裔美国文学与文化批评

Transgression:

Towards

a Critical Study of

African American

Literature and

Culture

ZHEJIANG UNIVERSITY PRESS
浙江大学出版社

# 目　录

# 序一　读李有成《逾越：非裔美国文学与文化批评》

郑树森[*]

美国黑人文学以自传为滥觞。2013 年由英国黑人导演史蒂夫·麦奎因（Steve McQueen）搬上大银幕而荣获 2014 年奥斯卡金像奖最佳影片的《为奴十二载》（*12 Years a Slave*），所罗门·诺瑟普（Solomon Northup）的原著也是自传。原著 1853 年出版后备受瞩目，主要是传主经验有别于其他同类型自述，他在出生时就是自由人，因此通文墨识音律，后不幸受骗才被卖为奴；另一方面，此书文字也相对清通，学界之外的兴趣自然较大。故在埋没超过一个世纪之后，1968 年的考证批注本一直读者不绝，至今仍在大学相关课程流通，近年更有五种有声书发行。

美国南北内战（1861—1865）前就冒现的黑奴自述都涉及识字脱盲，其中当然以弗雷德里克·道格拉斯（Frederick Douglass, 1817—1895）的《美国奴隶道格拉斯自撰生平叙述》[1]（*Narrative of the Life of Frederick Douglass, an American Slave. Written by Himself*, 1845 年初版）

---

* 郑树森，美国圣地亚哥加州大学荣休教授、香港科技大学荣休教授、岭南大学特聘教授。
[1]　编注：生活·读书·新知三联书店于 1988 年引入过此书，译名为《道格拉斯自述》，译者为李文俊。

最为有名，这当然和道格拉斯脱盲后逐步争取得来的社会、政治成就有关。这本自述的剖析见李有成本书《逾越：非裔美国文学与文化批评》之第一部分；李文俊先生根据 1960 年哈佛大学出版社校订本中译之 1988 年北京三联版书末另附《致老主人的信》等。

然而，在当时历史时空限制下，道格拉斯脱盲后的学习对象自然是主流白人基督文化。及至 20 世纪 60 年代，激进派黑人运动崛起后，他不免成为批判对象，招来向白人鹦鹉学舌之讥，其中以《马尔孔·X 自传》之传主 Malcolm X 最为尖锐。1925 年在内布拉斯加州出生的黑白混血儿马尔孔，原来姓利特尔（Little），自幼就因受歧视而充满仇恨，长大后在纽约市混帮派不务正业，终被判入狱。马尔孔在狱中皈依伊斯兰教，追随在美国创立"伊斯兰民族"（Nation of Islam）、自称伊利贾·穆罕默德（Elijah Muhammad, 1897—1975；原名 Elijah Robert Poole）的黑人民族独立自主重建论之教主，并极受重用。马尔孔·X 拥抱"伊斯兰民族"倡议的黑人优越论，更因此认定黑人理应与白人分隔，对马丁·路德·金牧师（Martin Luther King, Jr., 1929—1968）领导之民权运动嗤之以鼻，甚至视其为白人指使之黑人奸细、走狗。马尔孔·X 后因内斗而脱离"伊斯兰民族"，另行皈依逊尼派，又自立门户。1965 年他因此被疑受"伊斯兰民族"指使之杀手枪杀。同年迅速付梓之《马尔孔·X 自传》（*The Autobiography of Malcolm X*）马上成为英语世界的畅销书，其后 10 年左右全球销量超过 600 万册（这本《自传》的析论见李有成本书第一部分）。

美国黑人导演斯派克·李（Spike Lee）1992 年推出的马尔孔·X 传记电影（片长 202 分钟；中译作《黑潮》），在共和党执政十多年后，让新一代的美国黑人认识这位备受争议的黑人领袖，再次使《马尔孔·X 自传》登上畅销书榜。及至 2011 年入围美国国家图书奖（2012 年获普利策奖）的《马尔孔·X 传记》（*Malcolm X: A Life of Reinvention*）出版（海峡两岸据说都购下此书版权，但似未见刊行，现暂译《马尔孔·X

的百变人生》），又在新世纪重燃美国文化界对这位传奇人物的兴趣，尤其是书中爆炸性的发现，包括马尔孔·X年轻时曾与白人雇主有过同志关系，并大大夸张个人犯罪纪录。

这本传记的作者曼宁·马拉布尔（Manning Marable, 1950—2011）去世前为哥伦比亚大学美国非裔研究（African American Studies）讲座教授，也是该校美国非裔研究课程之创办人及当代黑人历史研究中心主持人，与曾任美国现代语文学会（Modern Language Association）会长、《美国文学》（*American Literature*）季刊主编的评论家休斯顿·贝克（Houston A. Baker, Jr）是朋友（贝克的理论及专访分见本书第二部分及附录），和曾获51个荣誉博士学位的哈佛大学非裔讲座教授亨利·刘易斯·盖茨（Henry Louis Gates, Jr.）也是旧识。因此马拉布尔的《马尔孔·X传记》推出后，两位学者的推崇自不在话下。不过，一本各方交相赞誉的传记不免树大招风，何况写的是争议极大的当代人物。

果不其然，2012年就出现一本名为《百变谎言：反驳曼宁·马拉布尔的马尔孔·X传记》（*A Lie of Reinvention: Correcting Manning Marable's Malcolm X*）之文章合集，就史实、脉络、诠释等几方面批判马拉布尔辛苦二十年的力作。由于文章作者均为黑人学者及民权运动人物，可见在去世近半个世纪后，马尔孔·X仍是他生前不断转变的身份、持续矛盾的论点所无法落实的一个"传说"，由读者/用者在不同时空填补、运用、重新想象。

在一众读者中，最有名的应是2009年就任美国总统的巴拉克·侯赛因·奥巴马（Barack Hussein Obama）。在1995年初版的自传《我父亲的梦想：一个种族与传承的故事》（*Dreams from My Father: A Story of Race and Inheritance*；中文简体字版迟至2009年才由上海译文出版社推出；繁体字版书名《欧巴马的梦想之路——以父之名》则于2008年由台北时报文化出版），奥巴马特别提到年轻时受困于身份及认同之际，《马尔孔·X自传》给他留下了深刻的印象，吸引他的正是马尔孔·X "不断创造自己"的能耐。奥巴马又忆述，马尔孔·X展现的火爆文采、森严纪律、超人意志，对他影响深远。

另一方面，奥巴马之所以成为马尔孔·X的隔代知音，也许自有其心理因素。说到底，两人均是黑白混血，都在父亲缺席下成长，而以动人心弦的演说来鼓动群众，更是两人的共同天赋。在自传里，奥巴马也提及詹姆斯·鲍德温（James Baldwin, 1924—1987）在1955年出版的名作《乡土之子手札》（*Notes of a Native Son*），但印象一般。这也许是因为《乡土之子手札》虽由出版商以自传推销，但其实没有结构严密的故事，而是11篇在不同刊物发表过的文章合集。这本书的内容虽以成长经验之黑白矛盾为核心，但也有批判深化黑人刻板形象的小说及电影之评论，另以欧游中另类黑白互动来与美国对比。鲍德温虽一度被视为民权运动铿锵有力的发言人，但他对美国种族矛盾的消弭向不乐观，终更因为双重疏离（黑色少数及更少数的同志性向）而长居巴黎（对鲍德温这本名著的解剖见李有成本书第一部分）。

在鲍德温的自我流放和马尔孔·X的全面反叛之间，奥巴马拥抱的是体制内的改革，因此也注定他必然是位乐观主义者。文采得多位名家赞赏（包括诺贝尔文学奖得主、美国黑人女小说家托妮·莫里森[Toni Morrison]）的自传在1995年问世后，成为奥巴马进入地方政坛的敲门砖。2004年7月，奥巴马在民主党全国代表大会上发表全会主题演讲，一鸣惊人，成为民主党新星，进入全美视野。8月马上重新发行这部自传，附录这篇洋溢希望和期望的讲词，竞逐美国参议院空缺，并在年底以极大比数胜出，成为南北内战后第三位当选参议员的美国非裔。2006年，这篇讲词又铺陈成《无畏的希望：重拾美国梦》（*The Audacity of Hope: Thoughts on Reclaiming the American Dream*；中译繁体字版书名《欧巴马勇往直前》，2008年由台北商周出版；简体字版由北京法律出版社于2009年推出），成为2008年年底奥巴马当选总统的奠基石。因此，奥巴马创造的历史不单是第一位非裔美国总统，更是第一位凭借书写文字和口头演说跃登大位的美国政治人物。

由道格拉斯 1845 年的自传到奥巴马 1995 年的自传，150 年间黑人的奋斗，无不是以自我书写来见证白种文化里的黑色挣扎。但其实这种叙述自主也不见得是必然的。例如哈丽叶特·比切·斯陀夫人（Harriet Beecher Stowe, 1811—1896）出版于 1852 年、影响深远的《汤姆大伯的小屋》（*Uncle Tom's Cabin; or, Life among the Lowly*；林纾 1901 年的中译本《黑奴吁天录》应是首部美国小说之汉译），普利策奖得主威廉·斯泰伦（William Styron, 1925—2006）在 1967 年出版的《纳特·透纳的自白》（*The Confessions of Nat Turner*），虽都声称是小说，却也被不少黑人论者及作家视为白人抢掠黑人经验、剥夺黑人自我发声的作品。

黑人文学在美国文学与文化中虽非大主流，但与主流长期共生、互动、博弈，绝对不容忽视；而在黑人文学中，又以自传最为突出，既是个人回顾，又是集体发声。遗憾的是，在华文世界，介绍和研究黑人文学的学者，至为罕见。台湾"中央研究院"欧美研究所特聘研究员李有成教授堪称是凤毛麟角，成就不单独步华语学界，更备受国际推崇。《逾越：非裔美国文学与文化批评》绝对是一面里程碑。

# 序二　逾越与开创——序李有成教授《逾越：非裔美国文学与文化批评》

单德兴<sup>*</sup>

李有成教授的专著《逾越：非裔美国文学与文化批评》由浙江大学出版社发行简体字增订版，与更广大的华文世界学者与读者分享研究心得，是海峡两岸外文学界学术交流的一桩美事，十分值得肯定。李先生在非裔美国文学与文化研究方面的论述与贡献自有学者专家加以评论。本人忝为多年同窗及同事，谨就个人长久的观察与认知提供相关背景说明，希望有助于读者收读书、知人、论世之效，并对外文学门在华文世界的发展与脉络有一更宏观的认识与了解。

我与李先生于 1976 年 9 月相识于台湾大学外文研究所，其后（英美文学）硕士班 4 年、（比较文学）博士班 6 年同学，除了选修的第二外国语不同之外，其他课程几乎完全相同，在台湾地区的外国文学研究的养成教育中，有如此相同背景者甚为罕见。我于 1983 年进入"中央研究院"美国文化研究所（1991 年易名为欧美研究所）任职时，他已进所服务六载，一直同事至今。换言之，两人十年同窗、三十余年同事，长期问学，相互砥砺，共同成长，缘分匪浅，对于彼此的性情

---

\* 单德兴，"中央研究院"欧美研究所特聘研究员、岭南大学翻译系兼任人文学特聘教授。

趣味、学术轨迹与人生关怀都有深入的观察与清楚的认识，趁增订版出版之际，谨为读者介绍这位来自台湾的重量级学者与作家。

任何学科流传出去，都往往以源始地马首是瞻，以主流的价值与内容为核心，台湾地区的外文学门也不例外。在大学本科有限的时程中，光是教导外国主流的文学作家与作品都嫌不足，遑论非主流的作家与作品。即使到了研究所的阶段，学风较开放，触角较敏锐，眼界较宽广，课程较专精，但这种情形依然存在，直到晚近才逐渐改观，研究与教学益形多元化，提供学子更多的选择。以20世纪七八十年代为例，记得在研究所十年间，我们接触到的唯一非裔美国文学文本就是朱炎老师"现代美国小说专题研究"课程中所讲授的艾利森（Ralph Ellison, 1914—1994）的《隐形人》（*Invisible Man*）[1]，足证当时台湾地区外文学风之闭塞。

然而在知识尚未那么开通的年代，李先生到台湾师范大学就读之前，于马来西亚便已接触到非裔美国文学，在编辑华文期刊《蕉风》时更热衷于引介欧美现代文学，引发新、马文坛的震撼，至今依然为人津津乐道。他对非裔美国文学的喜好，从求学时行囊中仅带的一本英文书就是鲍德温（James Baldwin, 1924—1987）的《下回是火》（*The Fire Next Time*）便可看出。他所就读的台湾师范大学英语系在台湾地区是英语教育的领头羊，是大学联考时众多考生的前三志愿，他在那里接受正统的英语语文与英美文学教育，受教于余光中、齐邦媛、李达三（John Deeney）、周英雄、滕以鲁等老师，打下扎实的英语与文学基础。我们这一代在台就读大学时，正值颜元叔老师等人大力引介新批评（New Criticism），英文系的教材与教法深受其影响，不再从事于历史的概述（historical survey），而专注于文本，产生了典范转移（paradigm shift）的效应。受到新批评洗礼的我们对其主张耳熟能详，

---

[1] 编注：此书简体中文译名为《看不见的人》或《无形人》。

加以仿效，一方面体认到这种批评理论与方法是阅读与分析中、外文学作品的利器，但也隐约对其强调文学的自主性（autonomy）、完全不涉及作者与作品的历史与背景的主张起疑。自硕士班时代起，李先生便钻研理论，如数家珍，也能看出各自的优劣。同学们对他吸收与综合的能力印象深刻，任课的中、外籍老师也迭有佳评，深深期许。回溯他的多年学思历程便会发现他独具慧眼，研究创新，每每开风气之先，并且具有连续性与累积性的发展。

此处粗略以十年为一期，略述李先生的学思历程。他在 20 世纪 70 年代撰写的硕士论文《索尔·贝娄早期小说中的神话研究》（"Saul Bellow's Early Fiction: A Mythopoeic Study"）研究对象是犹太裔美国小说家贝娄（Saul Bellow, 1915—2005）。当时贝娄甫获诺贝尔文学奖，但在华文世界研究犹太裔美国文学者仍属少数，以其作为学位论文者更少，但李先生便有此胆识接触这个新领域，并以神话批评（Myth Criticism）的角度切入，超越了原先的新批评的视野，写出了优异的硕士论文。到了 20 世纪 80 年代进入比较文学博士班时，他的研究领域更为开阔，钻研中西文学与理论，对于文类学与自传研究着力尤深，曾以文类学的角度研究王文兴的小说，论文《〈家变〉与文类成规》为这段期间的代表作，发表后普受瞩目，2013 年分别被收入《台湾现当代作家研究资料汇编 48 王文兴》与《慢读王文兴》七册丛书的第一册《嘲讽与逆变——〈家变〉专论》，足证此文已成为"王学"的一部分。他的博士论文《自传主体的呈现：描述、叙述、论述》（"Textualising the Autobiographical Subject: Description, Narrative, Discourse"）专注于当时新兴的自传研究，曾专章讨论集非裔美国人权主义者、社会运动家与作家于一身的马尔孔·X（Malcolm X, 1925—1965）的自传，即使放诸当时的英文世界，类似研究也不多见。其有关自传的论述也为历史学家所参考、引用。到了 20 世纪 90 年代，挟着研究非裔美国文学与文化研究的心得，他的研究领域又延伸到深受黑人民权运动与文化表现所影响的华裔美国文学，对于第五代华裔美国作家赵健秀（Frank Chin, 1940— ）的研究尤深，并且透过"中央研究院"欧美研究所相关的国内与国际研讨会、论文集及期刊，带动了华文世界的华裔美国文学的研究风气。自从新千禧年以来，他的研究领域扩及当代英国小说，除了撰写论文，并借由在两所母校的研究所授课启迪后进，指导博士论文，因此在台湾地区研究当代英国小说的年轻学者大抵出自他的门下。近年来，他综合个人切身经验与多年研究心得，集中心力于他者（the other）与离散（diaspora）等议题，先后出版《他者》与《离散》两本专著，目前正在整理此三部曲的最后一部，出版后当能让人见其全貌，嘉惠华文世界。由以上简述可知，李先生多年来以自己的专长与学术敏感，积极突破，一再逾越固有的学术疆域，不仅个人在研究上屡创新意，拓展学术领域，而且借由会议、出版、教学与演讲，带动华文世界相关风气，实为具有开创性、累积性与启迪性的学者。

李先生多次前往欧美著名学府进行长、短期研究，出席国际会议，与各国学者专家交换心得，就非裔美国研究而言，便曾问学于盖茨（Henry Louis Gates, Jr.）、贝克（Houston A. Baker, Jr.）、迪亚瓦拉（Manthia Diawara）等名家。《逾越》一书便是李先生多年从事非裔美国文学批评与文化研究的集大成之作，在此一学术领域具有开疆辟土的意义，是台湾地区出版的第一本非裔美国研究专著，具有里程碑的意义。此次为了出版简体字版，更增添了几篇论文，实为他个人至今为止在此一研究领域最周全且具代表性的呈现。

全书分为三部分，第一部分主要是作者钻研经年的自传研究，着重于跨越不同世纪的代表性黑人自传文本的研究，前四篇分别探讨 19 世纪道格拉斯（Frederick Douglas, 1818—1895）的非裔美国自传经典《道格拉斯自撰生平叙述》（*Narrative of the Life of Frederick Douglass, an American Slave. Written by Himself*），尤其如何借由读书、识字与书写达到自我成长、超越与解放；20 世纪前段黑人作家鲍德温的自传行为，深入剖析此一行为的性质、意义、所设定的读者与作用；黑人民权领袖马尔孔·X与《根》（*Roots*）的作者哈里（Alex Haley, 1921—1992）合作的《马尔孔·X自传》（*The Autobiography of Malcolm X*）中所呈现的错综复杂的主体问题；出版于20世纪末（1995年）的非裔美国文学与文化批评家、哈佛大学教授盖茨的回忆录《有色人种》（*Colored People: A Memoir*）中所呈现的地理空间，相关限制以及为何与如何逾越。四篇论文均透过理论的烛照与文本的解读，呈现这些黑人自传如何现身说法，深刻表达了非裔美国人在结构性的种族歧视下所遭遇的不公不义，以及他们如何借由自我培力（self-empowerment）来为个人与族群争取公理正义，寻求解放。第五篇处理的虽非自传，但也与传记有关，主要讨论盖茨对八位不同行业的非裔美国精英的侧写（profiles），在主题上颇能呼应上述四篇论文的重要关怀。

第二部分则从宏观的非裔美国文学史与文化史的视野切入，针对具有代表性且亲炙过的批评家（盖茨与贝克）、文化运动（哈林文艺复兴）、文学现象（口述文学）、文化研究（非裔美国表现文化的考古）以及文学批评（蓝调解放）进行后设批评（meta-criticism），从盘根错节的文学与文化现象中抽丝剥茧，理出头绪，进而提供个人的洞识。

第三部分探讨的是具有普遍性的文化与社会议题，如美国学院中的文化论战以及盖茨的介入，黑人（文化）研究与现实社会的相关性（relevancy），1992年洛杉矶暴动所呈现的族裔处境、恐惧生态及其视觉再现，以及非裔美国女批评家胡克斯（bell hooks）眼中的消费资本主义对非裔美国人的剥削与迫害，并点出阶级于其中的关键角色。

至于附录一则为他与非裔美国文学与文化批评家贝克的深度访谈。两人为多年好友，拥有共同的兴趣与关怀，借由一问一答的对话自然流露出学养与风采，不仅呈现了受访者的学思历程与重要观点，人生关怀与政治倾向，也展示了主访者的学术关切与人文思想，在问答间再现了东西两位学者与知识分子的眼界与胸怀，是华文世界中难得一见的深入学术访谈。附录二则从身兼开拓者／参与者／观察者的多重视角，论述台湾地区的非裔美国研究，现身说法，鞭辟入里，立论公允，提出不少洞见与反思，值得华人世界其他地区的读者参考。

本简体字版新增的部分除了附录二之外，就是上文提到的四篇有关统领非裔美国文学与文化研究风骚的盖茨的论文，依其性质分置于不同部分，一方面强化了各部分的内容，另一方面若集中阅读这四篇，综观盖茨的自传作品、人物侧写、文学批评与文化研究，也如同阅读有关这位非裔美国文学与文化大师的小书，有兴趣的读者不妨一试。

李先生早先从事文学创作，于 20 世纪 60 代末、70 年代初便在马来西亚编辑文学期刊并出版诗集。80 年代转向学术研究后，好学深思，勤于论述，在文学与文化理论方面已出版《文学的多元文化轨迹》（2005）、《在理论的年代》（2006）、《文学的复音变奏》（2006）、《逾越：非裔美国文学与文化批评》（2007）、《他者》（2012）、《离散》（2013）等专著，学养扎实，剖析深入，屡有创见，发人深省。他主编的《帝国主义与文学生产》（1996）与合编的《在文学研究与文化研究之间》（2006）、《管见之外：影像文化与文学研究》（2010）、《离散与家国想象：文学与文化研究集稿》（2010）、《生命书写》（2010）等书，每每针对重要议题邀集华文世界的学者多方探讨，深入剖析，出版后均广受瞩目，甚至为其他学门学者所参考。由于他的优异学术成就与贡献，曾两度获颁"国科会"外文学门杰出研究奖。近十年他重拾文学创作之笔，出版诗集《时间》（2006）与知性散文集《在甘地铜像前：我的伦敦札记》（2008），诗作入选台湾地区年度诗选，并与新、马文坛再续前缘，屡有诗作、散文、论述、访谈发表，逐渐进入另一个文学创作的高峰期，令人期待。

综览本书我们便可发现底下几项特色。首先，由前文所述可知作者的眼界宽广，研究范围多元繁复，从单一文本到文学运动、文化现象、族裔理论、阶级处境、社会现况……无一不是探讨的对象，也提出相应的解析。其次，作者的研究有机地融合了文本、历史、社会与理论，将对文字的敏感与文本的解读落实于具体的历史与脉络，进而予以理论的观照，从具体的文本与历史中淬炼出抽象而普遍的洞见，故其启发不限于非裔美国研究，也扩及其他方面，如华裔美国文学与文化研究。再者，作者的诗人与散文作家的性情，使其敏于世事，感悟人生，笔锋带有感情，配合有条有理的分析，往往能引入时事与个人情感，却不流于滥情伤感，所呈现的不是硬邦邦、死板板的论文，而让人能感受到字里行间的温情与关怀，以及后殖民论述大师、公共知识分子萨义德（Edward W. Said, 1935—2003）所谓的现世性（worldliness），殊为难得。第四，与此密切相关的就是其作品的社会性以及重视学院与社会之间的关系。学者固然闭门阅读文本、从事研究、进行写作，但并不只为了个人的知识探求、满足一己的好奇心，往往有其现实的关怀，以期与置身其中的社会联系。身为外文学者与比较文学学者更是异文学与异文化之间的中介者，借由深入研究与了解一些错综复杂的外国文学与文化现象，厘清其中的来龙去脉、利弊得失，不仅以异国的文化、历史与经验增广见闻，并期盼达到切磋攻错与交流互动的效果。

身为文学学者与人文主义者，这些最终都回归到文学的本质与功能等基本问题。正如李先生在自序中语重心长地指出："文学的功能不止是为了陶冶性情，变化气质，或者点缀性地为某些人增添若干人文素养而已。"他在其他著作中多次强调文学的淑世功能。换言之，文学不是风花雪月，更非无病呻吟，而是借由文字记录、铭刻与再现世间种种现象，透过所呈现的悲欢离合、人间百态，让人更能敏于觉知芸芸众生的处境，有感于其中的不公不义与积极奋斗，洞悉人性的幽微与光辉，以迈向更公义、合理、平等、互利的永续社会。就是这种对于文学的淑世功能的坚定信念，使得李先生多年坚持学术岗位，纵已接近从心所欲之年，依然勤于笔耕，在众多研究领域的前沿进行探索，继续不断逾越，开创新局。

因此，《逾越》一书简体字增订版的出版，能与更广大的华文世界读者结缘，让大家阅读到这位精读文学、钻研理论、关怀社会、重视历史与文化的资深学者的心血结晶，分享他多年有关非裔美国文学与文化的集大成之作，实为一件值得高度肯定的事。本人忝为李先生多年同窗、好友与同事，谨借此书出版之际，首度细数他的学思历程、研究贡献与人文志业，以示诚挚祝贺与全心推荐之意。

台北—伯克利—台北

2014 年 7 月至 9 月

# 自序

　　2006 年 6 月下旬，我第二次到京都。上一次是两年前，那时是应日本亚裔美国文学学会之邀；2006 年这一次是为了参加日本黑人研究学会的第 52 届年会。这个学会成立于 1954 年，是日本战后成立的许多学术团体之一，成立的初衷在于学习美国黑人追求社会公平正义的民主斗争，以抵拒为日本与邻近国家带来无数灾难的右翼民族主义与封建主义，是一个具有进步思想的学术团体。

　　我是应邀在该学会的年会发表主题演讲。当时学会的会长北岛义信教授与其同事山本伸教授都是我认识多年的朋友，我们有共同的学术兴趣，对许多事情看法相近，因此每次见面畅谈都非常愉快。那一年三月间，北岛与山本两位教授亲自到台北面邀，并商定演讲的大致范围。我最后选择以"亚洲化非裔美国研究"（"Asianising African American Studies"）为题，讨论在亚洲地区从事非裔美国研究的策略与意义。这是我们这些年来经常交换意见的一个议题，我想利用这个机会认真思考这个议题。我以日本战后中国现代文学学者和思想家竹内好在其文章《亚洲作为方法》（「方法としてのアジア」）中的若干观点为基础，申述如何在亚洲观察与了解非裔美国人社群的历史发展和文化生产。亚洲各国的历史进程与文化景观各有差异，将亚洲各国同质化为一个整体是很危险的事。不过诡异的是，亚洲许多国家和黑色美国却也具有共同的历史经验，那就是遭受白人强权殖民的痛苦经验。观察黑色美国，了解非裔美国人的政治、社会及文化生产，其实也是一种论述方法与策略，最终目的在于借此反省和检讨亚洲内部不同社会所面对的种种问题：社会不公、贫富不均、种族或族群歧视、性别压制、对人权与公民权的侵犯、对客工的剥削与奴役、对外籍配偶的歧视，等等。非裔美国人的历史经验血泪斑斑，类似的遭遇书不尽书；其实非裔美国人所面对的某些结构性问题至今并未完全消失。

更重要的是，我们能否想象一个立足于亚洲的非裔美国研究？一个后殖民的、亚洲的非裔美国研究会是什么面貌？非裔美国研究在跨越太平洋之后会发生什么变化？换言之，非裔美国研究要如何回应亚洲内部的诸多现象与问题？从这个角度看，《逾越：非裔美国文学与文化批评》可以说是一本反省的书。我虽然没有在这本书里直接回答上述的问题，但是全书若干章节所处理的议题与非裔美国人对这些议题的回应，对身处亚洲的我们其实不无参考价值与启发意义。这也正是如何视非裔美国研究为方法与策略的思考重点与关键问题。

在类似的国际学术场合，我经常会被初认识的同行问道：为什么要研究非裔美国文学？

除了上述的原因外，对我而言，研究非裔美国文学其实还有一两个自传性的理由。我的书架上至今仍摆放着一本企鹅版的鲍德温（James Baldwin）的《下回是火》（*The Fire Next Time*），书的扉页上所写的购书日期是 1969 年 4 月 26 日，购书地点若不是槟城就是吉隆坡。翌年我到台北读书，行囊中所携带的唯一英文书就是《下回是火》。四十多年后的今天，我在人前人后仍然对鲍德温推崇不已。当时我透过鲍德温的小说与散文，逐渐了解非裔美国人的社会与文化斗争；也因为阅读鲍德温的经验，我很早就体会到文学是非常重要的知识形式，是我们了解世界的重要方式。显然，文学的功能不止是为了陶冶性情，变换气质，或者点缀性地为某些人增添若干人文素养而已。

1976年我进台湾大学外文研究所念书，在业师朱炎教授的课堂上认真地读完艾利森（Ralph Ellison）的小说《隐形人》（*Invisible Man*）。我也从此开始比较有系统地阅读非裔美国文学，后来竟因此选定非裔美国文学作为自己的学术领域之一。20世纪90年代初，我两度分别到宾州大学和纽约大学研究，在研究非洲与其离散社群电影的友人迪亚瓦拉（Manthia Diawara）的引介下，也逐步认识了非裔美国人的电影文化工业。黑色美国的人口超过3000万，平心而论，其社会与经济生产虽属弱势，但其文学与文化生产却无疑值得我们刮目相看。

《逾越：非裔美国文学与文化批评》是我近三十年间从事非裔美国研究的部分成绩。这本书的繁体字版于2007年由台北允晨文化实业股份有限公司出版。这次利用出版简体字版的机会，我将原书的篇幅稍加扩充，书的主体三个部分各增加一章，因此简体字版应属增订版。书的附录也另增台湾地区的非裔美国研究一篇，此文的英文原稿是我在2010年6月再应日本黑人研究学会之邀，在该学会第57届年会所发表的论文，之后刊登于该学会之学术期刊《黑人研究》（2012年81号），中文初稿由我的学生吴哲砚翻译，收录在此的版本业经我的校订。我要谢谢哲砚的帮忙。

郑树森教授与单德兴教授特地为本书简体字版撰写序文，为本书增辉不少，隆情厚谊，铭感五中。现在虽然早已是数码时代，但是我仍然一格一字地在稿纸上以手写撰稿，因此我要特别谢谢助理曾嘉琦的辛劳。这本书从初稿的计算机输入与校订，到书目与索引的编排，都是嘉琦辛苦完成的。浙江大学出版社愿意为这本书出版简体字版，使本书有机会与大陆的学界同行和一般读者见面，特此向王志毅总经理与叶敏主任致谢。在本书的出版过程中，周红聪编辑经常与我信函往来，并对本书的印制提供不少建议与协助，其认真敬业令我印象深刻。我要向她表示敬意与谢意。是为序。

李有成

2014 年 9 月 25 日于台北

# 绪论：逾越的必要

一

1993 年 10 月 7 日，瑞典皇家学院宣布非裔美国女作家莫里森 (Toni
Morrison) 获得诺贝尔文学奖，台北的各大报循例在第二天的副刊印
制专辑。其中一家的专辑发表了一幅二格漫画，嘲讽莫里森的获奖是
诺贝尔奖委员会玩弄平衡游戏的结果。漫画非常活泼生动，富于嘲弄
的批评意涵。在第一格画中，一位左手挥舞桂冠的黑人女士挽着一位
代表诺贝尔奖的绅士步下台阶，女士的左边站着一群代表西方世界的
男人，包括一位套着头罩的三 K 党人。其中一位评论说："他们是专
搞种族、性别、宗教、政治的平衡游戏，还是真的在办文学奖？……"

漫画的第二格中间站着一位主教模样的人，头上戴着法帽，上
书"诺贝尔奖"。他手捧桂冠，准备套在面前一位下跪的男人头上，此
人代表第三世界。主教左后方站着两个人，一位代表第一世界，另一
位则象征第二世界；主教的右前方则站着几位欢欣鼓舞的男女，他们
无疑是第三世界的代表。主教开口说话："我奉诺贝尔在天之灵名要
你……不，赐你最高荣誉。"

漫画家显然对莫里森获奖颇有意见，我猜想当时他对莫里森的文学产业可能所知不多，因此会有这样的偏见。这种偏见显然不独为漫画家所有，其实在我们的社会与文化中随处可见，是我们最该警觉自省的一部分。这其中所涉及的当然主要还是再现（representation）的问题：在许多人的文化知识里，黑色美国恐怕还是那个长期被白人媒体与好莱坞文化工业中介再现的黑色美国。

　　对非裔美国文学乃至于其他弱势族裔文学而言，再现自始就是一个极为复杂的议题。谁来再现？再现些什么？如何再现？谁掌握再现的工具？这些问题及其答案无疑决定了再现的结果。我们对非裔美国文学的了解其实相当程度上也是上述这些问题介入的结果。非裔美国文学的社群很早就注意到这个现象，而且一直力图改变或翻转这个现象。譬如早在 20 世纪 60 年代，就有后来被称为黑人美学（the Black Aesthetic）的文学运动尝试重新界定黑白的文学关系，破除既存的文学偏见，以期建立新的文学疆界。黑人美学企图自我形塑的乃是一个美学的对立系统，用黑人美学的理论大将尼尔（Larry Neal）的话说，黑人美学希望能够建立"分别独立的象征、神话、批判与图像系统"（Neal，1989：62），其最终目的当然是为了对抗白人的强势文化价值与主流美学观点。要达成这样的目的，黑人美学的主要工作大致有二：一是发掘、创造与建立非裔美国文学传统。黑人美学不可能凭空产生，它必须根植于非裔美国人两百多年来的日常生活经验与文化传统，包括黑人宗教、音乐、舞蹈、口述与修辞策略、街头民俗活动，等等。也就是说，黑人美学的养分必须来自非裔美国人独特的历史经验以及此经验所支撑的创作活动。二是摸索、形塑与创建一套属于非裔美国人的美学标准与价值系统，借以分析、诠释、评断非裔美国人的文学生产与论述活动。非裔美国文学既衍生自有别于美国白人主流文学的历史传统，就必须建立一套属于此历史传统的术语、符码与分析策略，才可能真正有效地诠释与评论其文学生产。白人的理论与诠释策略既受制于自身历史经验与美学系统所造成的文化偏见，显然并不适用于诠释与评断非裔美国人的文学生产。黑人文学长期受到排斥、贬抑、变形、扭曲的命运，道理不难想象。总之，黑人美学相信文学理论与批评系统有其文化独特性，其所隐含的种族与文化政治明显在于：一方面消极地抗拒与颠覆白人的霸权文学理论与诠释系统；另一方面则积极地建立一套以非裔美国人的历史经验与文化传统为基础的理论与批评系统，以新的语言与批评策略检视非裔美国人的文学生产与文学流变。

黑人美学显然很早就注意到再现的问题。再现的偏见最容易具体化各种各样的种族刻板印象。刻板印象想要形塑的对象主要是他者（the Other），目的是"为了控制含混状态与设定疆界"（Bronfen，1992：182）。他者即非我族类、陌生、神秘，其意义难以掌握，因此具有危险性，必须加以围堵、控制，或放逐到边陲地带。将他者刻板化，正好可以否定其异质性与个体性，也就是否定其历史。"刻板印象正是处理因自我与非自我（即他者）的分裂所造成的不稳定状态的一种方式，目的在保留监控与秩序的幻觉。"（Bronfen，1992：182）

种族刻板印象正是种族歧视思想与行为中最常见的形式之一，本身即是一种高度总体化与概括化的过程，是泯灭个别差异，模糊个人的独特面貌，纳入固定分类，代之以定型，并重复、强化种族偏见的结果。在我看来，刻板印象不仅助长边陲化，更是一种思想怠惰、知识停滞或不长进的行为，其背后所潜藏的其实是一种对逾越行为的恐惧。

## 二

种族歧视之所以能够深入社会各个阶层，特别为社会中的强势族群所信仰，并作为合理化其迫害弱势族群的理论依据，显然必须经过经年累月绵密的规划与细心的设计。换言之，必须经过部署细节、列举实证、制造声明、建构理论等论述程序，并且透过国家机器和社会与文化机制进行教育与渗透，才能够形成气候，深植人心。鲍德温（James Baldwin）在黑奴解放一百周年纪念日以《我的地牢动摇》（"My Dungeon Shook"）为题，给他的侄儿写了一封信，信中提道：

这个天真的国家将你摆在贫民窟里，其实早就有意让你毁灭。且让我精确地说出我的意思，因为这才是事情的真相，也是我与自己国家争吵的根源。你出生在你出生的地方，面对你所面对的未来，只因为你是个黑人，**别无其他原因**。你的志向的界线就此永远受到限制。你出生在这样的一个社会，它以诸多方式，竭尽所能蛮横而清楚地指出你是个一无是处的人。没有人期望你出类拔萃；人家只希望你与平庸为伍。不管你走到哪里……总有人告诉你该往何处去，该做些什么（以及该怎么做），该住在哪里，以及该与谁婚娶。我知道你的同胞并不同意我这种说法，我还听到他们说："你夸大其辞。"他们不了解哈林，可是我了解。你也了解。不要轻信别人的话，包括我的——信任你的经验。你要了解你来自何方。如果你了解你来自何方，你就知道：你要去向何处其实并无任何限制。人家早就处心积虑将你生命中的种种细节和象征详加设计，要你相信白人所说的有关你的一切。请你设法记住，他们所相信的，以及他们所做的、要你承受的一切，并不足以证明你的卑贱，反而证明了他们的残酷不仁与恐惧不安……他们其实陷于自己所不了解的历史；除非他们了解，他们无法从中获得释放……你不妨想象，某个清晨你醒过来，发现阳光灿烂而群星燃放光芒，你会有何感觉。你会深感恐惧，因为这一切有违自然秩序。宇宙中的任何变动都是令人害怕的，因为这种变动深深地袭击了一个人对自身现实的体认。诚然，在白人世界里，黑人的作用就像一颗固定的星辰、一根不可移动的支柱：一旦他离开他的位置，天地势必从根动摇。（Baldwin，1963：21-23）

鲍德温这一席话无异于戳破了美国种族关系的面具，直指美国种族主义的核心真相，特别是种种规划与界定种族关系的设计与结构。总之，黑色美国所面对的种族歧视其实是萨义德（Edward W. Said）在论犹太复国主义（Zionism）时所谓的细节政策（policy of detail）。[1] 鲍德温的话中另有一点值得注意。他对美国种族主义的描述显然多出自地理或空间修辞："贫民窟"、"界线"、"走到哪里"、"往何处去"、"住在哪里"、"来自何方"、"根基"、"位置"，甚至于"固定的星辰"、"不可移动的支柱"等涉及种族歧视的声明，无不都是地理或空间用语。这些用语清楚划定了非裔美国人的社会与文化疆界，以及非裔美国人在疆界内所扮演的角色与功能。角色不能混淆，功能不能错置，疆界更不能逾越，对白人的世界而言，这是"自然秩序"。一旦这些秩序稍有变动，一旦非裔美国人"离开他的位置"，用鲍德温的话说，"天地势必从根动摇"。

在一个黑白泾渭分明的世界里，逾越无疑是改变现状的基础，因此是危险的。在非裔美国文学——特别是自传传统——中，这样的实例不胜枚举。非裔美国人从许多历史经验中体会到，只有逾越才能挑战或否定白人强势种族的否定政治（politics of negation）。正如胡克斯（bell hooks）所指出的，"要拒绝被否定就要逾越"（hooks，1994b：270），否则只好继续接受现存的秩序。"如果有人不怕损失，不怕被禁

---

[1] 萨义德认为犹太复国主义并非只是单纯的殖民视境，而是一种细节政策。在这个政策的规划下，巴勒斯坦不仅是应许之地而已，亦且是个"具有特质的特别疆域"。犹太人"一寸寸、一步步"，巨细靡遗地（in detail）对这片特别疆域进行考察。阿拉伯人则浑然无知，不知道自己所面对的其实是一种细节规训（a discipline of detail），犹太人即是透过此细节规训，在巴勒斯坦的土地上建立起一向只能想象的家国（Said，1992：94-95）。

锢在持续的孤立状态中——不被承认，有人想改变某些与他们有关的事务，改变他们所生活的世界"（hooks，1994b：270），每一个这样的时刻都是逾越的时刻。逾越意味着跨界，也就是跨过已被接受的——不管愿不愿意——疆界，挑战既有的规范，改变原先建立的秩序。换句话说，逾越也意味着否定——否定现状，尤其是不公不义或充满偏见的现状。被逾越的一方固然会感到危险和恐惧，因为既存的秩序与规范可能就此动摇；逾越的一方也同样要面对危险和恐惧，因为逾越不仅会招来压制与反击，逾越同时导向未知，导向陌生的疆界，而未知和陌生往往令人害怕。

不过，逾越也带来了新的视角与新的可能性。胡克斯即曾以教学为例，说明逾越的重要性。逾越才有可能使她质疑充满偏见的教学实践，而规范与巩固各种宰制性或支配性关系——如种族歧视和性别歧视——的正是这些教学实践；逾越也使她有机会想象新的方式和新的角度并以此来教导不同群体的学生（hooks，1994a：10）。显然，对胡克斯而言，在各种危险和恐惧中，逾越其实也潜藏着诸多正面而积极的可能性。从这个角度来看，逾越无疑是一种解放。正如社会学家詹克斯（Chris Jenks）特别指出的："逾越与无秩序不同；逾越打开混乱，并提醒我们秩序的重要性。"（Jenks，2003：7）詹克斯的意思是，逾越是对旧有秩序的挑战，其目的在于建立新的秩序，是破与立之间必要的过程。在经过破与立之后，新的秩序在理论上应该更为合理，更富正面意义。因此詹克斯认为："逾越是跨过由戒律或法律或传统设下的疆界或界限，是违规或侵犯。不过逾越不仅如此而已，逾越是宣告甚至赞扬戒律、法律或传统。逾越既是否定也是肯定的深切反省的行为。"（Jenks，2003：2）

我们还可以援引巴赫金（Mikhail Bakhtin）来讨论逾越的现象。巴赫金并未使用逾越一词，他的用词是嘉年华会（carnival）[1]。在《陀

---

[1] 编注：大陆一般将此术语译为"狂欢"。为保持本书上下连贯性，保留"嘉年华会"的说法。下文同。

思妥耶夫斯基诗学的问题》（*Problems of Dostoevsky's Poetics*）一书中讨论到文类的时候，他这么指出：

> 可以这么说……中世纪的人在某方面是过着两种生活：一种是官方的，单调、严肃而阴郁，谨守严格的层系秩序，充满了恐惧、教条、虔敬及顺从；另一种则属于嘉年华会广场的生活，自由自在，没有拘束，充满了含混的笑闹，亵渎神圣，冒犯所有神圣的事务，充斥着轻蔑与不得体的行为，放肆地跟每个人和每件事接触。
> （Bakhtin，1984a：129-130）

巴赫金对嘉年华会情有独钟，认为是通俗或嬉闹文化最有效的形式，甚至成为他的文类理论的重要成分，有别于古典的、典范的、一本正经的官方文化。在嘉年华会中可以忽视或弃绝既有主流的规范和体制，嘉年华会是野台戏的、菜市场的文化，具有批判、翻转，乃至于颠覆既存典范与秩序的效应，因此是一种逾越的形式。

巴赫金的话明示两种文化层系，一种为官方所认可，属于支配性的、拘谨的文化；另一种则属于市场的、被压制的、边陲的文化。前者位居文化权力的中心，为社会与经济的权势群体所有，甚至可以对后者颐指气使，将后者贬抑，并围堵在低等或不入流的文化类别内。巴赫金的嘉年华会理论其实也指出了支配性文化的不足，因为支配性文化只是任何社会的整体文化的一部分，绝对不是全部，另一部分则是所谓低等的边陲文化，而这一部分所扮演的往往是支配性文化的他者。斯塔利布拉斯（Peter Stallybrass）和淮特（Allon White）即以萨义德的东方主义（Orientalism）批判来阐释这个观点。在萨义德看来，东方主义"在策略上所仰赖的是一种反射的**位置**优越性，把西方人摆放在与东方一连串可能的关系中，却又未失去其相对优势"（Said，1979：7；Stallybrass and White，1986：4-5）。其实萨义德不仅把东方视为西方的他者，亦且认为东方应该是界定西方的"对比的意象、理念、性格、经验"（Said，1979：1-2）。

在萨义德论述东方主义之前，威廉斯（Raymond Williams）在论宰制的特性时也曾表示："实际上没有任何宰制性的社会秩序……没有任何宰制性的文化可以含纳或耗尽所有人的实践、人的能力，以及人的意图。"（Williams，1977：125）换句话说，在宰制性的文化之外，还有被宰制的文化；若论文化的整体性，两者皆有其重要性，皆不能偏废，只不过宰制性文化掌握权力，主导"社会的支配性定义"（Williams，1977：125）而已。

逾越可以松动威廉斯此处所说的"社会的支配性定义"，质疑或改变这个定义。逾越使被忽略的与被排斥的可以发声，可以冒现；用威廉斯的话说，逾越提供了"对他者的另类观感"（Williams，1977：126）。逾越无疑冲撞固定的疆界，使被围堵的找到突围的方向与缺口，使现状再也难以维持而必须设法调整。20世纪80年代美国文学建制所面对的典律（canon）重建的问题，其实是许多长期被压抑或被消音的文学经验不断逾越的结果，现存的典律因此动摇，或者面临修正的命运，重建典律于是成为可能。

三

在这许多文学经验中，非裔美国文学的经验具有指标意义，成为其他弱势族裔文学看齐或学样的对象。两百多年来，非裔美国文学在其历史发展的不同阶段，一再挑战与碰撞由白人男性所主导的美国文学典律，非裔美国作家和批评家以其创作和批评论述，展现其充沛的创造和论证能力，批判既存美国文学典律的顽固与偏见，并不断以另类或修正主义的文学史观，直指主流美国文学史的偏颇与武断，把非裔美国文学排拒在美国文学典律之外。因此非裔美国文学自始就是一种抗争的文学。

杰克逊（Blyden Jackson）在其皇皇巨著《非裔美国文学史》（*A History of Afro-American Literature*）第一卷的导论就开章明义指出：

> 如果所有美国黑人对肤色种姓制度感到愤慨，任何群体的愤慨都比不上那些献身于非裔美国文学的美国黑人……雷丁（J. Saunders Redding）说得好，这些美国黑人所书写的是一种"必要的文学"。对他们而言，他们以满怀的痛苦，掺杂着恒久的愤怒，介入肤色种姓制度，他们的介入是支撑他们群体表现的背后力量，这个力量同时支撑他们发展一种可被称为既属于他们的、又属于所有美国黑人的文学。他们在共享的热情中找到共同的理由，即种族的抗议……而就种族的抗议（反对）而言，他们与外在的世界与时俱进，共同展现了他们如何自我调整，以适应美国政治与社会气候的变迁，这些变迁基本上决定了他们的文学形式与内容。他们就这样依实际把他们的文学分为不同时代或时期。不过他们也建立了他们的文学的连续性，使他们的文学一方面具有种族独特性，一方面又因为他们在美国出生、长大，所以基于这种种特质，他们的文学又清清楚楚地属于美国。（Jackson，1989：8-9）

杰克逊总结非裔美国人两百多年来的经验，将非裔美国文学定调为抗议或反抗的文学，是非裔美国人止痛疗伤，反对种族歧视，争取种族平等与自由的重要实践和建制。非裔美国文学因此是一种具有目的——尤其是具有政治迫切性——的文学，不但是黑人文学史家雷丁所谓的"必要的文学"，更是一种充满解放意义的文学。非裔美国作家一方面借其文学生产不断批判美国社会的结构性种族主义，另一方面则从根本上解放非裔美国人长期被奴役、被禁锢与被扭曲的心灵。如果从这个角度来看，非裔美国文学其实也饶富后殖民性（postcoloniality），而最能够展现此后殖民性与解放精神的则是逾越的书写行为。

逾越是一种抗议或反抗的形式——因为不满，才会逾越。非裔美国作家企图逾越的不仅是美国文学的霸权典律而已，这是文学建制与美学系统的问题，其背后所牵涉的仍是结构性的种族歧视现象；他们同时有意借其文学实践，逾越美国社会中由种族这个类别所蛮横界定的政治、经济及文化藩篱。从广泛流传于美国黑人社群的捣蛋鬼（trickster）的故事，到民间传唱的灵歌、民谣与劳动歌曲中的抗争意识，到内战前后风行一时的黑奴自述（slave narratives）中诸多颠覆蓄奴制度的越轨行为，到现、当代非裔美国文学中常见的种种跨界现象，两百多年来，非裔美国文学生产所塑造的无疑是一个逾越的文学传统——非裔美国作家不但勇敢逾越种族疆界，亦且进一步挑战性别与阶级等类别所划定的界线。对许多非裔美国作家而言，逾越尝试破除的不只是有形的空间限制，如种族隔离（segregation）时代的许多社会实践，更重要的还是无形的种族、性别、阶级等的歧视行为。有形的疆界比较容易逾越，无形的疆界存在于人心阴暗之处，隐晦而不容易侦测，因此益发难以逾越。

这本书是我多年来研究非裔美国文学与文化的部分成绩，书中各章虽然完成于不同阶段，但是直接或间接都与逾越的主题相关，因此我把书名取为《逾越》，希望这样的书名可以统摄全书的主要关怀。不管是有形或者无形的疆界，是明显或者隐晦，非裔美国人以其文学与文化生产指证这些疆界的野蛮无理，他们前仆后继，不断冲撞与逾越，希望最终改变这些疆界。本书各章即在以不同的角度与取材论证非裔美国人在冲撞、逾越与改变这些疆界的努力。

我把全书分为三部分。纳入第一部分的首五章主要以若干非裔美国经典自传为分析对象。自蓄奴时代开始，非裔美国人的自传行为就是个逾越的行为。对非裔美国人而言，自传始终是个极富颠覆性的文类，在废奴运动中，曾经扮演过振聋发聩或推波助澜的关键性角色；

即使在后蓄奴时代，这些自传也曾见证了非裔美国人在结构性种族主义的压迫下所遭受的不公不义。

第二部分则较有系统地讨论非裔美国文学理论与批评实践。第六章主要在析论盖茨如何利用结构主义与后结构主义的语言转向，疏通黑人的表意传统，以建立新的非裔美国文学批评体系。第七章集中于哈林文艺复兴（the Harlem Renaissance）的文学生产与非裔美国人的口述传统的关系。口述文学最能够体现非裔美国文学的差异性，是质疑白人主流文学典范的重要利器。第八和第九章分别以理论家贝克（Houston A. Baker, Jr.）的批评产业为基础，勾勒近一个世纪以来非裔美国文学理论不同阶段的流变面貌，并分析非裔美国文学传统如何以其独特性而自成体系，又如何挑战美国主流文学批评系统与美学价值，成为美国主流文学的另类或对立论述。

第三部分各章可以笼统纳入非裔美国文化研究的范畴。第十章主要在检视 20 世纪 80 年代的文化论战中盖茨所扮演的角色，并论证他如何规划其以共同文化为基础的多元文化论。第十一章以贝克的黑人都市表现文化研究为例，析论此都市青年文化如何逾越种族化的空间限制，并探讨黑人文化研究为何是行动中的文化研究。第十二章借两部好莱坞的黑人街坊电影，对种族化都市空间提出批判，并分析逾越此种族化空间的危险与挑战。第十三章则以胡克斯的阶级论述为基础，探讨非裔美国人经验中阶级与种族和性别的纠葛关系，以及逾越阶级界线，以社群主义安身立命的可能性与重要性。书末附录两篇。一篇为我对贝克所做的相当详尽的访谈录，贝克在此访谈录中反复回忆与检视他的非裔美国文学经验；对他而言，每一次经验仿佛都是逾越的经验。另一篇为我对台湾地区过去数十年来非裔美国研究的省思。

总之，本书的根本关怀是逾越的政治与策略。非裔美国人的文学与文化经验告诉我们，在面对不平与失衡的状态时，逾越可以导正视听，改变偏颇不公的现实或现状。逾越其实具有辨别是非、正本清源的积极意义。

# 一 逾越:《道格拉斯自撰生平叙述》中的识字政治

Learn the ABC, it's not enough, but

Learn it. Don't let it get you down.

——Bertolt Brecht, "In Praise of Learning"

一

　　早在半个世纪以前,黑人批评家雷丁(J. Saunders Redding)即曾指出,美国黑人文学自始就是一种"必要的文学"(1988:3),一方面有其基于现实需要的政治目的,另一方面还得兼顾美学功能。雷丁说:"黑人作家向来就必须维持两种面貌。如果他们想要功成名就,他们必须满足两种不同的读者:黑人与白人。"(3)由于黑人独特的历史经验,基于一时或眼前的需要,黑人文学也就理所当然被视为这种历史经验的产物。对黑人作家而言,写作不只是美学行为而已,更是一种政治行为。写作一方面是为了回应白人种族主义,一方面也是为了展示黑人的知识与美学能力,所以对许多黑人作家来说,写作本身的颠覆性是毋庸置疑的；而对内战之前许多黑奴自述（slave narratives）的作者而言，情形更是如此。

黑奴自述恐怕是美国历史上最富颠覆性的文学类型，在黑奴解放运动中，曾经担负起推波助澜的历史任务。在一度震耳欲聋，又经过一百数十年的沉寂之后，如今黑奴自述又颠覆了当权的美国文学典律。黑奴自述可以说是最能体现文学与社会建制之间的形式关系的文学类型。此外，黑奴自述更是美国黑人文学的源头。里德（Ishmael Reed）的《逃往加拿大》（*Flight to Canada*）的开头部分有这么一段文字："大鸦是施威尔的奴隶中第一个学会认字、写字，也是第一个跑掉的。道格拉斯的主人欧德就曾说过：'如果你给黑鬼一寸，他就想要一尺。如果你教会他阅读，他就想要学写字。而达到这些目的之后，他就会逃走。'"（Reed，1976：14）里德的《逃往加拿大》是一部在形式上谐拟黑奴自述的第三人称小说，其与黑奴自述的形式关系自不待言。《逃往加拿大》其实并非特例，若干早已成为美国文学典律的黑人叙事文学，如赖特（Richard Wright）的《黑孩子》（*Black Boy*）和《原乡之子》（*Native Son*）、贺斯顿（Zora Neale Hurston）的《他们的眼睛正看着上帝》（*Their Eyes Were Watching God*）及艾利森（Ralph Ellison）的《隐形人》（*Invisible Man*）等，与黑奴自述的脐带关系是显而易见的。在内战前所印行的黑奴自述，数目当在数百种之上；而1845年所出版的《道格拉斯自撰生平叙述》（*Narrative of the Life of Frederick Douglass, an American Slave. Written by Himself*，以下简称《生平叙述》）则向被视为这些黑奴自述的典律文本。上引《逃往加拿大》的若干文字甚至直接指涉道格拉斯的文本，其影响力由此可见。

更重要的是，从上述引自《逃往加拿大》的文字也可以看出，在黑人经验中识字与自由的表里关系。在《逃往加拿大》中，奴隶主施威尔曾对来访的林肯总统说："每一次我买进一名新的奴隶，（大鸦）就把发票毁掉，我的买卖就没有记录；他还写路条，伪造文件。我让他识字——这是前科技、前后理性时代最有力的东西——而你看他却怎么利用他的识字能力？识字能力就好像巫毒那老玩意儿——那些黑鬼喃喃自语的老玩意儿。拜物教加上可怕的仪式，只不过他不需要任何东西，只要一根公鸡羽毛加上鸡爪做成的笔就够了。"（Reed，1976：35-36）显然，在白人奴隶主心目中，黑人的识字能力就像他们无法了解的巫毒教一样；可是站在黑奴的立场，识字正意味着真正的自由。用盖茨（Henry Louis Gates, Jr.）的话说："在黑奴的生命中，熟通一种书写文字可非等闲之事。黑奴自述中一再记载，学会阅读是一种决定性的政治行为……学会书写可是无法回头的一大步，这一大步带领黑奴远离棉花田，走向远比人身解放还大的自由。"（Gates，1987a：4）识字经验其实不仅是黑奴自述中永恒复现的母题，即使在后来的黑人自传与小说中，这个母题也一再重现。美国黑人的特殊历史经验使他们认识到识字本身的颠覆性以及识字所带来的权力，识字是对抗，分化，或摆脱压迫性的种族关系或社会制度的有效武器。艾丽丝·沃克（Alice Walker）的小说《紫色》（*The Color Purple*）的主角茜莉（Celie）就曾在给上帝的信上写道："我们两个拼命啃奈蒂学校的书，因为我们知道，如果我们想要远走高飞，我们先得变得聪明一点。"（Walker，1982：11）

二

在蓄奴制度底下，黑奴是不许读书识字的，但黑奴并非就没有读书识字的机会（Franklin and Moss，1988：125-127）。道格拉斯随从他的女主人读书识字就是一个著名的例子。在《生平叙述》第六章中，道格拉斯特别详细地叙述了这件事情的始末：

在我去依靠主人欧德和欧德太太不久之后，她很善意地开始教我A、B、C。我学会字母以后，她帮我学习拼出三四个字母组成的字来。正当我日渐进步的时候，主人欧德发现了这件事，他马上禁止欧德太太继续教导我，他向她提出许多理由，其中一点是，教导黑奴读书是既违法又不安全的。用他的话更进一步说："如果你给黑奴一寸，他就想要一尺。黑奴不需要懂得什么，只要遵从他的主人就行了——做他被吩咐去做的事。读书识字会宠坏这世上最好的黑奴。现在，"他说，"如果你教那个黑鬼（指我）读书，那就无法保住他了。从此他就不再适合当奴隶了。他马上会变得无法驾驭，这样对他的主人马上就变得毫无价值。而对他自己，这也没有什么好处，反而是一大害处。这会使他心生不满，使他不快乐。"（Douglass，1960：58）

道格拉斯的女主人欧德太太过去从未拥有黑奴，她不了解被称为怪异建制（the peculiar institution）的蓄奴制度本质上和殖民制度并没有两样；在这种制度下的黑白关系其实是另一种形式的殖民关系。黑奴就像被殖民者一样，必须接受另一种与殖民主完全不同的待遇。在策略上，禁止黑奴识字有助于将黑奴的心智殖民化。相反，读书识字将使之民智大开，整个蓄奴社会的基础可能因此而动摇，这一点是违反白人奴隶主的利益的。道格拉斯的新主人欧德深深了解，识字这种语言活动并非中性的，就像其他实践性的语言活动一样，识字可以被纳入意识形态与上层建筑的范畴内（Williams，1977：30）。禁止黑奴识字其实和其他种种禁制行动没有两样，是达成控制知识和社会行动的权力手段，这种手段只能由奴隶主牢牢掌握。列维－斯特劳斯（Claude Lévi-Strauss）在《忧郁的热带》（*Tristes Tropiques*）中讨论到书写文字时曾经指出：书写文字对剥削人类的功劳恐怕远超过对人类的启蒙。他甚至认为，书写文字的主要功能是在促成奴隶制度

（Lévi-Strauss，1975：299）。白人奴隶主欧德（以及那些支持立法严禁黑奴识字的人）的认知可以印证列维－斯特劳斯的假设。至少在欧德看来，识字（书写是识字的一部分）的能力若掌握在奴隶主的手里，就是束缚黑奴的镣铐；如果落在黑奴手上，就可能变成解开镣铐的钥匙。

奴隶主欧德深知识字的颠覆性。他知道识字将使黑奴长期被殖民的心灵获得解放（肯亚作家恩古基 [Ngũgĩ wa Thiong'o] 所说的去除被殖民心灵 [decolonising the mind]）；那时候黑奴很难再是识字前的黑奴了。他把黑奴的识字看成反叛的行为，是黑奴追求自由的重要途径，这也是后来道格拉斯与许多黑奴初通文墨后的重要认知。由于这种认知，识字无异是黑奴完成自我的一种行为（Niemtzow，1982：101）。道格拉斯有一段文字叙述奴隶主死亡之后，黑奴如何被当作遗产，遭到奴隶主后代瓜分的情形。我们可以从中看出在蓄奴制度下，黑奴如何受到非人化乃至于物化的命运："在估价时我们都被分级。男的和女的，老的和少的，已婚的和未婚的，全跟马、羊、猪摆在一起分级……就有马和男人、牛和女人、猪和小孩分在同一级里的，而且还接受同样详细的检查。"（Douglass，1960：71）这样的分级情形，令我们想起孟密（Albert Memmi）所描述的被殖民者所经历的非人化过程："被殖民者作为人的成分一个接一个消失殆尽。被殖民者的人性也变得模糊不清。"（Memmi，1965：85）识字虽然不一定立即结束黑奴遭遇非人化的命运，不过却可以使像道格拉斯之类的黑奴意识到蓄奴制度的非人层面。换句话说，识字将是瓦解人与兽、主体与客体、支配者与被支配者、文明与野蛮之间二元对立的暴虐层系的主要策略。识字将证明，被剥削的黑奴与身为剥削者的白人其实同样拥有学习的智慧与能力。这一点正好可以反证蓄奴制度的蛮横暴虐，以及白人世界的种族与文化霸权偏见。

这一切正是白人奴隶主如欧德者所恐惧的。鲍德温（James Baldwin）

曾经说过："在白人的世界里，黑人的作用就像一颗固定的星辰、一根不可移动的支柱：一旦他离开他的位置，天地势必从根动摇。"（1963：23）鲍德温说这话时恰好是黑奴解放一百周年的纪念日。一百年后尚且如此，何况一百年前！奴隶主为了便于控制，特地为黑奴设下种种禁制，这种种禁制将黑奴非人化为像家畜一样的生产工具，防止黑奴成为有个人意志的人。大抵而言，在蓄奴时代，整个南方的园坵政治、经济、社会秩序即建立在这种种禁制上，[1] 其中当然包括了识字。批评家瓦莱丽·史密斯（Valerie Smith）以为，禁止识字可以使"不会写字的黑奴无法签写他们自己的通行证，不会阅读的黑奴无法向他们的主人挑战宗教对蓄奴制度的认可"（Smith，1987：3）。换句话说，单从禁止黑奴识字这件事就不难看出，蓄奴制度不仅是一种生产方式，亦且是一种支配性的社会控制方式；其中当然牵涉到意识形态的价值问题。法农（Frantz Fanon）即曾指出："一个人掌握了某种语言即等于拥有了那种语言所表达与暗示的世界……通晓某种语言会带来难以置信的权力"。（Fanon，1967：18）站在白人奴隶主的立场，黑奴识字（法农所谓的"通晓某种语言"）最可怕的颠覆性可能在此：识字后的黑奴将有能力渗透白人奴隶主以其意识形态所包装的世界，而园坵政治、经济、社会秩序的基础将因此而动摇。道格拉斯从其主人欧德的谈话中就意识到了这一点。

因此，在蓄奴行为早已成为建制的白人社会里，黑奴的识字不仅是一种禁忌，更是一种逾越的行为。逾越当然暗示原先即已存在着界限。其实，逾越与界限是互为表里的，用福柯（Michel Foucault）的

---

[1] 这种说法其实已经相当保守。批评家福兰克林（H. Bruce Franklin）甚至认为："美国历史最显著的特征是蓄奴制度及其造成的后果。以一个国家来说，这个事实是我们政治、经济及社会经验的核心，也是我们文化经验的核心。"因此他更进一步认为："黑奴自述就像一般的美国黑人文化一样，是美国文化的中心，而不仅仅是边陲而已"。（Franklin，1975：56）

话说："如果某个界限是绝对不可跨越的话，那么这个界限根本无法存在；相反，如果逾越只是跨过由幻觉与影子所构成的界限，这样的逾越也毫无意义。"（Foucault，1977：34）像欧德之类的奴隶主之所以惧怕黑奴识字，原因即在于：保护他们的政治、经济、社会、文化生活的界限并非幻觉与影子而已，而是个残酷的实质存在，何况这个界限是可以跨越的。在这种情形之下，逾越就变得别具意义。换句话说，相对于禁制，逾越也是获取社会权力，分化奴隶主控制知识生产与社会行动的政治性手段。这恐怕就是白人奴隶主所想象的识字后的"邪恶后果"（Douglass，1960：59）。

欧德的恐惧后来甚至传染给了他的太太——就是她带给道格拉斯启蒙教育的。道格拉斯对他这位女主人似乎怀抱着厌恶的同情，他认为欧德太太和他没有两样，都是蓄奴制度的受害者："当初我到那儿时，她还是位虔诚、热心、敦厚的女性。任何忧伤或苦难都会教她落泪。饥饿的，她赐给面包；赤身露体的，她给予衣服；对身边每一个哀伤的人，她都给予安慰。蓄奴制度很快就证明本身具有能力剥除她的这些圣洁美质。在蓄奴制度的影响之下，敦厚的心变成了石头，绵羊般的性情也由虎豹般凶猛的性情所取代。"（Douglass，1960：63-64）这段文字颇能彰显道格拉斯的论述策略。《生平叙述》一书的整个论辩显然是在反蓄奴制度，书中大部分细节大抵是经过细心选择、刻意剪裁的，目的当然是为了支撑这个论辩。不论从撰述当时的文化与政治环境，还是从书中的修辞与论述策略来看，道格拉斯心目中的读者主要还是白人，其用意当然是要说服这些读者支持废除蓄奴制度。像欧德太太性情转变的例子就颇能够说明蓄奴制度的败德与破坏性，连原先心地善良的白人女性也会因蓄奴制度的恶质影响而堕落，可见受到蓄奴制度邪恶本质的负面影响的不只是黑奴而已。虽然有些批评家认为，道格拉斯在撰写《生平叙述》时，"鼓吹废除蓄奴制度运动的用意远超过记述黑奴经验的本质"（Kibbey，1988：131），但从欧德太太的例子看来，这两个层面显然是互为表里，无法截然分开的。

黑奴识字带给白人世界的恐惧也反映在欧德太太的行为上："似乎没有比发现我在看报更令她生气的了。她似乎认定这里头带有危险。我曾经面对她满面怒容地冲向我，抢走我的报纸的情形，那种态度完全透露了她的忧虑不安。她是个聪明的女性；些微的经验很快就证明了……教育和蓄奴制度彼此是无法兼容的。"（Douglass，1960：64）这是已经拥有蓄奴经验以后的欧德太太，她所展示的知识与权力当然为白人霸权阶级所有。同样的，她的忧惧其实也是白人奴隶主的忧惧。这个时候的欧德太太显然早已将蓄奴制度的意识形态价值内化，一心一意要证明自己原是支配阶级的一分子。这个例子也正好透露了蓄奴制度的霸权特性。

站在支配者的立场而言，欧德夫妇的忧惧是有道理的。识字后的道格拉斯从此了解语言与权力之间的关系，他从此洞悉"白人赖以奴役黑人的权力"，以及"从奴役到自由的道路"（Douglass，1960：59）。识字使道格拉斯摆脱了被殖民的心灵，使他开始萌生抗拒被白人奴隶主支配的念头。下面这段文字可以说明道格拉斯赖以摆脱被殖民心灵的主要策略："他最害怕的，正是我最冀求的。他最喜爱的，正是我最厌恶的。对他而言是大邪大恶，必须谨慎躲避的，对我而言则是大仁大善，必须奋力追求。而他强烈反对我读书识字的一番说辞，只有激发我学习的欲望与决心。"（59）这段文字在修辞上采用平衡对句，批评家贝克（Houston A. Baker, Jr.）认为很能表现"文化接触中的语意竞争"（1980b：33）。道格拉斯从此以后一变而为抗争者，其抗争并不限于语意的层面而已，自由的意识已经苏醒，他的抗争甚至包括了身体的抗争。到了这个阶段，识字显然已经成为改变现实的手段了。

# 三

即使在废除蓄奴制度以后，黑人识字的机会也并未在一夜之间随着初获得的人身自由而来。黑人仍须经过缓慢、艰苦的阶段才有机会读书识字（Levine，1977：156）。杜波依斯（W. E. B. Du Bois）在《黑人的灵魂》（*The Souls of Black Folk*）中有一段文字，可以说道尽了内战结束以后，美国南方黑人在追求教育时所遭受的无情打击："南方对黑人教育的反对一开始就是严酷的，其反对是以灰烬、侮辱及血腥表现出来；因为南方相信，一个受过教育的黑人会是一个危险的黑人。"（Du Bois，1961：36）内战结束后，情形尚且如此，内战之前的情形就更不难想象了。初尝识字滋味的道格拉斯既无法再从女主人处识字，只好另辟途径：

> 我采用的最成功的一个计划是和街上认识的白人小孩交朋友。我尽可能将这些小孩变成老师。我在不同时间不同场合得到他们善意的帮忙，最后成功学会了阅读。在我被派外出办事的时候，我身上总是带着书，我赶紧办完部分差事，在回去之前拨出时间读完一课书。主人家里有的是吃不完的面包，我有时也随身带着面包，这些面包使我大受欢迎；在这方面我可要比附近的穷苦白人小孩好得多。我把这些面包分给一些饥饿的穷孩子，他们则以最有价值的知识面包回馈我。（Douglass，1960：65）

反讽的是，为了突破白人奴隶主的钳制，道格拉斯反过来利用白人奴隶主以达成自己的愿望。这样的识字过程可以说煞费苦心，用布雷蒙（Claude Brémond）叙事学的事构分析来看，这个过程其实已包含了他所谓的叙事文的基本顺序（*séquence élementaire*）。这个基本顺序由三种功能组成：

```
                                           成功
                   实现过程                （达成目标）
                  （达成目标的过程）        失败
潜在可能性                                 （未达成目标）
（欲达成的目标）     缺乏实现过程
                  （缺乏行动或无法行动）
```

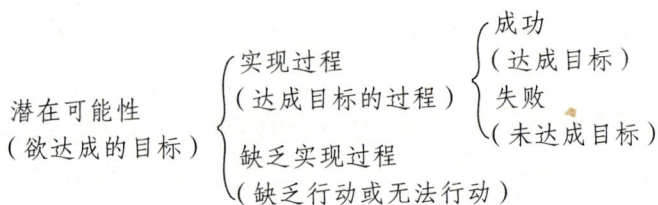

从上面的简单模式可以看出来，光有潜在可能性（用格雷马
[A. J. Greimas] 的术语来说即"欲望"），若没有实现过程，当然不可
能有任何结果。即使有实现过程，也并不表示一定成功；也就是说，
目标可能无法达成，或欲望无法实现（Brémond, 1966: 60–61）。而且
在实现的过程中，通常会遭遇到米克·鲍尔（Mieke Bal）所说的力量
(power)：或是助力，或是阻力。助力当然有助于目标的实现，阻力
则可能妨碍达成目标。所谓力量，并不一定是具体的个人或群体，它
可以是抽象的社会、命运、时间、人的个性、才智，等等（Bal, 1985:
28）。以道格拉斯的情形而论，他眼前的目标或欲望当然是识字，而阻
碍他实现目标或欲望的显然是一种建制：蓄奴制度。

在道格拉斯追求识字的过程中，蓄奴制度的具体代表自然是奴隶
主欧德与被蓄奴制度意识形态渗透以后的欧德太太。他们属于反对者
(opponents)。他们可以使道格拉斯的目标或欲望幻灭，因此，道格拉
斯若想达成识字的目标，就必须击败这两个反对者。由于道格拉斯所
面对的是属于支配阶级的奴隶主夫妇，更由于他们背后有整个庞大的
社会、经济、政治权力的支撑，黑奴道格拉斯势必不可能正面反击他
们。事实上，不论在心理关系、意识形态关系或是其他种种对立关系
上，道格拉斯始终是处于弱势或被宰制的一方。要击败这样的强势反
对者，道格拉斯必须像流传于黑人社群的捣蛋鬼故事（the trickster's
tale）的主角那样，采取迂回、欺瞒的手段。人类学家爱德华兹（Jay
Edwards）在一篇以结构主义研究捣蛋鬼故事的论文中指出："在非洲
或美国黑人的故事中扮演捣蛋鬼的，多靠跨越或侵犯界限而获得其独

特有力的角色。他利用诡诈或狡计去付出或夺取。在大部分美国黑人的故事中，他是个权力掮客。只有他才有权力欺骗——为他自己的或是别人的利益去欺骗。"（Edwards，1985：91）道格拉斯利用外出办事的机会，瞒过白人奴隶主，摆脱白人奴隶主无形的圆形监狱（panopticon）；他又利用奴隶主家中的面包，向贫穷的白人小孩换取他所谓的"知识面包"。以蓄奴制度的立场而言，这一切当然都是"跨越或侵犯界限"的。

在道格拉斯追求识字的过程中，他的女主人欧德太太曾经扮演协助者的角色，这个角色后来因为受到蓄奴制度意识形态的渗透而彻底改变立场，从此成为反对者，成为道格拉斯达成其目标的阻力。因此，后来的真正协助者是贫穷的白人小孩——这些小孩毕竟尚未受到蓄奴制度意识形态的渗透，就像以前的欧德太太那样。此之所以他们甚至"向我表示动人的同情，安慰我，希望将来会发生变化，使我获得自由"（Douglass，1960：65-66）。

道格拉斯也以类似捣蛋鬼的欺瞒手段学会写字。首先，他在船坞学会了几个字母，然后就凭这几个字母跟其他白人小孩比赛写字："我就凭这种方法上了好多写字课，很可能这是以任何别的方法都无法学到的。"（66）他更利用女主人外出的机会，偷偷练习写字：

> 每个星期一下午，我的女主人会到威尔克街的聚会所上课，留下我一个人看家。这样独处的时候，我就利用时间，在小主人托马斯的抄写簿子上头的空间练习写字。我连着这样做，直到能够写出一手像小主人托马斯那样的字体。这样，经过了几年漫长乏味的努力之后，我终于成功学会写字。（Douglass，1960：71）

识字的过程到此大致完成。正如奴隶主欧德所料，此时的道格拉斯虽然年仅十余岁，其内心却再也不能平静。用批评家塞科拉（John

Sekora）的话说，"识字只是复杂的心理剧场演出的场地"（Sekora，1985：165）。事实上，在学会写字之前，道格拉斯发现了一本叫《哥伦比亚演说家》（*The Columbian Orator*）的书，其中有一篇对话深深引起他的注意，对话的双方是一位奴隶主和他的奴隶，内容则是关于蓄奴制度。尽管双方立场对立，利益冲突，但这位奴隶却以一番道理说服了他的主人，最后换得了自身的自由。道格拉斯又读到一篇谢里登（Sheridan）争取天主教解放运动的演说辞，使得他对蓄奴制度更感痛恨，对自由更为向往。他觉得："阅读这些文献使我能够表达自己的想法，以面对支持蓄奴制度的那一套说辞。"果然不出其主人所料，随识字而来的不满开始"折磨，刺戳我的灵魂，让我饱受无法言状的痛苦"。识字"使我看清自己悲惨的境地，却又没有任何补救的办法"。同时，识字也打开了他的眼睛，让他看到"恐怖的深渊，却又没有梯子可以让我爬上来"（Douglass，1960：67）。不过，道格拉斯的痛苦正是挣脱语言的囚禁，内心暂时获得自由的迹象。这也说明了，语言的囚禁和蓄奴制度是相辅相成的，一旦语言的囚禁失效，蓄奴制度很快就会受到挑战。

在美国的蓄奴时代，虽然也有少数奴隶主允许黑奴读书识字，但大抵还是基于经济或政治的考虑：蓄奴制度的经济形态必须大量仰赖黑奴的劳力与智力，基本的识字能力在这方面会有若干帮助；另一方面，为了让黑奴有能力阅读《圣经》，以便利意识形态上的支配与宰制，黑奴具备基本的识字能力是有用的。在这种情形之下，允许黑奴识字反而变成了一种压制行为，本身即包含着某种下层文本（subtext）的投射。问题是，语言本身有其分化力量，结果识字反而往往造成对下层文本的否定，原先的压制行为竟因此而变成解放行为。上文提到的《逃往加拿大》这本小说中的大鸦正是如此。

道格拉斯追求识字既属有意识的行为，情形更是如此。因此他说："我读得越多，越对囚禁我的人感到厌恶与憎恨。"（Douglass，

1960：67）由于识字，道格拉斯才能够锲而不舍地多方了解abolition（废除蓄奴制度）一词的含义。等他约略了解这个词所蕴涵的理论与实践时，他发现自己不单在理论上否定自己的现状，亦且想进一步改变这个现状。[1] 当他站在切萨皮克湾（Chesapeake Bay），看着海上自由往来的"美丽船只"时（1960：95），他发出了广为批评家所传诵的呼告：

> 你从系船的地方松缆，你自由了；我则被锁链所缚，我是个奴隶！你在柔风中快乐地移动，而我只能忧伤地面对血腥的鞭挞！你是自由的快翼天使，在世界四处飞翔；我被禁锢在铁制的镣铐中！啊，但愿我是自由的，但愿我正站在壮丽的甲板上，在你的护翼下！唉，浑浊的海水在你我之间滚动。走吧，走吧。但愿我也能够走！但愿我能够游泳！但愿我能够飞翔！啊，为何我要生而为人，又从人变成野兽！欢愉的船已经走了，隐没在朦胧、遥远的地方。我被留在蓄奴制度永无止境的火热地狱里。上帝啊，救救我！上帝，解救我！真有上帝吗？为什么我是个奴隶？我要逃走。我不要再忍耐了。（Douglass，1960：96）

## 四

盖茨曾经在一篇书评中指出："回忆是美国黑人文化的特征，因为不论在蓄奴时代或蓄奴时代结束以后，黑人曾经受到有系统的阻挠，无法获知自己的历史。当然，在蓄奴制度之下，他们被禁止获得正式

---

[1] 道格拉斯在《生平叙述》中故意隐瞒其获得自由的经过，理由不难想象：一、避免协助他的人处境尴尬；二、避免为日后想要逃跑的黑奴增加困难（Douglass，1960：135-137）。不过，在第一次逃亡时，道格拉斯即曾利用他的识字能力伪造通行证，可惜事机不密，结果功败垂成。不过，伪造通行证正好可以证明道格拉斯操纵书写文字的能力，同时也可以说明自由与识字之间的关系。

记忆的工具——阅读与书写……用意是要剥夺黑人的记忆，以及他们的历史。"（Gates，1989b：8）换句话说，禁止黑奴识字将造成黑奴声音瘖哑，让黑奴的存在成为问题，以便把黑奴自历史中涂灭。正如盖茨所说的，所谓"黑奴"，其实是个置身于时间以外的人。（Gates，1987a：101）由于缺乏书写的历史，黑奴的存在就必须依靠个人的记忆，而黑奴也因此成为"他或她自己的奴隶，他或她自己回忆能力的囚徒"。在这样残暴的时间观念之下，"黑奴在记忆之外别无过去"（Gates，1987a：101）。在黑奴识字之后，他们的过去就不仅局限于个别的记忆而已了。许多个别的记忆以黑奴自述的面貌出现，形成盖茨所说的"社群的、集体的故事"（Gates，1987a：108）。

道格拉斯的例子最能够说明在蓄奴制度的宰制下，识字与自由的辩证关系。识字显然不只让黑奴达成人身自由，尚且还带给他们另一种自由，那就是以书写的形式"衍生与散播关于自我知识的自由"（Kutzinski，1983：104）。道格拉斯不但以其阅读与书写的能力获得实际的人身自由，从而颠覆了蓄奴制度的意识形态霸权，并且以其《生平叙述》，打破在白人文化霸权下的"黑人缄默"（the black silence）。换言之，道格拉斯借他个人的书写记忆来证明黑人的存在，重新找回长期受到压制的声音。

1841 年 8 月 11 日，道格拉斯在南塔克特（Nantucket）反蓄奴制度大会上演说。《生平叙述》就是以当初他在大会上演说的心情结束的：

> 这是个沉重的十字架，我很勉强扛了起来。事实上，我觉得自己是个奴隶，面对白人说话这个念头使我内心沉重。我开口说话，过了一会儿，我感受到某种程度的自由，于是我以相当轻松的心情说出了我想说的话。从那时到现在，我始终在为我的弟兄们辩护——究竟有多成功，究竟我做了什么奉献，我还是让了解我的

工作的人来决定好了。(Douglass，1960：153）

这样的结束显然意义深远。我们不难发现，在反蓄奴制度大会上的道格拉斯一方面已在政治、经济上摆脱了蓄奴制度的控制，另一方面在语言上也开始挣脱蓄奴制度的桎梏。这时候，使用语言已经成为一种反支配、反宰制的政治行为。

道格拉斯自南塔克特反蓄奴制度大会之后，"我始终在为我的弟兄们辩护"。这说明他不仅已经找到他的语言与声音，同时他对自己语言与声音的颠覆性深具信心。对道格拉斯来说，他的语言与声音最具体的政治行为当然是他"自撰"的《生平叙述》。

"自撰"（Written by Himself）是道格拉斯《生平叙述》题目的一部分，而且是极有意义而不可分割或抽离的一部分。其实，道格拉斯的《生平叙述》并不是个特例，特别是内战前的许多黑奴自述，往往会在书名上冠上"自撰"的字样，一方面固然是为了确认文本作者的身份；另一方面，这显然还是个语言的政治行为。白人社会赖以宰制黑奴的另一个神话因此而告瓦解，这个神话是：因为黑奴缺少智慧，所以没有识字的能力。这个简单的假设曾经是黑奴遭到非人化与物化的理论基础，同时也说明了，何以在蓄奴制度底下，黑奴基本上只是以客体存在。"要成为主体，"盖茨就曾指出，"在成为社会或历史存在之前，曾是黑奴的黑人必须展示其使用语言的能力。简单地说，黑奴只能在语言中书写他们的自我。"（Gates，1987a：105）"自撰"二字正好凸显了这样的书写行为，同时证明了黑人的智慧与识字潜力；这是公开书写自己的主体性，公开宣称黑奴也是人。

"自撰"的书写行为所蕴含的权力就像一把双刃之剑；依沃尔尼（James Olney）的说法，这种书写行为除了是个"骄傲的声明"之外，还是"一个主张与攻击的行为"：一方面固然对准禁止黑奴识字的白人奴隶主，另一方面也是朝着白人黑奴解放运动者，这些鼓吹废奴运动的人往往混淆主持者与作者之间的身份，他们霸占或利用已获得自由的黑奴的情形，和以前的奴隶主并没有太大的不同（Olney，1989：5）。"自撰"二字无异于表明，这样的书写行为其实是一种抗拒——抗拒任何形式的支配与宰制。这样的描述用在道格拉斯身上似乎更有意义。《生平叙述》出版后的第十年，道格拉斯又在1855年印行了他的第二部自传《我的囚禁与我的自由》（*My Bondage and My Freedom*）；到了1881年，他又出版了另一部篇幅更长的自传《道格拉斯的生平与时代》（*Life and Time of Frederirk Douglass*）。至少在1855年的自传里，我们看到了道格拉斯和废奴主义者加里森（William Lloyd Garrison）之间的决裂。而在1845年的《生平叙述》中，加里森还是为道格拉斯写序，确认《生平叙述》的真实性的人。

正因为如此，我们更可以认定"自撰"二字的颠覆性——对白人废奴主义者权威的颠覆。像许多内战前所印行的黑奴自述一样，《生平叙述》文本前也有白人的证明文件——除了前面提到的加里森的序文外，还附有另外一位废奴主义者菲利普斯（Wendell Phillips）的信。这两份文件最重要的功能当然是证明《生平叙述》一书的真实性，而这个功能很明显地又是建立在白人的支配性权力上。换句话说，道格拉斯《生平叙述》一书中关于蓄奴制度的证言，仍须经过白人权力的认可才算生效。如此一来，"自撰"二字所凸显的有意识的书写行为，与这两份证明文件之间的关系就变得相当复杂。简单地说，序和信这两份文本诚然是为了确认"自撰"行为的真实性，但"自撰"二字不也是在向这两篇象征白人支配性权力的文本争取自主权、自治权，乃至于所有权吗？

从艰苦的识字过程到自撰《生平叙述》，道格拉斯显然已一步步摆脱语言的边陲地位，而且像诗人兰道尔（Dudley Randall）所说的，开始"摧毁蓄奴制度的图像与恐惧"（Randall，1971：142）。

# 二 鲍德温的自传行为

一

31 岁那年，鲍德温（James Baldwin）写了一篇《自传手札》（"Autobiographical Notes"），这篇《自传手札》后来成为《乡土之子手札》（*Notes of a Native Son*）的第一篇。《自传手札》开头几句话是这样的：

> 31 年前我诞生于哈林区。大约在学习阅读的时候，我就开始编撰小说。我童年的故事是习见的苍白的梦幻，我们可以略而不谈，我只有一个保留的评语：我绝不考虑重过这样的童年。（Baldwin，1955：3）

在原文中，这段引文的前两句用的是过去时态，第三句则以现在时态表达。《自传手札》的最后一段只有一句话："我要做一个诚实的人，一个好作家。"（1955：8）这句话用的也是现在时态，不过，其指涉却是未来。事实上我们知道，英文里头的现在时态往往"涵盖了某些语文以未来时态涵盖的部分"（Hjelmslev, 1969: 53-54；同时请参考 Du-rot and Todorov, 1979: 317-318）。

过去？现在？未来？这究竟是怎么一回事？

从希腊文的字源来看，自传（autobiography）指的是作者以文字撰述（*graphè*）自己的（*autos*）生平（*bios*），那么整个叙事过程应该是回顾取向的，应该是作者—叙述者—主角（author-narrator-protag-onist）对过去的反省活动。可是从上引鲍德温《自传手札》中的几句话看来，事实却又不尽如此。在他这篇短短的自传当中，鲍德温谈的不只是过去，绝大部分的篇幅涉及现在以及未来。如果我们仔细阅读他的《自传手札》，我们还可以发现，他对过去的回顾大约只占全文的三分之一，其他三分之二与他的过去无关。我们应该如何解释这个现象呢？

我们不妨从自传的文类成规着手。不过在描述自传的文类成规之前，我们先大略了解自传的撰写过程。晚近的自传理论大抵都已同意，撰写自传不仅是一个人以笔墨回忆过去岁月的过程而已，自传作者通常是以撰述当时对自己的观感来选择他的回忆的。因此，所有的自传都是选择性的，都是注定不完整的，其中当然包括自传作者对自身生、死的无知。里克罗夫特（Charles Rycroft）在一篇讨论自传的论文中指出：

> 自传的撰写过程……不是现在的"我"（present "I"）记录过去的"我"（past "me"）生命中诸多事件的过程，而是现在的"我"和过去的"我"之间辩证的过程，双方最后也因而有了改变，作者—主角同样可以实实在在地说"我写了它"，以及"它写了我"。（Rycroft, 1983: 541）

所谓"我写了它"以及"它写了我"，最能够说明整个过程是现在的

"我"和过去的"我"之间互动的过程。自传最显著的特征就是这种自我对抗，也就是现时的自我与过去的自我之间的对抗（Chang, 1981: 9）。

冈恩（Janet Varner Gunn）在其研究自传的书中，曾以阅读的行为这个隐喻来描述撰写自传的过程。她认为自传作者面对自己的过去，就像读者面对文本一样。在她看来，自传作者正是一个典范的读者，置身于诠释的世界中；自传具体呈现了阅读的行为，成为"诠释活动各种可能性与各种问题的模式"（Gunn，1982：22）。如果我们同意阅读的过程就是读者和文本之间的互动的话（Iser，1978：107），依冈恩的理论推演，撰写自传的过程正是自传作者和他的过去之间的互动过程，也就是前面所指陈的现在的"我"和过去的"我"之间的互动过程。

"互动"这个用语在这里有其特定的意义。用伊泽尔（Wolfgang Iser）的话说，"研究文学作品不应该只关心文本本身，也应该同样关心对文本的反应的一切行动"（Iser，1978：20）。不过阅读行为这个隐喻，用在这里仍有其欠缺的地方，因为阅读的对象是别人的文本，而撰写自传则是转向面对自己（Lang，1982：11），两者之间自然会有差距。以阅读行为来描述自传的写作，也许可以说明在撰写自传的过程中，自传作者和他的过去之间存在着双向传达的关系，这个关系使自传得以完成。

和阅读行为类似的是，自传的撰写过程难免产生选择、省略、增添、扭曲、修正、遗忘等现象。此之所以鲍德温在《自传手札》中一开头就说："我童年的故事……我们可以略而不谈。"事实上在整篇《自传手札》中，回忆部分最主要的事件是他青少年时期读书与写作的大略经过。譬如在少年时代他常一边照顾弟妹，一边猛读《汤姆大伯的小屋》（*Uncle Tom's Cabin*）与《双城记》（*A Tale of Two Cities*）。（他说那时候身边有什么就读什么。但是为什么只提到《汤姆大伯的小屋》和《双城记》？是选择的结果？是省略了？是遗忘？）十二三岁时，他的一篇小说得到一家教会报纸的小奖。就在 21 岁那年，他完成了一本小说（何以他不提这本小说的名字？），结果获得了萨塞顿奖（Saxton Fellowship）。22 岁，他在一家餐厅当侍者，同时开始撰写有关黑人问题的书评。24 岁，他决定远赴法国，并在法国完成了他的名著《到山上去宣告》（*Go Tell It on the Mountain*）。31 年的时间能回忆的只有这么些？为什么他要把回忆局限于当年读书写作的经过？

在回答这些问题之前，我们仍然要对自传的文类特征稍加了解。

二

一直到 1976 年，有人在撰写有关自传的博士论文时，还这么写道："在所有文学类型中，自传是最未受到界定，而可以加以界定的一种。"（Acharya，1976：15）即使晚至 1979 年，德·曼（Paul de Man）还在一篇讨论自传的论文中指出：

> 经验上和理论上，自传是极不适合给予文类定义的；每一个个别的例子似乎都是标准的例外；自传作品本身似乎总会遮蔽到邻近的，甚至于与其格格不入的文类，最明显不过的也许是，文类的讨论在悲剧与小说方面可以获致丰富的启示价值，一涉及自传，文类的讨论就变得贫瘠不堪。（de Man，1979：920）

不错，和悲剧或小说等所谓的主流文类比起来，自传的处境的确显得有点尴尬。不过自传的命运近年来似乎日有改善。[1] 我们暂且回到 1969 年斯塔罗宾斯基（Jean Starobinski）一篇讨论自传文体的论文。

---

[1] 著名的文学刊物如 *New Literary History, Georgia Review, Genre, Modern Language Notes* 等后来皆曾推出专号讨论自传。

斯塔罗宾斯基以莱里斯（Michel Leiris）和萨特（Jean-Paul Sartre）的自传为例，说明在自传中论述的特征和叙事的特征往往是并存的。因此他以试探的口吻建议用论述—叙事（discourse-history）这个模式来描述自传的文类特征（Starobinski，1971：287–288）。斯塔罗宾斯基的说法实源于本维尼斯特（Emile Benveniste）有关语言系统的分类。本维尼斯特从法文动词时态中归纳出两个语言系统，即叙事（*histoire*）与论述（*discours*），两者既有区别，却也相辅相成，互为表里（Benveniste，1966：238）。依本维尼斯特的说法，这两个系统也适用于其他印欧语系的语言。他认为叙事作为一种话语形态（*le mode d'énonciation*），是排除所有"语言的'自传'形式的"（*forme linguistique "autobiographique"*）（Benveniste，1966：239）。此之所以述史者从不说**我**（*je*）、**你**（*tu*）、**这里**（*ici*），或**现在**（*maintenant*）。这些人称代名词或副词都是论述的形式外表（*l'appareil formel du discours*）（239）。所有论述的话语，根据本维尼斯特的说法，无不假定说话者和听话者的存在，而且前者往往怀有影响后者的意图。这些论述的话语包括各种不同性质与层次的口说论述（*discourse oraux*），从琐碎的对话到修辞华丽的演说，不一而足。此外还有许多文类都可以归入论述的范畴，譬如信函、回忆录、说教文学，等等。在这些文类中，我们可以想象说话者和听话者的对话状况（242）。论述的形式外表因此显示在**我：你**（*je: tu*）的关系中，而叙事多采用第三人称的形态（239），所以在叙事中，**我：你**的关系并不存在。至于时态方面，本维尼斯特指出，叙事一般都采用过去时态，而排斥现在和未来时态。论述则偏于过去时态以外的任何时态（245）。

叙事既以第三人称的人称代名词取代"语言的自传形式"，那么我们该如何描述叙事——如自传——中的"我"呢，譬如鲍德温《自传手札》中的第一句："31 年前我诞生于哈林区"？

马兰（Louis Marin）在阐释本维尼斯特的观点时指出，当"我"

讲述"我"的故事时，我们听（读）到的其实是有关"他"的再现，这个"他"是个"缺席的第三者"（Marin，1978：601）。而在叙事的过程中，"他"并未面对任何人，所以不能产生任何影响对方的意图，类似论述中的**我：你**的关系也因此在叙事中找不到。像"31 年前我诞生于哈林区"这句话里头的"我"，显然并不是撰写自传当时的"我"，而是一个历史的"我"。用朗格（Candace Lang）的话说，作者早已"给予这个'我'一个'他'的客观地位"（Lang，1982：14）。这个"我"同样并没有面对任何人，因此在这句话中，**我：你**的关系并不存在，也因此没有什么影响听话者的意图。总之，这个"我"是个被他人讲述的对象，与论述中的"我"是大不相同的。依普林斯（Gerald Prince）的说法，这个被他人讲述的对象就是第三人称的人称代名词（Prince，1982：7）。

至此我们大致可以确定，在鲍德温的《自传手札》中，前面约三分之一的篇幅，以过去时态叙述他青少年时期读书写作的经过，大抵属于叙事。剩下的三分之二，其特征是大量应用现在时态，这一部分可以归入论述的范围。下面是两个例子：

> 黑人作家面临的一个困难是……黑人的问题被写得太多了。书架在各种资料的重压下呻吟，而每个人也认为自己见多识广了。此外，这些资料通常使得传统的态度变得更为强硬。传统的态度只有两种——支持或反对。就我个人而言，我说不出究竟哪一种态度最令我痛苦。我是以作家的身份说话；站在社会的观点来看，我完全了解，不管动机为何，不管有多不完美，不管如何表达，从恶意变成善意总比根本不变要来得好。（Baldwin，1955：5）

> 人只凭借一件事写作——即个人自身的经验。一切还要看人的狠

劲如何从这个经验挤出最后一滴来……不论是甜美或苦涩。这是艺术家唯一真正的关怀，要从生命的紊乱中重新创造秩序，那就是艺术。对于身为黑人作家的我来说，困难在于我无法很接近地考察我的经验，社会情况的种种要求和某些千真万确的危险使我无法这么做。（Baldwin，1955：7）

这两个例子是典型的论述的话语，除了时态的应用符合论述的要求外，我们还可以轻易设想出**我：你**对话的情况；换句话说，除了说话者外，还有一个（群）听话者。

《自传手札》是斯塔罗宾斯基所谓的论述—叙事的混杂体（Starobinski，1971：288）。其实两者也不能截然分开，所以在叙事中会加入论述，在论述中偶尔也夹杂叙事。由于自传本来就是个强烈自我指涉（self-referential）的文类——尤其指涉自传作者时空与认知的历史性（historicity），论述的比重有时候较叙事的比重高毋宁是很自然的事（Chang，1981：14）。此之所以在鲍德温的《自传手札》中，叙事约略只占三分之一，其余都可归入论述。

在《自传手札》中，叙事与论述是互为表里，相辅相成的。鲍德温在叙事部分讲述了他青少年时期读书写作的经过，在论述部分则讨论非裔美国作家所面临的尴尬处境与困境。如此说来，过去的叙事之所以有意义，主要是因为它契合现在的论述。换句话说，叙事是意符（signifier），其意指（signified）是论述。或者倒过来用德·曼的话说："自传的计划本身也可能引出并决定生平。"（de Man，1979：920）德·曼的意思是，自传中的论述往往可以决定叙事的内容。因此，自传指涉现在或未来的成分要高于过去。同理，鲍德温在结束《自传手札》时说"我要做一个诚实的人，一个好作家"，也就不难理解了，因为这句话正好指涉现在与未来。

# 三

《自传手札》可以说是鲍德温大部分自传作品的典范。以上对于《自传手札》的描述，大抵适用于鲍德温其他自传作品。和《自传手札》一样，这些作品大致上是遵循西尔万德（Carolyn Wedin Sylvander）所说的经验—思想（experience-idea）的模式。西尔万德指出，"在鲍德温最好的散文中……他对自身历史的利用既富洞察力而又诚恳，他的思想因而得以衍生，开展与维系。他引领读者穿越那些衍生其思想或感受的经验，读者即使不相信这些思想，也至少能够清晰地了解。"（Sylvander，1980：24）西尔万德的话其实可以简述为叙事与论述两种活动。叙事只是手段，论述才是目的。这一点上文已经一再指陈，下面我们还要举例说明。

《乡土之子手札》（"Notes of a Native Son"）向被视为美国自传文学的杰作。在鲍德温不同式样的自传中，叙事与论述的混杂要数这一篇最为复杂。叙事部分主要是追忆他19岁前后家庭与社会的变动。

> 1943年7月29日，我父亲去世。同一天的几个小时之后，他最小的孩子诞生了。就在这件事发生前的一个多月，正当我们集中精力等待这些事件的来临时，底特律发生了本世纪最残酷的种族暴动之一。我父亲丧礼后的几个小时，他还躺在殡仪馆中让人凭吊的时候，哈林区爆发了种族暴动。8月3日的上午，我们穿过一片盘碟玻璃碎片的荒野，把父亲送到坟场去。（Baldwin，1955：85）

"1943年7月29日"，正如《自传手札》一开头的"31年前"一样，说明了叙述者的时间位置（temporal stance）。话语时间（*le moment d'énonciation*）和话语（*énoncé*）中事件发生的时间（*le moment de l'événement*）显然有一段距离。卡洛尔（David Carroll）曾经指出，在叙事中，"事件就在那儿，以简单的系列记录，一件接着一件"（Carroll, 1982: 22）。这一段话可以作为以上引文的脚注。这些"以简单的系列记录"的事件把个人、家族、种族及国家的遭遇一一陈列，没有任何时空的复杂性。

《乡土之子手札》的叙事部分，和《自传手札》中的一样，也是为论述铺路的：

> 为了恨白人，一个人必须蒙蔽大部分的思想——还有心灵——好让恨本身变成一种姿态，这种姿态既令人疲惫，而又自我毁灭。不过……这并不意味着爱就能够轻易到来：白人的世界太强大了，太自满了，又充满了毫无来由的侮辱，更要命的是，白人对这一点又过于无知，过于天真……人总是置身于决定切除或任由生疮之间。切除会很快，但时间可能证明切除并无必要——或者耽误太久了。生疮会很慢，但没有人敢说对自己的症候诊断无误。做一个跛脚者度过此生的想法不是每一个人可以忍受的，同样无法忍受的是在痛苦中慢慢毒肿起来的危险。最后，麻烦的是，纵使选择并不存在，危险却是真的。（Baldwin，1955：112）

这一段话虽然看不见人称代名词所指示的叙述者，但话中所讨论的情况说明了说话者与听话者之间是有共同的了解的，**我：你**关系的存在显示这是一段论述。论述本来就暗示沟通，因此论述不可能是个孤独、唯我的个体的语言经验。每一个**我**（不论是明示的或者暗示的）都表示一个**你**的存在（不论是真实的、虚构的，或是理想的），整个语言行为都是对准这个**你**而来（Carroll, 1982：23–24）。

回到鲍德温的论述，我们可以继续追问：这个**你**究竟是谁呢？上文说过，在论述中**我**通常是有影响**你**的意图的。也就是说，**你**就是

**我**的诉求对象。那么，回到我们的问题：鲍德温的论述诉求的对象是谁呢？或者换另一个方式问：鲍德温的自传作品所设定的读者是谁呢？

早期的黑人自传——包括黑奴自述（the slave narratives）——多是以白人为诉求对象。其设定的读者与实际的读者也多属白人。我们可以想象，这些白人读者中一定有不少是支持废奴运动的。而早期黑人自传的作者为了影响白人读者，在文体、语调，乃至于语言的应用上，莫不心存白人读者可能的反应（Butterfield，1974：13，47-64）。这些自传在叙事方面容有不同，但论述上无不在痛斥奴隶制度之不当，并竭尽所能证明黑人也是人。这样的议题以白人为诉求对象是不难想象的。这些自传的作者要白人相信，"黑奴有智力与意愿在自由中求进步"（Butterfield，1974：13）。

鲍德温在撰写其自传作品时，尽管白人社会对黑人的歧视依然存在（其自传作品有不少亲身经验可以证明），但黑人的境遇与过去比较，毕竟已不能同日而语了。他的大部分自传作品完成于 20 世纪 60 年代黑人民权运动的前后。如果我们同意，在自传的写作中，"怎么写，写什么，**要看什么时候**写"（Cooke，1973：260），那么可以想象的是，鲍德温的自传作品与早期的黑人自传一定大不相同，诉求的对象也一定有了改变。这一点单单从上引《乡土之子手札》中的论述，就不难看出多少端倪来。

"为了要恨白人，一个人必须蒙蔽大部分的思想——还有心灵——好让恨本身变成一种姿态，这种姿态既令人疲惫，而又自我毁灭。"这句话中所谓的"一个人"实际上指的是黑人，话中对黑人的批评也很明显。等到他以"跛脚者"来暗喻黑人的时候，他的矛头已指向白人："做一个跛脚者度过此生的想法不是每一个人可以忍受的，同样无法忍受的是在痛苦中毒肿起来的危险。"

由于黑人的特殊经验，黑人的自传始终是以白人为主要的诉求对象和意指的读者；用赛尔（Robert F. Sayre）的话说，"这是一群有待教养的读者"（Sayre，1980：166）。黑人自传中大概不容易出现类似以下富兰克林（Benjamin Franklin）所说的话：

> 我出身寒微，如今境遇丰裕，并在当世稍获薄名；生活既一向很快乐，用以立身处世的各种方法，蒙上苍保佑，又都如此成功。我想我这种处世之道，我的子孙将会乐于知道的；因为他们将来在各自的环境或遭遇中，很可能发现其中某些方法是可以适用而值得效法。（Franklin，1954：6；译文据杨景迈，1979：1）

富兰克林的论述虽然也意图教导读者，影响读者，但却是要读者以他为楷模。黑人要借自传来教导白人，并不是要白人模仿他们，而只是要影响白人，说服白人而已。

当代非裔美国人的自传虽然仍以白人为诉求对象，但却已不局限于白人了，其设定的读者早已包括了白人与黑人。鲍德温的自传作品是个很好的例子。上面在讨论《乡土之子手札》的论述时已经指出这一点。即使在上文所引的《自传手札》的论述部分，我们也可以看出其设定的读者早已不限于白人。

《十字架下》（"Down at the Cross"）是鲍德温另一个式样的自传，其设定的读者更是一清二楚。这同样是一篇混杂着叙事与论述的文本，叙事部分主要是回忆鲍德温的宗教经验，从他 14 岁时所面临的宗教危机开始，一直到他成年后与美国黑人伊斯兰教领袖伊利贾·穆罕默德（Elijah Muhammad）的会面，基督教会与黑人伊斯兰教运动同样令他失望，从而引发了他所有自传作品中最为冗长的论述。鲍德温以擅长利用历史（个人的、种族的，或是国家的）著称，他的论述往往指涉历史经验：

要大部分的黑人冒险相信白人的人道比他们的肤色要来得真实是办不到的。长期以来黑人早就学会了凡事往坏处想，因此不免会在不知不觉的情况下形成一种心灵状态：黑人发现自己很容易往坏处想。（Baldwin，1963：82）

矛盾的是……只要美国黑人不肯接受自己的过去，不论在何处，在哪一块大陆，他都没有前途。接受自己的过去——自己的历史——与沉湎于过去大不相同；接受过去意味着学习如何利用过去。杜撰的过去是不堪使用的；在生活的压力下，这样的过去会龟裂，会崩溃，就像旱季的黏土那样。要怎么样利用美国黑人的过去呢？所付的代价是空前的……那就是超越肤色、民族与祭坛等现实。（Baldwin，1963：95-96）

在所有的西方国家中，美国早就被认定要来证明肤色的观念是无益而过时的。可是美国始终不敢接受这个机会，甚至没有把它当作机会。美国白人把它视为自己的耻辱，而且还忌羡那些比较文明和文雅的欧洲国家，黑人未在这些国家登陆，使她们免受骚扰。这是因为美国白人认为"欧洲"和"文明"是同义词——其实并不是——而始终怀疑其他的标准和活力的泉源（特别是美国本身所衍生的活力），并企图在各方面证明欧洲所谓的东方也是美国白人的东方。（Baldwin，1963：107）

简单地说，我们——黑人与白人——在这里彼此深切地需要对方，倘若我们真的想完成自我，成熟，像男女一样。创造一个国家已经证明是件极其艰巨的事；当然更没有必要创造两个国家，一个属于黑人，一个属于白人。（Baldwin，1963：111）

这四段文字并不是特例，在《十字架下》类似的文字俯拾即是。除了最后一段比较指涉未来外，前三段文字皆指涉历史经验。

从这四段文字不难看出，鲍德温的自传所设定的读者实则包括了白人与黑人。像第二段显然意在影响黑人，所设定的读者自然也是黑人。第一、三段的诉求对象则是白人，因此这时候白人就成为作者所设定的读者。最后一段也许最能说明其心目中的读者实则涵盖了黑人与白人——也就是鲍德温所谓的"我们"。前面在讨论《自传手札》时曾经指出，自传是指涉现在甚或未来的，最后这一段文字是最好的佐证。从以上所引的论述中，我们还可以发现，自我早已经消失不见，这一点正好契合了罗森布拉特（Roger Rosenblatt）所说的，黑人自传都有自我泯灭（self-effacement）的现象（Rosenblatt，1980：180）。

# 三 《马尔孔·X自传》的主体问题

一

就自传与其撰写计划之间的互动关系而言，像《马尔孔·X自传》（*The Autobiography of Malcolm X*）这样既引人入胜又错综复杂的作品实属少见。马尔孔·X的自传是一个极佳的范例，可以用来说明自传中的生命历程何以是写作计划进行当下的构想（参见 de Man，1984：69；Lee，1986：88-90）。马尔孔·X本人并非其自传的作者，他与《根》（*Roots*）一书的作者哈里（Alex Haley）合作，向哈里叙述自己的生平，并由哈里记录而成。哈里写道：

在我问他是否愿意说出自己的故事出版时，马尔孔·X露出惶恐的神色，我很少见到他这样不确定的表情。终于，他说："写书这件事我要考虑考虑。"两天过后，他来电要我到一家黑人穆斯林餐厅与他会面。他说："我同意出书。我想我的生平故事可以让人们更能体会［伊利贾］穆罕默德先生（[Elijah] Muhammad）拯救黑人的努力。但我不希望有人误解我的动机；我的书的每一分钱收入都必须献给伊斯兰民族（Nation of Islam）。（Malcolm X and Haley，1965：386）

马尔孔·X 的话清楚说明其自传的原先计划与目的：他希望他的生平故事能激发人们对伊利贾·穆罕默德的尊敬。就某种意义而言，他有意让其生命历程成为具有宗教目的之"生平"，甚至成为具有宗教意义的圣徒传。他的目的不在展现其个人信仰与情操，而是为了向世人指出伊利贾·穆罕默德的非凡领导能力与高尚品德，因为马尔孔·X 即是受他的感化才改信伊斯兰教的。[1] 马尔孔·X 最初在为自传所题的献辞中写道："谨将本书献给我最尊敬的伊利贾·穆罕默德，是他在美国这世上最肮脏污秽的文明与社会中找到我，伸手拉我起来，将我涤净，让我重新站立，并造就今日的我。"（Malcolm X and Haley, 1965: 387）

这就是为什么马尔孔·X 在刚开始与哈里合作时，对构思中的自传的目的与计划非常投入，他有意借此阐扬伊利贾·穆罕默德的教诲，推展伊斯兰教带给黑人的愿景。换句话说，马尔孔·X 希望他即将问世的自传同时具有宗教与政治的教化功能。哈里起初对此深感挫折和沮丧，他写道：

> 大概有一个月的时间我觉得此书恐怕无法成章。这期间马尔孔·X 仍然很拘谨地称呼我"先生"。而我的笔记本上几乎空无一

---

[1] 若干论者将《马尔孔·X 自传》视为关于改变信仰的书，伯特霍夫（Warner Berthoff）即认为，"这本书讲的是关于改变信仰与其后续结果的故事"（Berthoff，1971：318）。另一方面，奥曼（Carol Ohmann）在此自传中看到两次信仰上的转变：第一次是传主皈依伊利贾·穆罕默德的门下；第二次则是他在麦加朝圣时改信他所谓的真正的伊斯兰教（Ohmann，1970：137-148）。门德尔（Barrett John Mandel）也持类似的看法，但他认为马尔孔·X 的初次皈依是错误的信仰，第二次才是他真正皈依伊斯兰教（Mandel，1972：272）。埃金（Paul John Eakin）则不同意门德尔这种二分法，他说："通常是找到真正信仰的人才会说之前'信错了教'，不过马尔孔·X 并没这样看待自己，因为对他而言，所谓'信错了教'并非全盘皆错，因此他不须否定过去。"（Eakin，1980：184）换句话说，马尔孔·X 改信伊斯兰教并没有错，只是他追随的人错了。

物，记录的只是黑人的穆斯林哲学、对穆罕默德先生的颂扬，以及"白人魔鬼的恶行"，等等。我若尝试提醒他这本书写的是他的生平，他就会怒不可遏。我当时就思忖着可能要向出版社报告我的课题恐怕难以完成。（Malcolm X and Haley，1965：388）

大概一个月后，哈里终于找到方法，让马尔孔·X"发现，说出，并相信其生平与个性中的种种改变和延续性"（Stone，1982b：160）。哈里从马尔孔·X 在匆忙中写下的笔记条中找到线索，于是他从马尔孔·X 母亲的故事开始，诱使他谈论自己的家庭。哈里之后回忆道："让他透过这种意识流般的回想，我终于可以动笔写出书的最初几章。"（Malcolm X and Haley，1965：390）

这段插曲值得申述。一方面，《马尔孔·X 自传》其实是马尔孔·X 与哈里互动之余的成品，另一方面，哈里在整个自传写作的过程中扮演了关键性的角色。套用著名的自传学者沃尔尼（James Olney）的话说，马尔孔·X 绝不是一位"具有纯粹意识的自传作者"（Olney，1980：242）。即使马尔孔·X 谈到自己的时候，他的主要关怀和许多黑人自传作者的其实没有两样，也就是抗议非裔美国人所遭受的迫害："我们要展现出我们渴望尽其所能地选择自己生活；沉默也好，发声也罢，我们都要尽其所能地批判外在的国家情况，因为这些状况导致个人选择自由的限缩或消亡。"（Rosenblatt，1980：170）然而马尔孔·X 也不忘强调黑人的未来希望，那就是伊利贾·穆罕默德与其创立的伊斯兰民族。

有些自传在进行写作计划时，传主在现实中却面临生命的危险关头。马尔孔·X 的自传正是这样的一个案例。马尔孔·X 因个人的领导魅力，带给伊利贾·穆罕默德相当大的威胁，结果被迫离开黑人穆斯林社群。马尔孔·X 确信黑人伊斯兰教组织正计划谋害他，因此他随时有丧命的可能。他说道："我知道白天或夜晚的任何时刻，自己都可能归西。自从我上次出国后，这种感受便特别真切，因为我已经看透正在发生的事物的本质，我也从我们所依靠的神圣源头中听到事物的流动。"（1965：378）于是他预立遗嘱，甚至怀疑自己能否活到自传付梓面世。

生命的危机让马尔孔·X有所领悟，他开始对时间产生全新的看法，同时体会到生命的虚幻短暂。他告诉哈里："我希望加快写作，因为我生命中的事件变化得如此快速，以致每月所记录下来的事情都可能一下子就成为陈年往事。生命中的事物无一是恒久的，更遑论生命本身。"（Malcolm X and Haley，1965：413－414）

有时候个人的生命危机可能对自传计划与其写作策略产生重大的影响。与伊利贾·穆罕默德和伊斯兰民族决裂之后，尤其是赴圣城麦加朝圣之后，马尔孔·X开始重新思考伊利贾·穆罕默德所扮演的角色。他说道："当我伫立在圣地的山顶上时，我体悟到将一位凡夫俗子推崇备至是多么危险，更危险的是将他视为'受神意指引'与'受上帝保护'的人。"（1965：365）在自传的《尾声》中，哈里提到，马尔孔·X甚至有意修改有关他与伊利贾·穆罕默德和伊斯兰民族之间的部分章节。哈里写道："我之前对于心怀愤恨的马尔孔·X感到忧虑，我担心他想回头看那些记录他在黑人伊斯兰民族那段日子的章节，然后大肆修改。"（1965：412）哈里的担心其实是有道理的，他说：

> 事情解决了，我把几个章节的初稿寄给马尔孔·X阅读。让我震惊的是，他很快就寄回稿子，但上面有多处涂改，针对的是他曾经谈起与伊利贾·穆罕默德近乎父子关系的情谊……一想到他可能要把整本自传当作攻击伊利贾·穆罕默德的辩论集时，我就非常沮丧。（1965：414）

哈里当然无法苟同这种做法，于是他设法说服马尔孔·X，要求他的自传必须依照原先计划进行，不应该有大幅度的修改。哈里所扮演的角色显然不只是忠实记录传主的话而已，他甚至尝试影响马尔孔·X，决定其自传细节之顺序安排，并且以他认为适当的方式反复引导传主思考。我们不难想象，倘若哈里没有坚持此自传的最初计划，《马尔孔·X自传》最后的版本势必是另一番风貌。

二

哈里认为自己的角色就像是个"客观的编年史家"（Malcolm X and Haley，1965：456）。其实在签约撰写自传之后，马尔孔·X就直接截当告诉哈里："我要的是一位写作者，不是诠释者。"（1965：456）换句话说，他认定他的自传即是他的生平的真实呈现，不应该掺杂记录者的任何诠释。同样的自信心也可以在《富兰克林自传》（*The Autobiography of Benjamin Franklin*）中找到。富兰克林在其自传的开头就这么写道：

> 倘若上苍给我机会选择，我不会反对将这辈子重来一遍。不过我只要求能有作者般的特权，在书本的第二版中修正初版错漏之处。这样一来，我除了改正错误外，还可以把几件不吉之事化险为夷。即使不给我这个特权，我仍然愿意接受这个机会，再次体验相同的一生。然而我不能希望重新为人，所以退而求其次，一边回忆过往，一边将回忆形诸文字，使之永久长存。（Franklin，1954：6；译文主要据杨景迈，1979：1）

富兰克林似乎在暗示，一部自传的完成乃是由经历、回忆、记录三阶段构成的过程。对他而言，他的生平经历、回忆，以及其笔下所呈现的生平面貌应该是同一回事，他相信自传与其一生是一体之两面，他的生平——所谓的"外在文本"（*hors-texte*）——即等于自传的最后文本。

"外在文本"指的是传主的生平。我们别忘了，即使在自传写作计划已经定案或者已经开始执行时，传主的人生并未结束。因此就理论或经验来说，自传文本永远是未完成的作品。富兰克林将"外在文本"视同自传文本，认为他的自传与他的生平是同一回事，这种想法其实正好落入一种有关自传的神话：自传为生命书写的棋局画下句点。卢梭（Jean-Jacques Rousseau）在《忏悔录》（*The Confessions*）里也抱持同样的信心："我的目的在向世人完整而忠实地呈现一幅肖像，这画中的主角就是我本人。"（Rousseau，1984：17）他相信在《忏悔录》的文本中，他对自己的生平作了翔实的记述，因此其自传的内容是"完整而忠实"的。如果卢梭真的达成其目的，如果他真的准确呈现了"我的所作所为"的最终纪录，如果他的《忏悔录》确实反映他的"外在文本"（他的生平），那么他等于完成了生命书写的最后棋局。

然而棋局并无法终止，这或许可以解释何以自传作者要不停书写自传。虽然他们的书写必定以自己的生平为本，但呈现出来的却只是生平的许多面向或版本之一。这也说明了何以有些自传作者拒绝相信自传是对传主生平最可靠与最权威的呈现。换句话说，他们不接受生命书写终于自我书写的说法，在某个程度上也怀疑卢梭所说的"我了解自己"（Rousseau，1984：17）这样的信念。

当卢梭将其自传比拟为肖像时，他是把书写模拟为绘画，并认为自己所扮演的是自画像的画家。这里当然涉及隐喻的问题。"肖像"这个隐喻有三个层面：首先要有一个被画的对象，一个本源（original）；其次，还得有一位肖像画家替这个对象作画；其三则是再现的过程，也就是说，肖像其实是模拟的产物。我的问题并非针对书写与绘画之间的模拟，虽然这个模拟本身也有问题；我想指出的是，在本源与再现之间的辩证关系中，肖像画家到底扮演了什么样的角色？霍加斯（William

L. Howarth）[1] 曾经指出，当肖像画家与被画的对象为同一人时，两者的界限"不再有分别"，这位肖像画家兼模特儿"必须轮流分饰两角，一下子摆姿势，一下子拿画笔"。霍加斯更进一步描述肖像画家为自己作画的困境：

> 他组构／创作（compose）一幅画——就 compose 此动词的双重意涵而言。他的衣着与身后背景构成了图画，同时也提供了画像本身的形式。他对着镜子端详着自己的倒影，一个只有他最熟悉的倒影。由于只有一面镜子，限制他仅能看到脸部正面，或是四分之三的脸部；他可能无法画自己的侧面轮廓，因为他看不到侧面。镜中影像抗拒视觉分析，比如他要画自己的手时，拿笔的那只手也非移动不可。就算图完成了，也全然无深度可言。他必须从看不见的部分着手，画比骨骼与肌肉更未经琢凿的线条，他还要以音量与音色、草稿和底色，加入已完成的自己的复制品。因此他同时仰赖眼睛观察与记忆回想；眼观与回忆分别在两条不同的时间线上进行，因而产生两个不同的平面空间。两者之间的交织构成了多种面向、纵深与未来感。（Howarth，1980：85）

霍加斯以上的话否定了肖像能"完整而忠实地"呈现被画者的可能性。事实上，始源——模特——已然是"记忆与视觉"的建构，也是"两种层次的时间"与"两个平面的空间"的建构。而再现的成品——肖像——可说是想象操弄下的模拟产物。文本也是再现的产物，因此不可能"完整而忠实地"再现"外在文本"，也就是始源。文本本身就是一种建构。

当马尔孔·X 提醒哈里他要的是一位写作者而非诠释者时，他已经

---

[1] 编注：威廉·霍加斯（William L. Howarth, 1697–1764），英国著名版画家、讽刺画家，欧洲连环漫画先驱，绘有一系列卓越的现实主义肖像画。

心存预设，以为他的自传将直接再现他的生平。他认为他的自传文本必能分毫不差地复制其"外在文本"。马尔孔·X会这么假设，因为他相信自己的生平已然具体存在，完整地保存在记忆中，只待形诸文字而已。他无法了解的是，生平并非始终存在于某处，生平其实已经遭到泯除。事实上，他所拥有的只是生平的痕迹和回忆而已。用伯顿·派克（Burton Pike）的话说："过去并不存在，存在的只是对过去的记忆——即零星的事件与片段的感受，回忆乃是另一个脉络下重建出来的，我们不可能重现原初的事实与经验。唯一幻想可以这么做的途径即是在当下虚构过去。"（Pike，1976：337）

当然，对自传作者而言，记忆的价值是难以估量的，因为记忆是作者联系过去的主要桥梁。不过记忆只能在时间中运作，而且容易出错（参见 Lee，1986：91-92）。卢梭《忏悔录》中的叙述者就曾经这么承认："倘若我不经意用上一些无关紧要的修饰，那只是为了填补由于**记忆残缺**而产生的空白。"（Rousseau，1984：17，强调部分为笔者所加）

《马尔孔·X自传》中也充斥着类似的语句：

我**记不得**当时为何没有做坏事。我**猜想**那时候自己一时不想干行骗的勾当，晚上也不去某些夜总会，也不想跟朋友嗑药。（1965：123）

我**不记得**坐牢时的囚衣号码。（152）

**如果我的记忆正确**，监狱有 24 个牢房区，每区关 50 个犯人。（157）

我当然**无法一五一十记住**当时说了什么，但我倒记得一开始时最喜欢的题材是基督教与奴隶制度的祸害。我之所以对这两者知之甚详，要归功于坐牢时的阅读。（200，强调部分为笔者所加）

马尔孔·X这些话清楚说明记忆之错综复杂，不仅易于出错，让我们质疑原作与副本是否一致，甚至连原作是否存在都值得怀疑。其实原作即使存在，恐怕也只是由片段构成。此外值得注意的是，马尔孔·X的说法正好暗示自传中会出现空缺，即卢梭所说的"空白"，因此传主有时不得不借由想象来填补这些空缺。自传跟其他叙事文一样，在铺陈事件时不免会夹杂想象与选择性的叙述。

马尔孔·X 所不了解的是，自传写作必然是诠释的行为。自传从来就不是单纯的传主生平的忠实呈现，因此难免会涉及传主对生平际遇的解读。在将生平转换成文字之前，传主必须从回忆里拣选他所需要的事件，并说明这些事件在其生命中所代表的意义。因此自传是诠释行为的产物。事实上，当马尔孔·X告诉哈里，他的"生平故事可以让人们更能体会穆罕默德先生拯救黑人的努力"（1965：386）时，此时的他正"依照当下的自我看法"来诠释其过去（Rycroft，1983：541）。

这或许正是哈里所担心的——马尔孔·X 可能由于与伊利贾·穆罕默德决裂而把其自传变成对后者的挞伐，因为马尔孔·X在被逐出伊斯兰民族之后，他对生命的看法丕变。因此我们可以这么说：当自传计划遇到重大修正时，自传中最后呈现的传主生平面貌也将大为不同，因为自传计划一遭更动，传主的诠释策略也会改变，连带影响传主对其生平的诠释。

## 三

《马尔孔·X自传》无疑是一部相当复杂的文本，其复杂性甚至在自传的撰写过程中即已浮现。马尔孔·X 先是对哈里叙述他的过去，再由后者依其叙述建构此过去。马尔孔·X 收到自传初稿之后，不仅提出建议，还径行修改此初稿。整个自传写作的过程显然涉及一连串的诠释行为，同时也融合了复杂的诠释策略。首先，我们知道马尔孔·

X 的生平——更确切地说，经过他回忆后向哈里叙述的生平——已然是诠释行为的产物；而哈里笔下的文字必然又是他对马尔孔·X 的诠释的再诠释。当马尔孔·X 把初稿送回给哈里时，他又在稿子上加入他的另一次诠释，至此至少出现了三次的诠释行为，产生了托多罗夫（Tzvetan Todorov）所说的，一再"以另一文本来取代此一文本"的诠释过程（Todorov，1977：238）。

　　显然，自传写作的过程牵涉到一连串的置换与纠葛状态，交织着多重看法与视角。上文已经提到，哈里在自传撰写的过程中扮演了相当吃重的角色。首先，他向马尔孔·X 提出自传的构想，然后引导并协助他发现其记忆的不同面向。在马尔孔·X 与伊斯兰民族决裂之后，哈里甚至成功说服他保留那些涉及他与伊利贾·穆罕默德互动的章节。这些事实正好告诉我们：马尔孔·X 在其自传里所叙述的生平不过是自传计划下的产物。诚如德·曼（Paul de Man）所说的："人们的预设是，一段生平造就一部自传，正如某个动作产生某个结果。不过持平而论，我们难道不能说是自传计划本身塑造并决定了传主的生平？我们是否能认为，作者所说的一切其实都受制于自我画像（self-portraiture）的技法，因而在各层面上他或她的文字是由自传这一媒介所决定？"（de Man，1984：69）换句话说，就自传写作而言，生平具有积极与潜在的创造力，是生平写成了自传。德·曼显然有意挑战这样的普遍观点。在德·曼看来，写成自传的并非生平，有时反而是自传创作出生平。在这种情况之下，自传主体必须被视为文本的产物，是自传写作的一部分；正如保罗·杰伊（Paul Jay）所说的，自传主体并"无生平历史，只不过是修辞构成"（Jay，1984：18）。因此当哈里以其文字叙述马尔孔·X 的生平时，他也同样将自己的存在写入此自传中，于是《马尔孔·X 自传》摇身一变而为马尔孔·X 与哈里的自传，可以说是交叠着两位共同作者声音与观点的传记。

　　由于马尔孔·X 和哈里的合作，《马尔孔·X 自传》里所出现的李法德（Michael Riffaterre）所谓的"作者的'我'"（the author's I）因此是一个相当复杂的个体。著名的自传学者斯通（Albert E. Stone）即称这样的自传为"合撰书"。[1] 斯通指出，"倘若没有哈里在旁，马尔孔·X大概永远无法理解瞬息万变的内在与外在世界"（Stone，1982b：160）。斯通称哈里为此自传的"第二意识"："如同其他合撰的著作，哈里以其作家身份成功地再造另一种声音与书写。"（Stone，1982a：253）托多罗夫曾经说过，与其说文本"由作者所写，不如说作者才是文本的媒介"（Todorov，1971：30）。哈里的例子无疑是托多罗夫论点的最佳脚注。

# 四

《马尔孔·X自传》的文本性与其文本形塑过程相当复杂，因此我们不应该轻易相信共同作者与自传主体的关系是静态而稳定的。马尔孔·X就曾经告诉哈里："我原本可以谈谈我脑中想到的许多事情，我的所见所闻，但我将这些事情置之脑外。"（Malcolm X and Haley，1965：412）马尔孔·X此处所说的，正是他的许多想法如何竞逐进入文本化的过程。既然自传主体并非稳定不变的存在，也非早于自传计划或文本建构之前出现，我们可以确定的，是文本化过程逐步建构主体的存在。李法德所谓的"作者的'我'"通常铭刻于自传之中以表示主体的存在。因此，只有在"作者的'我'"被铭刻于自传之后，主体才能借此语言建构而存在。

《马尔孔·X自传》叙事中的主体的"我"有时候会与在进行口

---

[1] 按斯通的定义，"合撰书"，即"合著自传"，为"某人所出版的生平故事，书封面印有两位作者的名字"。斯通认为合著自传"真实地体现了美国大众文学的内涵"（Stone，1982b：152）。另一方面，他认为合撰书"从南北战争后即成为自传体的主要特征，这是由于某些黑奴自述……多由他人捉刀或由誊写员记录其口述内容的缘故"（1982b：232）。

述或撰写自传的"我"合而为一，这个现象在书末几章显而易见。书末叙述马尔孔·X生命后期他与伊斯兰民族决裂后所发生的许多事件，包括他到麦加的朝圣之旅（他在麦加第二次皈依他心目中正宗的伊斯兰教），他赴亚非国家旅行的游记，以及他与参访国领袖的会晤经过等。最重要的是，书末的章节也记录了他对伊利贾·穆罕默德——现在看来是个假先知——的批判与抨击，以及他对自己死期将至的预言。自传的叙事节奏在最后几章似乎速度加快，仿佛要赶上马尔孔·X生命末期的步调。此时的马尔孔·X具有双重视境：一方面他以批判的角度回顾和反省他与伊利贾·穆罕默德及伊斯兰民族的关系，并借此重新认识这段历史；另一方面，他也察觉到他所面临的个人生命危机，并预见死亡的逼近。

对马尔孔·X而言，自传不单是书写回忆的工具，更是个人预想未来的纪录。《马尔孔·X自传》是部极为奇特的自传，因为其叙事主角清楚预言自己生命的终结，而且还把预言记录下来：

> 跟有些人不同的是，思考死亡的问题不会使我不安，因为我从未觉得自己会活到终老。甚至在我成为一位穆斯林之前，我在贫民区干过行骗勾当，蹲过牢房，那时候心里就已笼罩着我将惨烈死去的想法。的确，我生于一个弥漫着死亡的家族。我父亲以及好几位叔伯皆是暴力下的死难者，尤其是父亲，他为了信念而亡。直截了当地说，只要我深信一件事，那么我就会投入心力，为信念全心全意地奋斗——这样的个性使我很可能发未白而身先死。（Malcolm X and Haley，1965：378）

自传结束之前，马尔孔·X又语重心长地提到自己大限将至：

> 每个黎明我睁开双眼时，我想我又预借了多活一天的机会。

在任何城市里，无论我到哪里演讲，举行组织会议，或办理其他公事，都有黑人监视我的一举一动，等待除掉我的时机。我曾多次公开声明，我知道他们听从上级的刺杀命令，然而有人宁可不信我的话，只能说他们完全不了解伊斯兰民族的穆斯林……

我也知道自己可能突发地死在白人种族主义者的手里，或者死在被白人收买的黑仔手里。或者也有可能有某个遭洗脑的黑仔依据自己的想法来铲除我，他认为这么做可以帮助白人，因为我常以自己的方式批评白人。（1965：380–381）[1]

同样引人注意的是，上述引文中的第一人称"我"其实混杂了多种主体功能（subjective functions）：首先是指被叙述的主体，其次是回忆过去与预测未来的主体，最后则是以语言形态先于其未来存在的主体。基于这个理由，我认为自传不应仅被视为指涉过去的文本；事实上，自传也指涉现在与未来。

我们可以借此进一步思考埃金（Paul John Eakin）所说的"过实际生活与撰写自传之间盘根错节的关系"（Eakin，1980：192）。马尔孔·X 曾经认为他的生命"如波诡云谲，充满变化"（1965：404）。因为生命无常，他也不禁纳闷，书写一个人的生平是否能赶得上一个人的实际生活。换言之，马尔孔·X 其实怀疑自传是否真的能如纪实一般捕捉传主过去的诸多生平事实。他问道："在这么一个瞬息万变的世界里，撰写自传如何可能？"（1965：408）他在别的场合也不止一次向哈里表达类似的焦虑："生命中的事物无一是恒久的，甚至生命本身也是如此……所以我建议你尽快完成我的自传。"（1965：414）

埃金指出："马尔孔·X 拒绝相信传统自传的虚构性说法——先有

---

[1] "黑仔"一词指 "negro"，译法勉强，主要是为了与"黑鬼"（"nigger"）和"黑人"（"black"）区隔。

个人生平，然后才有生平书写；而且生平在某种意义上是完整的，撰写自传就是记录下生平的最终样貌。"（Eakin，1980：192）生命的变化否定了主体的"我"恒常不变的可能性。既然生命会转变与成长，主体的"我"也是一样。埃金的看法是对的，他说："如同生命会变化，其形貌所代表的意义也会跟着改变；自传书写是一个不断在发展的过程，因为书写就是生平的一部分，同时自传中的'我'拥有的身份也是变动不居的。"（Eakin，1980：192）

# 五

马尔孔·X的自传策略之一是大量援引自己的布道词，把这些布道词穿插在过去的叙事中，其中有些是直接引述，有些则是对布道词的重新诠释。这些直接与间接的引述大部分出现在他有关伊利贾·穆罕默德与伊斯兰民族的回忆中。可以想见的是，这些引述的重点会因自传涉及的争论议题而有所调整。简言之，当马尔孔·X提到自己在伊斯兰民族的日子时，他会引述许多他为伊利贾·穆罕默德宣教当时所说的话。然而当他提到自己与伊利贾·穆罕默德的决裂时，尤其是在赴麦加朝圣之后，他所引述的重点则有戏剧性的转变。以下试举例说明：

朝圣之旅拓展了我的视野，并赐予我崭新的洞见。在那圣土的两周里，我目睹了我这 39 年来在美国未曾见过的事：我看到**各种族、各肤色**的人——从金发碧眼的白人到皮肤黝黑的非洲人——如兄弟般相互对待，团结一致，共同生活，共同敬仰神！他们之中没有种族隔离主义者——也没有自由派人士；他们可能无法解释这些用词。

是的，我过去不加区分地控诉**所有**白种人。往后我再也不会犯同样的错了，因为我知道有些白人确实是诚恳的，他们确实能视黑人如兄弟。真正的伊斯兰教徒告诉我，不分青红皂白地全面指控白人，就跟白人全面不分青红皂白地指控黑人一样，都是错误的。

是的，我相信**某些**美国白人的确想消除猖獗的种族歧视，因为种族歧视正把这个国家推往**毁灭的路上**！"（1965：362）

整体而言，这些引述出现在自传中是有其目的或策略上的需要的，是经过刻意挑选的结果，其功能主要在论述，目的在于补充马尔孔·X对于过去事件叙述的不足。换句话说，这些引述有助于解释传主所叙述的生平事迹的意义。基本上我们可以分为两个层次解读这些引述。这些引述可以被视为一种策略，用以证明主体的存在，因为这些引述之前曾以口说的方式存在，现在则是被文本内的主体用文字形式重述一遍。在另一个层面上，它们也是一种消除自我、抹去主体的策略，因为对马尔孔·X而言，抨击伊利贾·穆罕默德似乎比在自传叙事中重建其主体与生平更为重要。

也就是说，这些争论并不单属马尔孔·X所有，其所代表的是非裔美国人的集体声音。就这层意义来看，《马尔孔·X自传》与美国黑人的自传传统是若合符节的。正如罗森布拉特（Roger Rosenblatt）所说的："黑人在自传中的'争辩'所针对的是现存的世界，而叙述者曾经是、现在也是这个世界的核心部分——尽管那是令人不快的一部分，因此自传中的'争辩'会被延伸扩大为针对自我本身。黑人自传泯灭了自我，因为这样才能够一并消泯这个世界。"（Rosenblatt，1980：180）

我们可以借此思考马尔孔·X的自传中关于互文性（intertextuality）的问题。互文性是个很有用的观念，因为这个观念可以凸显像《马尔孔·X自传》之类的文本中的主体问题。巴特（Roland Barthes）曾经就"我读此文本"这样的陈述提出解释：

阅读此文本的这个"我"已经是其他文本的复合体，包含了无限的符码，或更确切地说，迷失的符码（其源头已经无法追溯）……主体性是个完整的形象，我似乎可以借此干扰文本；然而主体的完整性是假象，主体仅是所有构成"我"的符码产物，所以我的主体性最终只是各种刻板印象的概括总和。（Barthes, 1974：10）

这里所说的"我"并不是"一个先于文本存在的纯真主体"（Barthes, 1974: 20），而是一个具有互文性的"我"，由多种符码、文本、声音等所构成；而这些构成的成分本身又是"已经被阅读、观看、实践与经验的片段"（Barthes, 1974: 20）。

若依巴特的描述来看，我们可以将文本当作传主的一生。因此，面对其生平的"我"——即阅读与重建其生平，并寻找其意义的"我"——必然是巴特所谓的"复合体"。此复合体是许多符码、文本、声音、观点等所融合的，相互对话，希望在自传撰写的过程中互相竞逐，以争取被文本化。根据本维尼斯特（Emile Benveniste）的说法，这个"我"在表达传主的声音、想法及观点时，必然已加入其他的"我"的声音、想法及观点，也就是那些"已经被阅读、观看、实践与经验的片段"，而片段之间则彼此纠缠难分。

这或许可以解释《马尔孔·X自传》在结构上何以会有两个明显的现象：第一，此自传不断引用叙事主体的布道词；第二，自传叙事经常偏离主题，而且以冗长的段落叙述他人的故事。

上文所处理的主要是《马尔孔·X自传》中自我引述（self-quotations）的本质与功能。这些引述原本为叙事性主体（narrative subject）所有，因为它们属传主过去说过的话，只不过现在——即撰写自传的当下——由论述性主体（discursive subject）所引述。透过引述，论述性主体让自己与叙事性主体进行对话。按巴特的说法，这些引述其实是"不带引号的引述"（Barthes，1977：160），是真正的众声喧哗，包含了多重的观点与意识，而且这些观点与意识的源头不是已经消失，就是难以追溯。不同的观点与意识互相冲突，因此整体而言，《马尔孔·X 自传》中的引述是纷乱杂声多于和谐乐音。

从表面看，引述只是指涉传主的过去，因为引述是传主过去说过的话，属于其生平的成分之一。然而进一步思考，引述其实也指涉现在，也就是撰写自传的当下，这是因为在定义上，自传是偏于自我指涉的（self-referential），尤其指涉传主进行其书写行为时的历史性（historicity）。这些引述往往代表传主在叙述当时抱持的想法。

马尔孔·X 的叙述有时会不由自主地提到别人的故事，包括其父母、伊利贾·穆罕默德、同父异母的妹妹埃拉（Ella）、第一位情人劳拉（Laura）、白人女友索菲亚（Sophia），以及他不务正业时结交的三教九流等。这些岔题的叙述有其重要性，因为与这些人有关的叙事影响马尔孔·X 的生平书写。伯特霍夫曾经指出，"马尔孔·X 以其生平故事交杂其所处环境的集体历史，以及影响此环境的行为规范，使得他的证词更具力量与权威"（Berthoff，1971：317）。最重要的是，这些插入的叙述有助于厘清马尔孔·X 的生平与他人的生平之间的互文关系（intertextual relation），使我们必须扬弃自传中的生平是独立存在的这种观念；相反，我们应该将传主的生平视为互文（intertext），本质上不断受到别的文本的影响。我们必须参照其他文本才能够理解他的生平。由此看来，任何一部自传显然都是许多传记的结合。

# 六

马尔孔·X 将他的一生描述为充满变化的编年纪事（Malcolm X and Haley，1965：339）。终其一生，他经历了库克（Michael G.

Cooke）所说的连串的变形。这样的经验使他度过"瞬息万变的世界"中的"社会困境与生存难题"（Cooke，1984：8）。变形意味着流动性：马尔孔·X一辈子似乎都处在流动的状态中，他不断在动态中向前迈进，似乎不知未来终于何处。举例来说，他从一个地方到另一个地方，从事不同的行业，他曾经当过擦鞋童、冷饮柜台人员、餐厅打杂员、服务生、骗徒、皮条客，等等。这种种行业戏剧性地为他的一生增添强度与活力，而且让他的自传叙述步调加快。

另一种形式的变形则让《马尔孔·X自传》的主体问题益加复杂，那就是命名／改名（naming／unnaming）的问题：他的名字与绰号分别标示他多变的一生（Stone，1982a：255）。马尔孔·X原名马尔孔·利特尔（Malcolm Little），后来绰号叫底特律红发（Detroit Red），接着有人改称他撒旦。在改信伊斯兰教之后，他为了抹除白人的历史遗毒——他的姓氏利特尔乃之前白人奴隶主所取——将名字改为马尔孔·X。在与伊利贾·穆罕默德决裂之后，马尔孔·X至麦加朝圣，他决定永远弃用这位黑人伊斯兰教领袖赐给他的名字，而选了另一个穆斯林名字：阿尔－哈吉·马里克·阿尔－沙巴兹（El-Hajj Malik El-Shabazz，即圆满者、法王之意，"哈吉"一般指到过麦加朝圣的穆斯林）。沙巴兹为强大的黑人部族的名字，据说是古代一位黑人巫师所创；"所谓美国黑人都是此部落的后代"（Malcolm X and Haley，1965：164）。马尔孔·X从妹妹希尔达（Hilda）那边获知这个名字，比他第一次听到伊利贾·穆罕默德与伊斯兰民族还要早好几年。

促使马尔孔·X不断命名／改名的背后原因，可能是本斯顿（Kimberly W. Benston）所说的语言的边陲性（linguistic marginality）（Benston，1984：152），这是许多非裔美国人共同的痛苦经验。马尔孔·X在他最后几次演讲中也提出类似的论点；在他看来，"黑仔"这个词是白人"最可恶的玩笑"。他说：

我们被称为黑仔的主要理由之一就是我们不知道自己到底是谁。当你也这样叫自己时，你就不知道自己是何许人：你不了解自己，不知道自己来自何方，更不知自己拥有什么。只要你叫自己黑仔，你就什么都没有。没有任何语言。你无法宣称任何语言——即使英语——为你所有，你搞砸了这一切。你无法要求某一个名字——任何一种名字——为你所有，任何你可以认同该为你所有的名字。只要你以黑仔这个用词来认同你自己，你便无法宣称自己拥有任何文化。它让你无法依附任何东西，甚至无法让你认同你自己的肤色。（Malcolm X，1970：15-16）

马尔孔·X认为，"黑仔"这个用词使黑人经历了"不知真相"的独特处境，并引发一连串没有答案的问题：为何流亡他国？为何与祖先的过去割裂？为何失去原有的历史、语言、宗教等？简言之，非裔美国人不知为何沦为一个被剥夺系谱的种族。因此，黑人之被边缘化与其痛苦的生存处境早已成为非裔美国文学的主要关怀。本斯顿说得对，"所有的美国黑人文学可被视为一部庞大的系谱史诗，其目标在于接续黑人在美国历史中所造成的断裂或无连续性"（Benston, 1984: 152）。这或许可以解释何以身份——个人的与种族的——的追求一向是许多非裔美国学文学作品的重要主题。

马尔孔·X早先的身份是马尔孔·利特尔；"利特尔"是白人奴隶主的姓氏，"象征着他的奴隶状态的延续"（Smith，1974：92）。因此他必须改名，去除非裔美国人在美国的过去，消除白人奴隶主遗留下来的身份印记，追求全新的自由与身份。他用"X"取代"利特尔"；"X"代表"真正的黑人姓氏"，虽然黑人也不知其真义。"X"也象征非裔美国人失去的非洲历史，一个他已经无法掌握的真相。改名的经验并非马尔孔·X所独有，即使是伊利贾·穆罕默德也有类似的经验：他曾经姓普尔（Poole），后来改姓卡利恩姆（Karriem），最后才选择穆罕默德。

不过马尔孔·X名字里的"X"也表明他是黑人伊斯兰教社群的一员。然而当他与伊利贾·穆罕默德决裂之后，他脱离了这个社群，"X"这个姓氏也就必须弃用。而他初次赴麦加朝圣的经验更带给他前所未有的冲击与体悟，因为他在麦加发现，"不管何种肤色，大家一起**诚挚**与**真心**地视对方为兄弟"（Malcolm X and Haley，1965：340）。因此，当他第一次为自己选择姓名时，他取了一个穆斯林的名字，一个全新的身份：阿尔–哈吉·马里克·阿尔–沙巴兹。他想借此取代之前的奴隶姓氏与象征未知的"X"。他的新名字具有多层的象征意义：第一，它代表马尔孔·X再次重拾其伊斯兰教信仰，他也因此进入"精神的化境"（Smith，1974：99）；第二，相较于伊斯兰民族时或更早以前的身份而言，这个名字代表新的身份，而且是马尔孔·X自己选择的身份（Smith，1974：99）；第三，它也象征着马尔孔·X新的体验，了解何谓四海之内皆兄弟，这是之前他在黑人伊斯兰民族中从未有过的体验。

除了别人冠上的或自己所取的名字外，马尔孔·X在追随伊利贾·穆罕默德前还有其他绰号。例如他的一位朋友矮子（Shorty）叫他"伙计"（Homeboy）；他在波士顿混日子的时候，矮子是头一个带他"见世面"（Malcolm X and Haley，1965：44）的人。不久他到纽约的哈林区，过着糜烂的生活，起先是到处行骗，之后改当皮条客。这时有人给他取了新的绰号：他持枪抢劫时的诨号叫"底特律红发"；后来在餐厅当洗碗工时则叫"芝加哥红发"（Chicago Red）。他被称为"红发"是由于他烫直头发后留下的发色。这两个绰号并非没有意义，它们揭示了马尔孔·X的生存处境，也说明他为某个"社群认可，并成为此社群的一分子"（Smith，1974：86）。"撒旦"则是他在入狱期间牢友给他的绰号。的确，这是他当犯人时心理状态的最好写照，但也似乎预示他即将反叛基督教——他父亲的信仰。

从马尔孔·利特尔、伙计、底特律红发、撒旦，到马尔孔·X，再到阿尔–哈吉·马里克·阿尔–沙巴兹，马尔孔·X的身份显然历经了一连串的变异与换置。他的经验象征他努力不懈地想要建立自我身份——由于他生为黑人的边缘存在而无法被他人认可的身份。他的命名／改名具有象征意义，代表他抛弃旧的身份而接纳新的认同，同时也意味着他自觉到生命的不同阶段之间其实存在着断裂与差异。或许基于这个缘故，有人赞扬马尔孔·X为"自我改造最为彻底的美国亚当"（Whitefield，1978：404）。同理，因为名字代表身份，《马尔孔·X自传》也可被视为分别属于马尔孔·利特尔、伙计、底特律红发、撒旦、马尔孔·X，以及阿尔－哈吉·马里克·阿尔－沙巴兹的自传。

# 七

大致来说，哈里在自传结束前所写的《尾声》具有两个层次的重要性：一方面是哈里有意透过《尾声》总结他与传主之间的互动关系，这一切正好发生在传主的人生关键时刻；另一方面，《尾声》也诡异地揭露了传主不止一次预见自己的死亡形式。马尔孔·X告诉哈里："如果这本自传出版时我还在人世，那真是个奇迹。"（Malcolm X and Haley，1965：410）在另一个场合，也就是他遇刺的前几天，他说过："我只是想再读一次这本自传，因为我不希望它就此完结。"（1965：426）自传的写作进行时间超过两年，其间还因为马尔孔·X与伊斯兰民族的决裂而遭遇重大修改。脱离伊斯兰民族必然造成自传观点的转变，斯通也曾经对此提出类似的看法："整个叙事的确标示马尔孔·X往后在观点与价值上的改变。"（Stone，1982a：248）这也说明了，其实即使有自传计划，也未必能依原定计划进行，因为计划不仅可能更动，传主的看法有时还得取决于自传撰写当时的情况。哈里回忆说："马尔孔·X当天的所见所闻可能有助于他接受访谈时的心情。如果某些日子他遇到令他感动的事，一般上他会说出最热切、最感人的情节。"

（1965：392）

  《马尔孔·X自传》文本中所呈现的主体与生平显然是自传计划的产物。在被文本化之前，自传主体本来就处于不断流动的状态。马尔孔·X的自传极为复杂，自传的撰写是**透过**经验丰富的作家——哈里——完成的，而哈里却又预先拟订好写作计划之后才找上马尔孔·X。自传主体的问题在自传的互文指涉关系中益加复杂，整个问题最后更因马尔孔·X的命名／改名而完全被凸显出来。

  马尔孔·X不相信自传是传主生平的全貌呈现（参见 Eakin，1980：192）。事实上，他甚至质疑在如此"瞬息万变的世界"中撰写自传的可能性。最后也是最有力的证明是，他在自传中完全没有提到他与哈里合作撰写自传的计划，而这个计划无疑是他人生最后几年里最为重要的事件之一。

# 四　地理、逾越政治与盖茨的《有色人种》

一

　　在盖茨（Henry Louis Gates, Jr.）的批评产业中，非裔美国自传扮演了相当重要的角色。1984年他与前辈非裔美国批评家戴维斯（Charles T. Davis）合编出版了一部有关黑奴自述的文集，书名就叫作《黑奴自述》（*The Slave's Narrative*）。这本文集选辑了自1750年至1982年间有关黑奴自述的文章数十篇，其中包括若干18、19世纪的匿名书评。黑奴自述不仅是非裔美国文学的源头，也是世界文学史上少有的现象：在我们所熟知的文学史中，只有非裔美国文学滥觞于奴隶的自述。《黑奴自述》的编者在《导论：蓄奴制度的语言》（"Introduction: The Language of Slavery"）中问道："文学传统还有比这更奇特的起源吗？"（Davis and Gates，1985：xv）[1] 语虽沉痛，却也是实情。而自传在非裔美国文学的庞大传统显然也是其来有自的——除了美国内战前

---

[1]　这篇《导论》应是出于盖茨之手，原因是：一、戴维斯不及见此选集之出版，已于1981年去世；二、更重要的是，《导论》全文充斥结构主义与后结构主义的术语，这都不是戴维斯所擅长的，反而是盖茨当时批评活动的主要指涉依据。

后所留下的数目相当可观的黑奴自述之外，几乎每一位重要的美国黑人作家都有自传面世。[1]《黑奴自述》中的评论文章所探讨的多为18、19世纪的黑人自传，那是个黑、白关系主要仍受到生物种族主义与身体政治所操弄的时代，黑人的识字活动仍未受到鼓励（内战之前是被禁止的），知识行为理所当然被视为并非黑人所长。《黑奴自述》的编者因此认为，"黑奴自述的兴起是对黑人不能书写之类说法的反应与驳斥"（xv）。这样的文化政治致使黑奴自述注定要成为"最能体现文学与社会典制之间的形式关系的文学类型"（李有成，1990：106）：黑奴自述不但是美国黑人文化与政治斗争的最早场域，也是美国黑人自我再现最早的践行活动。

盖茨在三年后另外编辑了一部《经典黑奴自述》（*The Classic Slave Narratives*），收录了四部著名的黑奴自述。[2] 盖茨为这本选集所写的《导论》（"Introduction"）语多重复，除了分别简述黑奴自述出版当时的领受史外，并约略讨论这四部自述的内容与重要性。盖茨认为，许多黑奴在获得自由之后，在决定撰写他们的故事之前，其实早已读过其他黑奴的故事，因而逐渐酝酿形成黑奴自述的集体性或集体意识：

> 在这种模仿与重复的过程中，黑奴自述逐渐形成一个社群的

---

[1]　有关非裔美国自传较详尽的书目，请参考布里格纳诺（Brignano，1984）。此书共收710条，时间只及于20世纪80年代初期，过去一二十年间又陆续发掘或出版了不少新旧自传，实际数目当然不止于此。

[2]　这四部黑奴自述都是美国内战之前的作品，包括伊圭亚诺（Olaudah Equiano）的 *The Interesting Narrative of the Life of Olaudah Equiano, or Gustavus Vassa*（1814）、普林斯（Mary Prince）的 *The History of Mary Prince, a West Indian Slave*（1831）、道格拉斯（Frederick Douglass）的 *Narrative of the Life of Frederick Douglass, an American Slave. Written by Himself*（1845），以及雅各布斯（Harriet Jacobs）的 *Incidents in the Life of a Slave Girl*（1861）。这些自述的作者男女各半，其中一位是非洲人、一位是西印度群岛黑人，另外两位则是美国黑人。用盖茨在此选集《导论》的话说，"这样可以帮助我们了解蓄奴制度底下全面的黑人经验"（Gates，1987c：xii）。

话语、一个集体的故事，而非仅仅是个人的自传而已。每一位黑奴作者在撰述他或她个人生平经验的时候，同时也代表千百万仍被禁锢在南方的缄默无声的黑奴撰述他们的生平经验。（Gates，1987c：x）

1991 年出版的《见证：20 世纪非裔美国自传选》（*Bearing Witness: Selections from African-American Autobiography in the Twentieth Century*）是盖茨另一个有关非裔美国自传的计划。这本文选收集了 20 世纪美国黑人自传 28 篇，大部分为长篇自传的摘录，非裔美国自传的经典文本可说尽在其中矣。这些自传固然分属杰出美国黑人的个别肖像，"但摆在一起，它们也等于非裔美国人的集体肖像，它们展现非裔美国人在面对种族和性别歧视等通常看似难以克服的逆境时如何保持信念"（Gates，1991：9）。因此，它们是非裔美国自传——乃至于非裔美国文学——蕴含双重诉说（double articulation）的最好例证：这些自传既是个人的，同时也是集体的；用盖茨在该文选《导论》（"Introduction"）中的话说，自黑奴自述以降的美国黑人自传，大抵都是在叙述"'种族'的集体历史"（Gates，1991：4）。从 18 世纪迄今，非裔美国自传的文化政治似乎没有多大改变：自传始终是非裔美国人文化与政治斗争的场域，是再现种族自我的实践空间。换句话说，自传行为所开拓的批判空间为非裔美国人提供成为说话主体（speaking subjects）的可能性。

盖茨有关美国黑人自传的经验当然不限于上述的编辑与论述活动，在《见证》一书的《导论》中，他回忆——这是自传行为的基础——少年时代阅读黑人自传的情形：

我记得小萨米·戴维斯（Sammy Davis, Jr.）的第一本自传《是的我能！》（*Yes I Can!*）在 1965 年出版时，很快就成为畅销书，事实上在华兹暴动（Watts Riots）[1]之后，此书畅销到我甚至在我们西弗吉尼亚州派德蒙（Piedmont，West Virginia）当地的报摊上都可以买得到。小萨米·戴维斯忧伤与胜利的故事启发了我，使我想要找寻其他的黑人自传。

　　为了寻找解除美国种族歧视疯狂的钥匙，为了寻找在美国种族歧视下苟存的策略，我很热切地首先读了《马尔孔·X自传》（The Autobiography of Malcolm X），后来又读了克劳德·布朗（Claude Brown）的《福地之子》（Manchild in the Promised Land），我家中每个人都读过这些自传。我是透过《福地之子》首次接触到敏感且辩才无碍的黑人青年在都会世界中追寻自我与尊严的记录，这个都会世界距我在西弗吉尼亚州山区中的村落是何其遥远。（Gates，1991：5）

盖茨这两段回忆文字所透露的若干信息与这一章以下的讨论有些关系，这里不妨略作申述。一是非裔美国自传与种族歧视的关系。从黑奴自述开始，美国黑人自传最重要的议题即是在质疑与驳斥美国白人的种族主义。盖茨指出，在西方的种族论述中，黑人过去一向被视为最低贱的人种或猿猴的近亲，其区分的标准即在于有没有识字或书写的能力。甫获自由的黑奴之所以愿意亲自撰写自传，目的之一就是为了反击与拆穿这一类种族歧视的神话。"这些作者……发表他们的自传，指控西方文化的现存秩序，对他们来说，蓄奴制度则是此秩序中最显见的符号。"（Gates, 1988: 167）自传行为与自传文本本身就足以

---

[1]　编注：华兹暴动指爆发于1965年8月11日至17日洛杉矶市华兹社区的一起严重种族暴力冲突。华兹地区的居民以黑人为主，约占90%以上，而管辖该地区的警察均为白人，双方之间本已存在矛盾。1965年8月11日，一位白人高速公路巡警在逮捕一名黑人酒驾者时与当地黑人发生冲突，冲突规模迅速扩大，导致严重后果。在这次冲突中共死亡34人，伤1032人，近4000人被捕，造成损失在3500万美元以上。冲突引发了一系列连锁反应，并推动了黑人民权运动的发展。

反证白人生物种族主义的荒谬无稽。内战前所出版的许多黑奴自述往往故意在书名中冠上"自撰"（"Written by Himself"）的字样，一方面固然是为了确认作者的身份，另一方面即是在公开宣示自己为说话主体，以证明黑人的识字与书写能力。"要成为主体，"盖茨曾经指出，"在成为社会或历史生命之前，曾是黑奴的黑人必须展示其使用语言的能力。简单地说，黑奴只能在语言中书写他们的自我。"（1987c: 105）不仅如此，这些早期黑人自传的作者还必须借他们的书写行为证明"他们在道德、精神及知识上够资格成为白人的同侪"（Andrews, 1999: 224）。

美国社会数百年来根深蒂固的种族主义并非单纯出于偏见而已，此种族主义乃是结构性与建制性的歧视，是强势族群对弱势族群有系统的种族排外、经济剥削、文化宰制的结果。必须结合以上这些关系，才能清楚勾勒美国种族主义的面目（Omi and Winant，1994：69）。对这种系统性与建制性的种族歧视，两百年来的非裔美国自传充斥着难以计数的实例，自道格拉斯、雅各布斯、布克·华盛顿（Booker T. Washington）、杜波伊斯（W. E. B. Du Bois）到赖特（Richard Wright）、鲍德温（James Baldwin）、马尔孔·X，黑人自传作者总是不忘以其自身的经历向其族人提供种种生存之道——也就是盖茨所谓的"解除美国种族歧视疯狂的钥匙"，或者"在美国种族歧视下苟存的策略"。黑人自传多属反抗文学，原因不难想象。这些自传之所以具有疗伤止痛、激励人心、安抚心灵的作用，显然也是在种族歧视之下，黑人读者采用诊疗式读法的结果。

其次，盖茨在回忆中两度提到他出生与成长的地方：西尼吉尼亚州山区中一个叫派德蒙的村镇。显然这是个在空间上距离城市甚远的边陲地带，一个无论从任何角度来看都谈不上得风气之先的地理与历史环境。盖茨因此以能在派德蒙购得小萨米·戴维斯的自传而深感讶异，并借此判定此自传之畅销程度。他也因此在克劳德·布朗的自传中发现另外一个与自己身处的空间截然不同的地理与历史环境：城市。盖茨所置身的时空环境——他的"地方"（"place"）——模塑了他的视界，使他因此意识到他所身处的位置：派德蒙作为一个边陲村镇既是真实的，也是隐喻的；这个村镇不仅是可以清楚标示的地理与历史空间，而且此空间同时也让盖茨产生一种置身其中的归属感（sense of locatedness）。这种从阅读黑人自传所培养的位置感，其实是盖茨的位置政治（politics of location）的基础。

二

一般人总认为种族歧视乃非理性的产物，是种族偏见造成的结果，因此种族主义也被视为一种社会病态，而种族歧视分子则是具体反映这种病态的病人。这种说法企图以非理性来合理化种族主义，使之免于道德制裁；也就是说，种族主义非关道德，因为它本质上是非理性的。既然种族歧视是属于非理性的社会病态，种族歧视分子自然可以顺理成章无法也无须为自己的思想行为负责——在这种情形之下，种族主义毋宁是精神问题而非道德问题。

理性原就是现代性论述的重要支柱，它所体现的是"非历史的普世原则与思想准则"。引申言之，所谓"理性的人"必然信奉"客观、中性、不偏不倚及合于普世性的社会政治与道德价值"，种族主义的内在非理性其实也是出于这样的假设（Goldberg，1993：118）。理性一旦被视为放诸四海而皆准的普世原则，就很容易被塑造成为区分人我的标准，甚至因此而被设定为分辨善恶、辨别文明与野蛮、进步与落伍的准绳。尽管理性只是启蒙时代西方世界所发展出来的思维方式，但是随着现代性论述的推延扩展，上述的二元对立结构早已形成，整个意义的层系也已经确立。理性于是成为普遍真理，成为理所当然的知识系统，以至于最终不免要沦为逻各斯中心主义（logocentrism）。种族主义所仰赖的正是这样的逻各斯中心主义，这样的二元对立结构。

换另一个角度来看，当种族主义已经成为结构性与建制性的集体行为，成为国家意识形态——如蓄奴时代的美国、纳粹时代的德国——很难令人相信种族主义只是非理性行为或社会病态而已。种族主义之所以能深入社会各个阶层，特别为社会中的强势族群所信仰，并作为合理化其迫害弱势族群的理论依据，显然必须经过经年累月绵密的过程与细心的设计。换言之，必须经过部署细节、列举实证、制造声明、建构理论等论述程序，并且透过国家机器和社会与文化机制进行教育与渗透，才能形成气候，深植人心。鲍德温在黑奴解放一百周年纪念日以《我的地牢动摇》（"My Dungeon Shook"）为题，给他的侄儿写了一封信，信中提道：

> 这个天真的国家将你摆在贫民窟里，其实早就有意让你毁灭。且让我精确地说出我的意思，因为这才是事情的真相，也是我与自己国家争吵的根源。你出生在你出生的地方，面对你所面对的未来，只因为你是个黑人，**别无其他原因**。你的志向的界线就此永远受到限制。你出生在这样的一个社会，它以诸多方式，竭尽所能蛮横而清楚地指出你是个一无是处的人。没有人期望你出类拔萃：人家只希望你与平庸为伍。不管你走到哪里……总有人告诉你该往何处去，该做些什么（以及该怎么做），该住在哪里，以及该与谁婚娶。我知道你的同胞并不同意我这种说法，我还听到他们说："你夸大其辞。"他们不了解哈林，可是我了解。你也了解。不要轻信别人的话，包括我的——信任你的经验。你要了解你来自何方。如果你了解你来自何方，你就知道：你要去向何处其实并无任何限制。人家早就处心积虑将你生命中的种种细节和象征详加设计，要你相信白人所说的有关你的一切。请你

设法记住，他们所相信的，以及他们所做的、要你承受的一切，并不足以证明你的卑贱，反而证明了他们的残酷不仁与恐惧不安……他们其实陷于自己所不了解的历史中；除非他们了解，他们无法从中获得释放……你不妨想象，某个清晨你醒过来，发现阳光灿烂而群星燃放光芒，你会有何感觉。你会深感恐惧，因为这一切有违自然秩序。宇宙中的任何变动都是令人害怕的，因为这种变动深深地袭击了一个人对自身现实的体认。诚然，黑人在白人世界中的作用就像一颗固定的星辰、一根不可移动的支柱：一旦他离开他的位置，天地势必从根基动摇。（Baldwin，1963：21-23）

鲍德温这一席话无异于戳破了美国种族关系的面具，直指美国种族主义的核心真相，特别是种种规划与界定种族关系的设计与结构。总之，黑色美国所面对的种族歧视其实就是萨义德在论犹太复国主义（Zionism）时所谓的细节政策（policy of detail）。[1] 这样的种族主义怎么可能只是非理性的产物？

我以较长的篇幅引述鲍德温的话其实还有另一层用意。在上述的引文中，我发现鲍德温对美国种族主义的描述多出之以地理或空间修辞："贫民窟"、"界线"、"走到哪里"、"往何处去"、"住在哪里"、"来自何方"、"根基"、"位置"，甚至于"固定的星辰"、"不可移动的支柱"等涉及种族歧视的声明，无不都是地理或空间用语。而且这一类用语之多，恐怕也很难以偶然视之。的确，这并不是偶然的现象，种

---

[1] 萨义德认为犹太复国主义并非单纯的殖民视境，而是一种细节政策。在这个政策的规划下，巴勒斯坦不仅是应允之地而已，而且还是个"具有特质的特别疆域"。犹太人"一寸寸、一步步"，巨细靡遗地（in detail）对这片特别疆域进行考察。阿拉伯人则浑然无知，不知道自己所面对的其实是一种细节规训（a discipline of detail），犹太人即是透过此细节规训，在巴勒斯坦的土地上建立起一向只能想象的家国（Said，1992：94-95）。

族歧视的现象或种族关系的分析自始就隐含空间性，地理或空间用语也常被借用来描述这些现象，分析这些关系。劳埃德（David Lloyd）甚至认为："不管我们所处理的是帝国扩张和国际资本的全球地理，还是城市内部、贫民窟化或人的错置情形等我们较熟知的地理，如果不参照空间的各种类别，我们根本无从思构种族主义的历史与理论。"不仅如此，过去数十年反种族主义的文化政治也多仰赖或诉诸地理修辞与空间隐喻，如欧洲中心论、边陲化、排外，或者二元的空间对立如中心／边陲、开放／封闭、内／外，甚至东方主义等批判性类别等（Lloyd，1991：62；Keith and Pile，1993：1-2）。

## 三

种族主义不但诉诸地理或空间修辞，其实质更是地理与空间的践行活动。换言之，种族主义仍然必须透过地理或空间的实践，才能具体呈现其实质内容或意识形态。正如劳埃德所说的："一方面，在整个历史中，种族的观念必须借人种的地理分布来说明……另一方面，在种族主义的政治中，最令人侧目的是对立种族之间的对抗，以及彼此之间不平等权力关系实际的与象征的空间布置。"（Lloyd，1991：62）熟悉殖民情境和弱势族群社会经济状况的人，对这样的地理分布或空间分配应该不会感到陌生。类似的历史现实足以说明种族关系与地理分置如何密不可分。

前文曾经指出，盖茨在《见证》一书的《导论》中两度提到他出生与成长的村镇派德蒙，我认为那是盖茨的"地方"。这里我采用地方一词，目的是为了与空间有所区别。空间是个抽象的地理概念，地方则是个被赋予意义的空间。然则空间在何种情况之下会变成地方呢？答案是：被命名之后。从此地方在我们"身份认同的象征与心理层面扮演了一个潜在的重要角色"（Carter, Donald and Squires，1993：xii）。地方不仅明示有形的地理疆界，同时也暗示层层网状的社会关系。位置政治的形成固然需要一个可以称之为地方的空间，更重要的应该是这些社会关系网络：我们通常必须面对这些社会关系——不论是种族的、阶级的或性别的——来界定或模塑自己的位置政治。

在其自传《有色人种》（*Colored People: A Memoir*）中，盖茨一开始即重新想象派德蒙成为他的地方：

> 对我的孩子来说，整个派德蒙必然看起来是个灰暗、了无生气的小镇，一砖一瓦正逐渐步向腐朽，就像我旧日的学校一样。派德蒙的人口已经降到只有1100人，其中300名是黑人，这个人口的平均年龄也逐年增加……不，我的孩子永远不可能了解派德蒙，永远不可能经验我在那个地方至今仍可感受到的魔力，那是我学会如何做有色人种孩子的地方。（Gates，1994：4）

这个重新想象的派德蒙正是界定盖茨的社会关系、塑造他的种族属性的地方，他的孩子缺乏他所拥有的置身其中之归属感——一种对地理与历史环境的认同——因此不可能了解派德蒙，她们也不必借派德蒙的经验"学做有色人种孩子"。

盖茨以一封致女儿玛吉（Maggie）和莉莎（Liza）的信作为《有色人种》的序文。他在信中告诉她们，《有色人种》所要叙述的"不是一个种族的故事，而是一个村镇、一个家族及其友人的故事。某种被隔离的和平的故事"（Gates，1994：xvi）。《有色人种》出版后不久，盖茨在与非裔美国女性艺术家安娜·迪维尔·史密斯（Anna Deavere Smith）的一次对谈中表示，《有色人种》最早所采的就是书信的结构形式："我到意大利的贝拉乔（Belaggio）6个星期。我每天写一封信——最初几个星期我每天写20到25页，以书信的形式写给我的两个女儿玛吉和莉莎。"后来出版社以内容不乏粗言粗语与性的暗示，给儿童——当时盖茨的女儿分别是 10 与 12 岁——的信上不该出现这样的内容为由，要求盖茨大幅修改。盖茨花了一年的时间重写《有色人种》，"初稿唯一留下来的就是开头给玛吉和莉莎的那封信"（Middlebrook，1995：188）。

从他编选的 20 世纪非裔美国自传，可知盖茨大抵视自传为见证。自传之为见证自然无法避免涉及自传作者本身的位置政治：作者以何种视界、何种立场及何种修辞作此见证？其视界、立场及修辞又如何受制于他所身处的位置？盖茨重新想象的派德蒙是个移民村镇："白色派德蒙是意大利人和爱尔兰人的，再加上住在东罕普夏街（East Hampshire Street）上一小撮富有的盎格鲁-萨格逊族新教徒白种人，其他'族裔'——有色人种和白种——的工人阶级街坊则在别的地方。"（Gates，1994：5）这样的人口与地理分布当然也尤可避免地决定了派德蒙的社会地志（social topography），以及随之而来的种族之间的权力关系。在这种社会地志与权力关系的塑造之下，真正属于盖茨的地方其实是黑色派德蒙：

> 有色人种住在三个街坊："市内"，就在后街（Back Street），我们又称之为"黑人街"（"Black Street"）——但只能在父母亲不在场的时候，因为那年头"黑人"一词还是不合文雅社会的用法；"山上"，或者伊玲街（Erin Street），就在东罕普夏街上头隔一条街；以及鼠尾街（Rat Tail Street）下段。（Gates，1994：7）

这一段描述平淡无奇，但我们可以从中看出居住空间种族化的结果，那就是族群的孤立现象。在种族主义论述的推波助澜之下，居住位置可以轻易被转化为种族属性或族群认同。盖茨所重新想象的黑色派德蒙，就像纽约的哈林、洛杉矶的中南区、费城的西区、芝加哥的南区，反映的是种族住宅隔离的现象，这个现象往往会被误认为是社会或种族差异的根源。在盖茨所描述的黑色派德蒙，我们确实看到劳埃德所说的对立种族之间"不平等权力关系实际的与象征的空间布置"。这是种族主义仰赖地理实践的另一个实例。

盖茨即是以这样的位置政治开始他的自传叙事：先重新想象他的方位，将这个方位历史化与政治化，然后借这个具体的地理与历史环境表达抽象的社会关系——从书名《有色人种》可以看出，其自传有意处理的主要是种族关系。不过话说回来，从黑奴自述以降，哪一部非裔美国人的自传会不触及种族关系呢？

四

《有色人种》中种族关系的复杂性与地理的实践活动有相当密切的关系。像民权运动前的许多美国城镇一样，盖茨的派德蒙是个由建制性种族隔离所主宰的乡镇：这个现象并不限于上面所提到的住家隔离，而是同时涵盖了社会、经济、文化、教育等各种践行活动。种族隔离基本上是透过地理安排所进行的宰制性活动，是将种族问题空间化的实践行为，是强势种族基于种族偏见而规划的强制性区隔现象，目的在于稳定与巩固各种宰制性的安排，确定种族之间的活动范围与疆界，以防止逾越或跨界的行为。《有色人种》一书中处处可见有关种族隔离的叙述：

> 我们的街坊界线分明，仿佛被绳索或十字旋转门区隔。简直可以用拉长的大横布条写道，欢迎莅临有色人种区。我们在这个区里心情轻松，就像穿着内裤、赤足在家里四处走动，或者躺在电视机前的长沙发上鼾声大作——就好比笼罩在家的舒适，以及你所

爱的人的温情之中。

　　即使我们到市内去，我们的疆界也早被详加划定：我们会群
聚在派德蒙第一国民银行的阶梯上，咀嚼人世，分析人世……
（Gates，1994：12）

这些疆界形成稳定的空间布置和静滞不动的种族与社会关系，甚至负
面地限制了非裔美国人的社会活动，造成非裔美国人生活上的种种不
便。盖茨回忆其童年时代所遭遇的种族歧视时指出：

在我童年的大部分时间里，我们不能在餐厅进餐或者在旅馆过
夜，我们不能使用某些厕所或者在商店里"试穿衣服"。……

　　就好像有一面专给有色人种看的只准外带的固定牌子一样，
假定你会站在柜台前，领取你的食物，走开，"然后离去"。……
（Gates，1994：17）

换言之，种族隔离之成为一种建制并不单可见于空间安排而已，同时
还可见于日常生活的各种践行活动当中。种族隔离固然必须借空间部
署具现，但是也必须透过衣、食、住、行等日常生活的实践，予以强
化、巩固。

种族隔离所展现的是空间的种族化过程，用意当然是在稳定、维
系不平等的歧视性种族关系：

整体而言，那些年——20世纪50年代与60年代早期——白人的
派德蒙和有色人种的派德蒙彼此倒也相安无事。至少只要有色人
种不进平价（Cut-Rate）餐厅或约会酒吧（Rendezvous Bar），或
者不在艾迪（Eddie's）餐厅吃比萨，或者置产，或者搬进白人街
坊去，或者跟白人跳舞、约会或踩到白人。更不必谈在纸厂的技

术部门谋职，或者在属于白人的海外退伍军人俱乐部（VFW）喝一杯，或者加入白人所属的美国军团，或者向银行贷款，或者在一般事务上越过了界。除此之外，有色人种和白人之间倒也和睦相处。（1994：28）

盖茨的叙述说明了种族隔离是建立在胡克斯（bell hooks）所谓的否定政治（politics of denial）上："否定政治就像耻辱文化一样，是为了将我们固定在我们的地方上。"（hooks，1994b：270）黑人有形或隐喻的社会空间必须被局限在某个预先划定的疆界范围内而不得稍有逾越，任何逾越行为将造成疆界范围的变动，无异于否定了否定政治，而否定政治正是种族隔离或种族主义的基础。

种族隔离大抵是强势种族集体权力意志的展现。在此权力意志的支配之下，种族主义变成了一种生活方式，是非裔美国人——同时也是白人——社会化及涵化（acculturation）过程中不可或缺的一部分，因此也造成了看似"自然"的两个黑白不同的派德蒙，它们彼此界定，但也隐约相互对立。黑人若逾越此种族疆界，固然将引发白人群起制裁，白人违反这种"自然"经验，无意间侵入黑人的日常生活领域，也会造成不快。"当某白人男性或女性出现在不属于他或她的地方，我们世界的疆界似乎受到侵犯。"（Gates，1994：8）盖茨在《有色人种》中不止一次提到这种现象：

他们［白人］之中的某一位出现时，我们的空间就受到侵袭。节奏走了样。音乐听起来不大对劲：他们会设法让节拍走样。每个人都提前离去。人们会说他们玩得很开心，但不晓得什么原因他们有些累了，或者他们必须早起上班。要不他们就大发脾气，某人会给另一个人——通常是他太太——一巴掌。（Gates，1994：9）

显然，在种族歧视与种族隔离的支配之下，黑色派德蒙竟因此形成了自身俱足、自成畛域的有色人种的世界：

> 那个世界的灵魂是有色的。其居民进有色人种的学校，上有色人种的教堂，住有色人种的街坊，吃有色人种的食物，听有色人种的音乐。而当脂肪和肥油最后封闭了他们的动脉，使他们的心脏爆裂时，他们在有色人种的牧师护送之下，躺在有色人种的坟场；年老的南方牧师穿着黑色西装，闪闪发亮的黑色额头，对炸鸡垂涎欲滴，对这些人来说，讲道即是上帝对他们的个人召唤，是上帝天堂电话的直通线路。他们跟有色人种约会、结婚，欺骗他们。如果可能，他们在有色人种的学院教课，向有色人种的会众讲道，理有色人种的绒毛头发，而在 50 年代以后，他们甚至奋斗想让被种族隔离的纯有色人种学校继续下去。(Gates, 1994：65)

盖茨称此为"秩序井然的世界"(Gates, 1994: 65)；胡克斯则谓之为"我们拥有历史的世界"(hooks, 1990: 33)。[1]

这是黑人唯一可以掌握、唯一感到安全的世界，和白人的世界区隔分开，这也说明了何以也有若干黑人对废除种族隔离的政策深感不安，甚至设法想要维持纯有色人种的学校。胡克斯曾经痛心缅怀这个世界的消失：

> 在学校不再实行种族隔离之后，我成长的那个黑色世界开始从根改变。关于那个时代我记得最清楚的就是一种深深的失落

---

[1] 我要赶快在这里特别声明，不论盖茨或胡克斯，他们所哀悼的毋宁是非裔美国人失去的历史，他们的哀悼显然不应被引申解释为赞同种族隔离的政策。

感。要弃置记忆，弃置"我们的"学校，我们所喜爱与珍惜的、承认我们的地方，是何其痛苦的事。这是我们成长最早的大悲剧之一。我为那个经验哀伤。我坐在统合后的白人高中的课堂上，那儿多半充满了对我们的蔑视，这是个绵长久远的仇恨传统，于是我哭了。我哭着度过我的高中时代。我哭了，渴望我们所失落的一切，我想不通黑人成年人怎么会这么做，他们似乎不了解我们放弃的是那么多，换取的是那么少，他们似乎不了解我们所弃置的是历史。（hooks，1990：34）

盖茨在《有色人种》中提到统合经验时也有类似的说法："统合带来的经验是得不偿失。"（Gates，1994：184）统合看似破除了种族藩篱，融合黑、白两个美国，消除种族之间建制性的不平等，实则真正被消除的是黑色美国，统合的真正意义是黑色美国融入白色美国之中。盖茨因此认为，统合使"有色人种子宫般世界的温情和教养缓慢但不可避免地消失"（Gates，1994：184）。胡克斯也同样指出："似乎把黑人团结在一起的情谊和关系正在快速溃蚀之中。"（hooks, 1990: 36）这样的说法当然不是在颂扬种族隔离或反对废除种族隔离，而是在哀悼界线清楚、自成世界的黑色美国的消失——非裔美国人将因此失去胡克斯所谓的历史，派德蒙纸厂的黑人员工一年一度的野餐就是在统合或废除种族隔离的政策之下被迫停办的：

因为法律禁止一切隔离但平等的事物，包括野餐在内。就这样民权运动时代最后一波浪潮终于来到波多马克谷（Potomac Valley），击溃了派德蒙的有色人种的世界。当这波浪潮到来时，派德蒙最为人所喜爱、最能够黏固情谊的仪式注定必须屈服。你晓得，没有人要隔离，但也没有人认为这是隔离。（Gates，1994：213）

盖茨即以派德蒙纸厂黑人员工年度野餐的解散结束其自传:"当这些成百上千的黑人聚集互道再见的时候,他们的传统、他们彼此间唯一的联系就被新近实施的反吉姆·克罗(anti-Jim Crow)法摧毁殆尽。"(Gates, 1994: 216)[1]原先"秩序井然的世界"终告消失。盖茨曾经在与安娜·迪维尔·史密斯的对谈中指出,由于他在自传中处理类似统合的问题,致使像《有色人种》这样非常个人的书也变成了"有关文化亲密性的寓言"(an allegory about cultural intimacy)。他说:"我们不想被迫住在一起,但是我们被迫住在一起,而我们从中发展出一种文化。我们不想当奴隶,但即使是奴隶,我们也创造了一种文化。我想我们很容易就忘了,在统合之前,黑人已经创造了一种极为充满活力的、精彩的、令人注目的文化,而这一切有很多都消失了。"(Middlebrook,

---

[1] 美国内战后有一段重建时期(Reconstruction),从 1866 年至 1877 年,黑白虽然并非完全平等,但日常生活中也没有太明显的隔离情形。然而随着城市黑人人口日增,特别是工厂的黑人劳工成为明显的族群之后,南方的白人倍感压力与挑战。在联邦军队撤离不久,自 1880 年开始,南方各州即陆续推出各种种族隔离的政策,规范日常社会生活中的黑白关系,尤其禁止黑人共享公共设施。最高法院甚至解释说,美国宪法第十四条修正案有关保障民权的规定,其适用对象为各州政府,不是任何个人。1896 年,最高法院就"布列希对福格森"(Homer A. Plessy v. John H. Ferguson)一案做出判决,更确立了黑白种族隔离政策的法律基础。布列希对福格森一案是这样的:1890 年,路易斯安那州立法规定火车必须黑白分设车厢。几位关心民权的黑人和白人对此大表不满,鼓动布列希挑战此违反民权的恶法。布列希身上具有八分之一的黑人血统;1892 年,他买了一张头等车票,从新奥尔良搭乘东路易斯安那铁路公司的火车。上车后,布列希故意通知列车查票员他的种族血统,查票员要他离开白人车厢,坐到黑人专属的车厢去。布列希拒绝后被捕。本案后来告到美国最高法院。最高法院最后于 1896 年判定本案并未违反宪法第十四条修正案的规定,此判决使南方各州的种族隔离政策找到了更坚实的法源。在此之前,1895 年 9 月 18 日,黑人领袖布克·华盛顿在亚特兰大棉花州与国际博览会(the Atlanta Cotton States and International Exposition)会上发表后来被称为"亚特兰大妥协演说"(the Atlanta Compromise Speech)时向白人表示:"在所有纯粹与社会有关的事务中我们可以像手指头那样隔离;在一切本质上有助于促进双方进步的事情上,我们则又可以如手掌那般合而为一。"此即为所谓"隔离但平等"的公共政策与社会实践的思想根源。持平而论,日后在遭遇种族歧视时,华盛顿并不是没有出钱出力反抗此种族隔离政策。种族隔离法案日后统称为吉姆·克罗法(Jim Crow Laws),此用词似乎典出于早期白人扮演黑人的滑稽歌唱表演(the minstrel show)。据说 19 世纪 30 年代有一位叫赖斯(Thomas Dartmouth "Daddy" Rice)的白人演员,擅于模仿表演黑人的歌舞,每次表演总是以歌词"每一次我旋转时我就跳跃如吉姆·克罗"结束。吉姆·克罗因此成为被歧视的黑人的象征。所谓吉姆·克罗主义(Jim Crowism)指的就是种族隔离的思想与规范。

1995: 196）显然，盖茨借《有色人种》所伤悼的不只是他的童年与少年时代的逝去，同时也是在哀悼曾经滋养他的童年与少年的那种文化的伤逝（Ingersoll, 1995: 364）。

不过黑色派德蒙也是胡克斯所谓的边陲。作为边陲的黑色派德蒙不仅与其所处的地理位置有关，更重要的是，黑色派德蒙在文化地理上也刚好属于"空间文化系统的边缘"（Shields, 1991：3），从任何角度看都不具备萨义德所说的位置优越性（positional superiority）。居住在这样的一个地方，面对白人世界的围堵与隔离，黑人自然"会发展出一套观察现实的独特方式"（hooks, 1984：ix）。就像胡克斯在《女性主义：从边陲到中心》（*Feminist Theory: From Margin to Center*）一书的《序》（"Preface"）中所说的："我们从外头往里面看，同时从里头往外面看。我们把注意力摆在中心，同时也摆在边陲。"（hooks, 1984：ix）胡克斯的意思是：黑色边陲与白色中心虽然是彼此隔离与对立的两个世界，但却也必须相互界定，才能构成整体。非裔美国人更必须体认自身为整体的一部分，并自这样的体认中建构其"对立的世界观"（hooks, 1984：ix），而最能够展现此世界观的应该是逾越的行为。

像许许多多非裔美国人的自传一样，《有色人种》一书充满了逾越时刻。这些逾越时刻致使像黑色派德蒙这样的边陲变成"激进可能性的场域，一个反抗的空间"（hooks, 1990：149）。在一个黑、白泾渭分明的世界里，逾越等于危险。盖茨的舅舅们即对此表现得相当谨慎，不敢稍越雷池；他们对少年盖茨日渐尖锐的种族政治及其对越战的不满颇为忧心（Gates, 1994：145）。当盖茨在白人面前表现得较为挑衅时，他的父亲也几乎不会表示支持："如果他觉得我侵犯了疆界，他会公开指出来，而且会与疆界站在同一边。"（Gates, 1994：85）

在一个界线分明、疆界清楚的世界里，逾越行为无疑是改变现状的基础。相对于白人的否定政治的则是黑人的逾越政治：在非裔美国人的自传传统中，这样的实例不胜枚举。非裔美国人更从许多历史经验中体会到，只有透过逾越政治才能挑战或进一步否定白人强势种族的否定政治。正如胡克斯所说的，"要拒绝被否定就要逾越"（hooks，1994b：270）。"如果有人不怕损失，不怕被禁锢在持续的孤立状态中——不被承认，有人想要改变某些与他们有关的事物，改变他们所生活的世界"（270），每一个这样的时刻都是逾越的时刻，但改变现状总是令想要维持现状的人感到不安，逾越势将改变现存的疆界，因此往往不免预兆着危险。盖茨的兄长洛基（Rocky）在八年级时努力争取参加西弗吉尼亚州州史竞赛的金马蹄奖，由于与赛者下榻的旅馆实行种族隔离的经营政策，学校竟因此以他拼错字、成绩少了半分而将他排除在外。"我看着他默默地疗伤止痛，既无法谈论他的伤口，也不愿将之遗忘。"（Gates，1994：99）洛基的问题即在于他忽略了疆界的存在，忘记了限制黑人成就的某些游戏规则，他似乎没有止境的杰出表现其实早已逾越白人强势种族事先划定的疆界。"洛基一再绊到那些规则，只有在你破坏那些规则时，你才知道那些规则存在。"（Gates，1994：99）

甚至盖茨本人也有类似的经验。盖茨在少年时代曾经因膝盖受伤就诊，替他诊治的医生听说他将来志在行医，于是顺口考一考他的医学史常识。在领教了盖茨丰富的医学史常识后，医生竟然断言他的身心出了问题，认定他是个"妄想非分成就者"（"overachiever"）。"在那个时代，'妄想非分成就者'即表示某种症状：过度扩张你的天生能力的可怕后果。譬如说，一个有色人种的小孩妄想成为医生即表示他行将精神崩溃。"（Gates，1994：141）换句话说，在一个视种族偏见或种族歧视为当然规范的社会里，任何挑战或逾越此规范的想法或行为自然会被排除在理性之外。逾越因此被视为病态或非理性行为。

然而为了挑战不合理的规范，为了改变充满种族歧视的现状，对弱势族裔而言，逾越无疑乃是合乎理性的选择。《有色人种》一书中其实不乏这样的实例。在施行废除种族隔离政策之后，某些地方仍然非法维持种族隔离的规定。盖茨就读西弗吉尼亚大学的波多马克州立学院（Potomac State College）时，学校附近学生经常光顾的剑鱼（Swordfish）夜总会依然坚持种族隔离的规定。盖茨即联合几位同学将之统合。"我们的好朋友们……都呆住了，我们出现在那儿颇令他们尴尬，我们侵犯了他们的空间，胆敢跨越界线。"（Gates，1994：198）盖茨的友人之一甚至因此受伤。后来在州人权委员会的介入之下，剑鱼夜总会终于关门大吉。"这就是剑鱼夜总会何以如今变成了参孙家庭小馆（Samson's Family Restaurant），由一个非常亲切的菲律宾家庭经营。"（199）逾越固然预见危险，但显然逾越也同时隐含机会与可能性。[1] 自剑鱼夜总会事件之后，州人权委员会就积极插手黑白统合的工作，派德蒙纸厂黑人工人的年度野餐就在这种情形之下被迫停办。因此剑鱼夜总会事件的反讽是，"盖茨关键性地摧毁了他的乡愁的客体——以及黑色派德蒙的'最心爱的、最有凝聚力的仪式'"（Bradley，1995：117–118）。

"说真话就是逾越"（hooks，1994b：271）。从黑奴自述以降，说真话的非裔美国自传传统可以说就是一个逾越的传统。在一个或多或少仍然视种族为界定社会关系的类别的社会里，种族主义仍是某些人的生活与行为方式之一，盖茨的自传生产所延续的其实依然是两百年来的非裔美国自传的逾越传统。

---

[1] 《有色人种》一书中当然还有其他逾越行为的实例，诸如盖茨在中学毕业典礼上发表其自撰的演说词，以及与白人女友约会，等等。赖特在其《黑孩子》（*Black Boy*）一书中也提到在毕业典礼上发表自撰演说词的情形。赖特的校长不惜威胁利诱，要他照本宣科，发表学校早为他备妥的讲稿，但不为赖特所动。赖特说："他在诱惑我，企图引我上钩；这是诱骗黑人年轻心灵支持南方生活方式的伎俩。"（Wright，1966：194）在赖特与盖茨的时代，黑人识字当然已不是问题，但是在蓄奴时代，识字是逾越黑奴生活规范的行为，道格拉斯在其1845年的自传中即曾详细叙述其识字的经过；识字使他了解"从奴役到自由的途径"（49）。

# 五 楷模：盖茨的《十三种观看黑人男性的方法》

一

2010 年最新一期的《跨国美国研究学报》（*Journal of Transnational American Studies*）刊登了杜波依斯（W. E. B. Du Bois）的一篇佚文《非裔美国人》（"The Afro-American"）。此文原作为一长达 20 页的打字稿，长期躺在麻省大学杜波依斯图书馆的原稿档案里，在杜波依斯生前或死后从未正式发表，也从未收入杜波依斯的任何文集中。据日本多摩大学纳亨姆·钱德勒（Nahum D. Chandler）的推测，此文当完成于 1894 年晚秋至 1895 年晚春之间，此时距杜波依斯刚自德国取道法国与英国回到美国大半年左右（Chandler，2010：4）。结束悠游欧陆学术与知识传统的岁月，重新回到美国的现实，面对自己种族的困境，年轻的杜波依斯在世纪末思考美国社会最根本的种族关系，并开始形塑一个他称之为非裔美国人的"假定的历史与社会主体"（Chandler，2010：5）。《非裔美国人》一文以杜波依斯自身的遭遇开始。即使身在欧洲，即使面对并无恶意的欧洲朋友，他发现自己始终是个"问题"：他的语言、他的肤色、他的国籍、他的种族等不一而足。他告诉他的欧洲朋友，他属于"美国那900万人中的一位，这些人构成了所谓的'黑人问题'"（Du Bois，2010：2）。

杜波依斯向被视为20世纪前半叶最重要的美国黑人知识分子。他是位社会学家、历史学家、教育家、编辑、社会运动分子、传记与自传作家、小说家、散文作家，尤其自1915年布克·华盛顿（Booker T. Washington）逝世之后，杜波依斯俨然是黑色美国最主要的发言人，其动向观瞻格外引人注目。森德奎斯特（Eric J. Sundquist）认为杜波依斯的知识能源其实来自他与不同阵营黑人领袖的对立，包括他与布克·华盛顿与马库斯·卡威（Marcus Garvey）的龃龉（Sundquist，10）。布克·华盛顿在1895年的亚特兰大棉花州与国际博览会（The Atlanta Cotton States and International Exposition）中揭橥其调解论（accommodation），向白人呼吁："在所有纯粹与社会有关的事务中我们可以像手指头那样隔离；在一切本质上有助于促进双方进步的事情上，我们则又可以如手掌那般合而为一。"（Washington，1965：148）[1] 这个论调当然是整个"隔离但平等"政策与社会实践的意识形态基础，杜波依斯斥之为投降主义；在他看来，若接受这样的投降主义，非裔美国人无异于自动放弃其政治与教育权利，而只勉强争取其经济权利。杜波依斯在其经典《黑人的灵魂》（*The Souls of Black Folk*）一书中辟有专章，抨击布克·华盛顿的种种不是，指其所散播的论调为"工作与金钱的福音"。他甚至以劝诫的语气指出："人的自尊远比土地与房产有价，一个民族若自动放弃此自尊，或停止为此自尊奋斗，这个民族不值得过文明生活"。（Du Bois，1961：49）

杜波依斯虽然不以布克·华盛顿的调解论为然，同时极力提倡黑人灵魂之说，但他毕竟不是个极端的黑人民族主义者，因此对卡威所代表的强烈民族主义并无好感。卡威是位牙买加移民，在布克·华盛顿

---

[1] 编注：有关华盛顿此段话，详见本书p.96作者原注。

去世之后，其思想论说对非裔美国人社群颇有影响。他是黑人分离主义的主要倡导者，其分离主义主要具现在他所宣传力行的"回返非洲"运动。但卡威的分离运动在其轮船公司营运失败之后遭到重挫，卡威甚至因欺诈罪入狱两年，而后被递解出境，遣返牙买加。基于其极端的黑人民族主义，卡威认为种族混杂无异于种族自杀，这一点反讽地与白人种族歧视分子如三K党者的看法不谋而合，卡威因此不惜与三K党人寻求和解。这其实正是杜波依斯强烈质疑甚至轻蔑卡威的地方——尽管两人都是广泛的泛非洲运动的支持者（Sundquist，1996：11）。

杜波依斯似乎必须在上述 20 世纪前后分别由布克·华盛顿和卡威所代表的美国黑人社会运动中寻找出路。华盛顿大学美国文学教授波斯诺克（Ross Posnock）在一篇讨论非裔美国知识分子的论文中曾经试图解决这个问题。波斯诺克的论点在相当程度上是在反地道政治（politics of authenticity）。他认为有关美国黑人知识史的讨论长期以来一直深受认同政治的宰制，而此认同政治又出自于对"种族地道特质与根源的崇拜"（Posnock，1997：324）。具有创造性的黑人知识分子在 20 世纪初之所以能够形成一种社会类型（social type），关键即在于能够抗拒此地道特质的意识形态。杜波依斯即是波斯诺克心目中的"黑人知识分子的主要理论家与具体象征"（325）。

杜波依斯一生活了 93 岁，著作等身，思想相当复杂，不是三言两语可以全盘交待的。他早年也曾发表过像《论种族的维护》（"The Conservation of Races," 1897）之类极力为种族此一概念辩护的文章。此文原为杜波依斯在美国黑人学院（American Negro Academy）的演说辞。他在演说中所部署的论述策略其实不脱 19 世纪的生物种族主义或种族科学，甚至无限上纲将种族扩大为大叙事的要角，借以解释世界历史的发展。他说：

世界历史并非个人而是群体的历史，并非国家而是种族的历史，任何人忽略或不顾人类历史中种族的观念，即是忽略或不顾一切历史的中心思想。那么何谓种族？通常种族指的是具有共同血缘与语言、总是背负共同历史、传统与本能的一大族人，主动或被动地群策群力为达成某种多少经过生动构思的生活理想而奋斗。（Du Bois，1970：75-76）

杜波依斯这一席话看似超越科学种族主义，而强调社会历史的种族观，其实并不尽然。阿皮亚（[Kwame] Anthony Appiah）在论及这个问题时，即这样追问："如果他已经全然超越（种族的）科学观念，他演说中提到的'血缘'扮演的又是什么样的角色？"（Appiah，1986：25）阿皮亚认为，杜波依斯既强调血缘，又指明是"一大族人"，显然意指共同祖先（26），其种族观不免有生物种族主义之嫌——虽然共同祖先未必就一定构成同一种族。此外，阿皮亚以为，所谓共同语言的条件也并非必然成立：罗曼斯族并无共同语言，黑人更是另一个现成的例子——黑人也没有共同语言。阿皮亚以相当的篇幅讨论杜波依斯所谓的共同历史的问题。问题在于：共同历史可否成为区分不同人群的标准？阿皮亚的答案是否定的：

比方说杜波依斯本人。他是荷兰人的后代，何以他与14世纪荷兰历史的关系（他与所有荷兰人后代共享的历史）并未使他变成条顿民族的一分子？答案至为明显：荷兰人不是黑人，杜波依斯则是。由此推论可知，非洲的历史之所以是非裔美国人共同历史的一部分，并非单纯由于非裔美国人系出某些在非洲历史上扮演过某种角色的人们，而是因为非洲历史是同一种族人民的历史。（27）

阿皮亚的意思是："分享共同群体的历史不能成为决定是否为同一群体

成员的标准，因为我们必须能够先认定某一群体，才能认定此群体之历史。"(27) 阿皮亚的分析一方面否定杜波依斯的社会历史的种族观，因为在杜波依斯的指涉架构中，此种族观显然不能成立；另一方面则认定杜波依斯其实并未走出 19 世纪的种族科学，依然以血缘、家族等生物证据思构种族属性。[1]

三年后杜波依斯在泛非洲会议（Pan-African Conference）演讲，发表其著名的有关肤色问题的预言，其看法也未能摆脱生物种族主义："20 世纪的问题是肤色界线的问题，也就是种族的差异——这些差异主要显现在肤色和发质——今后究竟如何形成否定超过半个世界的权利的基础，使这些人无法尽其所能分享现代文明的机会与特权。"（Du Bois，1970a：125）

据已故非裔美国批评家兰佩萨德（Arnold Rampersad）的说法，要进入 20 世纪之后，杜波依斯才逐渐修正他的种族观。关键之一即是人类学家博阿斯（Franz Boas）的思想学说对他的影响。博阿斯有关非洲历史意识与文化复杂性的观点，以及他对文化与文化价值所采取的相对主义，都给杜波依斯纯粹的种族观带来相当大的冲激（Rampersad，1996：299）。不过兰佩萨德却又认为，在认识博阿斯的思想学说之前，杜波依斯在其求学的过程中即曾接触过两种反种族科学的力量，这两种力量都与他的柏林经验有关：其一是他在 1892 年至 1894 年留德期间所接触的社会主义；其次是他的博士论文导师哈特（Albert Bushnell Hart）所坚持的一丝不苟的史学方法，以及他在柏林留学期间所修习的实证社会学（300）。上述种种对杜波依斯往后的种族观都可能造成影响，至少在 1903 年的《黑人的灵魂》一书中，在追悼其早夭的第一

---

[1] 卡卢乔（Dana Carluccio）基本上同意阿皮亚对杜波依斯的批评。卡卢乔以进化心理学（evolutionary psychology）的角度分析杜波依斯《论种族的维护》一文中的种族立场，认为杜波依斯并未成功提出一套"非生物学的"有关种族的论述。卡卢乔在其论文中更进一步论证杜波依斯的种族观与达尔文进化论的关系（Carluccio，2009：511-518）。

胎时，他这样描述他的孩子：

> 他不知道肤色的界线，可怜的孩子——帷幔虽然投影在他身上，但尚未遮蔽他半边的太阳。他爱他的白人看护长，他爱他的黑人护士；而在他小小的世界里，灵魂孤独地走着，既无颜色，亦无衣装。（Du Bois，1961：155）

帷幔（the Veil）一词在杜波依斯的论述与创作世界中具有特定的象征意义，指的即是他心目中的肤色界线或种族藩篱。波斯诺克认为，在《黑人的灵魂》一书中，杜波依斯所进行的其实是一种双重计划：他的论述既在帷幔之内，又在帷幔之外，超越帷幔（Posnock, 1997: 326）。而最能够担负起超越帷幔的工作的，则是非裔美国知识分子：杜波依斯企图在非裔美国知识分子身上开拓"去种族化的领域"（deracialized realm），进一步调解"种族独特性与非种族普遍性"之间的冲突（325）。波斯诺克在总结杜波依斯有关黑人知识分子的议题时指出："黑人文学知识分子的出现端看他们如何设计一种延异、暧昧与开放性的边陲美学，以及某些同时也是去自然化的政治策略的文学再现形态。"（326）在一个视种族歧视的刻板印象为"自然"现象的社会里，去自然化毋宁是个极为重要的政治策略。

## 二

　　杜波依斯有关黑人知识分子的讨论，经常被引述的是《论十分之一的杰出人士》（"The Talented Tenth"）一文。此文首见于 1903 年出版的《黑人问题》（*The Negro Problem*）一书，据说此书若非经由布克·华盛顿编辑，至少也应获得他的同意出版。所谓十分之一的杰出人士，顾名思义，指的是美国黑人领袖——杜波依斯在文中所提到的卓越人才或者最优秀的族人——"他们可以带领群众远离最恶劣的污染和死亡"（Du Bois，1996a：131）。

杜波依斯认为美国历史上不乏这样的黑人领袖，"在他们的时代中卓越地屹立在最优秀的人们当中……以他们的言行阻止肤色界线成为奴役与自由之间的界线"（Du Bois，1996a：135）。他特别强调，单在废奴运动中，就有不少黑人领袖——杜波依斯心目中的"十分之一的杰出人士"——**与白人并肩努力**……没有这些人，（黑奴解放运动）将无法克竟全功"（137，强调部分为笔者所加）。在杜波依斯看来：

> 这些人都是活生生的例子，证明黑人种族的种种可能性，他们本身的艰苦经验与精致文化所默默表达的，比历史上所有时期的演说家所说的还要多——这些人使得美国的蓄奴制度不复可行。（137）

可惜美国人——特别是美国白人——对此毫无认识。杜波依斯因此质问：

> 美国人曾否停下来想想，在这片土地上有不下百万人，他们有黑人血统，受过良好教育，拥有自己的住家……从任何标准来衡量，这些人都达到了现代欧洲文化最佳类型的完美限度？忽略这些黑人问题的事实，贬抑这种热望，抵消这种领袖能力，设法打压这些人，让他们回到他们与他们父祖因辛勤工作而冒出头来的群众中去，这算得上公平吗？值得尊敬吗？合乎基督教义吗？（139）

基本上，杜波依斯把他心目中的"十分之一的杰出人士"视为

"才智与质量的贵族阶层"（139）。而这个阶层最重要的工作即在于伸手援助"所有值得拉拔到优势地位的人"（139）。要完成这样的工作，教育是不二法门："最优秀及最能干的年轻人必须在这块土地上的学院与大学受教育。"（140）杜波依斯虽未特别规划此教育内容，但对他而言，布克·华盛顿那种专注于基本谋生技能的教育是不完整的，因此在总结他的论点时他特别指出：

> 教育与工作是提升人民的两具杠杆。单单工作是不够的，除非工作受到正确理想的启发以及才智的引导。教育不应仅仅教导工作——教育应教导生活。黑人的十分之一的杰出人士必须被塑造成其人民当中思想的领袖与文化的传教士。（156-157）

《论十分之一的杰出人士》发表 45 年后，也就是 1948 年，杜波依斯发表其《论十分之一的杰出人士纪念演讲》（"The Talented Tenth Memorial Address"）。文中特别强调黑人领袖牺牲奉献的重要性，至于新的"十分之一的杰出人士"，杜波依斯提出更为清晰、更为宽广的看法：

> 一个群体领袖的观念，不仅受过教育，需要自我牺牲，而且对当今世界的状况与险恶也有明晰的视境，能带领美国黑人，与欧洲、美洲、亚洲的文化群体结盟，同时期待一种新的世界文化。（Du Bois，1996b：168）

杜波依斯话里所描绘的正是盖茨所谓的跨越行为（cross over）：美国黑人在种族隔离的围墙崩塌之后进入白人的世界（Gates，1996a：13），并进一步与世界主要文明对话与携手合作。

盖茨与韦思特（Cornel West）合著的《种族的未来》（*The Future of the Race*）一书显然是针对杜波依斯的"十分之一的杰出人士"的

观念而进行的论述计划。两人相信,"十分之一的杰出人士"所塑造的典范,使得像他们那样所谓"跨越"一代("crossover" generation)的成员——那些统合历史上属于白人的教育与专业机构的黑人知识分子——知道自己所应该扮演的社会、政治与伦理角色(Gates and West,1996:xi)。在一个对非裔美国人乃至于弱势族裔依然不是那么公平、不是那么公义的社会里,非裔美国知识分子和领袖自然背负着特殊的责任。重读杜波依斯的文章,目的即在于界定非裔美国人的族群属性的"伦理内容",以进一步厘清当代非裔美国人领导阶层的道德责任。盖茨与韦思特两人皆自承是杜波依斯心目中的"十分之一的杰出人士"的后代,是民权运动与平权行动的直接受益者。

有趣的是,尽管两人都体认到当代非裔美国知识分子的道德与伦理责任,但他们对杜波依斯基本理念的反应却不尽相同。韦思特以其一贯的黑人左翼传统的立场,以二分法描绘杜波依斯整个论述计划的层系关系:

> 权威与传统强化狭隘的乡土主义与低层文化。受过教育和伶牙俐齿的阶级——十分之一的杰出人士——是世故与优势的代理人,未受过教育而哀伤呻吟的阶级——落伍的群众——则被囚锁在传统之中;十分之一的杰出人士的基本角色即在于教化、精致化、振奋和提升蒙昧无知的群众。(West,1996:60)

杜波依斯的精英主义在韦思特的二分法下一览无遗——其实盖茨也承认杜波依斯所思构的乃是建立在精英主义基础上的论述与社会改造计划:黑人"有产者"(black "haves")对黑人"无产者"(black "have-nots")所肩负的社会与伦理责任(Gates, 1996a: 119; Gates, 1996b: 132)。

对韦思特而言,杜波依斯的十分之一的杰出人士观念其实饶富维多利亚时代的文化与道德价值,他认为杜波依斯所承续的其实不脱柯勒律治（Samuel T. Coleridge）、卡莱尔（Thomas Carlyle）、阿诺德（Matthew Arnold）等人所主张的精英传统：

> 杜波依斯的十分之一的杰出人士观念大抵属于大英帝国高峰时期，也就是维多利亚时代主要批评家所构思的文化与政治精英的后代……柯勒律治的世俗知识阶层、卡莱尔的强势英雄，以及阿诺德不偏不倚的异类无不避开物质主义的肤浅庸俗以及享乐主义的廉价刺激，同时极力保存与提倡高层文化，教化与围堵低层群众。杜波依斯的文章《十分之一的杰出人士》第一个及最后一个洪亮的句子不仅回响着维多利亚时代社会批评的"诸多真理"，同时也赋予受教育的少数人士救世的角色。"黑人就像所有人种一样，将由他们的卓越人士来拯救。"（West，1996：65）

这里所谓的卓越人士指的当然是男性。韦思特因此指责杜波依斯的论述计划其实充满了众多父权的感性。

韦思特企图将杜波依斯精英式的杰出人士与他理想中的公共知识分子（public intellectual）加以区隔——或者说他有意以公共知识分子的角色取代杜波依斯式的文化精英。他指出：

> 公共知识分子的基本角色……在创造与维持高质量的公共论述，探讨若干可以启发并激励公民的迫切的公共问题，鼓动他们采取公共行动……知识分子与政治领袖既不是精英的，也不是民粹的，而应该是民主的。我们每个人都应不亢不卑地站在公共空间，为公共利益提出我们最好的视境与看法。而这些议论应在互敬互重与相互信任的气氛之下提出来。（West，1996：71）

盖茨收在《种族的未来》的长文《杰出人士的寓言》（"Parable of

the Talents"）并未直接检讨杜波依斯的论述计划，而是以自述与论述的方式，以其作为"十分之一的杰出人士"后代的身份与经历，分析当前非裔美国知识分子与领袖阶层的危机，特别是这些人面对黑色美国所应该扮演的楷模角色。盖茨的文章有相当自况或自我辩护的成分，因此文中不乏他对黑人文化民族主义的抨击："对民族主义的诉求……是为了掩饰黑人社群中的阶级差异。随着经济差异增加，维持文化与意识形态表面的一致性也有必要跟着增加。"（Gates，1996a：37）他对当前若干非裔美国领袖人物操弄种族政治的意图显然颇为不满。因此他认为："黑色美国需要一种政治，此政治的首要任务不在强化黑色美国这个理念；同时也需要一种种族论述，此论述之中心关怀不在维护种族这个理念或者维护对种族的一致性看法。"（38）这种政治或论述在当代黑人艺术家或女作家的艺术生产中最能显现出来：黑人艺术家既意识到其文化传统的独特性，但也假定黑人经验有其普遍性；黑人女作家更是将种族政治摆在第二位，取而代之的是一种相当敏锐的性意识（43）。

盖茨虽然并未界定新的种族政治，但依他看来，以黑人文化民族主义为基础的旧种族政治显然已不适合跨越一代非裔美国知识分子或领导阶层。

# 三

盖茨的《十三种观看黑人男性的方法》（*Thirteen Ways of Looking at a Black Man*）一书所反映的无疑正是这种不是那么重视种族的种族政治。[1]这本书若非充满父权感性，至少也弥漫着男性感性：全书所

---

[1]　本书书名典出诗人史蒂文斯（Wallace Stevens）的名诗《十三种观看山鸟的方法》（"Thirteen Ways of Looking at a Blackbird"）。

收的八篇人物侧写中，无一是女性，虽然其中有一两篇的主角是男同性恋者，如著名作家鲍德温（James Baldwin）和舞者暨编舞者的琼斯（Bill T. Jones）。除鲍德温外，作家还有穆雷（Albert Murray）和布洛雅德（Anatole Broyard）；[1] 除此之外还包括了宗教领袖法拉堪（Louis Farrakhan）、军事家鲍威尔（Colin Powell），以及演艺界名人贝拉方特（Harry Belafonte）。其中与书名同名的一章则是对辛普森（O. J. Simpson）一案的观察与反省。盖茨笔下的人物当然不尽都是知识分子，但无疑都是广义的"十分之一的杰出人士"。用盖茨的话说，这些人的故事都可以归类为文学批评家斯特普托（Robert Stepto）所说的"力争上游的叙事"（"narrative of ascent"）。这些人大多出身寒微，但无不在不同行业中功成名就：他们是"塑造世界、也为世界所塑造的人"（Gates，1997：xiv）。正因为这些都是力争上游的故事，盖茨认为，这些人都必须扛负起所谓"代表的重担"（"burden of representation"）：你既然代表你的种族，你的一言一行可以给你的种族带来荣誉，也可以让你的种族蒙羞。从某个角度来看，这些人都是爱默生（Ralph Waldo Emerson）所谓的楷模（Representative Man），都或多或少"背负着成为偶像的重担：这些人无不被赋予意义，被寓意化；而这些人更是以跟其他意义和寓意的斗争来界定自己"（xvii）。正因为如此，非裔美国人的生命似乎更为紧密关联，形成真正的想象社群（imagined community）。盖茨在洛杉矶华兹区（Watts）种族暴动之后，深深产生这种体认："另一位黑人的行动影响你的生活，只因为你们两位都是黑人。我知道我不认识的人的行动已成为我的责任，仿佛华兹区的黑人乡亲实实在在都是我的派德蒙（Piedmont）村里的亲戚。"（6）

　　盖茨此书当然不是严谨的传记，他将书中各篇称为人物侧写（pro-

---

[1]　编注：布洛雅德（Broyard）是美国黑人，因此在翻译他的名字时不将之视为法式名字。杜波依斯（Du Bois）亦属此情况。

file)。盖茨认为，侧写这种文类"假定人物至关紧要"——不论这些人物所扮演的是他们自己、行动媒介，还是被我们视为象征（216）。我们同不同意这些个别人物的言行作为是一回事，我们却不能不同意这些人都是非裔美国人社群中的楷模人物。最重要的是，这些人物的言论和行谊，以及盖茨与他们的直接互动——诸如对他们的访谈——提供给盖茨相当宽广的论述或批判空间。本书所凸显的那种不是那么重视种族这个类别的种族政治只是一例而已。我们可以从盖茨与其侧写人物的互动中看出这一点。

在盖茨侧写著名作家鲍德温的一章中，他回忆少年时代初读鲍德温的《原乡之子手札》（*Notes of a Native Son*）的经过。1965 年 8 月，15 岁的盖茨参加圣公会教会的夏令营，牧师给了他一本《原乡之子札记》，盖茨后来表示，这是他第一次听到"这个国家里身为非洲人后裔一分子的极度兴奋与焦虑"的声音。对他而言，鲍德温此书展现一种"亚当式的（Adamic）命名功能"，清楚剖析"美国文化想象中复杂的种族动力"。盖茨随即以自己在种族隔离的村庄成长的经验指出："我知道'黑人文化'自身有其肌理，有其逻辑，**而且**与'白人文化'纠结难分"（7）。盖茨对黑人文化这样的体认其实是以另一种言说回应杜波依斯在《黑人的灵魂》一书中所提到的黑人心灵的双重意识（double consciousness）。黑人自始就很清楚自己的"双重性"（two-ness）：既是美国人，也是黑人，"两个灵魂，两种思想，两边无法妥协的抗争；一个黑色躯体中两个对立的理想"（Du Bois，1961：17）。盖茨在 20 世纪 80 年代讨论非裔美国文学传统时，即曾借用杜波依斯的观念阐述非裔美国文学的"双重性"——美国文学根植于非裔美国人的新世界历史与经验，进出于西方白人与非洲黑人的文化传统，这种"双重性"因此造就了非裔美国文学的独特性。盖茨在回忆阅读鲍德温的《原乡之子手札》一书时重提黑人文化与白人文化之间的纠葛现象，只是再一次申述长期以来他对种族文化绝对论的质疑，鲍德温的

《原乡之子手札》为他提供论证的依据，因此他说："如果黑质（black-ness）是座迷宫，鲍德温就是我的向导，我的维吉尔（Virgil），我的指导。"（Gates，1997：7）

类似的理念在侧写鲍德温这一章中俯拾皆是。譬如在总结鲍德温有关黑白关系的讨论时，盖茨认为："如果鲍德温有那么一个中心论点的话，那么其论点是，黑色美国与白色美国的命运是深远而无可逆转地纠缠在一起的。互相创造，互相界定与对方的关系，也可以互相毁灭。"（10）换言之，这是自我与他者之间的关系，互为因果，彼此界定，建基于这种理念的种族与文化政治当然无法接受种族绝对论，也无法同情文化纯粹论。在结束对鲍德温的侧写时，盖茨还忍不住引述鲍德温在其散文集《票价》（*The Price of the Ticket*）一书结尾的话重申自己的论述立场："我们每一个人都会无助地和永远地含纳他者——男性含纳女性，女性含纳男性；白人含纳黑人，而黑人含纳白人。我们是彼此的一部分。我的许多同胞似乎认为这个事实极不方便，甚至不公平，我经常也这样认为。但我们对此无能为力。"（20）盖茨显然对此深信不疑。他说："20年前我们需要聆听这些话。现在我们仍需聆听这些话。"（20）

在另一篇对著名非裔美国舞蹈家琼斯的侧写中，盖茨借用琼斯在其舞蹈艺术中所部署的身体政治（body politics），讨论黑人身体在西方白人的文化想象中的复杂意义，并从有关黑人身体的诠释中看到此文化想象的双重暧昧性：黑人身体一方面被西方文化妖魔化，被认为凶暴、粗糙，而且具有危险的性意涵；另一方面又被热烈称颂，被视为黝黑惑人——仍然具有危险的性意涵，不过是好的一面（61）。在盖茨看来，琼斯在舞台上擅于操弄身体政治，充分剥削白人的凝视（gaze）：他在此凝视下工作，与此凝视嬉戏，并善用此白人凝视（62）。

盖茨指出，琼斯同情高度现代主义，因此无法接受"黑人文艺运动"（Black Arts Movement）所设定的种种约束，[1] 尤其无法忍受此文艺运动所强调的黑人文化的纯粹性及其背后的意识形态。琼斯表示："我不是黑人民族主义者……从 12 岁开始，我就跟白人一起成长，这些人在我家人之外真的给予我最大的关怀——有时候甚至远超过我的家人，因为他们可以在我身上看到我在家里不会表露的东西。因此当我进入舞蹈世界时，我是以一位前卫主义者身份进入的。"（55）此之所以盖茨认为，琼斯坚持"先是艺术家，其次才是黑人"的信念（55）。他以琼斯自己的话印证他的看法。琼斯表示："我对地道性比创新性更有兴趣。如果能达到创新性，那很好。我也想再现美。我的美的典范泰半是由欧洲中心的作品所塑造的。"（69）

　　与书名《十三种观看黑人男性的方法》同名的一章是以美式足球明星辛普森为主角，显然写于辛普森因杀妻案在刑事诉讼中被宣判无罪释放之后。与其他人物侧写不同的是，这一章的重点不在于叙写辛普森，而是在于记述与分析辛普森脱罪之后美国各界——特别是非裔美国人——的种种反应。另有一点与其他章节也不尽相同：盖茨并未访谈辛普森，也未见他与辛普森的交往或互动。这一章与其说是侧写辛普森，毋宁说是记录与析论辛普森杀妻案宣判后所触动的美国社会中长期以来欲语还休的黑白种族关系。当然应该一提的是，盖茨所记述的反应多来自非裔美国人的知识精英，包括学术界、教育界、宗教界、文艺界许多耳熟能详的名字。这些人有的立场有别，看法互异，不过对辛普森能够幸免牢狱之灾，许多黑人咸感振奋，而"许多惊慌失措的白人则有一种短暂的感觉，种族这玩意儿似乎远比他们假想中来得缠结难解——当所有的敬意都退去之后，黑人确实是置身于他们

---

[1]　黑人文艺运动为 20 世纪 60 年代与 70 年代黑色美国影响深远的艺术运动，与当时风起云涌的黑权运动（Black Power Movement）关系密切，这个运动的主要目的在于透过文化与艺术实践来强化非裔美国人的政治与社会自主性，其主导符码是自 20 世纪 20 年代的哈林文艺复兴（the Harlem Renaissance）即已开始萌芽的黑人文化民族主义（请参考 Ongiri，2010：22-23）。

之中的陌生人"(104)。白人自以为了解黑人，辛普森杀妻案是个触媒，让白人惊觉得原来他们对共同生活了几个世纪的黑人其实所知有限。不过依盖茨的观察，这样的种族化约并非实情，反而忽略了黑人社群本身也一样分裂的事实，只是分裂的方式对大部分的白人而言隐晦不明而已（119）。盖茨本人即相信辛普森证据确凿，罪无可赦；在案子宣判前夕，他甚至开始担心辛普森如何度过牢狱岁月（119）。

辛普森一案所激发的种种反应，以及这些反应背后所隐含的种族危机使盖茨相信，危机确有其事。在总结他对这些反应的思考时，盖茨感慨指出："辛普森一案的判决引发是非对错的辩论，跟我们长期以来讨论种族与社会正义的方式若合符节。被告也许获得自由了，但我们仍受缚于谴责与反谴责、忧伤与反忧伤、受害者与加害者的二元论述……其结果是，种族政治变成一个想象的法庭，黑人伺机惩罚白人所犯的罪愆，白人也伺机惩罚黑人犯下的罪愆，随之而来的就是以得分解决的无止境的倒退。"（121）

盖茨的感慨暴露了美国种族关系治丝益棼的一面，小说家里德（Ishmael Reed）称此关系为斑马新闻学（zebra journalism），非黑即白，反之亦然（119），既无灰色地带，也难言是非对错。正因为这种黑白泾渭分明的种族政治，盖茨认为，"像辛普森这么一艘空船才会载满意义，以及更多的意义——比我们任何人所能承担的更多的意义"（122）。

在辛普森案判决的两周后，伊斯兰民族（the Nation of Islam）的领袖法拉堪在华盛顿特区发起百万黑人大游行——这场大游行以黑人男性为主，连激进诗人与剧作家巴拉卡（Imamu Amiri Baraka）也对此深不以为然，他说："首先，我外出打仗时不会把一半的军队留在家里。"（114）这样的性别排他性使这次大游行的意义远逊于1963年马丁·路德·金牧师（Martin Luther King, Jr.）所召集的那一次。1963年那场大游行显然较具包容性。即使如此，尽管盖茨在辛普森一案中看到美国黑白种族关系缠绕晦暗的潜在危机,他仍然希望借这样的危机厘清非裔美国人如何在这么一个转瞬变化的时代与形势中建立新的种族政治,以回应杜波依斯终其一生无时无刻不在思考的所谓黑人问题:"成为问题的感觉如何?"

侧写黑人伊斯兰教领袖法拉堪的一章透露了相当多的信息。法拉堪无疑是位十足的黑人民族主义者,一向持偏激的种族立场,盖茨在访问他之后却特别强调:"法拉堪说我们必须学习越过肤色,超越人类的各种区域界线。"(135)他还提到,法拉堪说:"他自己的许多亲戚——包括他父亲与祖父——皮肤都较浅,因此他怎能因为人的肤色而憎恨他们?"(137)盖茨回忆法拉堪的话指出,法拉堪甚至"谈到越来越能够欣赏妥协,谈到渐渐能够了解民权传统中对立意识形态者所持立场的价值"(151)。

《十三种观看黑人男性的方法》一书的主导符码是种族这个类别。盖茨透过对不同非裔美国精英的侧写,以众多大异其趣的叙事,反复审视种族这个类别,论证新的种族政治的迫切性与可能性,并尝试以新的种族政治回应我在上文提到的与黑人问题相关的两个议题,即地道政治和代表的重担。盖茨此书所部署的新的种族政治不禁让我们想到 1948 年杜波依斯所提出来的新的"十分之一的杰出人士":从杜波依斯到法拉堪,盖茨显然有意告诉我们,新的种族政治——或者波斯诺克所谓的多元的普遍主义(Posnock, 1997:323)——恐怕已是现代黑人知识分子和领导阶层的普遍信念。这容或正是《十三种观看黑人男性的方法》一书所要传达的最主要的信息。

# 六　盖茨与非裔美国批评

How "white" is literary theory? How "black" can a criticism be?...

——Henry Louis Gates, Jr.

一

我想先谈谈两场笔战。1987 年冬季号的《新文学史》（*New Literary History*）发表了马里兰大学教授乔伊斯（Joyce A. Joyce）的论文《黑人典律：重建美国黑人文学批评》（"The Black Canon: Reconstructing Black American Literary Criticism"）。乔伊斯对当今美国黑人文学批评至表不满，对盖茨（Henry Louis Gates, Jr.）与贝克（Houston A. Baker, Jr.）等学院批评家所代表的后结构主义立场，更是深不以为然。[1] 乔伊斯的矛头

---

[1]　乔伊斯对结构主义及后结构主义的粗浅了解，分别辗转来自斯科尔斯（Robert Scholes）和伊格尔顿（Terry Eagleton），因此在敷演她的道德批判时，难免会出现一些奇怪的假设。譬如她说："也许后结构主义思想有助于解释，何以当代社会的成员越来越难守诺、负责，以及明辨是非"（Joyce, 1987: 342）。言下之意好像社会上之所以有人背约失信，是非不分，都是后结构（转下页）

尤其对准盖茨，她在论文中多次引用盖茨的话，加以质疑与批判。她的论述策略是极力分化盖茨与黑人民族主义之间的关系，制造盖茨与黑人社群之间的矛盾。她认为盖茨等人的文学批评完全是精英主义的产物，批评他们对当代文学理论的吸收、援用，是"异族通婚式的、精英式的、认识论式的改装"（Joyce，1987：337）。依她的看法，美国黑人文学的主要课题，至今应该依然是美国黑人与霸权主流社会之间的关系（336）。

　　乔伊斯对盖茨较严厉、较具体的批判有以下三点：首先，她抨击盖茨不该"否定黑质（blackness）或种族作为分析黑人文学的一项重要成分"（337）。她的话显然是针对 1977 年盖茨初出道时所发表的一篇论文。盖茨在该论文中确曾这么说过："黑人文学像其他的语言艺术一样，也是一种语言艺术。'黑质'不是物体，也不是事件，而只是一种隐喻，本身并没有什么'本质'（'essence'），界定'黑质'的是构成某种美学统一性的关系网络。"（Gates，1979：67）[1] 盖茨的意思其实很简单，他不信有所谓统一的、超越的"黑质"这回事。若干年后，他在讨论里德（Ishmael Reed）的小说《胡言咒语》（*Mumbo Jumbo*）时依然坚持这个观点。他指出：里德是以拼凑模仿（pastiche）的艺术策略，"批评美国黑人理想主义中一个完全、整体、自足、丰富的超越的黑人主体，那个'总已'预存的黑人符意，专供文学以公认的西方形式呈现"（Gates，1987a：251）。[2] 此处盖茨当然是借题发挥。熟悉后结构主义的符号理论的人自然不难看出，盖茨是以后结构主义制

---

（接上页）主义惹的祸。贝克在同一期《新文学史》的答辩中就老实地不客气指出，在她的论文中，"毫无证据显示……乔伊斯教授曾经读过欧美后结构主义者，或者美国黑人后结构主义者"（Baker，1987a：368）。这种对理论的抗拒，他称之为黑人保守主义的怠惰与自满（369）。

[1] 此文后经盖茨大量增订，收入《黑色之喻：文字、符号与"种族"自我》（*Figures in Black: Words, Signs, and the "Racial" Self*）一书，成为该书的第一章。该书仍然保留这段文字。

[2] 此文原先收入盖茨于 1984 年所编的《黑人文学与文学理论》（*Black Literature and Literary Theory*）一书，后来收入《黑色之喻》，成为该书最后一章。为方便起见，此处引文根据《黑色之喻》一书。

约的默认与策略阅读里德的小说；黑人主体或者所谓的黑质，依他看来（至少在《胡言咒语》中），是个分崩离析、变动不居的符意。这样的说法当然要受到乔伊斯的质疑，她说："黑人批评家不论采取何种策略，贬抑或……否定黑质都是阴险狡诈的。"（341）

其次，乔伊斯认为，黑人批评家就像黑人作家一样，传统上认定黑人现实和黑人文学之间存在着直接的关系。黑人作家和批评家的功能即是在扮演引导和中介的角色，解释黑人与压迫他们的力量之间的关系（338-339）。在美国黑人文学的典律中，一个永恒复现的主题始终是："从白人美国社会加诸黑人身上那种压迫性的经济、社会、政治和心理束缚中解放出来。"（338）她认为盖茨的文学与学术活动是黑人文学与欧美文学的合并体（339），盖茨等于自动放弃黑人作家和批评家传统上应该承担的中介角色，反而接受美国主流社会的精英价值与世界观，向美国白人社会投降、靠拢，同时更扩大了自己与仍然饱受白人社会压迫的黑人大众之间的鸿沟。

最后，乔伊斯不同意盖茨的说法，她不认为"黑人文学的社会与论辩功能已过分替代或者……'压制'了黑人文学的结构"（341）。这里所说的结构原是盖茨的用语，原指文本的表意结构（structure of sig-nification），几近语言符号的编码活动（encoding），文本也因此成为盖茨所谓的符码结构（coded structure）。盖茨考察美国文学的演进，他发现，"由于各种复杂的历史因素，书写行为对黑人作家而言，始终是个'政治'行为"（Gates，1984：5）。这固然是黑人社群的认识，即使欧美白人知识社会，也多抱持这样的看法。此之所以长久以来，黑人文学经常沦为社会学、心理学及人类学的文献，这正是盖茨所说的黑人文本在非文学领域的功能，同时也是"黑人文学结构受到压制以及被视若透明"的现象（5）。盖茨的本意是要将文学自泛政治化的活动中解放出来，他向后结构主义的符号理论寻求奥援。他说："研究所谓符号的武断性，观念武断区分现实的方式，以及符号……与其指涉……

之间的关系，可以帮助我们更深入阅读黑人文本。"（7）[1] 这样的要求当然不是乔伊斯可以接受的。她批评像盖茨之类的后结构主义批评家，仰赖的是某种语言系统及其世界观，因此只能向一群少数孤立的读者沟通："他们的伪科学语言是遥不可及而了无生气的。"（339）

乔伊斯自谦本身也受缚于专业的精英主义。事实上，在她对盖茨的严厉批评中，她一再暗示自己的民粹主义（populism）立场，而她所依赖的权威，正如另一位批评家梅森（Theodore O. Mason, Jr.）所指出的，是黑人读者（Mason, 1988：607）。我们甚至不难发现，乔伊斯的批评论述背后，隐然浮现着一套詹明信（Fredric Jameson）所谓的主导符码（master code），那就是黑人民族主义。在乔伊斯的论述过程中，黑人民族主义俨然以霸权意识形态的姿势，不断分化、吸收、垄断、普遍化其他不同的声音，企图制造一个完整、同质的黑人社群与文化幻象。詹明信认为这种文化普遍化的过程，其实"暗示着对反对声音的压制"，制造"仅有一种真'文化'的幻觉"；而在意识形态与观念系统的领域中，这种过程正是大家所熟知的"合法化过程所采用的一种特定形式"（Jameson，1981：87）。

在《新文学史》刊登乔伊斯对盖茨等人的批评之前两年，盖茨曾为另一份文学季刊《批评探索》（*Critical Inquiry*）主编过一个专号："'种族'、书写与差异"（"Race", Writing, and Difference），于 1985 年秋季号那一期刊出。[2] 盖茨为这个专号写了一篇颇长的导论：《书写"种族"及其形成之差异》（"Writing 'Race' and the Difference It Makes"），值得注意的是他对自己的理论与批评事业的反省。他说："西方的批评传统有其典律，就像西方的文学传统也有其典律一样。我

---

[1] 乔伊斯文中也引用这段文字，但引文有若干缺漏与重复之处，令人费解。

[2] 事隔一年之后，1986 年秋季号的《文学探索》发表了数篇对于这个专号的反应，以及对于这些反应的回应。同年，芝加哥大学出版社将这两期的相关论文，加上几篇同性质的文章辑印成册出版，仍以专号的标题为书名。

曾经以为我们最重要的姿态是熟通批评的典律，模仿及应用这份典律，可是如今我相信，我们必须转向黑人传统本身，以发展我们的文学中固有的批评理论。"（Gates，1986：13）这样的信念在下列引文中，有更进一步的发挥：

> 我相信我们必须分析书写与种族发生关联的种种方式，分析对待种族差异的态度如何引生与建构我们所创作的文本和与我们有关的文本。我们必须确定批评方法如何能够有效地揭露文学中族群差异的痕迹……我们必须分析当代批评本身的语言，尤其要承认，诠释系统不是普遍的、色盲的、非政治的或中性的……适切地说，第三世界批评家的关怀，应该是去了解任何批评理论所反映与具现的意识形态的潜文本（subtext），以及这个下层文本与意义的产生之间所牵涉的关系。没有任何批评理论——不论是马克思主义、女性主义、后结构主义、恩克鲁玛[1]的"良知论"，或其他——可以避开价值与意识形态的特性。企图未加批判地利用西方批评理论来据用我们自己的论述，等于以一种形态的新殖民主义替代另一种形态。（Gates，1986：15）

这样的论述立场，似乎又不像乔伊斯所言，是有意忽略或否定黑质的存在。

盖茨的认知事实上涉及许多复杂的问题。以其后结构主义的立场而言，最先要解决的恐怕是拉达克利希南（R. Radhakrishnan）所说的，如何以后结构主义思构或观念化族群性（ethnicity）？而在观念化的过程中，又如何避免让族群性受制于后结构主义的包容层系（Radhakrish-

---

[1]　编注：夸梅·恩克鲁玛（Kwame Nkrumah），首任加纳总统，非洲独立运动领袖，泛非主义主要倡导者之一。

nan，1987：200）？换言之，根本的问题是：如何在理论的层面上疏通后结构主义意识形态的下层文本与黑人文学传统的潜文本？而在实践的层面上，显然还涉及詹明信所谓的符码转移（transcoding）活动（Jameson，1981：40），也就是说，如何在策略上选用一套术语、符码或语言，整理截然不同的客体或文本？族群性原有其历史和语意特性，如何以后结构主义的不可确定性政治来思考与界定族群性，避免这些论述流于幼稚的经验主义或历史主义，乃至于缺乏反省的实践行为，这的确不是容易的工作。总而言之，盖茨的一番话显示他一方面否定了批评理论放诸四海而皆准的普世性，另一方面则肯定诠释系统的历史性与政治性。

这样的认知后来却遭到托多罗夫（Tzvetan Todorov）的强烈质疑。托多罗夫指出："很可能原先的观念已经不足以全然解释新的事实，在这种情形之下，不是修正原先的观念，就是以另一个新的观念来代替——但这个观念无论如何仍须具有普遍的启发性。观念有点像工人：要衡量他们的价值，我们要知道的是他们能做些什么，不是他们从何处来。"（Todorov，1986：376）另外关于回归黑人文学传统的说法，托多罗夫也提出一连串的疑问：

> 这不等于说，一个思想的内容为何，要看思考者的肤色而定吗？——换言之，这不等于在实践我们理应与之战斗不已的种族偏见论吗？这只能称之为文化的种族隔离政策（cultural apartheid）：为了分析黑人文学，我们必须利用黑人作家所制定的观念。这样的规定——只有羽毛类同的鸟才能够共同思考——究竟要执行到何种程度？是不是我们只能利用"固有"的观念和理论来分析美式足球的队员？是不是只能用文艺复兴的观念来判断文艺复兴的文本，用中世纪的观念来判断中世纪的文本，而不能用其他的观念？（Todorov，1986：376）

我们对照托多罗夫的质疑和乔伊斯的批判，不难发现两者对盖茨的抨击简直南辕北辙。一位是对盖茨强调黑质的本土立场深不以为然，另一位则视盖茨忽略黑质的论调为叛经逆道。两者的批评初看似乎正好暴露了盖茨在批评论述上的矛盾，实则并不尽然，其中恐怕还涉及盖茨本人批评论述的演化问题。

二

盖茨对乔伊斯和托多罗夫的批评皆有专文答复，我会在这一章的结论部分略为转述。其实盖茨的答复早散见于他过去十年的批评论述之中，稍加考察即不难见其梗概。如果要全面探讨盖茨的文学或批评事业，目前恐怕还不容易，他计划中的黑人文学理论与批评三部曲，迄今只出版了两部：分别是 1987 年的《黑色之喻：文字、符号与"种族"自我》及 1988 年的《表意猴：非裔美国文学批评理论》(*The Signifying Monkey: A Theory of Afro-American Literary Criticism*)；另一部是尚未出版的《启蒙时代的黑人文学：论种族、书写与差异》(*Black Letters in the Enlightenment: On Race, Writing, and Difference*)。盖茨在《表意猴》的序文中透露，此书的主要关怀是 1730 年至 1830 年这一百年间欧洲文人、哲学家对黑人（包括非洲）文学的批评论述，他的工作即是分析这些批评论述背后的预设及其附随的价值，因此本书在某种意义上是一部黑人文学在西方世界的接受史。

盖茨较有系统地发表有关美国黑人文学的研究应该始于 20 世纪 70 年代末期。1977 年 6 月，现代语文学会所属的少数民族与语文研究委员会在耶鲁大学主办了一次长达两周的研讨会，主题是："非裔美国文学：从批评方法到课程设计"("Afro-American Literature: From Critical Approach to Course Design")。当时担任研讨会五位主讲人之一的盖茨还是耶鲁大学的讲师（也是剑桥大学的博士研究生）。后来现代语文学会将研讨会的论文辑印成册，书名为：《重建非裔美国文学教学》（*Afro-American Literature: The Reconstruction of Instruction*）。盖茨共有三篇论文收入这本文集，这三篇论文多少反映了盖茨的结构主义层面，而这个层面甚至可见于论文的题目，如《〈道格拉斯自撰生平叙述〉第一章中的二元对立》（"Binary Opposition in the First Chapter of *Narrative of Life of Frederick Douglass, an American Slave. Written by Himself*"）。这些论文后来或以原貌，或经大量修改后收入《黑色之喻》中。大抵而言，这些论文或从理论批判，或以实践敷演，目的即是要将黑人文学自社会文献的身份中拯救出来，以归还黑人文学作为文学的原貌。盖茨的基本观点是："黑人文学像其他语言艺术一样，也是一种语言艺术。"乔伊斯攻击盖茨否定黑人文学中的黑质，其实一方面反映她陷入黑人文学批评的困境中而毫不自知，另一方面也是由于她无法看清盖茨批评论述中自承这些论文都是论辩（polemics）——是"为形式主义和结构主义作为解释美国黑人文学的有效方法所做的论辩"（Gates，1987a：xxviii）。

盖茨的上述关怀，在《黑色之喻》一书里发挥得淋漓尽致。在"绪论"和第一章里，盖茨左右开弓。他首先极言白人批评论述对黑人文学的文学性（literariness）视而不见，反而一再将黑人文学文本贬抑为社会学、人类学、经济学，乃至心理学的参考文献。盖茨自杰弗逊开始，一路追踪到新批评家如理查兹（I. A. Richards）、泰特（Allen Tate），以及 20 世纪 20 年代的美国马克思主义批评家伊斯曼（Max Eastman）等人，试图勾勒出欧美白人批评家看待黑人文学的几种态度：从早期以黑人文学印证黑人的学习智能，并证明黑人的"人"性，到将黑人文学物化为商品，到以生物基础为准绳来判定黑人文学的高下，两百多年来的西方白人批评家在面对黑人文学时，始终有意无意地自囿于族群中心主义（ethnocentrism）和逻各斯中心主义（logocentrism）的笼牢里（Gates，1987a：25）。盖茨批评说：这些不同流派的批评家在转向黑人文学，解释黑人差异时，所做的判断往往与他们所服膺的美学系统的原理大相径庭（24）。概括言之，对白人批评家来说，黑质始终是以一种隐无（an absence）存在。

另一方面，黑人批评家对待黑人文学的态度也同样失之偏颇。盖茨首先指出黑人作家及批评家的反文学理论倾向。黑人文学基本上衍生自对白人世界的反应，因此，黑人作家及批评家反白人世界的心态是可以理解的；不幸的是，这里所谓的白人世界还包括了西方的文学理论。盖茨指出："黑人作家和批评家……被迫反抗西方批评理论广为接受的丰富传统，这个传统不仅派置了书写、'文明'与政治权威之间的牢固关系，同时也被若干西方文人用来替某些囚禁和奴役黑人的形式辩护。"（27）盖茨的意思是，黑人作家和批评家之反文学理论其实是源于反西方文学理论。

盖茨在考察本世纪两场影响深远的黑人文艺运动时发现，在这两场运动中，文学始终难逃沦为工具的命运。他认为，"范畴的混淆，艺术与宣传的混淆，在 20 世纪 20 年代折伤了哈林文艺复兴（the Harlem Renaissance）"（28-29）。哈林文艺复兴时代的作家和批评家视文学为文化制品或文献，是黑人社群的独特历史动力的产物，反映的是黑人在白人种族主义迫害下的政治及情感动向。在这种认知之下，"文学理论于是沦为某种社会态度所役用"（29-30）。除了少数作家之外，在哈林文艺复兴的批评论述霸权的支配下，"作家成为社会改革者，而文学也成为改善黑人的社会地位与伦理的工具"（30）。杜波依斯于 1921 年发表于《危机》（Crisis）上的话："我们坚持，我们的艺术和宣传应为一体"（DuBois，1961：30），可以概括哈林文艺复兴对待文学艺术的基本态度。

迨至 20 世纪 60 年代的黑人文艺运动（the Black Arts Movement），由于本身是当时黑权运动（the Black Power Movement）卵翼下的产物，

情况变得更形复杂。黑人文艺运动的主要工作有二：一是重新发掘"散失"的黑人文学作品；二是界定文学原理，建立"真正的"黑人文学（xxv）。于是产生了时人所称的黑人美学（the Black Aesthetic）。黑人美学根植于黑人民族主义，由于面对黑权运动所揭橥的政治斗争，在文学方面最迫切的工作乃是界定黑人文学的本质与功能，以了解在长达两百多年的斗争中，文学的功用何在。盖茨在时过境迁之后检讨20世纪60年代的文艺运动时，归纳出黑人美学的两个明显立场：第一，黑人文学批评应该针对美国黑人的社会地位，进行大规模的政治与经济分析，并说明文学在这方面如何有所贡献；第二，黑人美学应该排斥学院或白人的文学批评方法、理论和术语（xxvi）。盖茨引已故耶鲁大学黑人批评家戴维斯（Charles T. Davis）的批评说，黑人文艺运动本质上乃是黑人版与浪漫主义版的20世纪30年代美国马克思主义运动，多少是政治过度紧迫与膨胀下的产物。

细看盖茨所描绘的黑人文学批评的历史景况，我们俨然看到一幅现代国际政治中霸权竞逐的景象：一边是以白人批评家为代表的受制于资本主义商品崇拜的第一世界霸权，另一边则是以黑人批评家为代表的左翼黑人民族主义与马克思主义的第二世界霸权。盖茨对双方的批判隐然暗示其所立足的第三世界的批判立场，他试图在两个霸权的垄断、瓜分中，为黑人文学批评另寻出路。盖茨后来在给《批评探索》的专号所写的导论中，曾以认可的语势指出："第三世界批评家的关怀应该是去了解任何批评理论所反映与具现的意识形态的潜文本，以及这个潜文本与意义的产生之间所牵涉的关系。"（Gates，1986：15）盖茨此处自揭立场，正好证实了以上我所做的隐喻式推论，也就是我在上文提到的盖茨在批评论述方面的反霸权特性。

笼罩在这两个霸权阴影下的美国黑人文学世界难免一再遭到扭曲、变形的命运。盖茨将这两个霸权批评论述统归于他所谓的种族与上层建筑批评。这个标签一望可知是谐拟马克思基础与上层建筑的社会理论。马克思对这个隐喻其实并没有非常缜密的说明，他只在《政治经济学批判导论》（*A Contribution to the Critique of Political Economy*）1859 年的序文中指出，"社会的经济结构"是"真正的基础"，"法律和政治的上层建筑即建立在这个基础上"。他还说："随着经济基础的改变，整个庞大的上层建筑也或多或少迅速改观。在考虑这些变动时，必须随时将生产经济条件的物质变动……和法律、政治、宗教、艺术或哲学加以区分。"他把后面几项统称为"意识形态形式"。即使在这些文字里，马克思也没有清楚指出，何种社会活动或建制是属于基础，何者又是属于上层建筑。不过，马克思倒是说过，"一般社会、政治和知识的生活过程是以物质生活的生产方式为条件"（Marx，1975：425）。马克思的基础与上层建筑的社会理论本身是否蕴含着某种决定论或科学定律，与本章大旨无关，此处无法详论。不过在庸俗马克思主义的理论里，这个模式明显是个经济决定论，也就是说，基础决定上层建筑的本质，而上层建筑则是基础的反映。

　　盖茨改写庸俗马克思主义的经济决定论为种族与上层建筑批评，实则隐含其本人对黑人文学批评论述的后设批评。在盖茨的模式里，经济决定论一变而为种族决定论。我们试以下列简图加以说明：

$$\frac{\text{上层建筑} = \text{黑人文学}}{\text{种族} = \text{黑人现实}}$$

从经济决定论所衍生的因果关系来看，显然，种族与上层建筑理论的批评家相信，黑人现实是决定黑人文学本质的条件；反过来说，黑人文学也正是黑人现实的反映。如果说庸俗马克思主义的基础与上层建筑模式背后的主导符码是经济（the Economy），那么种族与上层建筑批评背后的主导符码则是黑人民族主义。种族于是成为盖茨所说的"批评理论中的控制机构"（Gates, 1987a: 31）。在 20 世纪 60 年代的黑人文艺运动中，情形固然如此；20年代的哈林文艺复兴也不例外。约翰逊（James Weldon Johnson）在1931年为自己所编的《美国黑人诗选》（*The Book of American Negro Poetry*）修订版写序时，就曾经坦诚指出："'种族'也许是美国黑人最为熟知的东西。"（7）

黑人文学既已成为反抗白人种族主义的武器，黑人批评家之强调文学作品中主题或内容的重要性，毋宁是件顺理成章的事。盖茨自承他的主要工作之一就是要解放"黑人文学批评中最受压抑的成分：文本的语言"（Gates，1987a：xxviii）。收集在《重建非裔美国文学教学》中的几篇论文都负有这种任务，都是要在修辞与主题的层系中，重新凸显语言的重要地位。盖茨似乎有意让他这些论文成为非裔美国文学批评中的对立论述，以此分化、颠覆非裔美国批评论述的整个霸权系统。他承认，他的本意就是为了"矫正和论辩"（Gates，1987a：xxviii）。他认为强调主题或内容的批评其实暗含明显的自卑感。"由于害怕我们的文学经不起深入的语言分析，我们只能从表层看我们的文学，仿佛这是一个中国宫灯，外表精雕细琢，纸皮虽然细薄，里头却充满热气。"（41）他特别提醒黑人文学批评家："文学文本是个语言事件；解释文学文本必须是仔细分析文本的活动。"（40）


三


上述讨论多少有意凸显盖茨在批评论述方面的反霸权特性：其一是他对黑、白种族与上层建筑批评家的批评；其二是他试图解放非裔美国文学批评中最受压抑、宰制的层面——文学的语言、形式、结构等，以对抗过分突出主题或内容的支配性批评系统。盖茨似乎有意将自己的批评论述塑造成黑人文学批评的问题意识，而以后设批评的姿态，解构隐藏于种族与上层建筑批评背后的权力运作逻辑。

盖茨的工作并不仅止于理论上的批评，在非裔美国文学批评的权力竞逐中，他发展出一套自己的理论，并以实践来印证其理论的有效性。《黑色之喻》的第二、第三部分，以及《表意猴》的第二部分都是他以理论装备实践，又以实践敷演理论的结果。这几个部分所讨论的黑人作家和批评家主要包括了惠特利（Phillis Wheatley）、道格拉斯（Frederick Douglass）、威尔森（Harriet E. Wilson）、图默（Jean Toomer）、贺斯顿（Zora Neal Hurston）、布朗（Sterling A. Brown）、艾利森（Ralph Ellison）、里德和艾丽丝·沃克（Alice Walker）等，从惠特利 1773 年所出版的第一本美国黑人诗集，到 1982 年艾丽丝·沃克的《紫色》（*The Color Purple*），时间贯穿两百余年，已足够勾勒出美国黑人文学传统的特质。

　　概括言之，盖茨认为，每一篇黑人文学文本至少占据两个传统的空间：一个是欧美文学传统，另一个是黑人文学传统；因此，每一篇黑人文学文本都是二重调的（Gates，1984：4），或者如威利斯（Susan Willis）所言，都是黑、白混血儿（mulattoes）。换言之，非裔美国文学除了吸收自身的养分外，不免也要受到西方文学传统的影响。这种二重调或双重传统的假设，实源于杜波依斯的双重意识（double consciousness）论；盖茨也多次提到杜波依斯的说法对他的启发（Gates，1988：207, 238）。在《黑人的灵魂》（*The Souls of Black Folk*）一书中，杜波依斯有这么一段广被引述的文字描述美国黑人独有的双重意识："是美国人，也是黑人；两颗灵魂，两边无法调解的抗争；一个黑色的躯体里两种互相冲突的理想。"（Du Bois，1961：17）这段文字具体而微地写出了黑人在美国社会中的两难窘境。

　　黑人文学创作既是两个传统的产物，黑人文学的批评活动自然也无法自外于这两个传统。依此，黑人文学的批评活动自必是个比较的活动（Gates，1987a：36；Gates，1988：xxiv）。盖茨褐橥黑人文学的比较批评，策略上仍然是对种族与上层建筑批评家的批判，其矛头尤其指向黑人批评家，因为这些批评家相信，"意识是预先由肤色决定的"，所以"只有黑人才能够思考……黑人思想"（Gates，1987a：39）。基于这样的信念，种族与上层建筑批评家对黑人文学的指涉性（referentiality）是深信不疑的，他们相信文学文本和指涉之间存在着稳定的一对一关系。盖茨借德里达（Jacque Derrida）的术语，称这个指涉为"一个超越的符意"（a transcendent signified）[1]，也就是黑人批评家所津津乐道的黑质（Gates，1987a：53；Gates，1984：7）。黑人批评家视黑质为一现存（a presence），总已在那儿，目的当然是为了否定两百年来黑质隐无存在的现象。盖茨以20世纪60年代的黑人文艺运动为例，说明这个运动所摆的姿态，即是要使黑质成为"一个超越的现存"（Gates，1987a：275）。

　　非裔美国批评家这种族群中心主义与逻各斯中心主义，当然经不起后结构主义的解构。德里达早就说过："在差异系统之外，中心的符意，先存的或超越的符意根本从来就不存在。缺乏超越的符意正好无限扩展了表意过程的领域与游戏。"（Derrida，1987：280）这正是德里达称之为去中心的活动。后结构主义显然相信，在差异系统之外，或在差异系统运作之前，并无任何所谓超越的符意。任何符意或意义只能存在于文本性里，此外无法他求。盖茨即是以德里达的理论为奥援，透过阅读里德的《胡言咒语》，解构了非裔美国文学中所谓的黑质。盖茨说："在文学里，只有透过复杂的表意过程，黑质才能在文本里产生。超越的黑质不可能存在，在特定辞喻的表现之外，黑质不能，也不会存在。"（Gates，1987：275）盖茨还指出，里德在《胡言咒语》中批判黑质"作为一个自然、超越的符意，不过，在这个批判中却还

--------

[1]　编注：两岸对一些西方学术名词的翻译不大相同。考虑到上下文的连贯性，对于此类附有英文的名词不转换为简体翻译版本。

隐含着一个同样彻底的，对黑质作为一个现存的批判……因此，这样的批判也是对符号本身结构的批判"（274）。这个批判等于否定黑质作为现存或隐无的观念。倘若黑质存在，它也只可能是本身"意符（signifiers）的一个功能"（275）。

除了在理论上解构黑质这个超越的符意之外，在实践上，盖茨说："我尝试利用当代的理论对黑人传统文本陌生化，以制造黑人读者与我们的黑人文本之间的距离，好让我更容易看清那些文本形式的运作。"（Gates，1987a：xxi）所谓陌生化（defamiliarization），其理论源头当然是俄国形式主义（Russian Formalism）。这个理论的内容许多人早已耳熟能详，此处不另介绍。基本上，这个理论相信文学本身自成一个体系，而支撑这个体系的，乃是某些文学现象中二元对立的关系。例如在某个系统或某个时代里，某些文类或文学形式居于支配的主导地位（the "dominant"），另外一些则只是从属，是被压抑的成分。文学史的发展或演化就是由于这个层系系统的调整、变化，被压抑的成分乃得以凸显，而原先居于主导的成分则逐渐隐退为从属。

陌生化的目的自然是为了彰显不为读者熟悉或被压抑的成分；盖茨的许多实践性批评论述大抵都是为了这个目的，也就是要把黑人文学中长期不受重视、不为批评家所熟悉的成分凸显出来，这些成分当然包括了以上一再提到的语言、形式、结构等文学文本的构成部分。

至此我们不难看出，盖茨所从事的黑人文学批评的反霸权事业，实则多方仰赖当代的西方文学理论。盖茨曾在不同的场合戏称，当代文学理论的彩虹联盟（Rainbow Coalition）已经造成美国文学的新典律（Gates，1990：89）。盖茨本人的批评产业无疑正是这个彩虹联盟戮力支持的结果。因此，他向美国黑人文学的批评家提出挑战：

不要规避文学理论，而是要将之转换为黑人的习用语，在适当的地方再认识批评的原理……特别要认识固有的黑人批评原理，利用这些原理解释我们自己的文本。我们有义务维护我们传统的完整，带进任何适当的、对语言敏感的工具，以影响传统的文学批评。我所谓的适当究竟是什么意思呢？其实简单如下：任何工具，只要能够让批评家用来解释文本语言的复杂运作的，就是适当的工具。因为只有语言——黑人文本的黑人语言——才能表达我们文学传统的特质……继续害怕文学理论，或者对文学理论无知，我们将无法面对这个挑战。我们只会因无知的阅读所造成的破坏，而伤害我们的文学传统。（Gates，1987a：xxi-xxii）

# 四

盖茨在另外一篇论文里仍然一字不漏重复上面的话。不过，他对上述引文中的若干用语却另有进一步的解释。譬如，在谈到将当代文学理论转换为黑人的习用语时，他特别强调，他的意思并不是要"将这些理论转换入一个新的修辞领域中而加以变造"（Gates，1989a：334）。另外他还谈到"完整"（integrity）这个观念。他界定这个词语为美国黑人文学与当代文学理论之间的理想关系（332）。换言之，在转借、吸收、修正或铸造理论来说明黑人文学的本质与形态时，必须小心谨慎，以免破坏、讹误或扭曲黑人文学传统，乃至于以黑人文学传统迁就文学理论。

那么，如何在黑人文化母体中阅读黑人文本呢？或者说，如何将当代文学理论转换为黑人的习用语呢？盖茨向黑人民俗（black verna-cular）传统寻找答案。他说："我们都是批评理论的后代，但我们黑人批评家也是黑人民俗批评传统的后代。"（334）

盖茨在建立美国黑人文学批评体系方面的主要贡献之一，当是他所发掘、重建的黑人诠释理论。这个理论根植于黑人文化母体，上溯非洲尼日利亚约鲁巴（Yoruba）族的宗教与神话，流传于非洲、中南美洲，以及美国黑人社群，又与后结构主义的若干文本与符号理论若合符节。盖茨把这个理论称之为表意（signifying，或者盖茨常用的signifyin[g]）。《黑色之喻》最后一章，以及《表意猴》的大部分篇幅，都是在追溯、阐释、敷演这个理论。

这个黑人表意传统的中心角色是一只表意猴（the Signifying Monkey），盖茨把它称作"黑人神话的原型意符"（Gates，1987a：237）。表意猴故事开始流传可能远在蓄奴时代，其本身所扮演的是个捣蛋鬼（trickster）的角色，而与约鲁巴神话中的捣蛋鬼角色血缘相通。西非洲、南美洲、加勒比海诸国和美国黑人社群的民间传说中，有许多捣蛋鬼的角色，其实都是约鲁巴神话中的捣蛋鬼伊素（Esu）的不同面貌。根据盖茨的说法，伊素是众神的使者，一方面向人类传达诸神的意志，另一方面则把人类的愿望带给众神。他的两脚长短不一，就是因为必须同时立足于天上人间。他是十字路的守护神，又是文辞风格的大师。他还是繁殖之神，本身就是个神秘的障碍，隔开神界与凡世。他被称为神圣的语言学家，并且还担负起保护约鲁巴主神欧洛杜马利（Olodumare）创造宇宙之道（ase, Logos）。

在功能上最接近伊素的西方神祇当然是赫尔墨斯（Hermes）。正如赫尔墨斯是天帝宙斯（Zeus）的使者，伊素在约鲁巴神话中也是扮演诠释者的角色。他的双脚一长一短，跨立天上人间，正象征他的中介功能。在约鲁巴族的雕塑艺术里，伊素经常手执葫芦，里头藏着约鲁巴主神的创世之道，这也说明了伊素在阅读或诠释方面的庞大权力。伊素既是捣蛋鬼，也是中介者，他的中介活动就是捣鬼（tricks）。

在非洲神圣论述中的捣蛋鬼如果是伊素的话，那么在美国黑人的世俗论述中，他就是表意猴。这只表意猴有时候也被称为意符（the Signifier），意思是"给符意（the Signified）带来祸害者"（Gates

1987a：238）。表意猴的活动就是表意，他的活动过程是表意过程（signification）。盖茨引民俗学者亚伯拉罕斯（Roger D. Abrahams）的表意猴故事研究指出，表意是一种"间接辩论或劝说的技巧"，"一种暗示的语言"，"以间接的语言或姿态作手段，去暗示、刺激、恳求、夸口"；因此，表意猴不仅是技巧大师，它本身"就是技巧，就是风格，就是文学语言的文学性；它是伟大的意符（the great Signifier）"。盖茨认为，"美国黑人表意的修辞策略并不是一个提供信息游戏的修辞行为。表意端赖意符之链与活动，而非某个妄想的、超越的符意"（Gates，1987a：238）。表意因此彻底依赖文本，是语言的活动。在这样的表意过程中，第二个陈述往往会将第一个修正、颠倒或重复，盖茨因此称之为批判性的表意过程（49）。也只有在这样一个文本与文本之间互相指涉的关系中，表意的观念才可能存在（49）。

　　即使从以上简单的转述中，我们仍然不难看出，盖茨对表意猴的了解多少受到后结构主义理论的启导。换另一个方式来说，在盖茨对表意猴的描述中，我们看到表意猴和后结构主义之间存在着多少霍米·巴巴（Homi K. Bhabha）所谓的"自然的亲和关系"（Bhabha，1987：181）。表意猴的表意行为显然蕴含不可确定性（indeterminacy），符意变动不居，只能隐存于文本之中，不可外求，自然也无所谓超越的符意。表意于是成为衍异的行为，成为远离中心、破除整体的活动，成为文本扩散的自由活动。而表意所形成的文本关系，其实也就是克里斯蒂娃（Julia Kristeva）所谓的文本与文本之间互为指涉的关系（intertextuality）；在这样的关系中，意符总是指向另一个意符，文本永远指向另一个文本。

　　盖茨显然并没有放弃后结构主义，他只是将后结构的语言转换入黑人民俗传统的修辞领域里，以黑人民俗的批评论述否定黑人文学批评中所谓超越的意符，间接批判黑质继续以一现存在。超越的意符既不存在，表意在黑人民俗传统里于是自成一个开放的体系。盖茨认为，利用某种阅读方式来解释黑人文学文本，会改变文本的理论与观念，这是"重建典律之前不可或缺的过程"（Gates，1984：9）。任何阅读都不免受制于理论以及理论背后的意识形态。盖茨对表意猴的阅读也无法例外。他自己也这么说过："不论我们有没有发觉，我们每个人都给文本带来了一个隐含的文学理论，或者甚至是许多理论无心的混杂……了解当代理论，也就是了解个人自己的预设——那些我们不经意带给文本的意识形态与美学的假设。"（Gates，1987a：334）同样的情形当然也发生在盖茨阅读表意猴的时候。总而言之，我们从盖茨所阐述的黑人表意理论中，隐隐约约所看到的，仍然是他的后结构主义立场。

五

在结束这一章的讨论之前，我们不妨回到这一章开始时提到的笔战。其实，从以上的分析中即可看出，乔伊斯和托多罗夫对盖茨的抨击多少反映了他们并不熟悉盖茨过去十余年来的批评活动。譬如，乔伊斯对盖茨的批评仅及于两篇盖茨分别发表于 1977 年及 1984 年的论文；何况她在批判盖茨的时候，恐怕不无简化、扭曲对方的理论及批评论述，以迁就自己的批评预设之嫌。乔伊斯责备盖茨不应否定黑质，其实十余年来盖茨从未否定黑质，他只是无法同意黑质以一现存在，成为黑人文学中一个超越的符意。依他看来，黑质只能以意符的一个功能存在，因此，黑质不是自然的、超越的。此之所以在答复乔伊斯时，盖茨反求于她："我要求乔伊斯证明，在我整个著作里，我如何，甚至只有一次，否定我的黑质。只因为我抨击某些黑人美学家著作中逻辑上的错误，并不等于说我反黑人，或者说我不爱黑人艺术或音乐，或者说我疏离黑人。"（Gates，1987a：358）

托多罗夫的批评则针对盖茨所强调的本土立场而来。盖茨的批评论述的确强调黑人的固有传统，甚至在答复托多罗夫的时候，他也不讳言这个立场。他说："要以理论阐说黑人文学，我们必须做所有理论家所做的事，那就是阅读构成我们传统的文本，而从那个文本传统中构思……有用的批评原理，然后依据这些原理阅读构成那个传统的文本……我的立场是，让一位黑人文学批评家去借用欧洲或美国的文学理论，而不管'这些理论从何而来'，等于让那位批评家掉入知识的契约关系或新殖民主义的陷阱中。"（Gates，1987a：207）盖茨特别声明，他这里所指的是"黑人文学的批评家"，而不是"黑人批评家"（black critic）。盖茨此处所强调的显然是文学传统的重要性，这可以说是他一贯的立场。他不相信文学理论是普世的、中性的，文学理论的预设背后自有其意识形态。因此，每一位批评家都应该知道他的理论"从何而来"。这是起码的常识，实在不足为奇，也实在无须质疑。

# 七　哈林文艺复兴与口述文学的政治

They were there with their tongues cocked and loaded, the only real weapon left to weak folk. The only killing tool they are allowed to use in the presence of white folks.

——Zora Neale Hurston, *Their Eyes Were Watching God*

## 一

1990 年 1 月号的《现代语文学会集刊》（*PMLA* 105.1）在其一百多年的历史中首次刊出"非洲与非裔美国文学"专号，由盖茨主编。这个专号刊登了一张九人合影的团体照。照片虽然不是印在铜版纸上，但仍给人一种本雅明（Walter Benjamin）所谓的"生动的共同感"（Benjamin，1999：517）。其说明文字不仅如本雅明所言，使照片能够"文学化生活中的种种关系"（527），也多少叙事化了照片中人物的关系：这张照片摄于 1952 年 10 月 19 日至 24 日间，场合是密西西比州杰克逊市（Jackson）杰克逊州立学院建校 75 周年纪念会，照片中的人物泰半是 20 世纪 20 至 30 年代间哈林文艺复兴（the Harlem Renaissance）的扛鼎人物。若照本雅明的说法，面对这样的一张照片，深藏于我们内心的光学潜意识（optical unconscious）会驱策我们想要知道照片中人物的身份。将文字说明与照片中的人物核对，我们认出：孟添姆斯（Arna Bontemps）、托尔森（Melvin B. Tolson）、海登（Robert Hayden）、布朗（Sterling Brown）、贺斯顿（Zora Neale Hurston）、休斯（Langston Hughes），等等。哈林文艺复兴的主要文学健将泰皆于此；他们彼此间所建立的文学、政治、社会关系，不但赋予这张照片特定的摄影叙事性，更是构成哈林文艺复兴整个历史叙事的主要事构关系。

有人认为，哈林文艺复兴与 20 世纪 60 年代的黑人美学（the Black Aesthetic）有根本的差异，前者以文学为工具，汲汲于证明黑人与白人相似之处；后者则有意凸显黑人与白人之间的歧异（Awkward, 1988：7）。这样的说法但见二者之异，未见二者之同，同时也忽略了形成哈林文艺复兴的整个意识形态环境（ideological environment），以及文化生产与社会实践之间的复杂关系。

19 世纪末的美国黑人社群的主导论述几乎全受制于布克·华盛顿（Booker T. Washington）的调解论（accommodation）。这种调解论的精神具体而微可见于华盛顿于 1895 年 9 月 18 日在亚特兰大博览会中，对白人演说时所说的一句话："在所有纯粹与社会有关的事务中，我们可以像手指头那样隔离；在一切本质上有助于促进双方进步的事情上，我们则又可以如手掌那般合而为一。"（Washington, 1965：148）华盛顿一向强调黑人的经济权，主张暂时搁置政治权，以争取白人的信任。他在 1881 年创办塔斯齐基学院（Tuskegee Institute）时，所抱持的教育理念即是工、农教育和自力更生的哲学。这些论调颇受白人社群的欢迎。就某种意义而言，塔斯齐基学院在有意无意间充当了白人统治阶级支配黑人社群的意识形态机器，华盛顿也因此被奉为黑人社群的代言人，成为道格拉斯（Frederick Douglass）以后最有权势的一位非裔美国人。[1]

迈进 20 世纪以后，由华盛顿的思想与实践行为所构筑的主导论述却开始遭到年轻一代黑人知识分子的挑战。1903 年，杜波依斯（W. E. B. Du Bois）在他的经典名著《黑人的灵魂》（*The Souls of Black Folk*）中，即辟有专章抨击华盛顿。他斥责华盛顿宣扬"工作与金钱的福音"，"几乎接受黑人属低劣种族这种未经证实的说法"。华盛顿的妥协哲学也被视为罔顾自尊："自尊远比土地和房子更有价值，而一个自动放弃自尊，或不再争取自尊的民族，根本没有资格过文明生活。"（Du Bois，1961：48）杜波依斯认为，华盛顿的主张"将使北方和南方的白人得以将黑人问题的重担转移到黑人的肩膀上，而以批评与相当悲观的旁观者身份置身事外"（53）。这也是华盛顿最受人物议的地方。

迨至 1905 年的尼亚加拉运动（Niagara movement）[2]、1910 年全国有色人种促进会（NAACP）的成立，以及 1915 年华盛顿的逝世，原先奉杜波依斯的意识形态为圭臬的对立论述（counter-discourse），俨然已成为当时黑人社群的主导论述。另外再加上马库斯·卡威（Marcus Garvey）所褐橥的泛非洲主义（pan-Africanism）在旁推波助澜，华盛顿的调解论终于日薄崦嵫，欲振乏力了。所谓的新黑人（the New Negro）已经出现，而哈林文艺复兴即是在这样的意识形态环境中逐渐形成。用哈林文艺复兴史学者温茨（Cary D. Wintz）的话说："新黑人在战时出现，一心一意想要表明主张，挺身争取自己的权力，但新黑人也不免陷于黑人所面对的许多南辕北辙的选择中。在 20 世纪 20 年代，这些冲突为黑人知识分子之间的辩论煽风点火，也为黑人作家与诗人的艺术活动煽风点火。"（Wintz，1988：47）

---

[1] 在私底下，华盛顿也有其较激进的一面，但都被他温和、妥协的公共形象所掩盖。请参考温茨（Cary D. Wintz）的说法（Wintz，1988：37-38）。

[2] 编注：尼亚加拉运动是一个黑人民权组织，由杜波依斯和威廉·特罗特（William Trotter）等人领导。

在这样的意识形态环境下，哈林文艺复兴应运而生。1925 年秋天，黑人哲学家罗克（Alain Locke）印行了他所主编的选集《新黑人》（*The New Negro*）。这是一本有意重新界定典律的选集，"旨在展示黑人传统的存在，作为种族自我的政治性辩护，以便对抗种族主义"（Gates，1990：97）。这本选集于是成为哈林文艺复兴的宣言。整个哈林文艺复兴更是急于凸显黑人的种族自豪（racial pride），而黑人传统文化中原始主义的独特性正好具现了这种种族自豪。《新黑人》中有一篇由巴恩斯（Albert C. Barnes）执笔的《黑人艺术与美国》（"Negro Art and America"），以浪漫的情怀颂扬黑人的民俗传统：

> 逆境总是他（黑人）的命运，但他却将逆境透过歌谣转化为一桩美的事物。当他还是个悲惨的、饱受蹂躏的奴隶时，他猝然放歌，其歌谣构成了美国唯一伟大的音乐——灵歌。这些野性的歌谣是饱经忧患、满心渴望、虔诚笃信的人类灵魂自然、质朴、自发的话语。（Barnes，1970：20-21）

詹穆罕默德（Abdul R. JanMohamed）在分析殖民心态时指出，殖民主在彻底否定被殖民者时，往往会激发被殖民者的反否定（counter negation）。殖民心态大抵为詹穆罕默德所谓的摩尼式二元寓意（Manichean allegory）所主宰，构成德里达称之为暴虐层系的二元对立：白人／黑人；善良／邪恶；救赎／堕落；文明／野蛮，等等（JanMohamed，1983：4；Derrida，1981：41）。反否定的目的无疑是为了颠倒这种摩尼式二元寓意，重新界定二者的关系。巴恩斯的通篇文章即蕴含着这种反否定：黑人／白人；自然／文化；原始／文明；自发／造作，等等。

这样的反否定不仅涉及价值判断，同时也与哈林文艺复兴当时的黑白意识形态关系互相呼应。巴恩斯在他的文章里也暗示，就文化生产而言，相对白人的书写（literacy）传统，黑人有其民俗的口述（orality）传统；而相对白人的书写文学（literature），黑人应以其口述文学（orature）自豪。三四十年前，哈金斯（Nathan Irvin Huggins）在研究哈林文艺复兴时就说过："口述传统把街头小孩、民俗牧师、蓝调歌者与爵士乐手紧紧地联系在一起。"（Huggins，1971：223）换句话说，依哈金斯看来，口述传统乃是黑人文化生产的下层建筑。

## 二

德勒兹（Gilles Deleuze）与加塔利（Félix Guattari）在论述他们所谓的小文学（minor literature）时曾经指出，小文学有三个特征：一、小文学虽然也使用支配性的语言，但却有破除语言畛域（deterritorialization）的倾向；二、在小文学里，一切都是政治性的，个人与政治的即临性（immediacy）密切相关；三、小文学里的一切都蕴含集体价值与社群性（communality）。德勒兹与加塔利的研究对象是卡夫卡（Franz Kafka），以卡夫卡的状况———一位犹太裔作家以布拉格的德文创作——论述小文学，自有其局限不周之处（Deleuze and Guattari，1986）。詹穆罕默德就认为，小文学或少数民族文学还有第四个特征，即普遍的边陲性，这个特征固然适用于卡夫卡，也可以用来描述美国黑人文学，以及若干以欧洲语文创作的第三世界文学。詹穆罕默德甚至认为，美国黑人文化最能够象征少数民族文化的边陲性，因为长期以来，美国黑人文化就被有系统地阻隔于其原来的非洲传统之外，"被迫只能在支配性和压制性文化极小的边陲中自我发展"（JanMohamd，1984：297）。

哈林文艺复兴的种种文学现象都反映了上述四个特征。这场文艺运动的滥觞多少与《新黑人》一书的出版有关，这个现象即饶富深意。

《新黑人》这本选集基本上是黑人自我建构的文本，除了少数几篇是白人作家、编辑的作品外，绝大部分作品的作者都是黑人，其集体价值与社群性自不待言。诗人海登在为新的雅典娜版（Atheneum edition）《新黑人》写序时即曾表示："区分新黑人与美国其他知识分子的是他们的种族意识、他们的群体了解、他们那种分享共同目标的意识。"（Hayden，1970：xi）批评家贝克（Houston A. Baker, Jr.）在他的《现代主义与哈林文艺复兴》（*Modernism and the Harlem Renaissance*）一书中有一段话，颇能作为海登这句话的批注：

> 《新黑人》的世界代表了一个基于民族利益的统一社群，其目的是为了正面对抗一个充满种族歧视的国度中普遍存在的经济、政治与神学教条。这个作品本身就是个群体计划，其资源、才情、声音、意象、旋律皆来自一个被放逐的社会或民族，而这个社会或民族只能在美国的一切承诺、利益，以及生产模式的边疆或边陲里苟存。（Baker，1987b：77）

这样的群体意识不仅见于《新黑人》的整个企图，亦且反映在选集文类的多样性。除了诗、小说、戏剧、评论等常见的文类外，这本选集也收集了若干与社会、历史、教育、音乐有关的文章。这些文本泰半旨在勾勒黑人经验——美学的、历史的、教育的、社会的——的独特性，借以彰显黑白之间的差异，黑人自豪即建立在这些差异上。从这个角度看来，《新黑人》一书本身即是个论辩，它不单是编者或作者个人的美学或论述行为而已，它还是个政治计划，除了展示美国黑人本身的论述权力之外，目的更在于颠覆白人霸权文化的支配与垄断。

《新黑人》中收有诗人休斯的一首著名短诗《我也》（"I Too"）：

我也歌唱美国

我是个较黑的兄弟。

有人来的时候

他们赶我到厨房用餐

可是我大笑，

而且吃得好，

吃得壮。

明天

有人来的时候

我会坐在桌边

那时候

没有人敢

对我说

"到厨房去吃"


此外，他们会发现我多漂亮

他们会羞愧，——


我，也是美国。（Hughes，1970：145）

这首诗极力颂赞被边陲化者的权力，被压迫或被歧视者非但活得好好的，而且对未来充满憧憬，对自身的美更是信心十足。这种不以边陲性为怨，反而大加颂扬的现象，用詹穆罕默德的话说，是"对另类传统的肯定"，也是指向"另类霸权"（JanMohamed, 1984: 293）。此诗以"我也歌唱美国"这句话开始，当然不无颠覆白人意识形态霸权的用意。这种边陲性的政治在休斯的诗中俯拾皆是，《我也》一诗只不过是较著名的例子而已。

歌颂边陲性与肯定黑人自豪其实是一体的两面。罗克认为，年轻一代的黑人对自己的种族有一份爱和自豪，对祖先家园的非洲，也有一份尊敬与热爱（Locke，1970a：52-53）。赫德林（Warrington Hudlin）在检讨哈林文艺复兴的功过时也明白指出，"种族自豪是第一要务。跟黑人文学前辈相反的是……民俗与非洲黑人传统再度受到崇敬"（Hudlin，1972：71-72）。

凸显民俗传统不无建制化口述文学的用意，这种边陲性的语言或文化生产，正好可以颠覆白人书写文学的主导性霸权，乃是倡言黑白差异的主要策略，一方面既肯定黑人自豪，另一方面也质疑白人以书写作为文学生产工具的中心性——以书写为中心的自恋癖（narcissism）使白人在其文学生产活动中排斥口述的另类传统。凸显民俗传统，将口述文学建制化，无异于打破以书写为界线的语言畛域；实则对大部分非裔美国作家而言，语言的生产行为自始就不是中性与透明的，永远隐含着詹明信所说的政治潜意识（political unconscious），目的在于重建文本中"被压制与被埋葬的现实"，因此是"社群命运的象征性冥思"（Jameson，1981：20；70）。书写文学固然如此，口述文学的颠覆性更不待言。

罗克在与《新黑人》一书同名的主要文章中，特别拈出黑人灵歌为例，直陈黑人口述传统的重要性。罗克说：

> 想想黑人灵歌突然间如何自我展露；多少世代受到美以美教派定型的圣歌和声的压制而隐匿、羞愧，直到因其本质自然，人们才有勇气将这些灵歌传扬开来——看吧，这就是民俗歌谣。同样的，黑人的心灵似乎突然间从社会胁迫的淫威中松脱出来，挣脱模仿与隐含自卑的心理。（Locke，1970b：4）

罗克的话似乎有意将黑人灵歌和黑人心灵等同处理，以疏通文艺与政治之间的扞格对立。最重要的是，黑人灵歌虽多取材自《圣经》，但其旋律与白人圣歌大相径庭，其歌词更有分化白人宗教霸权意识形态的意图，这也就是约翰逊（James Weldon Johnson）在 1921 年为其编选的《美国黑人诗选》（*The Book of American Negro Poetry*）的第一版序文中所说的，"这些宗教歌谣含有《圣经》文本以外的意义"（Johnson, 1931: 18）。我们不妨以较为大家所熟知的《下去，摩西》（"Go Down, Moses"）这首灵歌为例加以说明：

> 下去，摩西，
> 走下埃及地
> 告诉昏老的法老王
> 让我的同胞离去。
>
> 当以色列仍在埃及地
> 让我的同胞离去
> 他们受尽压迫，无法站立
> 让我的同胞离去。
>
> 下去，摩西
> 走下埃及地
> 告诉昏老的法老王
> "让我的同胞离去。"
>
> "主如是说，"勇敢的摩西说道，
> "让我的同胞离去；
> 否则我会将你们的头胎婴儿击毙
> 让我的同胞离去。"

"他们不可再被监禁受苦

让我的同胞离去；

让他们带着埃及的财物离去，

让我的同胞离去。"

主告诉摩西怎么做

让我的同胞离去；

带领以色列的子孙离去

让我的同胞离去。

下去，摩西，

走下埃及地，

告诉昏老的法老王

"让我的同胞离去！"

这首灵歌以直接而又质朴的黑人英语，将《旧约》中《出埃及记》的故事转化为黑人本身的集体抗议，并与自己的处境对话，正好与詹明信阅读吉诺维斯（Eugene Genovese）的名著《滚，约旦河，滚》（*Roll, Jordan, Roll*）时所描述的情况若合符节："奴隶主的霸权基督教义被挪用，内容被秘密掏空，颠覆，然后被转换为大异其趣的对立的符码信息。"（Jameson 1981: 86）当然，这首灵歌也完全具现了上文提到的少数民族文学的种种特征：破除语言畛域、社群性、政治性及边陲性等。

灵歌源于蓄奴时代的黑奴歌谣（slave songs），是黑人口述传统的重要泉源，是约翰逊所谓的"真正的原始诗歌"（Johnson，1931：18）。哈林文艺复兴的若干领导人物之所以刻意突出黑人口述文学如灵歌者的重要性，自然隐含政治潜意识。用詹明信的话说，这是争取加入对话系统的一种策略，以免被霸权阶级与文化的声音掩灭，进而重新肯定边陲或对立的非霸权文化。詹明信也指出："只有最终以其基本论辩和颠覆策略重写这些对话，才能在社会阶级的对话系统中重建其地位。"（Jameson，1981：85-86）这容或正是哈林文艺复兴的政治性所在。

三

《下去，摩西》这首灵歌还展现美国黑人另一个口述传统——"呼叫与回应"（call and response）。史密瑟曼（Geneva Smitherman）将这个传统界定为"说话者与听话者之间自发的语言与非语言互动，说话者的所有话语由此而被听话者的话语所打断"（Smitherman，1986：104）。"呼叫与回应"常见于黑人教会的聚会，特别是牧师与会众之间的应答。史密瑟曼认为，"这种互动系统具现了社群性……强调的是群体内聚力、合作及集体共同利益"（109）。类似的黑人口述传统，在哈林文艺复兴时代最重要的女作家贺斯顿的名作《他们的眼睛正看着上帝》（*Their Eyes Were Watching God*）中，可谓俯拾皆是。哈林文艺复兴的诗人与作家大都知道如何善用黑人口述传统，如何在书写文学中挪用口述文学。《他们的眼睛正看着上帝》是个很好的例子。

正如批评家米斯（Elizabeth A. Meese）所说的，"《他们的眼睛正看着上帝》是一本有关口述活动的小说——关于说话人和语言模式……这里也和其他地方一样，语言产生权力、知识，乃至约束；语言即是诠释和变换经验的能力。"（Meese，1986：46）米斯的研究旨在说明语言与权力之间的关系，其重点在于分析女主角珍妮（Janie）如何从缄默无言的存在状态，到了解口述如何为社群所需，又如何透过语言的权力解构其第二任丈夫斯塔克斯（Joe Starks）所象征的阳物中心主义（phallocentrism）。《他们的眼睛正看着上帝》在挪用黑人口述传统方面当然不只这些,我将在下文举例略为说明。

贺斯顿这本小说其实始于南方黑人社区常见的廊前闲聊(porch talk)。小说开始时,珍妮自远方回来:

> 太阳下去了,但他仍把脚印留在天空。这正是闲坐路旁门前的时候。这正是听东听西和闲聊的时候。这些坐在这里的人,镇日里都是些无舌、无耳、无眼,供人驱策的东西。骡和其他畜牲曾占用他们的皮肤。可是现在,太阳和老板走了,他们的皮肤觉得有力,又有人性。他们成为声音与琐碎事务的主人。他们让各国传过他们的嘴巴。他们坐着判断。(Hurston,1978:9)

黄昏标示着黑白两个世界的分野:白天属于白人,夜晚才属于黑人;白天黑人埋头劳动,沉默无言,只有在黑夜到来之后,他们才开始活跃。而最能够表现他们的活力的,就是他们的口述活动——类似廊前闲聊的活动,经常是社群性与政治性的,被禁锢的语言权力往往在这个时候获得释放,语言于是成为社会或政治论述的场域。

我们在廊前闲聊中所看到的是一个阳物中心主义的世界,语言恣肆,夸大而无节制:"人们在门廊前环坐,把他们思想的图画传来传去,让别人观赏,这样很好。思想的图画总是以粉笔把生活放大,这个事实使生活听起来更好。"(Hurston,1978:81)当镇上的廊前闲聊以镇民波纳(Matt Bonner)的黄骡为话题时,似乎每个人都在谈论那只病骡:"更多的故事谈到那只畜牲有多可怜;它的年龄;它的邪恶性情,以及它新近所犯的糗事。每个人都耽溺于骡话(mule talk)中。它的名声仅次于镇长,而且它带来更好的话题。"(Hurston,1978:85)珍妮喜欢这些乡亲的廊前骡话,但她那身兼镇长、邮政局长与杂货店老板、政客、资本家的丈夫斯塔克斯却始终严禁她插足这些活动:"他不想让她和这些人渣聊天。"(Hurston,1978:85)斯塔克斯具有强烈的阶级意识，未在这个黑人小镇发迹之前，他曾长期替白人工作。事实上，他早已内化白人的价值观与白人社会所界定的成功的意义。当他带着珍妮私奔，来到这个黑人小镇时，他所做的第一件事就是购买土地。在还没有搭建自己的住家之前，他先盖起一间杂货店；稍加经营，竟使之成为小镇的经济与政治中心，他也因此被镇民推选为镇长，终于成为他日夜向往的所谓"大声音"。

由于斯塔克斯早已内化白人霸权文化的价值观，他和镇民之间始终有所扞格，他也自始无法欣赏其族人的口述传统和民俗智慧。譬如，在波纳的黄骡病逝之后，镇民劳师动众，为它举行了一场啼笑皆非的模仿嘲弄的葬礼。葬礼结束后，斯塔克斯回到店里，竟然对珍妮说："我忍不住要笑今天早上树林里的那些人，珍妮。你忍不住要笑他们所玩的花样。但还是老话一句，我希望我的同胞能多干点活，别浪费这么多时间在可笑的事情上。"（Hurston，1978：85）

斯塔克斯所谓可笑的事情，指的是镇民为那只黄骡所举行的模拟葬礼。可是依我看来，这却是小说里把黑人口述传统发挥得最为淋漓尽致的一幕：

> 他们在沼泽上大大地为那只骡举行葬礼。他们嘲弄每一个死去的人。斯塔克斯带头颂扬我们逝去的公民，我们最杰出的公民，以及它所留给后人的忧伤。所有的人都很喜欢这番颂辞。这番颂辞也使斯塔克斯显得更实在，比盖学校还实在。他站在当平台用的鼓胀的骡肚上，动作十足。他下来以后，他们把山姆（Sam）推上去，他先是像一位学校老师，骡话连篇。然后模仿皮尔森（John Pearson）那样戴上帽子，开始学他讲道。他谈起骡天堂的种种欢乐，亲爱的兄弟已离开这痛苦之谷，往骡天堂去；骡天使正展翼四处飞翔；绵延数里的绿色玉米田和冷冽的水，一片纯麦麸的牧草地，骡天使骑在人身上，而从灿烂的宝座旁属于它的位

子上，亲爱的离去的兄弟俯身下望地狱，看见魔鬼逼迫波纳镇日里在火热的太阳下犁田，用皮鞭猛抽他的背。

就这样，姐妹们找到了模仿嘲弄的乐子，她们笑喊着，还得让男人搀扶。每个人尽情笑闹，最后那只骡才留给已经等候得不耐烦的兀鹰。（Hurston，1978：96）

在这场极富社群性的语言游戏中，我们看到一场巴赫金式（Bakhtinian）的颠覆性嘉年华会，世界颠倒，规范被逾越；正如巴赫金所说的，"嘉年华会所要歌颂的是暂时从优势真理和既定秩序中解放出来；它标示着所有层系、利益、规范及禁忌的中止"（Bakhtin，1984b：10）。在这场喧闹、戏谑的葬礼中，模仿嘲弄的对象显然不仅是波纳及其死去的老骡。如果像巴赫金所言，嘉年华会第二生命的意义，必须建立在官方第一生命的关系上，那么，这场模拟葬礼所要解构的，正是由白人霸权文化所界定的基督教教义与礼仪——巴赫金所谓的"严肃的祭仪"（Bakhtin，1984b：7）。

《他们的眼睛正看着上帝》基本上是女主角珍妮向她的挚友菲比（Phoeby）重述其三次婚姻——特别是最后一次——的故事。在重述结束时，珍妮对菲比说："我知道那些爱道长说短的姐妹们一定在挂心……除非她们打听出来我们在谈些什么。没关系，菲比，告诉她们。"（Hurston，1978：284）珍妮似乎胸有成竹，她仿佛在暗示，自己的故事势将成为黑人民俗里的市井传说，成为廊前闲聊的一部分。

# 四

哈林文艺复兴虽然不像 20 世纪 60 年代的黑人艺术运动（Black Arts Movement）那样，过度为政治意识形态所决定，但两者的潜文本或主导符码并无二致，都是黑人文化民族主义。哈林文艺复兴的诗人与作家在主张其文化民族主义时，策略一目了然，即凸显黑人民俗传统，尤其是美国白人霸权文化中最为欠缺的口述传统。这种民俗实践并未因哈林文艺复兴的落幕而烟消云散，60年代的黑人美学更是强调这种口述形态的文化生产。

盖茨所编选的《诺顿版非裔美国文学选集》（*Norton Anthology of African-American Literature*）即注意美国黑人口述文学本身的典律，因此选集附有一张光盘，里面收录了非裔美国人的口述文化产品。盖茨说："这意味着每一个时期将包括黑人地方文化中口述与音乐的印刷和口说文本：讲道辞、蓝调、灵歌、节奏蓝调（R&B），诗人朗诵他们的'方言'诗、演说辞——无所不包。"（Gates，1990：103）这样的发展恐怕不是当年哈林文艺复兴的诗人与作家所能够想象的。

In between times they told stories, laughed and told more stories and sung songs.

——Zora Neale Hurston, *Their Eyes Were Watching God*

# 八 蓝调解放：非裔美国文学批评的世代递嬗

　　根据非裔美国批评家贝克（Houston A. Baker, Jr.）的说法，世代递嬗（generational shift）这个观念是"一场因意识形态而激发的运动，由年轻或刚崭露头角的知识分子所督导，这些知识分子奉献心力，排斥其知识前辈的著述，以建立探讨知识的新框架"。贝克同时指出，这个观念实源于库恩（Thomas S. Kuhn）的典范（paradigm）理论，原指"一套统合知识社群的指导性假设"（Baker，1984：67）。此处当然无法详论库恩理论的得失：简言之，库恩在从事科学史研究时发现，一门学科在从前科学（pre-science）期进入成熟科学（mature science）期的过程中，会出现"一组反复出现的标准范例，展示各种理论在观念上、在观察上以及在仪器上的应用。这组范例就是该科学社群的典范，它们出现于教科书中、课堂上及实验室中"（Kuhn，1970：43）。换言之，典范乃是某一科学社群的成员在从事科学研究时所接受的基本共识，包括基本观点与研究方法等。依此典范之观点与研究方法所发展建立的科学乃称为常态科学（normal science）。常态科学家的工作主要是依典范之设计，解决各种谜题（puzzles），库恩称成功解决这些谜题的常态科学家为解谜者（puzzle-solver）。谜题的挑战正是驱策科学家向前迈进的动力之一（Kuhn，1970：35-37）。库恩的论述旨在解释科学革命的形成，因此其中所涉及的主要还是典范兴替的问题。库恩认为，若依现有的典范规定，虽经科学社群的多方努力，有些谜题也无法获得解决，在这种情形之下，这样的谜题就成为典范中的异常现象（anomaly）。一般而言，异常现象对现存的典范不一定会构成威胁或形成危机；相反，库恩认为，科学上的发现往往始于科学家对异常现象的觉察，他们觉察到自然违反了典范所做的推论。不过，倘若异常现象已经明显地质疑了现存典范的基本假设，或者说异常现象过多，而无法在现存的典范中获得解决，同一科学社群的成员因此对现存的典范开始产生怀疑，就会造成典范的危机。为了因应这样的危机，科学家势必得修正原有的典范，或者提出新的观点、新的方法、新的词汇，向现存的典范挑战，新的典范即可能因此成形。当新的典范逐渐形成规模，且足以和原有的典范抗衡时，科学于是进入革命阶段。等到典范的兴替逐渐形成，旧典范为新典范所取代之后，新的常态科学于焉产生，科学革命才算完成（Kuhn，1970：52-76）。

在《蓝调、意识形态与非裔美国文学》（*Blues, Ideology, and Afro-American Literature*）一书中，贝克特别说明典范理论在研究非裔美国文学批评时的适用性。他认为，库恩的典范理论所提供的是一个譬喻的手段，"对我们构思任何知识革命的本质，在方法上已经造成根本的改变"。就研究非裔美国文学批评论述的流变而言，典范譬喻所强调的社群决定论，以及知觉上的格式塔式的变迁（gestalt-like perceptual shifts），尤其具有启发价值；前者凸显属性明确的专业群体，后者则显然强调群体经验的统一性（Baker，1984：76）。总之，我们不难看出，典范譬喻背后其实有一个隐然若现的主导符码，那就是社群性；而由于黑人在美国独特的历史经验，非裔美国文学与批评论述自始就富于社群性，贝克之特别重视典范理论的社群层面或群体意识，原因恐怕即在于此。至于典范譬喻对于文学理论或批评的启示，贝克曾在一次访谈中这么指出：

> 我的想法是，典范总是支配着理论方面的努力，我认为在处理某
> 些特定问题或谜题时，以众所认同的范例为基础的理论家是一
> 群享有共同典范的人。这么看来，我猜想这样的想法也暗示了某
> 种特色的理论观：在典范兴替的另一边，你会发现另一社群的学
> 者，他们看到"同样的"事物，而且会看到某些完全不同的东
> 西。当我使用典范的时候，我指的是引导性的知觉取向，这种引
> 导性的知觉取向通常会给世界带来新的事物。我不信少了引导你
> 去探索的典范，你还能从事理论探索。（Ward，1982：54）

正因为强调典范的社群性或群体意识，贝克在思构其非裔美国
文学批评的系谱时，"世代"一词显然不仅是时间的，同时还是空间
的，指的是享有共同典范的社群，因此，不同的世代即意味着坚持不
同典范的社群。贝克认为，晚近的——我猜想他指的是哈林文艺复兴
以后——非裔美国文学理论与批评至少经历了两次的世代递嬗：第
一次发生在 20 世纪 60 年代中期，活跃于 50 年代末期与 60 年代初期
的"统合诗学"（"Integrationist Poetics"），逐渐为黑人美学（the Black
Aesthetic）所取代；第二次则发生在 70 年代的末期，而取代黑人美学
的则是贝克所称的"重建诗学"（"Reconstructionist Poetics"）。

贝克基本上是以赖特（Richard Wright）和批评家戴伟斯（Arthur
P. Davis）的若干观点来概括统合诗学的主要关怀。一言以蔽之，统合
诗学以某些社会指标为基础，对非裔美国文学的未来抱持着相当乐观
的态度，相信非裔美国文学终会被纳入主流文学之中，成为盎格鲁美
国文学的一部分。1954 年，美国最高法院在审理布朗对托皮卡教育委
员会（Brown v. Topeka Board of Education）一案时，判决"隔离但平
等"（separate but equal）的规定为不平等，因此是违宪的。赖特在《美

国的黑人文学》("The Literature of the Negro in the United States") 一文中表示，最高法院的判决使黑白之间的平等指日可待，反映在文学上，非裔美国文学当然也会获得平等的待遇，而逐渐与白人主流文学融为一体。赖特说："国家（指美国）对待黑人的态度改变之后，黑人文学表现的形态与声调也会随之改变。"（Wright，1964：104）不过，赖特却也认为，这一切恐怕只能发生在黑人文学自我观照的层面（the narcissistic level），也就是黑人文学较富自我意识的书写层面。至于赖特所谓的黑人表现文化中"不明事物的诸形式"（"forms of things unknown"），也就是民俗、大众或地方风土的层面，因涉及非裔美国表现文化中的属性问题，赖特则不那么乐观。

戴伟斯则是另一位早于赖特的统合论批评家。像赖特那样，戴伟斯也从若干社会指标中获得乐观的信息，相信"所有美国人的一体性（oneness），以及美国创造性表现文化不同形式的和谐融合"（Baker，1987b：69）。1941 年，戴伟斯在与布朗（Sterling A. Brown）、尤利西斯·李（Ulysses Lee）等合编的黑人文学选集《黑人行旅》（*The Negro Caravan*）的导论中指出："黑人的作品似乎……未形成一个独特的文化模式。黑人作家一向采纳对其目的看似有利的文学传统。他们因此受到清教徒的教诲主义、滥情的人道主义、地方色彩、乡土论、写实主义、自然主义及实验主义的影响……文学传统的结合似乎要比种族来得强。"（Davis, Brown and Lee，1941：6-7）《黑人行旅》的编者于是认为，"黑人文学"（"Negro Literature"）一词并不恰当，"如果'黑人文学'一词指的是结构上的独特性或黑人支派的文学，那么此词并无适用之处……黑人作家是美国作家，而美国黑人的文学是美国文学的一部分"（1941：7）。因此，在戴伟斯之类的统合论批评家看来，所谓黑人文学其实并无正当性，为了加入美国文学的大熔炉中，达成美国文学的"和谐融合"，黑人文学应该不惜牺牲其"结构上的独特性"，也就是压制其自身的属性。统合诗学所服膺的显然是一种大熔炉主义的意识形态，相信美国社会的"一体性"。贝克认为，统合论批评家对某些社会指标所抱持的乐观态度，其实是"把理想的纸上声明视为未来幸福国度的正面征兆"（Baker，1987b：69）。同时，所谓统合更是一种消除自我，向白人的支配性文学典律靠拢的活动。

此外，统合诗学主张，在批评活动上，非裔美国作家不能要求双重标准，他们必须接受单一标准的批评。戴伟斯的说法是这样的："美国黑人的境遇艰苦，黑人生活故事中有许多不寻常、动人的阅读材料，这些都是不争的事实；但是一旦把这些事实带进文学批评之中，对批评家和艺术家而言，恐怕只有坏处。"所以，戴伟斯提醒黑人作家，"他们必须要求别人以评估书的态度，来评估他们的书，丝毫没有感情用事的余地。黑人作家在为自己辩护时，他们必须要求单一标准的批评"（Davis, Brown and Lee，1941：7）。这样的主张当然暗示了美国文学批评中有这么一个标准存在，非裔美国作家应该以这个标准生产其作品，批评家也应该以这个标准评断这些作品。问题是，贝克认为，多少年来建构这个标准的一直是在 20 世纪 60 年代时被黑人批评家称为"白人文学与批评当权派"的一小群人（Baker，1987b：71），主要包括后来被韦思特（Cornel West）称作"建立文学典律的主要西方男性"，如艾略特（T.S. Eliot）、马蒂森（F.O. Mathiessen）、布鲁克斯（Cleanth Brooks）、弗赖伊（Northrop Frye）等（West，1987：193）。换言之，为了符合这个批评论述的标准，非裔美国作家势必得压制其文学或文化属性，这一点与统合诗学批评家所描绘的美国文学视境是颇为一致的。

相对于统合诗学之有意泯灭非裔美国文学的独特性，20 世纪 60 年代中期以后开始发展的黑人美学则极力凸显此独特性。黑人美学无疑是当时风起云涌的黑权运动（Black Power Movement）卵翼下的产物，是黑人文艺运动（Black Arts Movement）的一部分。60 年代中期以后非裔美国人社群的文化政治主要是透过文化实践来强化黑人政治与社会的自主性，其背后的主导符码是自 20 世纪 20 年代的哈林文艺复兴即开始萌芽的黑人文化民族主义，黑人美学健将之一的巴拉卡（Imamu Amiri Baraka）即曾说过，黑人民族主义所关怀的是"自我的发展"（Baraka，1969：105）。在这个目标的驱策之下，黑人艺术家"迫切需要改变其同胞认同的形象，强调黑人的感受、黑人的心灵、黑人的判断。黑人知识分子……则为了黑人的最佳利益，有必要改变其对事实的诠释，而非仅仅附和白人对世界的判断而已"（Baraka，1991：167）。黑人美学显然无法与这样的政治文化分开，此之所以它必须强调族群与社群的首要性，巴拉卡之往群众世界寻找"不明事物的诸形式"，甚至向马克思主义寻求奥援，毋宁是件可以理解的事。

统合诗学的乐观主义到了 20 世纪 60 年代中期以后，当然已经很难经得起政治与社会现实的考验。严格地说，黑人美学自始就不是统合诗学的对立论述。作为"美国黑人社会与政治化过程"（Butler-Evans，1988—89：21）的一部分，它在一个极为有利的意识形态环境中苗壮成长，并且很快就成为非裔美国文学批评的霸权论述。前面说过，统合诗学主张单一标准的文学批评，而这个标准又受制于白人的美学，用盖尔（Addison Gayle, Jr.）的话说，这样的文学批评等于是"白人批评家给黑人文学的文化绞刑"（Gayle，1971：45）。盖尔因此"要求建立一套规则，以判断和评估黑人的文学与艺术"（46）。盖尔自始就反对统合论，甚至到了 70 年代中期，他仍然坚持这样的立场。他说，历史事实证明，"同化对黑人批评家和对黑人大众一样毫无益处。美国文学当权派从未承认那些向他们的典律挑战的人"（38）。另一位重要的黑人美学批评家尼尔（Larry Neal）更毫不保留地指出："黑人美学背后的动机是要摧毁白人的东西，摧毁白人的思想，以及白人观看世界的方式。"（Neal，1989：64）

更值得注意的可能是另一位黑人美学批评家亨德森（Stephen Henderson）的批评产业。贝克称亨德森的批评活动的目的在于建立一套黑人的文化整体论（cultural holism），也就是建立非裔美国文化论述之间的指涉关系。亨德森认为："我们不应将诗孤立起来讨论，讨论诗时应该将诗置于诗与读者／听众的关系之中，然后将读者置于我们称之为黑人经验的现象这个更宽广的脉络之中。"（Henderson，1973：62）亨德森所谓的黑人经验正是构成黑质（blackness）的根本成分。依此推论，评估黑人文学，"最后的标准当在于创作的根源，也就是黑人社群本身"（65–66）。换句话说，黑人美学所提供的其实是批评家奥克华（Michael Awkward）所说的"非洲中心的读法"（Afrocentric reading），一方面暴露白人优越神话的虚假，另一方面则挖掘非裔美国人经验中长期被埋没的艺术宝藏，以遏阻白人投射在黑人心灵上的负面影响（Awkward，1988：6）。

在《蓝调、意识形态与非裔美国文学》一书中，贝克在转述、诠释黑人美学的基本论点时，主要集中在巴拉卡、尼尔及亨德森等三位批评家身上。其实贝克本人早期的批评论述都意在说明他与黑人美学的脐带关系，而在盖茨的《黑色之喻》（*Figures in Black*）一书里，贝克是被摆在黑人美学的脉络中，和盖尔、亨德森等人相提并论的（Gates，1987a：35–36；同时请参考 Rowell，1991：445）。贝克从不讳言其早期的黑人文化民族主义的批评立场，他不仅在《拂晓歌手》（*Singers of Daybreak*）一书平装本的绪论中，自承曾经是位文化民族主义者，而且在 1990 年所出版的《黑人长歌》（*Long Black Song*）平装本的绪论中，还特别指出，"黑人文化民族主义——尤其是在黑人艺术与美学运动中符码化的民族主义——为《黑人长歌》提供分析的主要框架"（Baker，1990b：xiv）。贝克深信黑人文化民族主义并非毫无价值。他说："这个计划的非凡成就之一在于成功地把美国黑人文化推展到成为'在学术上值得尊敬的'研究课题的地位……第二个成就则是偶像破坏，它以粗野的信心打破传统的真实性，给激进改变的机制提

供了存在的条件。"(Baker，1990b：xx)

贝克在《蓝调、意识形态与非裔美国文学》一书中，称黑人美学为浪漫马克思主义。虽然事过境迁，他对黑人美学在意识形态上过分强调黑质的本土论也深表不满，而称此本质主义为印象式的沙文主义，但对黑人美学所造成的世代递嬗则持肯定的态度。贝克以为，黑人美学"改变了'黑人'与'美学'在美国文学与批评论述世界中的意义，使这些用词能够继续提供'有用的区分'，从此人们会以和旧的统合论典范截然不同的态度看待非裔美国人的表现文化产品"(Baker，1984：81)。

黑人美学的局限性不难了解。其实早在20世纪70年代中期，贝克就已经对黑人美学提出若干期待与委婉的批评。他提醒黑人美学家：一、必须重视多层面的历史证据，特别要在文学文本中寻找证据；二、必须能够将注意力从较宽广的历史层面转移到特殊的黑人语言上去；三、必须摆脱观念上的僵化偏见；四、必须承认黑色美国的疆界甚广，除了城市，美国的乡间、小镇也有丰沛的黑人文学产业(Baker，1976：56-57)。在《蓝调、意识形态与非裔美国文学》一书中，贝克则借尼尔的话提出以下几点批评：一、黑人美学是被扭曲的马克思主义文学理论，马克思主义所强调的阶级意识在黑人美学里则为种族意识所取代；二、由于受制于黑权运动的意识形态，黑人美学自始就沦为政治斗争与社会革命的附庸，在这种权宜之下，文学自然失去其自主性；三、黑人美学由于过分重视文学的主题和内容，因此忽略了文学的形式或结构层面(Baker，1984：85-86)。

黑人美学的上述局限，到了70年代中期以后果然受到挑战，先是若干黑人美学批评家的自我反省与修正，接着来自学院的黑人文学批评家也开始质疑黑人美学的某些理论假设。不论黑权运动的成败为何，在民权运动之后，黑人社群的中产阶级开始出现，学院里也"出现了采用白人同僚的姿态、标准和词汇的非裔美国批评家"(Baker，

1984：88）。贝克认为，这一类批评家受制于"阶级取向的专业主义"（88），他把这些批评家所楬橥的文学理论称作重建诗学。重建诗学批评家的出现无疑标示了非裔美国文学批评的另一个世代递嬗。在概括重建诗学批评家的批评产业时，贝克语带怀疑地说："重建的一代选择把非裔美国'文学'纳入自主的文化范畴内，并且利用与黑人美学所隐含的黑人风土方法'全然不同的'立论来批评这种文学。重建诗学批评家宁愿采纳白人学术性文学批评世界的'假设'（以及随这些假设而来的术语），也不愿尝试评估黑人美学在方法假设上的价值。"（Baker，1984：89）

"重建诗学"一词显然出于 1977 年在耶鲁大学所举行的一次有关非裔美国文学教学与研究的研讨会，会后于 1979 年出版论文集，书名叫《重建非裔美国文学的教学》（*Afro-American Literature: The Reconstruction of Instruction*），贝克称此书为"新世代的手册"（Baker，1984：90）。他特别举斯特普托（Robert B. Stepto）和盖茨的批评论述为例，说明重建诗学的得失。一言以蔽之，贝克以为，重建诗学为了矫正黑人美学的缺失，特别强调文学的自主性，因此不惜压制文学的政治与社会层面，连带地为了凸显文学的形式与结构层面，尤其是语言的层面，重建诗学明显地忽略了文学的主题和内容。《重建非裔美国文学的教学》一书的编者说得很清楚，该论文集的主要关怀在于拒绝"文学以外的价值、理念及教学设计"（Fisher and Stepto，1979：2），因为这一切干扰非裔美国文学的教学已非一日。盖茨共有三篇论文辑入这本论文集中，这三篇论文多少反映了盖茨早期的形式主义与结构主义层面。这些论文后来或以原貌，或经大量修改后收入《黑色之喻》一书中。大抵而言，这些论文或从理论批判，或以实践敷演，目的不外是要将黑人文学自社会文献的身份中解放出来，以重现黑人文学作为文学的原貌。盖茨这些论文的中心观点是："黑人文学像其他的语言艺术一样，也是一种语言艺术。"（Gates，1979：67）他后来在《黑色之喻》的绪论中自承这些论文都是论辩（polemics），目的在于为"形式主义和结构主义作为解释美国黑人文学的有效方法"辩护（Gates，1987a：xxviii）。

显然，重建诗学所关怀的主要中心课题是黑人文学的文学性（literariness）和文本性（textuality）。贝克在比较黑人美学与重建诗学之间的差异时表示，前者的关注在于"决定'黑质'这个商品如何规划非裔美国文化表现的范畴"，后者则企图"了解'文学'范畴的质地如何**整体地**规划非裔美国人的生活"（Baker，1984：91）。他因此批评重建主义的典范其实是以"'文学的'观念架构来了解非裔美国文化"（Baker，1984：92），其中包括赖特所谓的"不明事物的诸形式"等民俗与风土文化。贝克以盖茨为例，指盖茨其实受制于文学的精英主义，不仅对非裔美国人的民俗与风土文化不感兴趣，同时更缺乏了解（Baker，1984：103）。甚至对文学文本的看法，贝克与盖茨也不尽相同。盖茨认为，"文学文本是个语言事件，解释文本必定是个细密的文本分析的活动"（Gates，1979：68）。贝克则以为，"文本并未构成事件……构成**事件**的反而是人们的阅读或实践……同时这个过程也生产（再生产）了有意义的文本"（Baker，1984：104）。当然，读者或批评家对整个文化力量应该有所认识，才能使文本成为一个具有文化语意的产品。[1]

尽管贝克对重建诗学语多批评，但对斯特普托和盖茨的表现也不忘给予肯定。在他看来，这两位重建诗学批评家展示了非裔美国文学与当代文学理论结合的可能性，下一步应该是如何建立一套有效的非

---

[1] 这里无法详论盖茨的批评产业，较详细的讨论，请参考本书第六章《盖茨与非裔美国批译》。盖茨的批评产业也历经多变，贝克的批评仅及于盖茨较早期的著述。盖茨在某次访谈中特别说明他早期的论述偏于形式主义的主要原因：一、他出身耶鲁大学历史系，在剑桥大学主修文学时，他的报告曾被教授指为不像文学论文。这个经验使他初期发表论文时刻意追求形式主义，以证明自己再也不是一位学历史的人。二、在他早期发表论文时，耶鲁大学的解构批评正在盛行，他受到德里达等人的影响在所难免（Rowell，1991：446-448）。

裔美国文学理论。

从以上的转述与分析不难看出，贝克对不同世代的非裔美国文学批评论述皆有所保留，只不过他的批评立场多少较倾向于黑人美学而已。他所向往的是一种"整体的、文化人类学的方法"（Baker，1984：109），他称之为艺术人类学。按贝克的说法，艺术人类学强调的是"文化风格与艺术表现之间的关系，以及文化脉络与艺术文本之间的关系"（Baker，1980c：30）；在方法上则主张赋予艺术文本系统性的、科际整合的诠释，因为"艺术是文化风格的一个功能……为了显示此风格之实质规律，以及此规律在艺术创作与反应中所扮演的重要角色，我们必须从许多学科借来方法与模式"（Baker，1980c：30）。艺术人类学因此特别强调科际整合，以及将艺术文本置于文化脉络研究的重要性。

贝克同时认为，非裔美国文学批评家应该还是一位蓝调批评家（blues critic），不仅应了解理论的多重层面，更应该借着这些理论去发掘久被冷落的非裔美国表现文化，这样才能达到他所说的蓝调解放（blues liberation）的目的。贝克这里所谓的解放，大抵与萨义德在批判本土论（nativism）时所提出的解放本意相近。萨义德指出，在后殖民或后帝国时代所出现的本土论，往往刻意提出有关"本土的过去、历史或实况的煽动性主张"，这样的本土论无异"脱离了历史的世界，而去追求形而上的本质……这是抛弃历史"（Said，1990：82）。在萨义德看来，非洲人所揭橥的非洲黑人意识（*négritude*）、若干非裔美国人所主张的卡威主义（Garveyism）、伊斯兰教世界刻意诉求的被殖民前所谓的穆斯林特质等，莫不是本土论的本质主义。在抛弃历史之余，本土论往往遁入某种盛世将临（millenarianism）的虚幻错觉中。萨义德以为，本土论没有理由成为后殖民时代的唯一选择。新的选择应该是解放，也就是从褊狭的民族意识中解放出来，在摆脱有形的殖民之余，从根本在社会意识上解放改造（Said，1990：83）。萨义德在引述塞泽尔（Aimé Césaire）[1]的长诗《重返故土》（*Cahier d'un retour au pays natal*）时，特别拈出塞泽尔诗中某些富于包容性的诗句说："你不会向自我局限的僵硬和禁制让步。这些局限皆来自种族、时代或环境。"（Said，1990：85）换言之，萨义德在塞泽尔的诗中发现一种无须自囿于种族、时代或环境的解放。这正是贝克所向往的解放：不仅要不断探索新的、适切的理论和方法，更要摆脱狭隘的黑人文化民族主义，这样才能洞悉传统非裔美国文化的长处或缺陷。

贝克的世代递嬗观念自有其理论根据，同时作为一个断代观念也不失其方便之处。然而在女性主义批评家肖沃尔特（Elaine Showalter）看来，这个断代观念其实并非没有问题。肖沃尔特首先指出，"批评家无法确切地被划分到不同世代去"，以世代来界定文学批评的流变或演化恐怕失之武断，因为"在人文学科里，睿智的人通常会借新的思想改变与修正其理论立场，而不是顽固地死守着原先的典范"。其次，最令肖沃尔特耿耿于怀的还是贝克在叙述非裔美国文学批评的世代递嬗时，明显忽略了黑人女性主义文学批评。用肖沃尔特的话说，贝克的叙述"不曾充分考虑到性别，以及黑人女性在决定文学与批评论述时所扮演的角色"（Showalter，1989：350）。

肖沃尔特这两点质疑恐怕很难反驳。先就第一点而言，贝克本人的批评产业就适足以证明肖沃尔特的批评确实并非无的放矢。过去三四十年间，贝克的批评产业时有阶段性的转变——从20世纪70年代初期拥抱黑人文化民族主义，到了80年代接受当代文学与批评理论，在此同时贝克也开始更重视黑人风土文化与民俗传统，这样的批评面貌诚然是无法以任何单一的世代涵盖的。诚如伊格尔顿（Terry Eagleton）所言，社会或时代有其普遍的意识形态（general ideology），

---

[1] 编注：艾梅·塞泽尔（Aimé Césaire），法国殖民地马提尼克出身的黑人诗人、政治家。

作家的意识形态（authorial ideology）极可能与之产生冲突，因而也可能随之调整而改变，反之亦然。此之所以我们很难将某一作家斩钉截铁地归属于某一时代；何况"作家也非仅仅只能属于某一'历史'而已"（Eagleton，1978：59）。这样的描述其实也颇适用于像贝克这样的批评家身上。（此外，我们还未提到像巴拉卡之类如今仍坚持其革命论左翼黑人文化民族主义的作家和批评家。）

肖沃尔特对贝克的第二点批评——忽略黑人女性主义文学批评——也是不争的事实。贝克的论文原发表于1981年，1984年收入《蓝调、意识形态与非裔美国文学》一书出版时，曾经略加增订。[1] 在这两个版本中，贝克皆未论及非裔美国女性主义文学批评。其实早在《蓝调、意识形态与非裔美国文学》一书出版之前，若干黑人女性主义作家和批评家已经发表了她们的重要文章，其中包括艾丽丝·沃克（Alice Walker）的《寻求咱们母亲的花园》（"In Search of Our Mothers' Gardens"）、芭芭拉·史密斯（Barbara Smith）的《黑人女性主义批评刍议》（"Toward a Black Feminist Criticism"）、麦克道尔（Deborah McDowell）的《黑人女性主义批评的新方向》（"New Directions for Black Feminist Criticism"），等等，可见当时黑人女性主义文学批评已经开始渐成气候。贝克1991年出版的《精神的活动》（*Workings of the Spirit*）一书专论黑人女性文学，开卷部分就讨论非裔美国女性主义批评论述，贝克或许有意借此填补其论述的缺失。

贝克在论述非裔美国文学批评的世代递嬗时，未能论及黑人女性主义文学批评，我以为主要还是受缚于世代递嬗这个历史或文化的断代观念。我的意思是，若从福柯（Michel Foucault）的知识考古学（archaeology of knowledge）的立场来看，世代递嬗作为一个断代观念其

---

[1] 贝克有关非裔美国文学批评论述的世代递嬗观念的讨论，原见 "Generational Shifts and the Recent Criticism of Afro-American Literature," *Black American Literature Forum* 15.1 (Spring, 1981)：3–21。此文后经贝克略加扩充，收入《蓝调、意识形态与非裔美国文学》一书中。

实并未摆脱福柯所诟病的文化总体论（cultural totalities）。福柯认为，像世界观、时代精神等各种属于文化总体论的名目，都是构成"统一与诠释的原则"；从事知识考古学的人"必须质疑现成的综合体——那些在我们检查之前通常就已经接受的组合，那些一开始其有效性就被承认的连结体"（Foucault，1982：22）。在福柯的理念里，知识考古学应从事比较分析，"目的不在简化各种论述的歧异多样，不在显现势将总体化这些论述的统一性，其目的反而是为了将各种论述的歧异多样性区分为不同的辞喻（figures）。知识考古学的比较没有统一的效应，有的只是歧异多样的效应"（Foucault，1982：160）。贝克的世代递嬗观念显然有简化或总体化不同世代的非裔美国文学批评论述之嫌。在他的批评叙述中，他往往为了凸显某一世代的主导性批评论述，而不惜将同一世代的其他批评论述消音或存而不论。此之所以在论述黑人美学的世代时，我们看不到统合诗学的批评活动。在论述重建诗学的世代时，黑人美学批评家的活动似乎完全停顿，当然更遑论当时已经开始进入论述的黑人女性主义文学批评。这一切都是总体化论述的后果。贝克熟知福柯，在《蓝调、意识形态与非裔美国文学》一书中甚至援引福柯的知识考古学质疑传统的美国文学史，文化总体论所引发的问题不能不察。[1]

从上面的分析可知，历史或文化断代最大的问题还是在于此断代过程所造成的总体化（totalization）现象，使得差异或异质性遭到泯灭，历史分期于是沦为詹明信所谓的同构型的总体系统（total system），或者沦为表现某种"统一的内在真理"（Jameson，1981：27），或文化总体论的机制。不过，任何历史总体（historical totality）的建构"总不免涉及孤立与特许该总体内的某一成分，使之成为主导符码或'内在本质'，此主导符码或'内在本质'并足以解释此'整

---

[1] 有关贝克如何以福柯的知识考古学质疑传统美国文学史的讨论，请参考本书下一章。

体'中的其他成分或特征"（28）。詹明信在为 20 世纪 60 年代断代时还指出，他理念中的分期指的并不是某些"无所不在的统一的共同风格或思考与行为方式，而是指共享同一目标的立场"（Jameson，1988：179）。在论述后现代主义时，詹明信也特别强调，后现代主义并不是一种风格，而应该被视为一种文化主导现象（cultural dominant），他认为这样的认知"允许广泛的、极为不同但被宰制的特征存在与并存"（Jameson，1991：4）。他还说："只有在某种主导性文化逻辑或霸权标准的观点下，才能衡量与评估真正的差异。"（1991：6）詹明信一向对放任的多元主导表示怀疑，在《政治潜意识》（*The Political Unconscious*）一书中，他特别提出诠释的层系关系的重要性。他认为，有些诠释是强势的，有些则属于弱势，弱势的诠释不免会被强势的诠释所包摄与支配，这样的层系关系于是界定了不同诠释之间的秩序（Jameson，1981：31）。在强调后现代主义作为一个文化主导现象时，詹明信所坚持的也是类似的立场。他说："假如我们未达成一种文化主导现象的普遍意识，那么我们会形成一种看法，把当代历史视为绝对的异质性，或随意的差异，或一群效应难定的不同力量的共存状态"。（Jameson，1991：6）由此可知，以主导性文化逻辑作为历史分期的依据，在詹明信的体系中自有其理论或意识形态的重要性。

我们显然有必要以这样的文化逻辑来了解贝克的世代递嬗观念。我在这一章一开始即指出，贝克的世代递嬗观念如何受到库恩的典范理论的启发，在贝克看来，将若干批评家归于某一世代，也正意味着这些批评家是"一群享有共同典范的人"（Ward，1982：54）。换成詹明信的说法，这些批评家其实"共享同一目标的立场"。不论是贝克所谓的"共同典范"或詹明信所说的"同一目标的立场"，指的都是某一历史时期或世代中的文化主导现象。换句话说，世代的形成必须仰赖造成主导现象的共同典范或立场。在贝克为非裔美国文学批评论述断代时，我们不难看出，每一个批评世代都有其主导性的批评论述，这也说明了同一世代中其实还并存着其他不同的被压制与被支配的批评论述。透过这样的文化或论述逻辑来了解贝克的世代递嬗观念，我们发现，这个观念其实隐含着两个与历史再现有关的假设。一个是共时性的（synchronic），也就是说，在同一世代里，不论是支配性或被支配的批评论述，彼此实际上是密切相关的，甚至互相依存、互相诠释。另一个假设则是历时性的（diachronic），它暗示了历史是个直线进展的过程，世代接替世代，一切循序渐进。以这样的文化或论述逻辑来评估贝克的世代递嬗观念，也许我们才能看到这个历史断代观念的适用之处。

# 九　贝克与非裔美国表现文化的考古

　　1990 年，弗吉尼亚大学出版社以平装本重印贝克于 1972 年出版的《黑人长歌：美国文学与文化论集》（*Long Black Song: Essays in Black American Literature and Culture*），贝克特地为此新版写了一篇貌似批评自传的《绪论》，回顾他的学术与批评事业，文中不乏自我批判，对 20 世纪 60 年代以来的非裔美国文学批评论述也多所反省与肯定。在谈到他自己如何从一位主张黑人文化民族主义的黑人美学批评家，转变为重视理论的批评家时，贝克这么写道：

> 我自己转向理论是始于 1974 年，我替当时由我所主持的宾州大学非裔美国研究课程筹划了一个以"当前黑人文学批评的功能"为题的春季研讨会。这个研讨会的目的……在于创建一种社群取向的理论计划，以研究黑人文学。（Baker, 1990b: xvii；同时见于 Baker, 1988: 142）

　　贝克的转变正值他所谓的黑人文学批评世代递嬗（generational

shift）的时刻。[1]20 世纪 70 年代中期以后，新一代的非裔美国文学批评家逐渐崭露头角。1977 年 6 月，美国现代语文学会所属的少数民族语文研究委员会在耶鲁大学举办了一次长达两周的研讨会，主题是"非裔美国文学：从批评方法到课程设计"，这个宣言式的研讨会等于为新世代的黑人文学批评家提供了一个论述舞台，当时任教于耶鲁大学的斯特普托、盖茨等都是这一批新世代批评家中的佼佼者。贝克认为，世代递嬗带给非裔美国文学批评的改变是，非裔美国文学批评的主要关怀自此"从强调普遍性的内涵转移到符号的表意过程，从本质转移到修辞，从对族群的忠诚转移到表意譬喻"（Baker，1990b：xvi）。一言以蔽之，整个批评论述的重心开始转移到非裔美国文学的文本性（textuality）与文学性（literariness）。

贝克本人正是这个世代递嬗中的一位重要批评家。照他所说，他的转变始于 1975 年他所主办的"当前黑人文学批评的功能"研讨会，贝克自己的论文虽然对黑人美学的成就颇表肯定，但他对巴拉卡（Imamu Amiri Baraka）与尼尔（Larry Neal）等人褊狭的黑人文化民族主义却也略有微辞（Baker，1976：48）。此后贝克开始将他的批评实践推进到理论论述的层次。1980 年，他为《美国黑人文学论坛》（*Black American Literature Forum*）春季号主编了一期文学理论专号。他在专号前言中指出，文学理论的发展使得"在处理语言与文学作品时，我们的程序形态有了重大意义的不同"（Baker，1980a：3）。不过，真正标示贝克开始关注非裔美国文学的文本性与文学性的，则是他在同年所出版的《迢迢归途：黑人文学与批评中的议题》（*The Journey Back: Issues in Black Literature and Criticism*）一书。此书与贝克早期著作最大的不同在于对语言的关注，可以看出现代语言学和人类学对他的影

---

[1]　贝克以世代递嬗一词论美国黑人文学批评的流变，其论点主要见《蓝调、意识形态与非裔美国文学》（*Blues, Ideology and Afro-American Literature: A Vernacular Theory*）一书第二章。有关这方面的讨论，请参阅本书上一章。

响。对贝克而言，文学与文化都应被纳入语言论述的范畴；他同时提出艺术人类学的观念，试图结合其他学科，作为研究非裔美国文学与文化的基础（Baker，1980b：xiii-xvi）。按贝克的说法，艺术人类学强调"文化风格与艺术表现之间的关系，以及文化脉络与艺术文本之间的关系"（Baker，1980c：30）。在方法上，艺术人类学则主张赋予艺术文本系统性的、科际整合的诠释，因为"艺术是文化风格的一个功能……为了显示此风格之实质规律，以及此规律在艺术创作与反应中所扮演的重要角色，我们必须从许多学科借来方法与模式"（1980c：30）。依此而论，艺术乃是错综复杂的文化系统之一，批评家必须充分掌握此文化系统，才能深入描述属于此文化系统的艺术系统。此之所以艺术人类学特别强调科际整合，以及将艺术文本置于文化脉络研究的重要性。除此之外，对语言的关注也是新世代黑人文学批评家的主要工作之一，因为用盖茨的话说，文本的语言是"黑人文学批评中最受压抑的成分"（Gates，1987a：xxvi），批评家有责任将这个最受压抑的成分解放出来。

《迢迢归途》一书虽然标示了贝克的重大转变，但该书的真正关怀还是非裔美国文学的文本性，这一点倒是和20世纪70年代末期普遍的美国文学理论情境颇为一致。注重文本性的文学理论大抵接受萨义德所批判的所谓"不干涉原则"（the principle of noninterference），也就是排除任何与现实或社会有关的计划。"'文本性'是文学理论有点神秘且经过消毒杀菌之后的题材"（Said，1983：3），因此，真正能够展现贝克在《黑人长歌》的绪论中所说的"社群取向的理论计划"的，应该是他在1984年所出版的《蓝调、意识形态与非裔美国文学》（*Blues, Ideology, and Afro-American Literature: A Vernacular Theory*）一书。贝克在这本书中大量撷取黑人历史与经济经验以及民俗传统，结合后结构主义与马克思主义，试图为非裔美国文化研究建立他所谓的黑人风土理论（vernacular theory）与诠释系统，并且希望借此解释非裔美国文学史和非裔美国文学批评史的演化与发展。在贝克这本书中，我们看到非裔美国人的历史与民俗文化如何和当代理论共谋合计，颠覆美国文学与批评论述的典律与中心。换言之，贝克的计划其实是晚近书写／矫正（writing/righting）美国文学与历史的更大论述产业的一部分。

在讨论《蓝调、意识形态与非裔美国文学》一书的主要议题之前，我们有必要先了解该书的基本理论假设。贝克开章明义，指出其论述基础与诠释逻辑如何建立在福柯的知识考古学上。福柯将其知识方法称之为考古学，旨在凸显其知识方法与传统史学之间的差异。他认为，传统史学的工作在于"'记录'往昔的人事功业（monuments），将之转变为文献（documents），并将那些本身通常属于非语言的轨迹赋予语言"（Foucault，1982：7）。对福柯而言，史学显然不仅是一种知识方法，而且还是一种权力形式，透过这种知识方法与权力形式，史学家得以驯服并控制过去。传统史学强调历史发展的延续性（continuity），强调规律，福柯的知识考古学则极力凸显历史进程中的缝隙、断裂及非延续性（discontinuity）。此之所以波斯特（Mark Poster）称福柯为"反历史的史学家，这样的史学家在撰述历史时势必威胁到这个行业的每一个典律"（Poster，1984：73）。他进一步指出："福柯企图显示过去如何不同、怪异与充满威胁。他极力扩大过去与现在的距离，破坏在过去与现在的关系中，传统上史学家所享有的那份轻松、舒适的亲密性。"（74）

福柯的知识考古学同时也质疑与历史延续性互为表里的文化总体论（cultural totalities）。福柯认为，文化总体论的各种名目——诸如世界观、时代精神等——都是构成"统一与诠释的原则"；从事知识考古学的人"必须质疑现成的综合体——那些在我们检查之前通常就已经接受的组合，那些一开始其有效性就被承认的连结体"（Foucault，1982：22）。福柯因此视知识考古学为一种比较分析，"目的不在简化各种论述的歧异多样，也不在显现势将总体化这些论述的统一性，其目的反而是为了将各种论述的歧异与多样性区分为不同的辞喻（figures）。知识考古学的比较没有统一的效应，有的只是歧异多样的效应"（Foucault，1982：160）。

《蓝调、意识形态与非裔美国文学》一书的部分意图即在质疑与颠覆现存的美国文学与历史典律，福柯的知识考古学正好可以在这方面提供助力。贝克在挪用福柯的考古学时虽未直接指涉福柯对历史延续性与文化总体论的质疑，但他以斯皮勒（Robert E. Spiller）的美国文学史模式为例，批评斯皮勒一以贯之，以移民与发展的事件模式（an immigration-and-development pattern of events）作为文本诠释与历史叙述的基础，因为斯皮勒认为，"除了大不列颠之外，就数欧洲移民遵循最为接近我们模式的途径"。在贝克看来，这样的文学与历史模式显然受制于族群排外（ethnic exclusion）的理念，欧洲（男）人于是成为"美国国家文学的各个演进层面中，唯一记述他们的种种成就的人"（Baker，1984：19-20）。[1] 斯皮勒其实也从不隐瞒，他的文学史本来就是"一个连贯的叙事"（Spiller，1974：viii），诉说"一个单一且统一的故事"（ix）。这样的文学史观背后所潜藏的假设当然就是福柯所诟病的历史延续性与文化总体论，任何足以破坏或瓦解此历史延续性与文化总体论的现象或事件，都应被压制或被排除在典律之外，沦为贝克所谓的"阴影"（Baker，1984：21），而以一种隐无（an absence）的方式存在，就像非裔美国人的历史与文化一样。此处不难看出，福柯的知识考古学在强调历史断裂与文化岐异方面，对贝克的批判计划应该是有其启发价值的。

可惜贝克在援用知识考古学时，并未涉及历史延续性与文化总体论的问题，其主要的指涉还是福柯所谓的论述（discourse）与构成论

---

[1] 单德兴有长文批评斯皮勒的美国文学史观，值得参考（单德兴，2002）。

述的声明（statement）。论述作为一个观念，在当代法国知识思想界中有其丰富的历史。照萨义德的说法，福柯的论述观念部分是受到语言学家本维尼斯特（Emile Benveniste）的语言系统分类的启发，"强调论述乃是一种故意将信息或知识从一个人传送到另一个人身上的有组织且可以辨识的方式"（Said, 1975：298）；部分则可能来自拉康（Jacques Lacan）的心理分析，视接受心理分析者之语言为主体的论述（*discours du sujet*）。不论是语言学或心理分析，论述无不涉及语言的传播情况，也就是暗示说话者与听话者的话语情境，而说话者与听话者则是"在论述中运作的功能"（Said, 1975：299）。在此情形之下，论述不免隐含着权力关系。用萨义德的话说，"论述情境通常好比殖民主和被殖民者或压迫者和被压迫者之间的不平等关系……文字和文本是如此入世，其效应——在某些情况甚至其用途——都是与所有权、权威、权力及暴力强制的事件有关"（Said, 1983：48）。从某种意义来说，论述即是知识，是构成人类历史文化的种种建制、学科、观念、实践等构成或过程，但这些知识所声称的真理与意义必须存而不论（Dant, 1991：129；Dreyfus and Rabinow, 1983：49）。这是因为福柯的知识考古学主要的目的在于描述，不在于诠释。

具体化或物质化论述的是无数形式不一的声明。福柯视声明为"论述的微粒"、"论述的最基本单位"，但声明不一定是命题，也不一定是句子或语言行为，它可以借图表、统计数字及各种物质性的符号存在（Foucault, 1982：80-82）。换言之，声明即是"一连串在论述中具有意义的符号"（Dant, 1991：130）。知识考古学的工作即在质疑历史延续性与文化总体论，福柯认为，这项工作必须自论述的分析开始，而论述的分析又必须以声明的分析为基础，因此，"声明的分析和论述构成的分析是彼此相关的"。福柯甚至说，"一个声明属于一个论述构成，就好像一个句子属于一篇文本，或一个命题属于一个演绎推论一样"（Foucault, 1982：116）。简而言之，论述构成就是"一组组的声明"（115），而这些声明又是存在于层层指涉的脉络关系中，没有一个声明是"自由、中性、独立的声明……任何声明总是属于一连串或整体的声明，总是在其他声明之中扮演一个角色，从其他声明之中获得支持，并与其他声明有所区分：每一个声明总是声明网络中的一部分，不论其角色多么微小，它在其中总是扮演着一个角色"（99）。而在这连串或整体声明当中，有部分则属于统摄性的声明（147）。

贝克对知识考古学的挪用大致不出以上的了解。对他而言，美国历史作为福柯所谓的论述其实也散布着许许多多的声明，其中不乏统摄性的声明。他认为，要考掘或分析美国历史论述，就必须从发掘与分析这些统摄性的声明着手。他以米勒（Perry Miller）的名著《荒野使命》（*Errand into the Wilderness*）作为指涉对象，拈出若干语言构成，称之为美国历史论述的统摄性声明。这些声明大致包括"虔诚信徒"（"religious man"）、"荒野"（"wilderness"）、"移民使命"（"migratory errand"）、"充实仓廪"（"increase in store"）、"新耶路撒冷"（"New Jerusalem"）等语言构成（Baker，1984：19）。我们不难看出，这些声明也就是福柯所说的表意成分（signifying elements），其功能主要是在反映一个"隐含的、至高无上的社群'意义'"或者"单一的'意符'"（Foucault，1982：118），那就是欧洲白人新教徒的新大陆经验，结果自然造成了贝克所说的族群排外的现象，其他种族、宗教、性别、文化的经验也就无法进入美国历史论述之中。换句话说，这些声明自行构成一种萨义德所谓的文化，作为区分内／外、欧洲／非欧洲、白人／非白人、被接纳／被排斥的主要依据（Said，1983：11—14）。萨义德说，"文化是指认、选择与确认某些较他者来得'好的'东西、形式、实践或理念的工具"（Said，1983：176）。1986 年，萨义德在与威廉斯（Raymond Williams）的一次对谈中，对文化仍然抱持类似的看法。他说："对我而言……文化本质上是个排外的用词，自始就未被我当作一个协同与社群的用词来使用。"（Williams，1989：196）按萨义德的说法，这样的文化进程其实与经济和政治机器扮演着同样重要的角色，是欧洲男性白人新教徒观察、宰制与排斥非欧洲人的历史、宗教、文化等的不二法门（Said，1990：72）。福柯认为声明之所以具有这种功能，主要是基于稀释原理（principle of rarification），也就是简化、孤立论述的结果。福柯因此指出，不管有多少声明，声明"总是在赤字之中"，因为"总体而言，说出来的比较上只是少数"，分析声明就应该留意那些被消音的、"未说出来的"成分（Foucault，1982：119）。知识考古学之重视历史的断裂、隙缝，以及文化的歧异、多样，原因即在于此。

前面说过，论述的话语情境本来就隐含权力关系，说话者往往是掌握声明权力的人、机构或建制，听话者则大抵属于被消音、被排斥、被驯服的一方。贝克所尝试解构的美国历史论述自然也无法自外于这样的权力关系。在这样的权力关系中，非欧洲的、非白人的、非新教的，甚至非男性的声明都要遭到消音。这些属于女性的、少数族裔的、边陲的声明长期都被排拒在典律之外，长期被忽视而无法进入论述之中。

贝克视美国文学史为美国历史的一支，依他看来，像斯皮勒之类的美国文学史家，其所建构的文学史观其实也无法摆脱美国历史论述的限制，斯皮勒的移民与发展的事件模式更是演绎自传统美国历史论述中的统摄性声明。要颠覆现存的美国文学典律，要书写新的美国文学史，并且纳入其他文化（亦即种族、性别、阶级等）的文学经验，那么势必得从"未说出来的"、长期缄默的历史（亦即政治、经济、文化等）经验中，找出新的（亦即被忽略的、被消音的）表意成分，作为建立新的美国文学史论述的统摄性声明。

贝克的关怀不仅是在重新书写美国文学史，同时也在于重建非裔美国文学史。他的整个论辩实基于非裔美国人的历史与文化经验，而这个经验又是与欧洲（男）人新教徒的经验分不开的。在美国白人的霸权历史论述中，界定黑人的历史与文化经验的，自始就是白人新教徒的经验。"他们把非洲人装进船舱,不但把他们界定为亟待运往西方接受拯救的异教徒,同时还把他们视为财产、金块或真正的财富。出于西方怪异的逻辑行动,被迫从自己的家园被放逐到新世界的非洲人也就成为[白人的]精神岁入。"(Baker,1984:24)形式上同样是离乡背井的流放行为,白人与黑人的经验却完全不同,因此,传统美国历史论述中的统摄性声明自然无法描述非裔美国人的历史与文化经验。贝克考察并总结非裔美国人独特的新世界经验,认为其先人的痛苦经验主要源于商业与经济动机,于是他提出"商业放逐"("commercial deportation")与"蓄奴经济学"("economics of slavery")这两个辞喻,作为非裔美国人的历史论述中的统摄性声明。这些声明的颠覆性至为明显。它们一方面是具有区分差异的语言构成,另一方面则是质疑并重新界定霸权统摄性声明的表意成分,使"虔诚信徒"、"荒野"、"移民使命"、"充实仓廪"、"新耶路撒冷"等声明产生新的意义。

"商业放逐"使得黑人变成黑金(black gold)。与欧洲新教徒航越大西洋的经验不同的是,非裔美国人的祖先被迫航越的是一条记录着死亡与奴役的"中央航道"(Middle Passage),而白人心目中的新耶路撒冷,对非洲人而言,则是善恶交战、灾难重重的哈米吉多顿(Armageddon)[1]。"商业放逐"这个声明标示着非洲人被迫漂洋过海,失去亲人、家园、神祇,甚至沦入语言的边陲性的悲惨命运(Benston,1984:152)。用贝克的话说,"赤裸裸摆在眼前的是非裔美国历史和文学史论述的独特情境"(Baker,1984:25)。类似的意义也可以用来描述"蓄奴经济学"这个声明。"蓄奴经济学"乃是美国旧日南方的政治、社会及文化制度的基础,当然也是一般非洲人与其后裔工作与生活的处境。贝克指出,"作为欧洲奴隶贸易的一个功能,旧日南方的经济是个剥削的生产模式,具现于园垠制度,并受到贵族父权神话的

---

[1]　编注:哈米吉多顿出自《圣经·启示录》16–16,是鬼魔聚集、众王争战的地点。

鼓舞"（Baker，1984：26-27）；而园坼制度的构成关系则是建立在著名史学家吉诺维斯（Eugene Genovese）所说的主／奴关系上（Baker，1984：27）。

贝克认为，除了常见的历史叙述或描述外，还可以采取"一种垂直、联想、暗喻的译码方式"来窥探蓄奴经济学的许多层面。著名文学批评史家怀特（Hayden White）所界说的喻义法（tropology）正是贝克以为值得援用的译码方式。照怀特的说法，"了解乃是将陌生……变为熟悉的过程。这个了解的过程本质上非属喻义的不可"（White，1978：5）。贝克援用怀特的喻义法，以黑人住所（dwellings）和蓝调（blues）这两个喻义象征，进一步探测蓄奴经济学的意义力量。他认为，这两个符号是相因相成的。黑人窄小破烂的住所象征着"黑人在美国的持续贫困。美国的非洲人所居住（至今仍然居住）的地方说明了何谓蓄奴经济学"（Baker，1984：30）。贝克自己有一首叫《认识蓝调》（"Knowing Blues"）的诗，即是以住所和蓝调这两个喻义象征具体而微地表现了非裔美国人的经济困境：

> 你可看过我们居住的地方？
> 住家摇摇欲坠，颓败地立着
> 危颤的小屋，昂贵的房租。
> 你可看过小厨房的旧照？
> 或者密西西比河刚发布的新闻？
> 你可看过我们居住的地方？
> 听过根植于只有冷水的
> 公寓的裂缝之歌？
> 或回响自三角洲上简陋的壁垣之歌？
> 如果你看过这些影像，
> 你就不再需要有关蓝调的书：

"我就住在这离群千里的地方，

在这单房的村野陋屋……

蟋蟀与我为伴，你知道

风在我脚边怒吼。"


你可可了解这首歌？

可知道我们住过的地方？

那么你就不再需要有关蓝调的书。（Baker，1982：18）


在象征的层次上，这首诗具现了法农（Frantz Fanon）所描述的被殖民者的世界："一个缺乏宽阔空间的世界；人叠床而居，他们的茅舍一间叠着一间……一个饥馑的村镇，没有面包、肉类、鞋子、煤、光……一个畏缩的村庄，一个卑屈的小镇，一个陷在泥淖中的小镇。"（Fanon, 1968: 39）显然，对非裔美国人而言，住所并不单具有经济的涵义而已。"黑人住家的大小和布置情形所显示的非金钱的、'神话的'层面，可以借由一种非裔美国人的表现方式呈现出来，这种表现方式不妨简单地称作'蓝调'"（Baker, 1984: 30）。

贝克在《蓝调、意识形态与非裔美国文学》一书的《绪论》中界定蓝调时指出：

蓝调是个综合体……结合劳作之歌、团体世俗音乐、田野中的呐喊、圣歌的和声、谚语的智慧、民俗哲学、政治评论、粗鄙的幽默、哀伤的挽歌，以及其他更多的东西，蓝调构成了一个似乎总在美国不停悸动的混合体——总是在形成、塑造、改变、替代非洲人在新世界的奇异经验。（Baker，1984：5）


蓝调因此是个"制约非裔美国人文化表意"的符码，同时是个区别差异、仿如电力那样的力量，可以借之探讨文化的一个意象（5-6）。蓝调作为黑人表现文化的母体（matrix），正是贝克尝试建立的黑人风土理论的基础；蓝调的社群意义殆无疑虑，它是非裔美国文化中德里达所谓的"总已"（"always already"），不仅复杂多样，同时功能动人，是铭刻非裔美国文化论述的主要书写（Baker, 1984: 4）。蓝调难以计数的作者和表演者都应被视为非裔美国人的历史与文化经验的翻译者或诠释者（7）。

蓝调乐手和歌手经常聚集的地方是铁路平交道旁的候车处。平交道路面上所绘的大"X"象征着方向的分歧变化，而铁路的交叉路口当然更是人生变幻的象征。贝克因此指出："交叉口形态多样，方向分歧，看尽来来往往，位居中间……正是蓝调的铁路小站。"（7）蓝调与铁路（火车）的关系又使它成为行动与自由的符号。这一点与非裔美国人的历史经验更是若合符节，美国内战前后大量出版的黑奴自述有的是这样的例子，废奴运动期间协助黑奴秘密逃亡的著名路线就叫做地下铁路（the underground railway）。总之，"蓝调提供了一种语言，暗示着一个变幻无常、不稳、充满厄运、苦役、失去爱、又不安全的世界，但在面对灾难时，又充满人类坚忍不朽的才情与睿智"（Baker, 1984：188）。

显然，在贝克所规划的理论蓝图里，蓝调是非裔美国表现文化的主要统摄性意象；和盖茨的表意猴（the Signifying Monkey）与说话书（the talking book）、艾丽丝·沃克（Alice Walker）的花园，以及贝克与其夫人夏洛特·皮尔斯－贝克（Charlotte Pierce-Baker）的缝被（quilting）一样，蓝调是非裔表现文化的诠释系统与黑人风土理论不可分割的重要部分。

前面提到，贝克自 20 世纪 70 年代中期即开始构思其所谓的"社群取向的理论计划"，一方面要摆脱黑人美学狭隘的本质主义，另一方面也要质疑当时盖茨等人过于强调文本性的形式主义。贝克在讨论邓巴（Paul Laurence Dunbar）的《诸神的游戏》（*The Sport of the Gods*）时称这样的行动为非裔美国文学批评的蓝调解放（blues liberation）。贝克此处所说的解放，其实与萨义德在批判本土论（nativism）时所提出的解放意义是相近的。[1]

而所谓蓝调解放指的是，一方面既享有摆脱狭隘的黑人文化民族主义后的自由，另一方面则不断探索新的、适切的理论与方法。换言之，今天的蓝调批评家（blues critic）必须能洞悉传统批评的缺陷，同时也应了解当代文学理论的许多真知灼见。事实上，依音乐学者巴洛（William Barlow）的说法，"这种革新与传统之间的张力正好赋予蓝调阐释非裔美国人的感情生活和社会意识的能力"（Barlow，1989：9）。

贝克的许多批评洞见除了受益于非裔美国人的民俗传统之外，当然也来自他对当代理论的熟悉。他援引福柯，指涉怀特，已如上述。他与马克思主义的脐带关系更是耐人寻味。贝克否认其分析方法为庸俗马克思主义（vulgar Marxism），这一点不难了解。但他大量指涉经济，甚至于其蓝调的黑人风土理论也被认为是以经济诠释为基础（Mueller-Hartmann，1989：105），他在《蓝调、意识形态与非裔美国文学》一书中的若干阅读实践更是处处挪用马克思主义的社会与经济理论和术语，这一切都是不争的事实。即使在援用福柯的知识考古学时，他所提出的非裔美国人论述的统摄性声明，也完全是以物质为基础。不过带给他启发价值的，恐怕还是詹明信（Fredric Jameson）的意识形态分析（Baker，1984：26）。贝克以为，知识考古学所隐含的意识形态分析正好可以揭露非裔美国论述的商业层面（Baker，1984：50）。他的用意即在于透过意识形态分析，将非裔美国人的历史还原为一个饱受商业与经济目的统摄的辞喻过程。

在詹明信的著述中，意识形态一词可谓无所不在；但贝克在挪用

---

[1] 有关萨义德对本土论的批判，请见萨义德（Said，1990：82-85）；同时请参考本书第八章。

意识形态分析时，他的指涉主要是詹明信对伯克（Kenneth Burke）的诠释与批判。詹明信认为，伯克对语言的关注使我们重新认识文学文本的价值，并且使我们了解文学文本的意义乃是针对某一确定情境所做的姿态与反应，如此一来，文学文本的分析自是了解社会关系的主要法门。在重估柏克的批评产业时，詹明信即是从这个角度审视柏克的著作作为意识形态分析的模范；而所谓的意识形态分析，以詹明信自己的术语而言，就是形式的意识形态研究，目的在于分析"意识形态如何透过文学文本，以语言、叙事或纯粹形式的方式表现自己，以及在文学文本中铭刻自己"（Jameson，1988：139）。

在其《政治潜意识》（*The Political Unconscious: Narrative as a Socially Symbolic Act*）一书中，詹明信曾经就他所谓的形式的意识形态加以说明。简言之，在詹明信的系统里，形式应被视为内容：形式进程本身就是沉淀的内容，本身即带有自己的意识形态信息，而与作品表面或明显内容的意识形态信息有所不同（Jameson，1981：99）。詹明信的关注重心一向是叙事文体，他以叙事文为例，把意识形态分析或形式的意识形态研究描述为"重新书写某一特定叙事特征或质素（seme）为其社会、历史或政治脉络的一个功能"。准此以论，意识形态分析的目的在于强调"历史或社会或政治现实应优先于在此现实中所生产的文学作品，或者……肯定本体上脉络优先于文本本身"。不过我们知道，唯有透过文本形式，我们才能够认识脉络或历史。脉络或历史未必等同文本，但却必须以文本的形式存在，只有经由文本化之后，脉络或历史才能呈现在我们面前。此之所以詹明信认为有必要把意识形态分析描述为重新书写文学文本，并借以"重新书写或重新建构先前的意识形态或历史的潜文本（subtext）"（Jameson，1988：41；同时参考 Jameson，1991：103）。

詹明信视意识形态为一中介观念，透过意识形态分析，我们可以"重新发掘所要探讨的语言或美学或观念事实与其社会基础的关系"

（Jameson，1988：140）。"社会基础"是个关键性用语，指的是詹明信所谓的脉络，或生产文学作品的"历史或社会或政治现实"。意识形态分析对贝克的启发即在于此。诚然，贝克的许多诠释实践无不根植于文本的社会基础，他的"社群取向的理论计划"更是紧紧扣住非裔美国人的"历史或社会或政治现实"。最重要的是，意识形态分析为他提供了一个视域或詹明信所谓的去除神秘的策略（strategy of demystification），不仅使他看清历史是个"被意识形态或想象统摄的"（Baker，1984：25）辞喻的过程，并且使他能够进一步挖掘美国文学与美国文学史的意识形态或历史的潜文本，同时更让他发现非裔美国历史与文化论述的脉络或社会基础，也就是他所说的"以具体的物质情况作为非裔美国论述的依据的一种思想形式"（Baker，1984：25）。在《蓝调、意识形态与非裔美国文学》一书中，贝克的理论与批评产业——无论是对历史的质疑、理论的建构，或是文本的诠释——皆受益于这样的意识形态分析。如果贝克拒绝以庸俗马克思主义来描述他的理论计划和论述产业，至少在我看来，他的理论产业也是相当乌托邦的，不仅其背后的社群或集体意识隐约可见，其改变现状的政治潜意识也不难窥探。

# 十 "一个新的故事"：盖茨与文化论战

Things fall apart; the centre cannot hold ...

——W. B. Yeats, "The Second Coming"

## 一

美国大学校园在 20 世纪 80 年代曾经掀起一场文化论战，这场论战主要涉及典律（canon）、多元文化论（multiculturalism），以及政治立场正确与否（political correctness，简称 p.c.）等议题。这些议题互为因果，彼此相关，内情颇不简单。就校园的实际情况而言，这样的议题难免又涉及课程的修订、教学内容的变革（包括必读经典的增删），乃至于教学与研究资源的重新分配。而这一切的背后其实又隐含校园内部有关种族、性别与阶级等文化属性的权力斗争，个中经纬，复杂万端。[1] 在这些争议中，现代性论述（discourse of modernity）所强调

---

[1] 这次文化论战牵涉甚广，文献散见于各种期刊、杂志、研讨会及大众媒体中，本文（转下页）

的进步、普遍性、客观性等观念——为属性与差异政治所质疑，甚至被贬为支配阶级赖以"镇压、围堵被宰制阶级、对立论述，以及异议社会运动的意识形态滩头堡"（Giroux，1994：29）。更重要的是，这些议题也被若干弱势团体部署为文化斗争的场域，他们以对立叙事或另类历史重塑自己的经验，重申自己的身份，或宣扬文化异质性的价值与重要性，并借此建构新的批判实践与社会运动的空间，透过这些批判实践与社会运动，被边陲化的弱势团体如今一变而为贝克所谓的"新近冒现的人"。[1]

　　一般的说法是，这次文化论战其实滥觞于 20 世纪 60 年代末期的身份政治（identity politics），特别是民权运动、女权运动及矫正歧视行动（affirmative action）等。过去二十年间，身份政治的确改变了美国人——尤其是妇女与若干弱势族裔——的社会与经济生活，影响所及，校园内纷纷设立了妇女研究与弱势族裔研究的课程，大学的教师与学生人口也因此发生了结构性的量变。前（1991）现代语文学会会长凯瑟琳·斯廷普森（Catharine R. Stimpson）的一席话可以概括这个现象。她说：

---

（接上页）无法详述各方的争论。参与论战的人士除学院中的知识分子外，还包括了编辑、专栏作家，甚至政府官员（最有名的当然是老布什政府的扫毒总管本内特 [William Bennett]，此人曾任里根政府的教育部长）。一般笼统地把这次论战视为文化右派或新保守派与文化左派之间的斗争。不过这些标签一望可知只是权宜的划分，而且明显有孤立和总体化参与论战各派的个别差异之嫌，实际上无法描述和概括参与各方的文化与政治立场或意识形态。有关文化右派的议题，请参考布鲁姆（Bloom, 1987）、金保尔（Kimball, 1990）、卓沙（D'Souza, 1992）、拉维奇（Ravitch, 1990）；有关文化左派的议题，主要请参考格莱斯与史密斯（Gless and Smith, 1992）。有两本选集搜集了这次文化论战若干不同立场的文章，从中大致可以管窥此次论战的部分面貌，请参考伯曼（Berman, 1992）与奥夫德海德（Aufderheide, 1992）。这次文化论战也导致校园中成立了两个对立的团体：文化右派的全国学者协会（The National Association of Scholars）与文化左派的民主文化教师会（Teachers for a Democratic Culture）。关于此次论战的部分详情，中文请参考李有成（1988）；有关多元文化论与课程改革的争议，请参考郑培凯（1991）与张四德（1991）。

[1] 贝克所谓的"新近冒现的人"（"newly emergent peoples"）包括了"非裔美国人、男女同性恋发言人、男女墨裔美国批评家及艺术家、亚裔美国理论家与活动分子、西裔美国理论家，最近出现的后殖民论述与后现代主义的学者，以及其他向西方霸权对知识与权力的安排严肃地提出质疑的人，这些安排过去一向被视为理所当然"（Baker, 1990a：173）。

更多不同种族的妇女和弱势族裔的男性获得博士学位及学术性工作——这要归功于他们的才干与毅力，以及我们知人善用的能力，这是我们过去视而不见的地方。一群改变中的教师正在教育改变得更快的学生。虽然美国校园仍然以白人为主，但在种族方面已远较过去繁杂多了。在加州大学的伯克利校区，1980 年的大学部学生人口有 66% 是白人。1989 年是 45%。到了 1990 年，大学一年级新生则是 34% 的白人，剩下的学生人口中 30% 是亚裔，22% 是墨裔或拉丁裔美国人，另外 7% 是非裔美国人。在斯坦福大学，超过 40% 的入学新生是美国原住民、亚裔、非裔或墨裔的后代……教师们正在寻求如何建立一个适合多元参与者学习的社群，如何提供一个"可以公开讨论的安全环境"，以避免对群体行为的若干似是而非的笼统概念，以及如何鼓励这些相知有限而又猜忌过多的陌生人友好合作。(Stimpson，1991：407)

斯廷普森的话不仅说明了美国校园日趋复杂的情形，同时也点出了文化论战发生的背景。芝加哥大学著名的文学教授格拉夫 (Gerald Graff) 即一针见血地指出："学院的课程成为文化冲突的主要竞技场，因为校园是整体美国文化与价值冲突的缩影。随着文化的民主化，过去被排斥的群体开始进入教育的堡垒，随之而来的则是过去因这些群体受到排斥而得以幸免的社会冲突。"(Graff，1992：8；另请参考 Nash，1992：6；Ravitch，1992：29；Lauter，1991：8)

美国校园中所流行的身份政治往往以族群、性别、阶级，甚至性爱倾向划分人群或界定人际关系，其所衍生的文化往往受制于本质主义，是校园权力斗争的主要根源。最明显的是，当更多女性或弱势族裔进入校园之后，这些新的族群随即面对一连串与代表／再现 (representation) 有关的问题："我在哪里？谁代表／再现我？我如何被代表／被再现 (represented)？"争执的起因当然也在于：政治代表是否等同于文化代表？总之，这些问题说明了被边陲化的弱势团体开始自觉地重新铭刻过去被涂灭的身份，重新将自己部署为论述与再现的主体，而非客体，甚至重新界定一种足以挑战"文化知识的旧秩序"的语言，因为这种文化知识的旧秩序实源于一种感伤的怀旧理念，相信有所谓以西方"伟大经典"为基础的共同文化（Baker，1990a：174）。这些问题当然也指出了文化差异对美国这样一个多元种族与多元文化国家的重要意义。这些问题既无法与身份政治分开，也是文化论战——特别是有关典律和多元文化论的争议——争战不休的关键所在。其中由于关系到校园版图的重划与疆界的争执，最后又不免牵涉到根本的权力斗争和资源分配。

在这些争执的背后，值得深究的倒是论战双方对待校园的态度。细加分析，双方的态度既是一致，同时也是矛盾的。一方面，双方似乎都相信，一如阿尔都塞（Louis Althusser）所说的，校园属于教育性的意识形态国家机器，其功能在于播散、延续国家或社会的支配性意识形态（Althusser，1971：139）。[1]文化论战中双方针对西方文化经典与典律所做的辩论正好反映了这样的态度。一方认为西方文化经典，以及由这些经典建构的典律正是美国价值的根本，他们担心某些大学新订的西方文化课程计划将会动摇现存的文化典律，美国价值将会受到根本的挑战。另一方则认为西方文化经典与现存的典律受制于欧洲中心主义——女性主义者还要加上父权思想——并不能真正反映美国社会、文化、族群的多元状况。现行的课程与教育内容只是在延续、支撑、巩固以欧洲为中心的男性霸权思想，因此必须调整、修订，以

---

[1] 文化右派也许不会同意美国校园为意识形态场域的说法，他们相信校园应是"一个思想不偏不倚、景色优美的安静空间——一个在功能上、策略上远离日常生活的疆域"。不过校园既在教导、散播所谓"美国价值"，其为支配性意识形态所渗透自无疑问。因此贝克在其著作中指出："若无意识形态即无美国大学……美国大学院校的实际存在与对这些大学院校的控制，无疑是有违其所宣传的不偏不倚的。"（Baker，1993：6-7）

反映真正的美国价值，并符合日益多样化的学生人口的需要。[1]另一方面，论战双方显然都把校园视为颠覆性的建制。捍卫西方经典与现存建制的人认为文化激进论者企图利用校园摧毁美国价值，这一点认知其实并没有错，因为若干女性主义者与弱势族裔学者认为，文化右派所谓的美国价值并不是真正的美国价值，当权的典律并不足以涵盖美国文化的多元现象，校园正是进行颠覆现存典律的场所。

二

以上的背景有助于我们了解盖茨在整个文化论战中所扮演的角色。盖茨的主要关怀是典律与多元文化论等议题。基本上这些议题与他的专业有关——作为一位活跃的黑人文学学者和编辑，他既必须与现存的典律对话，也无可避免必须褐橥多元文化论，这是一体的两面，何况这些议题还涉及他的整个批评产业的正当性。盖茨既是个多元文化论者，自然对文化新保守派批评有加，但对主张多元文化的激进论者，他也不敢完全苟同。在《松动的典律：文化论战札记》（*Loose Canons: Notes on the Culture Wars*）一书中，他指出："没头没脑地颂赞差异而颂赞差异，就跟怀旧地想要回归到某种单色的同构型一样站不住脚。"他希望在这两个极端之间"寻找一条中庸之道"（Gates，1992：xix）。这种立场当然是既折中而又温和的，但在当时美国校园里那种

---

[1] 学生人口的多样性几乎已成为美国主要大学宣扬其校园特色的语码。米尔斯（Nicolaus Mills）在考察美国大学对外说明的公报时，有一段文字描述这个现象："'多样性是检验哈佛／雷克利夫经验的表征，'哈佛大学简介的第一个句子就这么表示。'多样性是本大学生活的真正核心，'密歇根大学公报宣布。'多样性深深根植于我们的人文教育传统，而且是我们的教育哲学的关键所在，'康涅狄格学院坚决强调。'杜克的 5800 位大学部学生真正来自不同的区域，'杜克大学公报宣称。'斯坦福珍惜其在族群与经济上多样互异的班级，'斯坦福大学公报指出。布朗大学则说，'有人要学生描述其大学生活时——特别是大一时他们对布朗大学最强烈的印象——他们众口一铄地提出同样的课题：学生组合的多样性'。"（Mills，1990：529）

非黑即白的政治文化中，这样的立场难免招来骑墙之讥，其两面不讨好可想而知。盖茨曾经感慨地说，这几年大家"对我在'文化论战'中所持的立场，远较于对我对19世纪的黑奴自述所做的分析还要感兴趣"（Gates，1992：xviii），语虽感慨，但也反映了若干学院中人对他的立场其实是抱持着存疑的态度的。

跟若干美国黑人批评家一样，盖茨的批评产业充满了自传色彩，他称这种批评活动中的自传时刻为自我评传（autocritography）。事实上，文学典律的建构也无法排除这种自传时刻：

> 我猜想文学典律就是……我们的共同文化的札记簿，我们在札记簿里抄下我们想要记住的、对我们别具意义的文本和题目。我们这些教文学的人，不都是透过我们的札记簿爱上我们的科目的吗？我们秘密地私自记下书中的段落，就像我们记日记一样；那些书道尽了我们长久以来深沉感受到的、却又无法表达的一切。我从12岁起就保留我的札记簿，我常回头看我的札记簿，重温那些非比寻常的段落，那些我以私密的方式表达我自己的段落……我札记簿中的段落构成了我自己的典律……而典律就是我们共同文化的札记簿，就像它在每一个文学传统中所担负的功能一样。（Gates，1992：21）

盖茨的话旨不在界定典律——事实上他从未给典律下过定义。对他而言，典律的建构始于个人的阅读经验，终于阅读群体的共同文化。至于如何形成共同文化，又如何透过共同文化建构典律，盖茨则语焉未详。不过从他的话中也不难看出，他所谓的典律大抵就是劳特（Paul Lauter）所说的"我们所尊重的层系"（Lauter, 1991: 7）。这一点在他讨论黑人文学典律与黑人文学选集的关系时尤其明显，因为一般而言，编辑文学选集的标准多半就是建立在"我们所尊重的层系"

上。

不过在思考文学选集与典律的关系时，我们还必须追问：所谓"我们所尊重的层系"中的"我们"到底指的是谁？当"我们所尊重的层系"不再为"我们"所尊重或面对挑战时，既存的典律会有什么改变？这些改变对文学选集的编选会造成什么影响？这些问题不仅暗示典律变动不居的本质，同时也说明了文学选集与典律之间环环相扣的复杂关系。劳特在论典律的建构时曾经指出，"相应于社会的发展，我们对何谓琐屑或何谓重要的了解，也随之改变时，我们对典律的思构也会改变"，因此对劳特来说，典律是个"社会建构"（Lauter，1991：37）。[1] 换句话说，典律不是一成不变的，典律既是个社会建构，社会的变迁就将会引发典律的变动。

盖茨虽未特别强调社会与典律之间的直接关系，不过他也强调，一旦我们了解文学课程史与学校建制史的由来时，"我们不再视文学典律为被冲上历史海岸的漂木。我们能够开始理解文学典律永远变动不居的形貌"（Gates，1992：34）。这一点理解倒是与劳特的看法不谋而合。盖茨在检讨过去一百五十年来的若干黑人文学选集时，主要集中在回顾黑人编选家如何借编选文学选集来建构黑人文学典律，其目的当然在于凸显文学选集与典律之间的关系。在盖茨看来，黑人文学选集自始就是富于政治性的。在讨论19世纪的两部选集时，他指出，1845年拉努斯（Armand Lanusse）在新奥尔良出版黑人法文诗选，目的在于为黑人诗的产业辩护。这本诗选最后要证明："我们就像法国人一样——所以，要像对待法国人那样对待我们，而不是像对待黑人

---

[1] 本文虽然不在讨论劳特的典律观念，不过也有必要在这里附带指出，视典律为"社会建构"，将典律的递嬗或解体与重建视为社会发展的结果显然是不够的。劳特的理论难免有机械式的因果论之嫌，很容易叫人想起庸俗马克思主义的基础或下层建筑与上层建筑的经济决定论。劳特的理论明显忽略了文学典律本身内在的美学需求，包括文学系统本身的演化。关于文学系统的演化，俄国形式主义的理论很值得参考，请参阅雅各布森（Jakobson，1978）及特尼亚诺夫（Tynjanov，1978）。

那样对待我们。"盖茨认为，这一来，"一种非政治的艺术被赋予最政治性的用途"（Gates，1992：25）。同样的情形发生在艾伦（William G. Allen）1849 年所编印的黑人文学选集，这个选集将惠特利（Phillis Wheatley）和霍登（George Moses Horton）纳入典律之中。盖茨以为，艾伦意图透过选集，"以典律的形成来驳斥知识的种族歧视"（25）。至于 20 世纪 20 年代几部著名的黑人文学选集，如约翰逊（James Weldon Johnson）的《美国黑人诗选》（*The Book of American Negro Poetry*，1922）、罗克（Alain Locke）的《新黑人》（*The New Negro*，1925），以及卡尔佛顿（V. F. Calverton）的《美国黑人文学选集》（*An Anthology of American Negro Literature*，1929），出版之际正值哈林文艺复兴前后，也就是非裔美国文学的新典律正在摸索确立之时，这些文学选集在推波助澜之余，其政治性可想而知。在概括这些选集的政治性时，盖茨指出，这些选集的目标"在于展示黑人传统的存在，以对抗种族歧视，是种族自我的政治性防御"（Gates，1992：26）。其后还有两本重要的黑人文学选集，一是 1941 年由布朗（Sterling Brown）、戴伟斯（Arthur Davis）和尤利西斯·李（Ulysses Lee）等人所编选的《黑人行旅》（*The Negro Caravan*），另一是 1968 年巴拉卡（Amiri Baraka）和尼尔（Larry Neal）所编辑的《黑火》（*Black Fire*）。前者有"一个基于统一主题的典律"，一方面自我防御以对抗种族歧视的文学传统，另一方面则表达编选者所谓的"自由的脉动"（Gates，1992：29）。后者则显然是 20 世纪 60 年代黑人文化民族主义的产物——盖茨称之为"最黑的典律"。在《黑火》中"非洲"本质主义被用来批判"共同或普遍的美国传统等观念中所潜藏的本质主义"，因此盖茨指出，在《黑火》中，"艺术和行动是合而为一的"（31）。

从盖茨对黑人文学选集的检讨中不难看出，这些选集含纳、反映了不同社会与政治发展阶段美国黑人社群的意识形态，以及基于这些意识形态所建构的非裔美国文学典律——有心的读者不妨比较《黑

人行旅》和《黑火》这两部文学选集。前者显然是统合论（integra-
tionism）的产物，其文学批评的价值论（axiology）大抵受制于大熔炉
意识形态（melting pot ideology）。后者则是 20 世纪 60 年代黑权运动
卵翼下的黑人美学产品，具有强烈的非洲中心论（Afrocentricism）或
黑人文化民族主义的色彩（同时参考 Baker，1984：70-74）。在不同
社会与美学意识形态之下所建构的黑人文学典律自然展现了不同的面
貌。无论如何，这些选集的颠覆性自不待言，它们自始是以他者（the
Other）的角色存在，与美国的主流文学传统并置、对话，乃至于颉
颃，或努力争取成为主流文学传统的一部分，或积极颂赞非裔美国文
学与盎格鲁美国文学之间的差异。在这种情形之下，典律自是恒在瓦
解与建构的过程中，因此并没有永恒不变的典律。盖茨在谈到他所主
编的《诺顿非裔美国文学选集》（*Norton Anthology of African-American
Literature*）时表示："我并非不明了典律建构的政治与反讽。我们所
界定的典律将是'我们的'典律，是众多可能的选择中一套可能的选
择。"（Gates，1992：32）他说：

> 我们的工作将是汇集［黑人文学］典律中"基本的"文本、"居
> 于中心的重要"作家，也就是在了解［黑人文学］传统的形态、
> 塑造［黑人文学］传统时我们觉得不可或缺的作家。典律通常被
> 视为这个传统的"本质"，的确，它被视为传统的精髓：典律中
> 的众多文本的关联用意在呈现这个传统内在的或隐藏的逻辑，它
> 的内在理由。（Gates，1992：32）

盖茨将引文中若干关键的用语加上引号，除了暗示这些用语语意上的
相对性外，同时也暗示作家或文本在被纳入典律的过程中可能充满着
许多偶然的因素，这也说明了典律本质上是变动不居的。

　　盖茨并不讳言其选集的政治性。他说："一旦我们的选集出版，

没有人能再以找不到黑人文学文本为借口而不教我们的文学了。"
（Gates，1992：31）这种说法恐怕言过其实，也许适用于三四十年前的情况，因为在今天的美国校园，大概没有人会再以这样的借口来拒绝教授非裔美国文学了。非裔美国文学早已经是英文系与黑人研究的重要课程的一部分，除了提供选择教材的方便外，很难想象盖茨的选集会带来任何革命性的改变。不过值得注意的是：盖茨究竟有意借这部选集来建立什么样的美国黑人文学典律呢？

要回答这个问题，我们不妨先了解盖茨对黑质（blackness）的态度。盖茨不止一次质疑与批判非裔美国文学批评论述对黑质的强调。基本上，盖茨视黑质为一隐喻，而非本质，因此并无所谓黑质这回事。在此情形之下，任何对黑质的强调，在他看来，都只能诉诸本质主义，而这样的本质主义显然又出于黑人文化民族主义的假设。熟悉盖茨的批评立场的人都知道，他对黑人民族主义的微辞已非一日，这一点可见于他对六七十年代的黑人美学的批判（Gates，1987a：24-58）。在《松动的典律》一书中，盖茨仍然重弹他对黑质的质疑，在谈到黑人文学传统与典律的建构时，他说：

> 就像我们可以而且必须在更大的美国传统之内援引黑人文本一样，我们可以而且必须在黑人自己的传统之内援引黑人文本，界定这个传统的既非种族生物学的伪科学，亦非被称为黑质的神秘兮兮地为大家所共享的本质，而是对共同主题、子题、喻义象征的重复与修正，是将黑人传统中的表意文本结合成典律的一个过程，就像将分别的环结合成一条链的过程一样。（Gates，1992：39）

在谈到黑质与黑人文学典律的关系时，他还说："黑人典律是个历史的偶然现象；它并非固有存在于'黑质'的本性里，也不须获得某些种族本质的形而上的恩准。"（Gates, 1992: 79）盖茨显然否定黑质为一超越的、形而上的现存（presence），其对黑质的质疑不言而喻。

更重要的是，盖茨认为任何黑人文本必然属于两个文学传统：一个是更大的美国文学传统，另一个则是黑人文学传统。这个观察当然有其所本，我们很容易想到杜波依斯的双重意识（double consciousness）论。杜波依斯之提出双重意识论，本意在于描述美国黑人置身美国社会的独特心理："是美国人，也是黑人；两颗灵魂，两边无法调解的抗争；一副黑色躯体里两种互相冲突的理想。"（Du Bois, 1961：17）[1] 在盖茨看来，黑人的文学文本和美国黑人一样，都是双重意识的产物，至少必然受到双重意识的渗透。因此，黑人文学文本不可能全黑，界定黑人文学传统的自然也不在于黑质，不在于哪个文本最黑，而哪个文本不够黑，哪个文本又是真正的黑。在《表意猴：非裔美国文学批评理论》（*The Signifying Monkey: A Theory of Afro-American Literary Criticism*）一书的《导论》里，盖茨有一段文字，正好可以解释他的立场：

> 小说家像艾利森（Ralph Ellison）或里德（Ishmael Reed）创造双重声音的（double-voiced）文本，意思是：这些文本的文学前身是白人与黑人的小说，但也包括来自黑人民俗传统的辞喻形态。我们可以欣然同意威利斯（Susan Willis）的说法，黑人文本都是"黑白混血儿"（"mulattoes"或者"mulatas"），是具有二重调的（two-toned）遗产：这些文本具备了标准的拉丁语系或日耳曼语系的语言和文学结构，但也几乎总是操着一种清晰可辨的共鸣的口音，这个口音指向多种黑人的风土文学传统，而这种传统还在

---

[1] 盖茨曾采用杜波依斯的双重意识论来讨论贺斯顿（Zora Neale Hurston）的《他们的眼睛正望着上帝》（*Their Eyes Were Watching God*）（Gates，1988：207）。

被书写当中。(Gates，1988：xxiii；另请参考 Willis，1987)

　　盖茨的两种传统的理论当然令他无法苟同黑人文化民族主义的美学立场，更重要的是，这个理论也同时模塑了他对典律的构思。他说："毫无疑问，白人的文本激发且影响了黑人文本（反之亦然），此之所以一个**全然统合**的美国文学典律不仅在政治上是正确的，在知识上也是正确的。"(Gates，1992：39；强调部分为笔者所加)盖茨当然不至于幼稚到重蹈 20 世纪四五十年代戴伟斯、布朗、赖特（Richard Wright）等人所主张的统合论，为了与盎格鲁美国文学统合而不惜放弃黑人文学的特征。不过，盖茨也没有告诉我们，他的**新统合论**的美国文学典律与大熔炉主义有何不同？在融入这样的美国文学典律之后，黑人文学又如何维持其边陲性与颠覆性？盖茨在批评老左派时曾经说过，老左派设下"奸诈的陷阱，实际上保证他们所颂赞的被边陲化的文化继续沦为被边陲化"(Gates，1992：184)。按这样的逻辑，黑人文学是否根本应该放弃其边陲性与颠覆性？——但边陲性与颠覆性不正是黑人文学界定其与美国文学典律的辩证关系（不完全是盖茨所诟病的对立关系）的主要依据吗？

三

　　盖茨以其新统合论为基础的典律观实际上也模塑了他对多元文化论的立场。盖茨之为多元文化论者应无疑虑，此之所以西方文化至上论者如本内特与布鲁姆不时成为他笔下嘲弄的对象："对我们来说，这两人象征着我视之为'黑奴解放运动前的美学立场'的眷恋，当时人就是男人，男人就是白人，学者／批评家也是白人，而妇女与有色人种都是没有声音没有面目的佣人与劳动者。"(Gates，1992：17)依盖茨的看法，文化右派所向往的当是史密斯（Barbara Herrnstein Smith）讥为"曾经'完整'而今'分崩离析'的社群（失去共同的价值，失去共享的知识，失去共有的态度，等等），在这样的社群里，历史的与当代的多样性一举被遗忘了，也一厢情愿地被涂灭了"（Smith，1992：75）。

按史密斯的说法，文化右派所眷恋的"完整"的文化社群只是虚幻的建构，其实从来就未曾出现过。所谓"完整"的文化社群大概只是文化总体化的产物，是压制、忽略、涂灭文化多样性的结果，在此情形之下，"完整"的文化社群充其量只是文化排外的代名词，目的不外乎为了巩固西方男性文化霸权。多元文化论的政治性即是为了质疑这样的文化霸权。用盖茨的话说，"多元论视文化为渗透的、充满动力的，以及互动的，而非某些特定族群固定的特性。此之所以大一统的、同质的'西方'本身会备受质疑"（Gates，1992：xvi）。

多元文化论的争议虽然已非一日，但因立场不同，意识形态互异，对多元文化论的态度也就难免南辕北辙，甚至互相扞格。用盖茨的话来说，"多元文化本身具有某些帝国的倾向。其疆界难以界定"（Gates，1993：6）。这个现象上文已经约略提到，此处不妨再引斯廷普森的话总结几个明显的立论态度：

> 对某些人来说，［多元文化论］隐含以感情取代理智、以薄弱的多元世界论（many-other-worldism）取代深入体会西方历史、哲学、文学与艺术。另外一些人虽然觉得多元文化论的观念很重要，但却又担心多元文化论的实践者会满足于校园改革而不再从事更艰苦的社会改革工作。更有一些我较赞同的人，对他们来说，多元文化论承诺要为无依无靠的人带来尊严，为失去力量的人带来自我的力量，为被忽视的群体恢复他们的文本与传统，以扩大其文化史。（Stimpson，1991：404）

这几种度旗帜颇为鲜明，其暗示的立场不难辨识。对文化右派而言，多元文化论所带来的道德恐慌（moral panic）是可想而知的。"道德恐慌"一词这里借用自克拉克（John Clarke）等人。克拉克等人在研究战后英国青少年文化时指出，青少年一向被视为"社会变迁的隐喻"。虽然社会变迁具有正面的意义，但同时也有人忧心社会变迁会"腐蚀传统的界标，破坏传统社会的秩序与建制……社会的界域重被界定，道德轮廓线被重划，基本关系（尤其是长久以来带给英国生活层系稳定性的阶级关系）也会改变……这些干扰社会正常轮廓线的运动标示了动乱时代的开始——对人群中那些极力承诺要维持现状的部门尤其如此。"道德恐慌显然其来有自，说穿了是源于社会变迁所可能导致的社会关系（特别是阶级关系）的变化，因此克拉克等人视道德恐慌为"螺旋效应"："某些社会团体发现他们的世界与位置受到了威胁，就指认出一个'应为此负责的敌人'，自己则摇身一变而为喧嚣的传统价值的捍卫者：道德的承包人。"（Clarke et al., 1976：71-72）在美国的文化论战中，文化右派所感受到的道德恐慌恐怕不亚于此。多元文化论者每每诉诸文化与身份政治，强调文化差异与文化异质性，不论有意或者无意，他们在策略上多采用葛兰西（Antonio Gramsci）所谓的阵地战（war of position），力图介入并主导校园内的课程改革，其批判实践更因此直接威胁到许多文化右派的"世界与位置"。文化右派其实多属以西方文化经典为基础的共同文化论者，多元文化论的议题势将动摇他们的共同文化信念，多元文化论所仰赖的文化与身份政治也将危及他们汲汲维护的传统社会关系——包括种族、阶级、性别、性爱倾向等关系。他们在策略上力斥多元文化论为分裂主义，是新马克思主义的意识形态，并且以其所掌控的政治、社会与文化建制的资源，设法围堵、孤立多元文化论为文化差异的论述，以区隔多元文化论与社会批评和社会实践的关系。简而言之，在捍卫他们心目中的美国价值时，文化右派所扮演的是十足的"道德的承包人"。

斯廷普森所提到的另外两种人显然都是多元文化论者或多元文化论的支持者。尽管如此，二者之间的分野却不能不察。第一种多元文化论者所忧虑的正是文化右派或共同文化论者所希望的：将多元文化论局限于论述层次，或将其实践范畴围堵在校园之内，这样一来，多元文化论势将沦为缺乏社会与政治意义的论述活动。英国黑人女性主义批评家卡比（Hazel V. Carby）在检讨多元文化论战时就这么问道："在这个种族隔离日益严重的国家里，强调文化的多样性会不会使得种族政治隐而不见？而文化多样性的语言会不会很方便地被用来取代消除隔离最需要的政治行动？"（Carby，1992：194）

另一种多元文化论者则像斯廷普森一样，重视的是多元文化论的历史与文化意义。基于此，他们排斥多元文化论作为社会与政治实践计划的意图。这种多元文化论者有意将文化主张——乃至于整个文化论战——抽离其政治与社会脉络，多元文化论因此很难形成一种新的政治，更遑论回应美国日益严重的社会危机。正如吉鲁（Henry A. Giroux）所指出的，"多元文化论也与某种政治有关，它关切物质与人的苦难，这些苦难又可见于多种形式的内部殖民，可见于种族暴力、黑人青年可耻的失业，以及数目日增的弱势族裔加入饥民和游民的行列"（Giroux，1992：14）。如果文化不是同时被纳为卡比在另一篇论文所说的"政治、权力与教学的问题"（Carby，1989：39），多元文化论又如何"为无依无靠的人带来尊严，为失去力量的人带来自我的力量，为被忽视的群体恢复他们的文本与传统"？

相对于以上几种多元文化论的态度，盖茨的态度显得颇堪玩味。上文已经指出，他的多元文化论立场其实与其新统合论的典律观是分不开的。因此，当时任纽约市长的狄金斯（Mayor Dinkins）将他所主政的都市喻为"灿烂的镶嵌图"时，盖茨认为"如果这意味着每一种文化各安其位且为薄浆区割"，这样的比喻"动人有余，却于事无补"。他说："也许我们应该将美国文化设想为不同声音的交谈——即使到最近我们之间某些人才能够参与的交谈。"（Gates，1992：175）这种众口哓喋式的多元文化论显然必须在若干共同的主题下进行，否则难免要沦为虚无而难以辨识的杂音，这一点自然是不符盖茨的新统合论的。交谈式的多元文化论当然也无法苟同文化右派的单一文化论或者以西方经典为基础的共同文化论。盖茨曾一针见血地指出："历史教导我们，盎格鲁美国的地区文化经常将自己伪装为具有普世性，伪冒为我们的'共同文化'，而把其他不同的文化传统描绘为'部落的'或'狭隘的'。因此，只有在摆脱束缚、自由自在地探讨我们复合式的（hyphenated）美国文化之后，我们才能找出**真正的共同美国文化**的实际面貌。"（Gates，1992：175-176；强调部分为笔者所加）盖茨进一步表示："下一个世纪美国所面临的挑战将是……模塑一种**真正的共同公共文化**，一种足以回应长期被噤声的有色人种文化的公共文化。如果我们背弃了美国作为一个多元国家的理想，我们等于放弃了美国所代表的实验。"（176，强调部分为笔者所加）

　　显然，盖茨所相信的是**一个朝向共同文化的多元文化论**；对他而言，多元文化论显然只是手段，最终的目的还是在于建立共同的美国文化。对文化右派来说，多元文化论与共同文化论是扦格不入、无法兼容的；不过在盖茨的体系里，两者非但并不矛盾，前者亦且是通往后者的途径和希望。在盖茨的心目中，黑人文化是多元文化论的最佳楷模，因为黑人艺术家在他们的创作中从来都毫不犹豫地吸收非裔美国传统之外的其他文化养分。换句话说，非裔美国文化自始就是多元文化的产物——或者说，自始就是多元文化的。"这种文化动力，"盖茨指出，"代表了我们在21世纪铸造一种新而充满活力的共同美国文化的最佳希望"（Gates，1992：xvii）。

　　非裔美国文化当然是多元文化的产物——就非裔美国人的历史经验而言，当非洲人被囚禁在运奴船中穿越死亡的中央航道（Middle Passage）到达新世界时，他们子孙的未来文化生产早就注定是多元文化的：他们必须不断对应白人的宰制文化来界定自己的文化。说得透彻一点，非裔美国文化的多元文化特性其实在某种程度上是与白人强势文化对话、抗衡、交涉、妥协——简言之，文化斗争——的结果。这种多元文化的非裔美国文化其实长期以来必须忍受被白人支配性文化消音、涂灭、贬抑的命运，白人支配阶级从来就无意将非裔美国文化纳入共同的美国文化之中。非裔美国文化本来久已存在，但就像鲍德温在给他的侄儿信上所说的，他们的白人同胞并不知道他的母亲存在，"虽然她始终在为他们的一生工作"（Baldwin，1963：20）。非裔美国文化近年来冒现为显眼的重要文化，当然有其自身的内部条件，但在外在环境上也不能不多少归功于晚近的文化与身份政治，基本上或多或少仍是文化斗争的结果。因此，当盖茨尝试以非裔美国文化来思考他心目中的共同文化时，他显然低估或忽略了非裔美国文化衍生自其历史经验的政治复杂性。

盖茨所展望的其实是他所谓的"一个新的故事"；对非裔美国人来说，这个故事诉说的是"没有血腥的黑质"（Gates，1992：151）。换句话说，这将是一个没有斗争、和平安详的故事。盖茨这样的文化乐观主义所反映的应该是他对外在现实分崩离析的忧心与恐惧，他说："我们的世界是个 20 世纪末期的世界，深深为民族性、族群性、种族、阶级和性别所分裂。而唯一能超越那些分歧的——能那么一次铸造同时尊重差异与类同的公民文化的——是透过教育去了解人类文化的多样性……没有尊重即没有容忍——而没有知识也不会有尊重。任何人只要好奇心重而又充满动机，都可以掌握另外一种文化，不管这种文化看起来是如何'化外'。"（Gates，1992：xv）面对如此一个诗人叶芝（W. B. Yeats）所说的"万物崩裂、中心攫不住"的外在世界，这样的信念与冀望很难不教人赞同。不过，非裔美国文化今天所占据的显著地位似乎不是其他族群——不论是亚裔、墨裔或美国原住民——的文化所能望其项背的，这些弱势族裔仍然忙于摸索他们的弱势族裔论述，仍然忙于寻找新的语言与新的策略诉说他们的对立叙述或另类历史，在他们看来，所谓共同的美国文化恐怕是个既危险而又遥远的计划。我们别忘了，弱势族裔论述原本就是"出于破坏的产物"，而这个破坏主要乃是支配性文化有系统地加诸弱势文化的结果（JanMohamed and Lloyd，1990：4）。在恢复其文本、重建其历史、重塑其身份之前，对若干仍被边陲化的弱势族裔而言，共同的美国文化恐怕仍然有些奢侈。在这方面詹穆罕默德（Abdul R. JanMohamed）和劳埃德（David Lloyd）的警告值得深思："面对支配性文化的关系，融合的运动从来就是不对称的：虽然支配性文化的成员很少觉得有义务去了解不同的族群文化，弱势族裔为了生存下去，却总是不得不精通霸权文化……不做这种想法若非天真就是自私自利，而且还否定了文化斗争在每一个层次、以许多方式，以及——最重要的——在理论层次上继续进行的事实。"（7）

奥特罗（Lucius Outlaw）对某些同化论者（assimilationists）和多元论者（pluralists）也有类似的批评。他指责同化论者和多元论者每每贬斥群体特征或族群性在个人表现方面所扮演的重要角色。他们往往把"正当性局限于'文化'的私人领域。这一直是现代美国官方所认可，且广为社会所接受的对身体政治基本原理的诠释，尽管在相当程度上，这种诠释是在掩盖[支配性文化]原本有时赤裸裸地对非洲人以及其他种族的计划性宰制"（Outlaw，1990：60）。奥特罗的批评除了凸显族群性——虽然这是个仍待厘清的类别——在个人表现中的关键角色，另一方面则在指陈支配性文化如何部署身体政治——强调个人的努力成就——作为种族与文化宰制的空间。对弱势族裔而言，这样的批评不能说没有正本清源的作用。

韦思特（Cornel West）在论新的差异政治时指出，弱势族裔（他用的是"有色人种"一词）在新的差异政治中最适当的选择是充当"批判性的有机触媒"。他说："我的意思是指一个人在习惯于主流社会所能给予的最好的事物——典范、观点和方法——之余，尤应保持其立论的根基，肯定并实现次文化的批评。"（West，1990：33）盖茨的共同美国文化论，与其新统合论的典律观一样，最需要澄清的是如何在建构"新而充满活力的共同美国文化"时，仍能维持非裔美国文化——或任何弱势文化——的边陲性与颠覆性，也就是实践韦思特所谓的"次文化的批评"，除非他根本就有意放弃此边陲性与颠覆性，就像他对老左派的非难那样。

<h1 style="text-align:center">四</h1>

　　《松动的典律》出版之后不久，盖茨在《超越文化论战：对话中的属性》（"Beyond the Culture Wars: Identities in Dialogue"）一文中重提多元文化论的问题。他首先厘清多元文化论与再现的关系：多元文化论当然无法摆脱再现的问题，只不过多元文化论所关怀的应是文化身份的再现，而非差异的再现（Gates，1993：6）。盖茨此处只是重复他对差异政治的质疑。依他看来，几乎所有的差异都必须借由文化的方式表现，如果强调文化属性的同时又强调差异，充其量只是复述赘语（tautology）而已。

　　盖茨之凸显文化身份而轻忽差异似乎与其共同文化的多元文化论有关。共同文化作为一个总体化的系统原本就有钳制与规范差异的倾向，此之所以霍米·巴巴（Homi K. Bhabha）会把共同文化看作"一种充满极度冲突的意识形态策略"，它固然代表了一个多元化的社会对民主信念的宣言，但也是抗拒文化差异"真实的、颠覆的要求"（Bhabha，1992：234）。共同文化与文化差异之间的扞格由此可见。要化解两者之间的冲突，显然不在于突出前者而压抑后者，而在于如何协商出一个可供双方沟通、对话的空间——如霍米·巴巴所谓的转喻的空间（a space of translation）或第三空间（Bhabha，1994：25）。[1]

强势文化显然没有必要强调差异，以差异作为文化斗争场域的往往是弱势族群与文化。为颂扬差异而颂扬差异固然不足为训，但弱势文化若不强调差异则非但无法凸显其文化之独特性，甚至无法自我界定：不管愿不愿意，弱势文化必须面对强势文化来自我界定，这也正是差异政治介入的时刻。因此，所谓差异实质上指的是关系中的差异（difference-in-relation）；换言之，我们必须透过支配与被支配的关系，才能了解现存的差异系统（McLaren，1995：132）。从这个角度来看，不同族群或文化所规划的差异内容也许不尽相同，但这些不同内容的差异至少有一个共同点，也就是对西方白人的支配性论述的批判，差异因此不仅为异己的观点开拓表达与实践的空间，对支配性论述内部而言，差异无疑更是构成了颠覆性的威胁（Chicago，1994：120-21）。

盖茨之放弃差异政治，多少是为了在多元文化论中消除支配与被支配文化之间的对立，最终的目的还是为了替他所向往的共同文化的多元文化论铺路。盖茨认为，一般人对多元文化论的了解多半来自文化右派的批评，因此只注意到多元文化论反对的是什么，而忽略了多元文化论赞成的是什么（Gates，1993：7）。舍弃差异政治，自然也舍弃了多元文化论的否定辩证法，用耶鲁大学的巴基斯坦裔学者苏勒里（Sara Suleri）的话说，盖茨的论述空间"避开了**我们**和**他们**的修辞"（强调部分为笔者所加）；换言之，其论述不再是二者选一（either-or），而是强调双上双赢（both-and）。不过，苏勒里对盖茨的善意似乎

---

[1]　在这方面值得一提的是加拿大哲学家泰勒（Charles Taylor）所楬橥的承认政治（politics of recognition）。泰勒以魁北克文化为例，说明一个社会在追求自身的共同利益时，如何避免伤害到不愿分享或不肯认同此共同利益的个人、团体或族群。一个社会可以有集体或共同的目标，只要能够尊重多样性，能够保护不愿或不肯认同此集体目标的人的基本权利，这样的社会照样有机会成为一个自由的社会。因此根本的问题在于尊重基本权利，允许文化差异。美国式的程序自由主义（procedural liberalism）在这方面就显得特别捉襟见肘。泰勒所倡议的承认政治旨在正本清源，"承认不同文化的平等价值；我们不仅要让这些文化生存，还要承认它们的价值"（Taylor，1994:51-73）。

也有所保留。她说："然而会不会说起来容易做起来难？我们都乐得痛斥二分法，没有一位懂得自尊自重的文化批评家愿意被二元论所限死，只不过我们的欲望很可能远超过我们不得不接受的现状。"（Suleri，1993：17）

摈斥差异政治的同时，盖茨也抨击文化相对主义（cultural relativism），因为在他看来，相对主义与多元文化论彼此互不兼容："如果相对主义是对的，那么多元文化论就不可能。相对主义非但无助于达成多元文化论，亦且有碍于形成多元文化论的可能条件。"（Gates，1993：11）盖茨反相对主义的立场与其对差异政治的质疑，乃至于对分崩离析的外在世界的忧惧是互为因果、相辅相成的。相对主义的基本要求不外乎差异与差异之间相对的互敬互重：每一种想法、信仰、文化——不管好坏，也不问是非黑白——都有其存在的价值，都应该获得尊重。这是差异政治的基础，也是冷战结束后许多社会和国家为族群绝对论（ethnic absolutism）或政治族群中心论（political ethnocentrism）所撕裂的主要原因。所谓互敬互重只是理想而已，大部分的情形恐怕是心中只有自己，在自大自重之余，对非我族类则加以敌视、排拒或迫害。盖茨指出，"追求纯粹性——不管我们说的是'族群净化'或是初始的'文化确实性'——带给文明秩序和人类礼节更大的威胁"（Gates，1993：11）。其结果当然是不同面貌的种族歧视、族群对立和文化排外等。这是盖茨无法接受相对主义的原因之一。

鉴于文化相对主义的可怕后果，文化右派与文化左派在反相对主义的目标上倒是一致的，尽管原因各有不同。文化右派以为，倘若任何差异都必须给予尊重，道德将难以依存，秩序将无以维系。文化左派则认为，如果所有差异都必须获得尊重，则任何不公不义都可以差异之名合法化其偏颇错误，则公义势将难以伸张，错误也将无以纠正。不过在盖茨看来，主张相对主义无异于否定文化或沟通共性（cultural or communicative universals）之可能性，由于缺乏交集的基础，沟通、协商或对话也不复可能。[1] 他说，"相对主义将沦为与世隔绝的孤立"（Gates，1993：10），使得"跨文化了解的计划难以理喻"（Gates，1993：11）。在这样一个唯差异是尚、一切归于相对的世界里，多元文化论——尤其是盖茨式的以建立共同文化为目的的多元文化论——自然失去存在的条件。这是盖茨无法接受相对主义的另一个原因。

对盖茨而言，差异政治与相对主义其实是一体的两面，这是他对差异政治较缺乏同情的主要原因，也是他与许多弱势族裔批评家争执之所在。从弱势族裔论述的立场来看，舍弃差异政治的是非得失是可以进一步讨论的，坚持差异政治也不一定就表示同意相对主义，两者之间甚至不一定存在着必然的因果关系：凸显文化差异并非一定就是鼓吹相对主义，其中分际也不是不能分辨，因为正如上文已经指出的，对弱势族裔批评家和文化工作者来说，差异除了是重要的文化斗争场域之外，亦且提供了一套截然不同的语言与论述策略，让弱势族裔得以重申其自我身份，重建其历史叙事，重构新的批判空间。差异之为用大抵如此，放弃差异政治，弱势族裔等于自废武功，其抗争的内容与形式势必大异其趣。

盖茨提醒我们，"属性总是在对话之中，只有在彼此的关系中存在"（Gates，1993：11）。属性既然是在对话之中，这些属性之间自然隐含差异。上文说过，所谓差异指的是关系中的差异，进一步用迈克

---

[1] 共性（Universals）一词在哲学上有相当严格的讨论，此处无法详论。任教于杜克大学的加纳哲学家维勒杜（Kwasi Wiredu）在其《有没有文化共性？》（"Are There Cultural Universals?"）一文中，以归谬证法（reductio ad absurdum proof）论证文化共性的必然性："假设文化共性并不存在。那么文化之间的沟通就不可能。可是文化之间的沟通原就存在，因此文化共性也就存在……任何两个人要进行沟通，就必然共享某些共有的沟通媒介。反过来说，这也暗示了他们在某个层次上必然共享着某个观念体系——不论此观念体系的层面多么微小。至少对参与沟通的人来说，任何这样的观念体系都是一项共性。"（Wiredu，1995：52）不过在不同族群与文化的对话、协商与沟通中，我们恐怕还得追问：这些共性从何而来？它们如何形成？它们又是谁的共性？日本东北大学哲学家野家启一（Keiichi Noè）在讨论胡塞尔（Edmund Husserl）的历史目的论中的欧洲中心论时，就特别提醒我们："文化普遍主义（cultural universalism）很容易将本身转变为文化帝国主义或族群中心论的一个变体。"（Noè，1995：46）

拉伦（Peter McLaren）的话说，差异并不是"绝对的、不可化约的，或不可驾驭的"，正好相反，差异"难以确定，且存在于社会与文化的关系中"（McLaren，1995：132）。属性差异也不例外。这也是多元文化论所必须面对的道德议题：承认不同族群与文化之间的差异，让这些属性与文化差异恒在对话之中，使这些差异成为"抗争与协商、自我形塑与再形塑的场域"（Gates，1993：11）。简单地说，这其实是一种异中求同、同中存异的多元文化论。在整个文化论战中，盖茨的若干观点虽然颇富争议，但是他所追求的正是这种朝向共同文化的多元文化论。

# 十一　行动中的黑人（文化）研究

一

　　"新时代"（New Times）一词在晚近英国左派论述中另有新义。20世纪 80 年代的英国在撒切尔主义（Thatcherism）的新右翼霸权支配下，其政治、经济及文化构成发生了相当程度的质变。撒切尔主义的成功反证了左派的失败，也说明了"撒切尔主义对时代变迁的感觉要比左派来得强烈"（Hall and Jacques，1990：15）。左派的危机即源于这种认知与反应上的迟钝，既无法看清撒切尔主义的面貌，对撒切尔主义所力图代表与领导的世界也认识不够。换言之，左派依然故我，只能"在旧的基础上，以旧的观念和旧的措施、旧的分析与旧的政治议题为依据"（Hall and Jacques，1990：14），来面对撒切尔主义这个新生事物。论者谓左派"并非败于敌人之手，而是为历史所超越"，确实言之成理。

　　1988 年《今日马克思主义》（Marxism Today）杂志所发动的"新时代"辩论代表了左派一个较全面的集体反省，其主要目的当然在于疏解左派的危机与窘境。这个计划希望能较广泛地了解新的世界——

认识后福特主义（post-Fordism）生产与消费方式的趋势与局限，阐明后现代文化的冒现与发展，分析变迁中的种种新属性与政治主体。更重要的是，这个计划也希望能提出一种新的左派政治，在超越撒切尔主义之余，为新时代提供一种进步的转折与模式（Hall and Jacques，1990：15；同时参考 Manifesto， 1990：32-37）。当英国已经变成一个泰尔朋（Göran Therborn）称之为三分之二、三分之一的社会时，[1]"新时代"的辩论冀望能扩展旧有的分析工具，发展新的批判语言，在新的社会形势中重新思考马克思主义。在环绕着"新时代"的辩论中，文化自然也是霸权斗争的主要场域，参与"新时代"辩论的人更不乏文化研究者，"新时代"与文化研究的系谱关系由此可见（Clarke，1991：153-179）。

当贝克采用"新时代"一词来描述美国黑人文化研究的践行时空环境时，他所面对的自然是一个相当不同的情境。撒切尔主义的美国表兄弟当然是里根主义（Reaganism）。经过里根主义将近十年的弃绝之后，后里根主义时代美国城市内部的黑人社区景象早已为世人耳熟能详：失业失学、毒品泛滥、游民暴增、同族相残、高犯罪率等不一而足。1992 年 4 月底因黑人青年罗德尼·金（Rodney King）被警察殴打一案的判决所引起的洛杉矶中南区暴动，只是上述现象的全面爆发而已。罗德尼·金于是成为弱势族裔意符（minority-signifier），投射着非裔美国人乃至其他弱势族群在里根主义肆虐十年之后的无力感与无助感。洛杉矶暴动的意义极为复杂，这个社会与文化文本的意涵尚待进一步厘清，但正如韦思特（Cornel West）所说的，这次事件不会单纯是一场"种族暴动或阶级动乱"而已："我们在洛杉矶所目睹的，是

---

[1] 在"三分之二、三分之一"的社会里，三分之二的人大致过着颇为舒适的生活，另外三分之一则陷于贫困的处境。举例言之，在 20 世纪 80 年代的英国，拥有自家住宅的人数增多了，但游民的数字也相对上升。这是撒切尔主义支配下的英国社会的一个写照。请参考泰尔朋（Therborn，1990：103-115）。

美国生活中经济衰退、文化式微，以及政治冷漠等要命的结合后果。种族只是可见的触媒，不是根本的原因。"（West，1993：255；1994：3-4）[1]

对贝克而言，罗德尼·金一案所引发的洛杉矶暴动只是美国版新时代的化脓时刻："罗德尼·金被殴……是 20 世纪晚期的景象而已。"（Baker，1993：102）在里根主义的宰制下，整个 80 年代将美国推向"人类灾难的悬崖"（102）。尽管如此，在美国我们却看不到像《今日马克思主义》的"新时代"之类的计划，即如 80 年代后半环绕着典律、多元文化主义等议题所激发的文化论战，也鲜少触及美国根本的生产结构与社会关系。[2] 这是美国的文化论战与英国左派的"新时代"辩论极为不同的地方。换言之，美国的文化论战始终停留在文化论述的层面，其较具体的结果多反映在学校课程的修订与校园权力关系的调整上，包括空间的重划、资源的重新分配，等等。这与"新时代"辩论直指英国的生产结构与社会关系是不能同日而语的；当然，在"新时代"辩论中，文化始终也是权力斗争的场域。

在这样的历史与文化脉络中挪用"新时代"一词，其意涵和内容自必大不相同。英国左派希望透过"新时代"的辩论进一步审视许多与"后"（post-）有关的新生现象。用克拉克（John Clarke）的话说，"新时代分析的主导意符是后：后福特主义、后现代主义、后劳工主义，以及……后马克思主义。"（Clarke，1991：155）贝克之挪用"新

---

[1] 有关罗德尼·金被殴及洛杉矶暴动的分析，请参考古丁－威廉斯（Robert Gooding-Williams）所编的《阅读罗德尼·金／阅读都会动乱》（*Reading Rodney King/Reading Urban Uprising*）一书。此书采不同观点，探讨罗德尼·金事件。古丁－威廉斯认为，罗德尼·金事件（包括他被殴、警察被审，以及判决后的暴动）引发许多争议，不应被视为新闻题材而已，值得仔细深入探讨（Gooding-Williams，1993：11）。

[2] 譬如说，高木（Ronald Takaki）在论及美国的文化论战时也指出，甚至多元文化主义者也忽略了种族压迫的物质基础。他说：多元文化主义者在"批判宰制的情形时，经常只专注文化层面，而忽略了种族不平等的物质基础。因此，他们并未协助不同的群体了解他们被压迫与被剥削的经济背景。"（Takaki，1995：173）

时代"一词则与其关怀有关，"新时代"所暗示的理念必须整个调整以适应他的论述领域或脉络。在他看来，"招收黑人学生；黑人学生奖助学金；黑人学生宿舍、学生联盟和学生会；聘任黑人教师和课程修订；以及最明显的黑人研究，全部变成新时代与新疆域的符号"（Baker，1993：12）。显然，在贝克的刻意部署之下，"新时代"在越过大西洋之后，其意符已转变为黑；此意符的指涉也由经济与意识形态领域转移到美国校园的权力关系范畴内。尽管如此，我们也不能因此忽略了"新时代"在这两个不同脉络中所共享的精神与意涵。在这两个脉络里，"新时代"之所以为新，事实上标示着某种分水岭："标示区隔旧和新的界标。"（Clarke，1991：155）不过依克拉克的说法，描述这些界标更准确的用词应该是"差异"，因为新时代意味着"以多样性的模式来取代单一的社会安排"（155）——在贝克的论述情境里，当然是"校园安排"。

前面曾经约略提到"新时代"辩论与文化研究的系谱关系。对贝克来说，黑人研究（Black Studies）不仅是新时代的符号之一，更是"行动中的文化研究"，因为"黑人研究正式与非正式地铸造了黑人日常的城市生活与传统上超然的学院领域之间的关联"（Baker，1993：23）。这样的规范显然意在拓展黑人研究的趋向与可能性，增添黑人研究的政治与社会内涵，联结此教学和学术活动与非裔美国人的现实情境，以凸显黑人研究的现世性（worldliness）。换句话说，黑人研究就像萨义德在描述文本的存在实境时所说的，"总是受制于环境、时间、地方及社会"（Said，1983：35）。

黑人研究作为"行动中的文化研究"显然有意（或者说必须）以种族或族群认同为基础，把黑质论述推到中心。而具现黑人研究的除了校园中所分配到的资源与疆域外，目前最为具体的重要成绩大概可见于迪亚瓦拉（Manthia Diawara）所说的"迫害研究"（"oppression studies"）："以揭露黑人男女所蒙受的不同形态的迫害与揭发黑人家庭等为矢志的史学与社会学论著，加上个别黑人和社群的生活方式与艺术品等的描述性与符号学研究。"（Diawara，1996：302）黑人研究于是成为对抗的场域，成为"一种力量的表意交织，指向反征兵抗争、言论自由运动、民权运动、黑权，以及一般美国人对重新分配知识生产资源的关怀"。也就是说，黑人研究的生命力在于其"具有看似无限扩散其革命'相似性'的能力"（Baker，1993：12）。

正因为黑人研究是汇集一切反抗、革命——也就是改变现状——力量的场域，它所复制的"革命'相似性'"使之成为波德里亚（Jean Baudrillard）所谓的拟像（simulacrum）。黑人研究一方面反映美国黑人现状的需求，另一方面却也复制了黑色美国的现状。贝克复又借用库恩（Thomas S. Kuhn）的典范理论指出，黑人研究作为拟像，就像学院中"被凸显的异常现象，吸引住'正常的'学术实践，同时造成典范兴替，以及随此兴替而来的道德恐慌与疆域争夺"（Baker，1993：13）。黑人研究的政治性即在于此。黑人研究所造成的道德恐慌与其所引发的疆域争夺显然皆源于黑人研究在意识形态上的逾越与教学实践上的介入——黑人研究在自我建构，力图成为学院建制中一门"正常的学术课题"（13）时，它那科际整合或跨学科的知识生产方式就打破了学科之间的指涉界线，难免会带给传统学科相当大的冲击。就像胡克斯心目中的黑人教学实践一样，黑人研究"造成逾越——即面对疆界与越过疆界的行动"（hooks，1994a：12）。黑人研究的遭遇令我们想起文化研究滥觞时期的命运："文化研究既未取得、也未被赋予'学科'的地位。基于这个理由，它一直是（某些人的）身上刺、眼中沙。总而言之，它在学院中所找到的只是一处局促的据点。"（Green，1996：53）对学院中许多保守的白人而言，黑人研究所带来的危机似乎没有止境，它意味着失去疆域的新焦虑。"恐慌与冲突的飞弹是发射定了"（Baker，1993：13），贝克语带揶揄地这样指出。

作为拟像的黑人研究同时也使"任何企图恢复或认可**真实**（the

*real*）的传统观念变得更为复杂"（Baker，1993：12）。黑人研究的现世性部分即源于这样的认知：它复制非裔美国人的真实，成为结合学院内外的空间，使"外部'社会'环境与内部'学院'氛围"（10）得以汇流。这样的汇流实得力于贝克所谓的移民。

移民一词在贝克的论述脉络中别具意义。对他而言——或者对黑人研究而言——移民指的是20世纪60年代民权运动之后美国黑人城市青年大量往校园迁移。他认为这样的迁移只能以移民视之，我们才能稍稍了解这个活动或现象所隐含的政治与文化意义。移民一词不仅标示学院与社会分属的两个领域，以及这两个领域所表征的两种文化与生活，更重要的是，它也暗示两个美国的存在：白色美国与黑色美国。最能够象征白色美国的应该是60年代以前安详和平的美国大学校园。在这个田园般的空间里，"点缀着宽敞的建筑，衣着讲究的白人青年或微笑或闲聊，还有穿着苏格兰粗呢外套、好学不倦的教授在全神贯注地听众前高谈阔论"。简而言之，这是"一个安静、幽美的超然思想空间，一个在功能上与策略上远离日常生活的疆域"（Baker，1993：6）。黑色美国则以城市内部黑人贫民社区为代表，其居民绝大多数"难以被美国梦所吸纳"（Kristeva，1993：9）——如果美国对其所面临的"人间灾难"还有任何反应的话，这个"普遍、公共、对立的反应"必然来自此城市内部的黑人社区（Baker，1993：102）。移民不只表示两种文化的汇流，也表示两种文化互相冲击。黑人的出现给美国校园的田园世界带来了即刻来临的威胁，因此，贝克指出：

> 黑人来客不但为学院论述带来全然不同的种族与阶级的变化，同时带来一种与美国学院花园的"现实"极不搭调的混杂风格。他们在大学庭院的出现等于向所有现存的规范挑战，同时挑起有关公民的问题，而这些问题是连言论自由运动中最富于想象力的成员也无法预期的。（Baker，1993：14-15）

移民的另一项必要行动是跨越疆界。这个行动意味着重新分配空间：重划疆界或重新畛域化（reterritorialization）。疆界冲突即由此而起，但冲突本身也是各种状况的结合。黑人研究正好成为这些冲突与状况结合的空间。学院论述甚至必须重新寻找语汇，以便真正回应空间、时间及力量的重新分配。黑人新移民进入校园之后，最直接的反应就是争夺疆域所造成的道德恐慌（Baker，1993：17）。对校园中保守的教职员和学生来说，黑人青年的出现适足以"对社会价值和利益构成威胁"——黑人研究其实就是个威胁（19）。

贝克有关道德恐慌的理念系来自科恩（Stanley Cohen）的《民俗魔鬼与道德恐慌》（*Folk Devils and Moral Panics*）一书。就文化研究的观点而论，更恰当的指涉应该来自克拉克等人。克拉克及其同僚在研究战后英国青少年的文化时发现，青少年是"象征社会变迁的最前哨"，一向被成人社会视为"社会变迁的隐喻"（Clarke et al.，1976：71）。青少年竟因此被认定为造成道德恐慌的根源：

> 社会变迁一般被认为有益社会……但社会变迁也被认为会腐蚀传统的界标，破坏传统社会神圣的秩序与建制。因此最先随伴而来的就是流布四散的社会焦虑感。社会的疆域重被界定，道德轮廓线被重划，基本关系……也会改变……这些干扰社会常规轮廓线的运动标示了动乱时代的开始——对那些极力承诺要维系现状的人来说尤其如此。在社会焦虑广泛散布，却又找不到有组织的群体或政治宣泄的时候，动乱时代就会将社会焦虑转移到某些方便的替罪羔羊团体身上。这是道德恐慌的根源。道德恐慌是个涡旋，某些自认其世界与地位受到威胁的社会群体就会从中指认"该负责的敌人"，然后大声疾呼，现身而为传统价值的捍卫者：道德的承包人。（Clarke et al.，1976：71-72）

在道德恐慌之余，下一步往往就是围堵或监控（policing）。吊诡的是，移民——城市黑人青年大批往美国校园迁移——的行为本身所暗示的重划疆界或重新畛域化即同时具有逾越与监控的意涵。因此贝克指出，向校园移民使得"许多青年最好、最富才华的力量自黑人城市解放斗争中消失，并且被置于学院行政和行为管制的监督下"（Baker，1993：22）。移民的双重意义即在于：校园固然增添了活力与多样性，城市内部却因黑人青年被吸纳进入美国校园建制中而失去社会、政治及文化斗争的力量。

<h2>二</h2>

格林（Michael Green）在 1995 年为他早期的一篇文章所写的附记中指出，晚近文化研究的发展与其滥觞时期已有很大的变化：目前文化研究"主要已不再只是处理别的学科特别排除的各种大众文化：其范畴更为宽广，其问题意识更为多样"（Green，1996：59）。文化研究晚近的趋势之一即是尝试以种族与族群性为形态来介入其他社会关系的分析，这个趋势可见于包括诸如霍尔（Stuart Hall）、吉尔罗伊（Paul Gilroy）、默瑟（Kobena Mercer）、朱利安（Isaac Julien）等英国黑人学者或文化工作者的产品。不过在美国，种族与族群性自始就是黑人研究的核心：黑人研究毕竟是非裔美国人种族与文化斗争的产物。迪亚瓦拉曾经吁请黑人研究的学者尝试"接合伯明翰学派的民俗志方法和以种族为中心的英国黑人学派"（Diawara，1996：303），他的用意一方面在于调和美国黑人研究与英国文化研究，希望黑人研究能借此"拓展其范畴与深度"；另一方面，迪亚瓦拉也强调黑人文化研究所诞生的黑色美国的历史独特性。最重要的是，从事黑人（文化）研究的人必须以黑色美国的现实物质条件为其生产基础。

贝克的黑人（文化）研究全然根植于非裔美国人的物质情况，特别是城市黑人青年的日常生活境遇。他的饶舌歌曲研究可以说明他对非裔美国表现文化及其生产现况的关怀。他的计划除了揭露饶舌歌曲带给那些道德承包者所谓的恐慌之外，也展现了他对黑人文化史的丰厚学养。贝克显然排斥未加批判地接受饶舌歌曲作为黑人的城市表现文化形式。

　　贝克首先反省饶舌歌曲与都市公园之间的文化关系。他特别提到 1989 年 4 月 20 日纽约中央公园所发生的一桩强暴案件：一位年轻女性在慢跑时不幸遭人强暴。这桩案件后来引发许多有关强暴起因的争论，公园也因此一变而为"展现恐慌的意义空间"（Baker，1993：37）。黑人都市青年文化与公园之间的关系更成为许多人联想、挞伐的议题，贝克将这些联想和挞伐斥为"怪异的假设与结论"（44-53）；他同时借此勾勒中央公园的文化政治　　包括中央公园的历史与文化意义：

　　　　公园将其高雅品位的教化效应悠然扩展到整个市民群体，就此而言，公园无疑是个共和建制。它在青葱翠绿中负有任务。（其建筑师）奥姆斯德（Frederick Law Olmsted）认为，由于移民人口日增，纽约就好比急需教化影响的边疆一样，他所构思的公园即属此教化影响……

　　　　因此，中央公园将成为一个建构的庞大绿地，将纽约的声光市景排除在外。中央公园将是一个具有教诲性质的建筑拟像。（39）

　　贝克的分析至少有两个相当明显的主题。首先，构筑中央公园的本意在于提供一个带有教化使命的替代性大自然，"一个具有教诲性质的建筑拟像"。其次，中央公园的教化对象主要是纽约日增的移民人口，这些移民人口的大量涌进已经让纽约变成了"急需教化影响的边疆"。这是贝克的分析值得重视的地方。在他再现中央公园的社会与文化史时，方法上他再度诉诸内／外二元论，就像他在描述美国校园与黑人城市内部社群结构性的对立关系时那样。此外，更值得注意的是，他的再现显然把中央公园还原成一个殖民计划。对中央公园的原始设计者与监督者而言，移民的大量涌现，给纽约的社会与文化秩序带来立即而空前的威胁，这些移民就像在殖民边疆流徙的文化异己或他者，"急需教化影响"。中央公园因此是个具有政治目的的教育建制。换言之，中央公园在功能上所扮演的是意识形态国家机器，其功能在于驯化移民身上令人难以接受的成分，使之变得令人可以接受，或者将非美国的成分改变为较为美国，目的在于方便社会控制与文化监督。从这个角度来看，当初建造中央公园的本意显然是要使之成为投射着统合（integration）意识形态的空间组织，以当地的美国特质取代移民的外来特质。中央公园无疑就像若干具有纪念性质的公共空间一样，是祖金（Sharon Zukin）所谓的权势地标（Zukin，1991：18）。

在 20 世纪 70 年代与 80 年代，中央公园却成为"饶舌歌手开拓国际市场的好去处"，黑人青年把成套的音响设备挂上公园的灯柱上，将公园转变为饶舌歌曲的表演空间（Baker，1993：47），但也因此引发了所谓的公园恐慌。黑人青年对公共空间的转变或逾越，随即造成饶舌歌曲与公共法律和社会秩序的对立："每一位恐慌的自以为是的正直承包者"与"每一位以维护公共秩序自命的道德家"（49），无不对饶舌歌曲所隐含的野性（wildness）深表忧虑，其野性更引起执法者的注意。

饶舌歌曲与法律的对立为贝克提供了分析饶舌歌曲的批判空间，他在分析中尤其对所谓的"专家作证"或"速成专业"痛加抨击。他认为"饶舌歌曲作为一种形式，自有其独特的黑人性格"，因为饶舌歌曲是一种黑人城市节拍，一种混杂的城市黑人文化形式：

饶舌歌曲的技巧不仅仅是选择性延伸与修饰而已。这些技巧还包括了大量建档。黑人的各种乐音（非洲鼓声、波普乐旋律、詹姆斯·布朗的呐喊、即兴爵士乐、艾灵顿的反复乐节、蓝调的余音、节奏蓝调的低吟和音、雷鬼乐的歌词、卡力骚的节奏）都汇集综合起来，让 DJ 们编织成焦虑与影响的缀锦。[1]（Baker，1993：89）

贝克所谓的"大量建档"其实近乎吉尔罗伊所描述的黑人音乐形式中的"引述与参照"。吉尔罗伊指出：

借由引述与参照先前的风格与乐手的美学评价，爵士乐的形式继承了对历史的高度重视，它来自当下亦可听见过去。雷鬼音乐则经由某些主要音乐，而非个别乐器上的创新与技巧上的独特性，来达到同样的结果。这些策略也出现在灵魂音乐中，而在蓝调最好的传统里，这些策略经常还补以歌词，而这些歌词又诉说着对某张唱片或某类型音乐具有贡献的特殊风格或艺术家。（Gilroy，1991：209）

贝克和吉尔罗伊其实是从不同角度指向黑人音乐文本互涉的关系。吉尔罗伊自那些"引述与参照"中看到过去和历史的复原方式，贝克则以"建档"的现象说明饶舌歌曲如何是一种深植于黑人音乐传统的混杂形式。饶舌歌曲因此应被视为一种黑人离散社群的音乐，是"一种

---

[1] 编注：詹姆斯·布朗（James Brown），人称美国灵魂音乐教父，他是饶舌、嘻哈和迪斯科等音乐类型的奠基人。艾灵顿（Edward Ellington）即艾灵顿公爵，是美国爵士乐的主要创新人物，也是首位被铸上美国硬币的非裔美国人·。雷鬼（Reggae）是一种发源于牙买加的流行音乐，如今在全球范围内具有广泛影响。卡力骚（Calypso）则是一种发源于特立尼达与多巴哥的非裔加勒比海音乐。

国际的、都市的混杂体"（Baker, 1993: 93），广受全球文化消费市场的欢迎。

然而饶舌歌曲的成功并非仅限于此，在国际上饶舌歌曲更是一种具有政治意涵的文化形式。鲁森（Clarence Lusane）在其论文《饶舌歌曲、种族与政治》（"Rap, Race and Politics"）中，即提醒我们"饶舌歌曲作为全球抗议音乐的文化力量"。他这么描述饶舌歌曲的国际影响：

> 就像越南人过去唱着民权自由的歌曲一样，饶舌歌曲的政治要务跨越全球，从墨西哥到印度，都可以找到表现的地方。在捷克，当地的饶舌歌手吟唱着既年轻又一文不名的挣扎。科特迪瓦的年轻人戴着棒球帽，半系着球鞋，在这种音乐中找到关联。澳洲的饶舌歌手借此抗议原住民所受到的虐待。向美国原子弹的受害者追悼也构成日本当地饶舌歌手的题材。（Lusane，1993：42）

追根究底，这种文化力量并非无迹可寻，饶舌歌曲原本就是一种都市抗争的表现形式，它毕竟"主要是年轻黑人男性的形式"（Baker, 1993：61）。这个事实正好构成饶舌歌曲与法律对立的背景："这种节拍继续提供黑人都市表现文化与白人法律及秩序之间有时令人咋舌的疆界对抗。"（Baker，1993：33）贝克并列举若干实例，说明饶舌歌手如何在他们的文化产品中挑战"白人法律与秩序"，进而指责"警方的公义往往只是年轻黑人男性受迫害的另一名词"（34）。1992年4月的洛杉矶暴动正好证明了饶舌歌曲的预言性：饶舌歌曲早已不止一次预见"黑人都会青年与都会警察当局"之间的对峙冲突。贝克认为，这类的对抗带给黑人相当深刻的影响：黑人如果想要深入有效地考察这些冲突，势必得超越"任何单一学科的限制性畛域，因为疆界的冲突通常要求的是即时的弹性，将形式历史化，而学术界对大众文化形式的回应却一向不具有这些特征"（34）。这或许是黑人（文化）研究所必须面对的挑战与契机：一方面既继承20世纪60年代以降黑人研究的丰富遗产，另一方面则必须转向英国文化研究求取灵感，接收英国文化研究的理论或模式，甚至吸纳其重要议题，诸如青少年文化、大众文化、警察监控等。贝克所谓的"黑人研究新的故事"即可能由此双方的汇流开始。

贝克的文化批评大致已经走出后民权时代的黑人研究。对他来说，迪亚瓦拉所谓的"迫害研究"已经不是黑人研究的唯一选择。他的立场可见于他对2 Live Crew 饶舌歌手事件的批判。此事件也说明了饶舌歌手在对抗白人法律与秩序时，情况可以变得相当复杂，并非一成不变地一概以迫害视之。2 Live Crew 在1990年推出他们的专辑 *As Nasty As They Wanna Be* 时，曲子随即被禁，乐团团员在佛罗里达演出后也被警方逮捕。虽然团员最后赢了官司，但贝克认为，他们之所以获胜"主要还是得力于他们的律师所礼聘的专家作证的结果"（Baker，1993：64）。

贝克对此事件的介入主要在于他对这些专家学者的批判。这些专家学者包括了哈佛大学的非裔美国批评家盖茨（Henry Louis Gates, Jr.）、加州大学洛杉矶校区的法律学教授克伦肖（Kimberle Crenshaw），以及波士顿的退休记者灿格（Mark Zanger）。贝克在批评这些专家学者的证词或评论时指出，"黑人文化资本似乎悲剧性地缺乏批判性责任"（64）。盖茨在作证时表示，2 Live Crew "技艺超群"，是"黑人的艺术与文化传播的表意场域"（64）。贝克则认为，不论是盖茨的证词，或是克伦肖与灿格两人刊于《波士顿评论》（*Boston Review*, December 1991）上的文章，他们在为2 Live Crew 辩解时不仅缺乏批判意识，亦且言过其实。2 Live Crew 的饶舌歌曲中露骨的色情与对女性的污辱只能以"性别歧视的平庸表现"视之，其歌曲与其他重要饶舌歌曲乐团相比，也只是中等之选而已，根本担当不起这些专家学者的赞誉。贝克认为，这些专家学者对饶舌歌曲的发展与流变似乎所知有限，他将他们对 2 Live Crew 事件的介入视为"传统的成人学术反应",而这些反应泰半出于他所谓的"半路出家"("start in the middle of the game")的方法。除此之外,贝克以为,对 2 Live Crew 的过誉无以名之,只能视为"对黑质或'种族'本质的忠贞,或者是文化民族主义的自利",这已近于信仰,与事实相关不大。为了避免误会,他进一步阐明自己立场:

> 我想在此清楚而明确地表明我的立场。我的论点是,如果我们想迈向行为较为符合人性标准的世界,除了纯粹出于忠贞的基础之外……我们不应在任何基础上认同 2 Live Crew 的言行。我想我的观点与德沃金(Andrea Dworkin)和麦金农(Katherine McKinnon)等人推动反黄的看法是一样的。
>
> 我相信 2 Live Crew 的专辑被禁是可以理解的。我也相信女性和弱势族群若被赋予权力成为美国社会真正的动力,其他类似的专辑以及克雷(Andrew Dice Clay)、《哈骚客》(Hustler)、《阁楼》(Penhouse)和脱衣舞等也许都应在被禁之列。[1](Baker,1993:73)

我们不妨视 2 Live Crew 的审判为分界时刻,贝克的批判代表了后民权时代黑人(文化)研究的内部反省,其中隐含着急于超越"迫害研究"的欲望。换言之,非裔美国人不能时时再以被迫害之名,合理化自己的任何言行表现,饶舌歌曲或任何黑人文化产品与白人法律和秩序的对立也应当作如是观。这也代表了黑人(文化)研究的一个新契机或新起点;在走出被迫害的阴影之后,黑人(文化)研究才能进一步正常地介入黑色美国的现实物质状况。

---

[1] 编注:克雷是一名美国喜剧演员,因毫无顾忌地大开性玩笑而被多家广播、电视台封杀,并广受女权组织抨击。《哈骚客》和《阁楼》都是成人杂志。

# 十二　恐惧生态学与黑色洛杉矶

## 一

1992 年 4 月 30 日美国西部时间 3 点 47 分，由美国国家海洋与大气管理局（National Oceanic and Atmospheric Administration）所操作的人造卫星在绕行地球时经过美国的太平洋海岸，卫星上的高分辨率辐射仪拍摄到一个极大的温热异象，此异象广达 85 平方公里。这个异象的影像由圣地亚哥传送到位于夏威夷大学的卫星海洋学实验室（Satellite Oceanography Laboratory），由一群地质物理学家分析。这些地质物理学家后来指出，这个极大的温热异象正好"与洛杉矶中南区对应，在拍得影像之前的三个小时，此处平均每隔一分钟即有三起新的大火"（Dousset, Flament, and Bernstein，1993：33）。

这起大火其实自 4 月 29 日即已开始。在非裔美国青年罗德尼·金被洛杉矶白人警察殴打一案中，白人警察全部被判无罪，引起非裔美国人社群的强烈不满与愤怒，后来酿成暴动。非裔美国人群居的中南区首当其冲，与之邻近的韩国城（Koreatown）也受损惨重。戴维思（Mike Davis）在结束其《恐惧生态学：洛杉矶与灾难的

想 象 》（*Ecology of Fear: Los Angeles and the Imagination of Disaster*）
一书时，以人造卫星取得的影像描述这场暴动以及由此暴动引起的
烈火：

> ……罗德尼·金一案引发的暴动虽然集合了千千万万愤怒与绝望
> 的个别行动，但从绕行地球的轨道上看却只是单一的地质物理的
> 现象……诚然，如果外星的偷窥者从月球或火星郊区上的一座秘
> 密天文台观测地球，他们会为洛杉矶超乎平常的易燃性所着迷。
> 地球上没有别的都市地区会那么频繁地产生大型的"温热异象"。
> 这个城市一度对无限的未来产生自我幻觉，没有疆界，没有社
> 会限制，如今则以火山爆发的怪异之美令许多旁观者目瞪口呆。
> （Davis，1999：422）

　　1992 年 4 月底的暴动只是最近的一次，1965 年在华兹（Watts）
也因为警方的暴行引发了种族暴动。[1] 这先后相隔不到三十年的两
次暴动都与洛杉矶警察的暴行有关，这些暴行又脱离不了美国社会
结构性与建制性的种族歧视。只不过 1992 年的这一次暴动，表面
上固然起因于罗德尼·金一案，实际上原因至为复杂，种族问题只

---

[1] 顺便一提，1965 年的华兹暴动对远在西弗吉尼亚的彼得金镇（Peterkin）参加圣公会教会夏令
营的盖茨也带来了相当大的冲击。他在回忆录《有色人种》（*Colored People*）中这样记录了当时的
感受：

　　一位给夏令营送牛奶和面包的送货员告诉主任咨商员说，"洛杉矶的地狱被冲破了"，"有
色人种都疯了"。他交给主任咨商员一份周日报纸，上头报道黑人在某个叫华兹的地方暴动的
新闻……我瞪着头条新闻：黑人在华兹暴动。……
　　我迷惑了。我不了解暴动是什么。是有色人种被白人杀害了吗？还是他们杀害了白人？
看着自己被所有参加夏令营的白人观看，我经历了既有力又无力的奇怪交集，当另一位黑人
的行动影响到你的生命时，你会有这样的感受，只因为你们两人都是黑人……（Gates, 1994:
149–150）

是众多问题之一，只是社会愤懑的一个导火线。韦思特（Cornel West）即认为这场动乱既非种族暴动，也非阶级反叛，暴动中所展现的丑陋的、排外的野蛮行为无不显示了"美国社会的无力感"。换句话说，"我们在洛杉矶所目睹的，是美国生活中经济衰退、文化式微，以及政治冷漠等致命的结合后果。种族只是可见的触媒，不是根本的原因"（West，1993：255；1994：3-4）。

<h2 style="text-align:center">二</h2>

在1992年洛杉矶中南区暴动前后，分别有两部以中南区与华兹为背景的黑人街坊电影（hood film），对黑色洛杉矶的空间层系（spatial hicrarchy）与人群生态（human ecology）提出相当深刻的批判。这两部电影所绘制的反乌托邦市景（dystopian cityscape）颇能反映洛杉矶中南区乃至于美国若干非裔美国人聚居的城市内部（inner city）的现状，在风格上属于迪亚瓦拉所谓的黑人新写实主义（new black realism）电影。这两部电影即辛格顿（John Singleton）导演的《街区男孩》（*Boyz N the Hood*，1991）及休斯兄弟（Allen and Albert Hughes）所执导的《社会威胁》（*Menace II Society*，1993）。

黑人新写实主义电影以黑人群居的城市内部为主要背景，企图以镜头捕捉城市内部黑人的日常生活，因此其叙事内容多环绕非裔美国人都市生活中的集体遭遇，诸如贩毒、犯罪、同族相残、种族歧视以及经济生活上的匮乏与贫困等，同时又与非裔美国青年的文化——如饶舌歌曲、嘻哈文化等——相结合，其所刻画的黑人街坊（the hood）遂透过好莱坞的文化工业逐渐进入大众想象之中。迪亚瓦拉认为，如果与20世纪70年代若干剥削黑人的电影（Blaxploitation）相比较，[1]90 年代的黑人新写实主义电影还有一点值得一提：两者的差异在于电影角色的发展。剥削黑人的电影角色多属扁平而固定，不若新写实主义电影中的角色那样随剧情发展而有所变化。在新写实主义电影中，作为主要角色的青少年多能历经艰苦，终至蜕变为成人，同时发展出一套关怀其自身社群的政治（Diawara，1993：23-25）。

较《街区男孩》稍早发行的《万恶城市》（*New Jack City*，1991）是新写实主义的开山之作。导演马里奥·范·皮布尔斯（Mario Van Peebles）是 70 年代以执导《斯维特拜克之歌》（*Sweet Sweetback's Baadasssss Song*，1970）一片成名的马文·范·皮布尔斯（Melvin Van Peebles）之子。马里奥克绍箕裘，进一步将镜头对准美国城市内部的贫民窟，以及贫穷生活所衍生的种种问题，尤其是所谓"'黑人对黑人'所犯下的罪行"（"Black on Black" crime）。这种贫民窟中心论（ghettocentricity）所铺陈的暴力美学——《黑人电影评论》（*Black Film Review*）的编辑贾姬·琼斯（Jacquie Jones）所谓的新贫民窟美学（new ghetto aesthetic）——其实是新写实主义电影的主要美学依据，而所谓贫民窟所指的即是美国都市中黑人聚居的城市内部——《万恶城市》中的城市其实是在影射纽约，其背景一看即知是位于纽约的哈林区。[2]

---

[1] Blaxploitation 为 Black 和 exploitation 二字的结合，这种电影类型在 20 世纪 70 年代盛极一时，其主要演员为黑人，内容取材自黑人的社群生活，主题则环绕着性与暴力等，尤其凸显黑人都市生活中的恐惧与焦虑。换句话说，这类电影有意让观众透过镜头一窥黑人社群的日常生活面貌，因此被视为剥削观众对黑人社群生活的窥视欲（voyeurism），其重要代表影片有《棉花闯哈林》（*Cotton Comes to Harlem*）、《斯维特拜克之歌》（*Sweet Sweetback's Baadasssss Song*）、《黑街神探警》（*Shaft*），等等。从某个角度来看，这种类型的电影也可以说是 60 年代颇为流行的汤姆叔叔（Uncle Tom）型电影的反动，当时最重要的样板黑人演员是西德尼·波蒂埃（Sidney Portier），以黑白关系为题材的电影如《吾爱吾师》（*To Sir with Love*）、《谁来晚餐？》（*Guess Who's Coming to Dinner?*）、《炎热的夜晚》（*In the Heat of the Night*）等都是由西德尼·波蒂埃所主演。好莱坞在拍摄这些电影时显然尽情挪用 60 与 70 年代的民权思潮，其叙事和背景其实和黑人社群并无多大关系，西德尼·波蒂埃所饰演的角色在社经地位方面也与一般非裔美国人者相去甚远。

[2] 贾姬·琼斯对她所谓的新贫民窟美学电影有相当中肯的批评。她认为这些好莱坞小成本的黑人电影除了探讨黑人都市贫民窟与男性青少年的生活外，并未关注到其他的黑人社群——特别是黑人女性社群（Jones，1991：43）。

非裔美国电影多以城市为背景，而且多集中在洛杉矶中南区、华兹、哈林、布鲁克林（Brooklyn）等市区街坊。[1]20 世纪 90 年代的黑人街坊电影因此而得名，好莱坞愿意以小成本资助年轻黑人导演拍摄这样的电影，说穿了也是出于市场考虑：自 80 年代以后，城市内部日益颓败，层出不穷的社会问题引起主流媒体广泛的兴趣，显然这些问题有其市场价值。城市只是这些问题的隐喻而已。

对加入大迁徙行列，自南方乡村移居到美国都市地区的非裔美国人而言，城市无疑是个乌托邦，是个"保证自由与经济流动的空间"（Massood，1996：88）。这个被神话化的空间在面对建制性与结构性的种族歧视时随即显得狭窄局促。城市的大部分机会并不属于非裔美国人，尤其在 80 年代里根（Ronald Reagan）与布什（George Bush）主政之下，城市内部的问题更形严重，从未实现的乌托邦更沦为反乌托邦：失学失业、流离失所、毒品泛滥、同族互残。许多黑人都市文化表现形式应运而生，街坊电影所再现的正是美国主流文化形式视而不见或长期拭抹的景象，也就是斯克鲁格斯（Charles Scruggs）在讨论非裔美国小说中的城市时所说的"美国都市地图中未加界定的空间"（Scruggs，1993：18）。马素（Paula J. Massood）即视此再现过程为显现（making visible）的过程——像洛杉矶中南区、哈林、华兹等非裔美国人的都市聚落即因此从隐无的城市显现为街坊（Massood，1996：88）。

这种从隐无到显现的再现过程，略知当代弱势族裔论述或后殖民理论的人当已耳熟能详。弱势族群或团体在这个过程中重新建构自身的历

---

[1] 这里不适合考察黑人电影的发展与城市的关系。简言之，这段发展史其实根植于非裔美国文学传统，尤其是 19 世纪末以后的非裔美国文学的流变史。19 世纪末至第一次世界大战前后，大量黑人自南方乡村地区移居美国大城市如纽约、芝加哥、华盛顿特区、费城、底特律及西岸若干城市，文学的关怀重点也自此转向都市地区。20 世纪二三十年代的哈林文艺复兴即是一个大家熟知的例子。上述所谓的大迁徙和哈林文艺复兴对黑人电影的滥觞有直接的关系（Massood，1996：85~88）。

史，重新寻找新的语言，重新规划批判空间，并借此建立其主体性。街坊电影的批判性即在于此。根据都市社会学家祖金（Sharon Zukin）的说法，城市本来即是个拥有自身的象征性经济（symbolic economy）的地方，有能力生产自身的空间与象征。辟建城市不仅须结合土地、劳力和资本等传统的经济元素，还必须懂得操弄排除和纳入等象征性语言：何者该纳入？何者该排除？何者可以显现？何者必须隐形？象征性语言的应用最终涉及秩序或失序的问题，也涉及美学权力的应用（Zukin, 1995: 7）。非裔美国人——还有外来的移民——的出现，以及他们所占据的都市空间，对强势族群或主流社会所掌握的象征性语言构成严重的挑战。——黑人街坊电影的出现更直接质疑现有象征性语言的有效性与正当性，至少这些电影对现存象征性语言提出异议与修正。

不过吊诡的是，黑人街坊电影在以其独特的象征性语言塑造另类空间与象征时，无异于向主流社会揭开了遮蔽城市内部的那块帷幕，被禁制的终于被允许，不准或不敢观看的终于可以看到，主流社会的偷窥欲竟因此获得满足。这些街坊电影就像民俗志影片一样，为主流社会提供当地人的知识。

三

作为一个全球城市（global city），洛杉矶自然也有自己的一套象征性语言，以模塑其本身的都会空间与象征。[1] 好莱坞则借其全球性的文化工业再现其想象的城市，强化其模塑的过程。马素下列这段文字可以作为我们进一步讨论的基础：

---

[1] 有关全球城市的观念，主要来自安东尼·金（Anthony D. King）对伦敦的研究。金的观点基本上是建立在世界经济（world-economy）的理论上（参考 King, 1990）。

透过纳入与排除的过程，好莱坞帮助洛杉矶制造并具体化了一套都市符号——棕榈树、太阳、丰饶、天堂。然而，要制造某一组意象，所仰赖的镜子即是排除不符此想象城市标准的区域。身在洛杉矶的街坊电影坚持要塞入其他空间，如中南区、康普顿（Compton）、华兹，并借此显现这个城市之自我意象的原有动力。此外，街坊电影透过这些手段，标示了分裂的认同或"双重性"（"two-ness"），这一切皆源于利用片段生产统一经验的主流措施。换言之，在其有关再现与制造意象时何者该排除的反省性论述中，街坊电影暴露了非裔美国人的身份认同如何既在"美国"经验之内，同时又在此经验之外。（Massood，1996：89）

马素的话说明了街坊电影的政治性。她提到的所谓分裂认同或"双重性"并不是什么新的看法，这种看法实源于 20 世纪初杜波依斯在论美国黑人心灵时所提出的双重意识论（double consciousness）：即非裔美国人既是美国人，又是黑人。盖茨在 20 世纪 80 年代论非裔美国文学传统时，也借用杜波依斯的说法，阐述非裔美国文学的"双重性"。换言之，非裔美国文学既是西方的，也是非洲的。此双重性根植于非裔美国人的新世界历史与经验，并因此造成了非裔美国文学的独特性。此独特性也是历来尝试区隔非裔美国文化与美国主流文化的主要经验法则。

　　马素文中还提到所谓"不符此想象城市标准的区域"，主要在说明好莱坞的文化工业所仰赖的排除政治（politics of exclusion）：凡不符合其再现过程所制造的意象者皆在排除之列，空间与都市符号之被视为区隔的类别，道理即在于此。在再现过程中，何者必须凸显，何者必须压制，端赖区隔政治的运作。这一点在晚近的弱势族裔论述与后殖民理论中已属常识，不必进一步申论。我的兴趣是：所谓"不符此想象城市标准的区域"是如何建构的呢？其社会、文化，乃至于心理依据为何？

前面约略提到《街区男孩》与《社会威胁》这两部以洛杉矶中南区与华兹为背景的黑人街坊电影。这两部电影有若干共同点：电影一开头即清楚标明剧情发展的时空背景。《街区男孩》：1984年与1991年的洛杉矶中南区；《社会威胁》：1965年、1970年晚期及1993年的华兹。这两部电影都是在叙述黑色洛杉矶中非裔美国青少年成长的过程。在论《街区男孩》时，迪亚瓦拉指出："时空的实际旅程与生命礼仪（rites of passage）的象征性旅程重叠。这种故事叙述典型地是在讨论危机时刻以及建立一个较美好的社会的必要性。"（Diawara，1993：20）这样的看法其实也适用于《社会威胁》这部电影。

　　清楚标示叙事时空的目的当然在于强调电影的写实性，同时也在于界定非裔美国人独特的洛杉矶历史经验。在这样的历史经验中，迪亚瓦拉所说的危机时刻其实无时不在。两部影片都隐含对较美好社会的乌托邦向往：《街区男孩》中的特利（Tre Styles, Cuba Gooding, Jr. 饰）在其父福瑞斯（Furious Styles, Larry Fishburne 饰）的循循善诱之下，或能渡过难关，踏上人生正途，继续追求心目中的美好社会。特利的邻居好友面童（Doughboy, Ice Cube 饰）与瑞奇（Ricky, Morris Chestnut 饰）这两位同母异父的兄弟则没有这么幸运，最后都因同族相残，而死于敌对青年的乱枪之下。《社会威胁》中的主角凯恩（Caine, Tyrin Turner 饰）来自贩毒家庭，父母皆不得善终，凯恩依靠笃信上帝的祖父母长大，虽然中学毕业，但在大环境的制约之下，也难逃死于非命的宿命结局。即使从上述的简要叙述中也不难看出，不论是《街区男孩》的洛杉矶中南区，或《社会威胁》中的华兹，空间始终是一种社会力量，可以塑造个人乃至于社群的社会生活。这两部影片中的黑人青少年的社会生活与生命历程基本上都是空间的产物——这个观点不在坐实自然主义的环境命定论，而是在说明，像洛杉矶中南区与华兹之类被围堵与孤立的空间不仅有其实际的限制性，围堵与孤立所界定的空间性（spatiality）也限制了其居民对生活乃至于对生命的想象。

这两部影片中的黑色洛杉矶是个全然被围堵的空间，不仅影片中的角色几乎不曾离开他们活动的生活空间，一不小心离开了即招来危险——虽然未离开不见得就没有危险。《街区男孩》的特利和瑞奇开车误闯"出"黑人的活动空间，马上就被洛杉矶警察局的警员逮捕并加以羞辱。在《社会威胁》中，凯恩与其友人老狗（O-Dog）驾车进入不属于他们的空间时，即被警察痛殴，并被丢掷在墨裔美国人的社区。这些插曲足以证明：建制性的力量无所不在，随时围堵并孤立像中南区之类的种族化的空间——种族化空间的目的当然是为了隔离，尤其借警力达成这个目标，使空间成为所谓的"社会控制区域"，戴维思称此为"地景的军事化"（Davis，1999：383），情形确实如此。

军事化地景的目的主要在于确保围堵的有效性。在《街区男孩》中，洛杉矶警察局的直升机时不时在中南区的上空盘旋——不过镜头自始至终都未对准直升机，但闻引擎声，同时探照灯强光逼人。在《社会威胁》中，取代直升机的则是神出鬼没的洛杉矶警察的巡逻车。闪烁的讯号灯与尖锐的汽笛声令人生畏。这些建制性的围堵力量或机制形成了无形的圆形监狱（panopticon），几近不眠不休地进行福柯式的（Foucauldian）训诫与监控活动，以确定中南区就是中南区，华兹就是华兹，不能逾越地理与社会疆界。总之，类似无时不在、无所不在的监控机制使这些影片中的黑色洛杉矶沦为——再借用戴维思的说法——扫描地景（scanscape），一个可见度受到保护的空间（Davis，1999：366）。这些监控机制也坐实了戴维思在讨论洛杉矶的恐惧生态学时的说法："由于没有希望进一步作公共投资，以改善潜在的社会状况，我们反而被迫增加有形安全方面的公共与私人投资。都会改革的修辞犹在，可是内容早已不见。"（Davis，1999：363）

围堵、隔离、孤立等设计界定了《街区男孩》及《社会威胁》这两部街坊电影中的人群生态。这些"安全"设计构成了戴维思所说的恐惧生态学。由于对种族或文化他者的畏惧，主流社会必须在地理空间加以区隔规划，军事化地景正是确保有形安全的重要投资，其所采用的安全策略、监控技术，以及惩戒措施无非在为主流社会建构心理空间，以建立法律与社会秩序。

上述恐惧生态学的种种举措并非止于理论而已，戴维思在其书中举证历历，说明南加州（主要是洛杉矶）的"社会控制区域"如何像野草般在荒地中蔓生，这些区域可以用"犯罪"形式或内容区分成四种执法形态：降低区（abatement）、增强区（enhancement）、围堵区（containment）及排除区（exclusion）。[1]在社会控制区域的划分上，《街区男孩》和《社会威胁》这两部影片中的洛杉矶中南区与华兹无疑属于犯罪最为严重的围堵区和排除区。

恐惧生态学所模塑的空间生产复制了美国许多主要都市的城市内部，也制造了像洛杉矶中南区与华兹这类被围堵与被排除的种族化空间。在洛杉矶这个全球城市的空间层系中，《街区男孩》与《社会威胁》中的黑色洛杉矶是个被压制的异己空间——称之为法西斯空间亦无不可。有趣的是，在这两部街坊电影中，除了中南区与华兹之外，洛杉矶其他街景几乎全未在镜头中出现过，只有在《社会威胁》中，凯恩与其友人老狗被警察殴打后被丢弃在墨裔美国人聚居的地区（另一个种族化空间）时，镜头才短暂离开华兹的黑人社区。凯恩与老狗负伤在地，镜头忽然摇向远方，以远景捕捉洛杉矶的夜景，高楼中灯火通明，如梦似幻，可望而不可即，这个全球城市在资本主义世界经济的操弄之下，似乎不为中南区与华兹的居民所有。不过，在黑人街坊电影的再现之下，黑色洛杉矶终究在当代大众想象中暂时割据了一片叙事与论述空间。

---

[1] 社会控制区域的划分标准如下：降低区，其"犯罪"举例为涂鸦和卖淫；增强区，贩毒与非法持枪；围堵区，游民；排除区，游民、贩毒、帮派、儿童性侵害等（Davis, 1999: 383）。

# 十三  消费资本主义下的存活纲领：
## 胡克斯论阶级

　　1988 年的 12 月，我从美国北卡罗来纳州的洛利（Raleigh）搭机到迈阿密参加美国研究学会的午会。坐在我邻座的是一位黑人珠宝商，他了解我到迈阿密的目的后，指着前舱不远处一位上了年纪的黑人绅士说："你认识前面那位老先生吗？——他就是著名的历史学家富兰克林（John Hope Franklin）。"那一年我正在杜克大学文学研究所读书研究，因为研究上的需要，早读过富兰克林——任教于杜克大学历史系——部分有关美国蓄奴史的著作，但并不认识他。我于是走到老先生的座位，向他自我介绍。老先生很客气地要我在他旁边的空位子坐下，询问我在杜克大学的研究情形。我约略告诉他我的研究状况之后，即回到自己的座位去。

　　飞机抵达迈阿密后，我和老人家几乎同时步出机场。他问我要到哪家旅馆，我告诉他是枫丹白露（Fontainebleau），他说他也是住同一家旅馆。"我的朋友会来接我。如果你没有别的安排，欢迎你跟我搭他的车子。"这是我第一次到迈阿密，人生地不熟，所以也就不客气，答应跟他一起走。过不久他的朋友开着车子来了，是一位名叫卜朗的医师（Dr. Brown）。这位年龄在六十左右的黑人医师非常热情，坚持我们一定要先共进午餐，然后到他家里坐坐，才要送我们到旅馆。我这个时候才发现身为陌生人的尴尬。我跟他们两位都不熟，叨扰人家实在不妥。富兰克林教授大概也注意到我的窘境，话题不时扯到我的研究工作，以及他当时已近百岁的岳母身上。

我们在市区里的一家餐厅进餐。吃过午餐后，卜朗医师开车载我们到他的家去。富兰克林教授向我介绍说，卜朗医师在黑人社区开了一家诊所，卜朗太太则经营一家旅行社。我们抵达卜朗医师的家时，卜朗太太已经在等候我们。这是个非裔美国人的社区，卜朗夫妇住的是一座小洋房，有花园，有游泳池。以他们的收入，一定可以住到更好的社区去。不晓得话题怎么会谈到他们社区。卜朗太太说："这里也有人贩毒。我们其实有能力住到较好的白人社区去，不过我们觉得跟自己人住比较好。我们要跟自己人在一起。"

卜朗太太所指的"自己人"当然是非裔美国人。

1992 年初我在费城宾州大学的黑人文学与文化研究中心研究非裔美国文化理论。那年 4 月下旬，洛杉矶因黑人青年罗德尼·金被警方围殴一案而引发种族暴动。我在荧光幕上看到洛杉矶中南区一片烧杀掠夺的暴动场面，全美国的非裔美国人社区都非常紧张，宾州大学所在地的费城西区也不例外。费城西区平时凶杀抢劫就时有所闻，这个时候分外紧张，每天一到下班时间我们就赶快离开研究室，回到住宿的地方去，避免在街上逗留。

暴动延续了好几天，中间还穿插了非裔美国人和韩裔美国人之间的冲突——我从部分非裔美国朋友平日不经意的言谈中约略感受到，这两个少数族群之间平时就累积了不少社会与经济矛盾。连续好几天，每天一回到宿舍我就打开电视追踪最新消息。有一天晚上我在电视新闻中看到一个镜头，这个镜头这些年来我始终无法忘怀：一位中年黑人太太从一家显然正遭到抢劫的商店匆匆走出来，正准备要越过马路时，被电视记者的摄影机挡住了。这位太太抓起一串鞋子对着摄影镜头说了一句话："这是第一次我的六个孩子都有鞋子穿！"

一

　　这两则故事——这两个社会文本——在我的内心萦绕了好些年，我相信它们或多或少反映了部分非裔美国人在美国社会的境遇。就像美国许多都会地区一样，迈阿密和洛杉矶在相当程度上是个族群隔离的城市。那一次迈阿密的美国研究学会年会，大会还特地安排了半日的城市导游节目。我们搭乘大会准备的游览车，一位迈阿密大学的地理系教授充当解说员，整个行程主要在了解迈阿密的族群分布情形。我记得很清楚，那位地理系教授不断重复类似的语句："这是海地人区，这是哥伦比亚人区，这是非裔美国人区，这是墨裔美国人区！……"洛杉矶的情形更是为大家所耳熟能详：中国城、韩国城、小东京、中南区等不一而足。[1]

　　只不过我心中的这两则故事显然不仅反映了美国社会的种族隔离现象而已。卜朗夫妇的情形让我体会到空间、种族与阶级的纠缠关系；第二则故事中黑人太太身上所体现的则是种族、性别、阶级三位一体的复杂性——这位黑人太太本身即具现了多重身份认同：非裔美国人、女性，以及穷人。我们甚至无法区分，这位黑人太太的问题究竟是源于种族，源于性别，或是源于阶级？或者是三者纠葛的结果？即使在卜朗夫妇的故事里，都市的空间安排固然受到种族这个类别的左右，但阶级是否也介入此空间安排呢？如果卜朗夫妇住到较富裕的

---

[1]　相关的讨论很多，请参考戴维思（Mike Davis）和苏亚（Edward W. Soja）等的著作（Davis, 1998, 1999; Soja, 1996; Scott and Soja, 1998）。

白人社区，他们的阶级认同会不会抑制了族群认同？

美国本来就不是一个容易谈论阶级的社会。这并不表示这个社会没有阶级问题，而是因为阶级问题往往有意无意间被其他问题——如种族和性别——所掩盖或统摄。劳特（Paul Lauter）与其夫人菲茨杰拉德（Ann Fitzgerald）在他们共同主编的选集《文学、阶级及文化》（*Literature, Class, and Culture: An Anthology*）的导论部分中清楚指出这个现象：

> 我们发现，在"种族、性别、阶级"这个目前众所皆知的三人组中，阶级始终是个未被碰触的成员。过去二十多年，在课堂上，在媒体中，甚至在公司的会议室里，广泛认知并公开讨论种族和性别，乃至于情欲的情形不胜枚举，阶级则通常是个被消音的课题。有人说，召唤阶级的幽灵会引发阶级冲突——这当然是很非美国的（un-American）。（Lauter and Fitzgerald，2001：2）

因此美国人一向排拒以阶级作为界定他们的生活与思考方式的类别，他们甚至认为美国是个没有阶级的社会。——这是与旧大陆的欧洲很不一样的地方。

二

其实不只美国，世界上有许多地方情形也颇为类似。相较于 19 世纪和 20 世纪前半叶，现在讨论阶级——或者说以传统的模式讨论阶级——可能更不容易。世界上有许多角落现在必须面对的更多的是种族杀戮、族群内斗或宗教冲突的问题。工人和农民等传统定义下的劳动阶级有很多缺少鲜明的阶级意识，甚至不顾阶级利益，而去依附与自身阶级利益互相矛盾的政治或意识形态倾向，如排外的极端民族主义或右翼法西斯主义。阶级问题之被边缘化是无可奈何的事。德国社会学家艾德（Klaus Eder）即认为，阶级政治的危机最终反映的还是一个正在消逝中的工业社会的危机。新的阶级结构正在冒现，我们不妨称之为后工业阶级结构（Eder，1993：13）。

美国非裔女性文化批评家胡克斯（bell hooks）的《旗帜鲜明：阶级事关紧要》（*Where We Stand: Class Matters*）一书在相当程度上尝试处理的无疑是美国这个后工业社会中的阶级问题——胡克斯在书中并未提到后工业社会之类的用词，在指涉到当代美国社会时，她的用词是消费社会或消费资本主义（consumer capitalism）。[1] 消费资本主义让美国人误以为美国是个没有阶级的社会：

> 悲哀的是，富人和穷人因共同耽于消费而经常结合在资本主义文化之下。通常穷人更是沉迷在过度耗费之中，因为他们无法抗拒媒体和一般生活中的各种强力信息，这些信息告诉他们，摆脱阶级耻辱的唯一途径就是令人侧目的消费。广告与文化整体的宣传向穷人保证，如果他们也拥有同样的产品，他们就可能成为那些物质生活较为优渥的人的一份子。这种宣传有助于支撑某种虚假的观念，以为我们的社会是个没有阶级的社会。（hooks，2000：46）

胡克斯的整个论述当然是在指证当代美国其实也是个阶级社会，而界定此阶级社会的是个新的政治经济体——消费资本主义。此消费资本主义透过商业、文化、政治等种种意识形态宣传机器，可以让即使置身经济弱势的人也会浑然遗忘自己的社会阶级处境。这正是艾德所说的阶级政治的危机。

---

[1] 胡克斯书名小标题中的 "Matters" 一字当然也可被视为名词，表示事件或问题之意。

胡克斯笔下的消费资本主义社会当然有别于传统的资本主义社会——至少与马克思在模塑其政治经济学理论时所目睹的资本主义社会是大不相同的。马克思的理论主要着眼于剩余劳动的问题。他认为，人类社会普遍存在着剩余劳动的问题，而怎么处理剩余劳动将会影响到这些社会的政治、经济与文化。至于所谓处理剩余劳动，马克思主要指的是：谁被指派去从事劳动，并生产超过他们所能消费的剩余劳动？谁占用了这些劳动阶级所生产的剩余劳动？占用这些剩余劳动的人又如何将之分配出去？以不同方式来处理生产、占用与分配剩余劳动，就会形成不同的社会模式。马克思所谓的剩余劳动是指"直接生产者从事其必要劳动外的超时劳动"（Resnick and Wolff, 1987：115）。当占用与分配这些剩余劳动的不是直接生产者，而是另有其人的时候，就形成了资本主义社会阶级的剥削关系。换句话说，资本主义的阶级结构迫使劳动阶级生产剩余劳动，但却不许劳动阶级分享或分配这些剩余劳动。马克思称之为资本主义的劳动剥削，而资本主义对剩余劳动的处置带给劳动阶级的正是无止境的压榨与痛苦。马克思主义的整个政治计划即在努力实现另一种取而代之的阶级结构，让劳动生产者能够支配其剩余劳动（Resnick and Wolff, 2001：61–62）。[1]

马克思在论述阶级结构时所置身的是生产关系较为清楚或较容易界定的社会。相对的，消费资本主义社会的生产关系无疑暧昧或难以掌握得多了。胡克斯应该会同意劳特和菲茨杰拉德的说法："消费资本主义的天才在鼓励我们以我们所购买和拥有的来界定我们。"在消费资本主义社会里，生产与分配的工具繁多，"很难准确界定个人与这些工具之间的'关系'，甚或界定究竟谁拥有什么"。劳特和菲茨杰拉德因此进一步追问："作为市场中的消费者，我们的生命是否可以被视为只

---

[1] 马克思主义阶级理论的原始出处散见马克思与恩格斯的著作，有兴趣的读者不妨参考马克思的《资本论》第一册（*Capital*, I）、恩格斯的《英国工人阶级的状况》（*The Condition of the Working Class in England*）、两人合著的《共产党宣言》（*The Communist Manifesto*）等著作。

是在生产各种形式的'虚假意识'？"（Lauter and Fitzgerald，2001：5-6）

如果问胡克斯这个问题，她的答案应该也是肯定的，但当代美国社会生活的悲哀也在这里：尽管社会上的阶级鸿沟越来越大，在消费资本主义的支配之下，美国人——包括许多弱势族裔——却不愿承认美国社会的阶级差异与阶级剥削，他们继续相信，这是一个没有阶级的社会。这个社会没有阶级问题，只有金钱的问题，因为消费主要涉及金钱。因此胡克斯认为："消费资本主义社会化的过程教导我们多花费，少珍惜，尽可能多攫取，但尽可能少付出……这些印记不是随意可以抹除的。显然，如果不改变每个人对攫取和付出的想法，我们是无法改变阶级压榨与剥削的。阶级远非金钱而已。"（hooks，2000：157）


## 三


梅德赫斯特（Andy Medhurst）在批判文化研究的晚近发展时，最感遗憾的是，当代许多文化研究的著述不再结合阶级与自传，不再尝试了解文化问题是如何与实际的物质生活环境相结合。他认为："那些早期的文化研究文本对阶级充满了许多自传性的洞见。"（Medhurst，2000：22）《旗帜鲜明》可以说是胡克斯的阶级自传。她以夹叙夹议的论述方式勾勒美国高度消费资本主义下的阶级面貌，特别是阶级与种族和性别之间纠结难明的关系。在胡克斯看来，消费资本主义以物欲蛊惑人心，使人们耽于物欲贪婪，且美国社会结构特殊，历史发展也不利于阶级论述，许多阶级问题因此被种族与性别所掩饰。胡克斯自承《旗帜鲜明》是在写作过程中最令她内心沉痛不已的书：

> 跟任何一本我写过的书比起来，写这本书使我内心怆痛，我经常

痛彻心扉，伏案啜泣。不管今天我拥有多少阶级特权，我的大半生是与穷苦人家和工人阶级度过的。在我奋斗完成研究所的学业，并攀上经济的梯子时，我在原先的家庭与其他穷人及奋斗不已的乡亲身上所感受到的阶级联系与团结，让我能够不时体会到弥漫在穷人与劳工阶级心中的阶级颓败感，及其所带来的阶级痛苦、憧憬，以及深沉的忧伤……（hooks，2000：157）

胡克斯出身种族隔离的肯塔基州乡下，家境贫寒，"家中总是缺少金钱"（hooks，2000：12），只不过贫穷和工人阶级从来不是家中讨论的课题（13）。即使在她母亲的娘家也是一样。"在我们的世界里，每个人谈论种族，没有人谈论阶级。虽然我们知道妈妈在少年时代老是想逃离这间破落的房子和落伍的生活方式，去追求新的东西，到店铺买东西，但还是没有人谈论阶级……这是个前现代的世界，生活在种族隔离的南方贫穷黑人农夫兼地主的世界。"（17）胡克斯不止一次提醒我们，在她的童年与少年时代，在贫穷落后的美国南方乡下，"没有人谈论阶级"（19-22）。

有趣的是，这样的世界——这样的黑色空间——数十年后却与我在前面提到的迈阿密卜朗夫妇所面对的种族化空间相去不远。物质条件改变了，但阶级意识并未将空间去种族化。胡克斯这样厘清其少年时代的种族、阶级及空间的纠缠经验：

不管黑人能赚多少钱，他们始终被局限在黑色空间里。这样的安排使得好像我们真的生活在一个阶级无关紧要的世界，种族才事关紧要。金钱也事关紧要。然而，多少钱也改变不了一个人的肤色。每个人都相信，不管黑人的财富值多少，种族才是决定他们的命运休戚与共的因素。（hooks，2000：22）

当然，胡克斯想要强调的是，在她少年时代的经验世界里，空间的安排固然事涉种族因素，但阶级并非无关紧要，只不过在那个种族隔离的时代，种族毕竟是界定日常生活的主要类别，其实黑人并没有什么选择。前面提到的卜朗夫妇所面对的是另一个截然不同的社会环境，他们选择与"自己人"在一起，他们愿意压抑阶级意识，并且坦然接受空间的种族化现象。两者看似相似，但后者终究是有意识选择的结果——当然，在某种意义上我们也可以说，卜朗夫妇的选择是内化美国社会无所不在的种族意识的结果。

美国消费资本主义社会中阶级问题的复杂性，显然不是传统左派或后殖民的抗争理论可以概括厘清的。胡克斯自承大学时代也曾勤读左派理论，包括马克思、法农、葛兰西、孟密，甚至毛泽东的小红书等，目的在于了解阶级问题。"但当我的研究结束之后，我仍然觉得我的语言有所欠缺。我仍然感到难以了解阶级及其与种族和性别的关系。"（hooks，2000：6-7）在胡克斯看来，这些男性革命理论家的著作固然"提供了理论典范，但却无法提出任何方法，以面对日常生活中阶级的复杂性"（hooks，2000：43）。

胡克斯真正强烈体认到美国社会的阶级问题是她在斯坦福大学求学的经验。她从家境富裕的同学——不论白人或黑人——的言谈举止中发现，这些天之骄子"害怕与厌恶劳动阶级"。尤其令她震惊的是她的黑人同胞对待阶级弱势者的态度："我一生都被教导要去相信，为了终结种族歧视的斗争，黑人要紧密团结在一起，看到黑人精英竟然万般蔑视无法共享他们的阶级、他们的生活方式的人，我实在不知道如何反应。"（hooks，2000：35）。

这些经验让她体会到，阶级似乎又超越种族之上。

# 四

　　《旗帜鲜明》中有关种族和阶级纠缠的例子俯拾皆是，其中尤见于胡克斯对非裔美国人布尔乔亚阶级的猛烈批判。在种族隔离的时代，黑人社群中出现这么一批小资产阶级，游走于黑白之间，形同两个种族之间的买办阶级——胡克斯采取的是中间人（mediators）这个用词。他们公然鄙视境遇较差的黑人，其实他们需要这些黑人垫底，好让他们抬高自己在白人心目中的地位。尽管如此，他们终究只能住在种族隔离的空间，白人至上论的世界在种族歧视方面是绝不含糊的（hooks，2000：91）。

　　20 世纪 60 年代的种族政治具现在民权运动和各种反歧视运动上，促成了所谓的去种族隔离化（desegregation）和种族融合。新的全球政治——如各种解放运动——迫使美国白人统治阶级必须调整其社会与文化政策，以适应新的政治与经济情势，黑人新的精英阶级应运而生。胡克斯反省 60 年代的种族政治，认为自 60 年代末期之后，"自由个人主义大抵被黑人——特别是黑人布尔乔亚阶级——奉为圭臬"。这些向社会上层攀升的黑人新阶级"视自身的利益与现存白人权力结构的结合远甚于任何群体的黑人"（hooks，2000：92），也远甚于黑人之间同舟共济、力争上游的社群主义（communalism）。到了 70 年代末期，这种社会发展趋势彻底改变了传统的黑人社群。有钱的黑人离开了黑人社区，黑人的商业也不断往外发展。其结果是，20 世纪 90 年代之后，我们看到的就是今天大家耳熟能详的美国城市内部的情形："黑人贫户和下层阶级迅速形成孤立的、隔离的社区。"（hooks，2000：93）在一切走向破落的同时，毒品生意做大了，血腥暴力——通常以同族相残的形式存在——增加了。胡克斯将贫穷的非裔美国人坐困美国城市内部的惨境形容为"现代集中营"：

历史的健忘症就在这里，他们（黑人中产与上层阶级）轻易忘记了，制造纳粹大屠杀的法西斯分子并非自毒气密室开始，而是自灭族杀戮开始的，他们把人集中在一起，剥夺这些人的基本生活需求——足够的食物、遮风避雨的场所、卫生保健等。在这个摩登时代，像快克可卡因之类的致命毒品使毒气密室——就像这个国家所有主要城市社区的情况那样——显得多余……大部分富裕阶级的黑人从来不会踏进这些社区，不会去注意发生在那儿的慢性同族残杀。他们宁可选择袖手旁观，谴责那些受害的人。（hooks，2000：93-94）

这些非裔美国精英其实有许多是 60 年代的认同政治的受益者，受白人统治阶级刻意眷顾，成为非裔美国人中成功的样板。他们是权力掮客，除了鼓吹自由个人主义和黑人资本主义外，他们最大的商品是黑质（blackness）。胡克斯以相当长的篇幅痛斥这些黑人精英，包括一些电影工作者、学术界人士、作家等："这些由主流社会挑选，并指定来担任权威职位的保守黑人精英不仅介入制定影响贫苦黑人的政策，甚且监控那些反对他们或不支持他们的议题的黑人。"（hooks，2000：95）对这些富裕的上层阶级非裔美国人而言，"对自身阶级利益的忠诚，通常取代了种族团结。他们不但弃绝黑人劳苦大众，他们更与宰制的制度串通，确保其对穷人的持续剥削与压迫"（hooks，2000：96）。

类似的串通情形也发生在某些女性主义者身上。种族和阶级的纠葛情形已经够复杂了，性别议题的加入使情形更为难解难分。在种族、阶级、性别的纠葛关系中，黑人女性的境遇最为尴尬和悲惨（hooks，2000：103），因为黑人女性必须面对多重的压迫与剥削——前面一开始提到的第二则故事中的黑人太太即是个典型的例子。

胡克斯回顾 60 年代以还的女权运动，将女性主义者粗分为两类：

改革派女性主义者（reformist feminist）与革命派女性主义者（revolutionary feminist）。前者的议题相当单纯，那就是在现存的社会结构中向男性争取社会与经济平等。白人至上论资本主义父权阶级（white supremacist capitalist patriarchy）——胡克斯常以这个用词指称美国白人主流社会——最大的恐惧是一朝醒来突然发现，非白人在取得同等的经济力量与社会资源之后，白人将权力不再，优势尽失。在这种情形之下，支持改革派女性主义者的诉求，与她们分享社会与经济权力，将她们收编，是可以扩大其阶级基础，巩固主流社会价值，并颠覆某些女性主义者的激进政治的（hooks，2000：104）。

这种情形不只发生在白人女性主义者身上，许多有色人种女性虽然对女性主义态度暧昧，却也赶搭这班向社会上层阶级爬升的列车，"收割为性别公义斗争换来的利益（如工作升迁、主管位子等）"。就像她们的白人同僚，她们利用女性主义来增强她们的阶级地位与权力。有趣的是，不管是白人女性还是有色人种女性，在取得相当的社会与经济地位之后，她们对阶级的议题就开始三缄其口，"事实上，她们得到的好处无助于改变那些穷困的劳动阶级妇女的命运"（hooks，2000：105）。

胡克斯并未对这些改革派女性主义者寄予厚望，她所支持的显然是革命派或激进派女性主义的立场。这派女性主义者耻于接受父权阶级的施惠，拒绝被收编，她们继续为女性主义运动提出愿景，并且不断批判与挑战阶级歧视。具体而言，革命派女性主义者认为，社会改革的成功首在教育，"培养批判意识的教育是女性主义改造过程的第一步……接着第二步是介入现存结构的所有领域。这种介入可以采取改革或激烈改变的形式……要在这个制度里成功，我们必须发展若干策略，让我们既能完成我们的工作，又不必将我们女性主义的政治与价值妥协"（hooks，2000：108）。接受高等教育并取得高学历只是策略之一，胡克斯本身就是一个现成的例子。

在胡克斯看来，美国消费资本主义社会中的阶级状况正在不断改变，在新自由主义（neoliberalism）经济的操弄之下，贫者愈贫，富者愈富，而且穷困有继续女性化（feminization）的现象，因此她指出："我们迫切需要一个以广大群众为基础的激进女性主义运动……最重要的是，这个具有愿景的运动必须将其工作根植于劳动阶级与贫穷妇女的具体状况中。"（hooks，2000：109）

<h1 style="text-align:center">五</h1>

我把胡克斯的批判计划称为阶级自传或阶级叙事，原因在于：《旗帜鲜明》一书的内容主要是以其成长过程与经历为经，而以阶级论述为纬；换句话说，书中有关阶级议题的铺陈，大部分是以胡克斯的个人遭遇或观察所得的材料为基础。正如胡克斯本人在书的自序中指出的："我写有关阶级的问题，这些问题非常私密地影响我的生命，以及许多其他人的生命——这些人想知道如何挑负起责任，这些人相信公义，这些人想要表明立场。我很个人地写下我如何从工人阶级的世界到阶级意识的世界，我写下阶级歧视如何破坏女性主义，我写下如何和穷人团结在一起，以及我们该如何看待有钱人家。"（hooks，2000：viii）

因此《旗帜鲜明》不是社会学或政治经济学的计划，书中的许多推论并非建立在科学和客观的社会分析上。不过，因为书中充满了亲身经历或近身观察的材料，胡克斯的整个阶级论述反而属于一种相当贴近现实经验的本土知识（local knowledge）。

胡克斯的计划，一言以蔽之，企图回答的主要是一个看似既属美国、其实具有全球面向的问题：面对消费资本主义铺天盖地的笼牢，劳苦大众要如何摆脱物欲的桎梏，并且有尊严地存活下去？

《旗帜鲜明》并未对美国消费资本主义进行相当规模的社会与经济调查，也没有依循传统政治经济学的模式，就消费资本主义的生产与分配关系进行理论分析。书中倒是对作为社会活动的若干消费行为提出了吉光片羽的经济与文化分析。譬如，胡克斯析论当代美国青少年如何受广告催眠而深陷物欲洪流，最后甚至演出自残或残杀同侪的惨剧："他们不能杀死迫害他们的人，因为他们不知道迫害他们的人是谁。他们不了解阶级政治或资本主义。"（hooks，2000：87）胡克斯另以房地产投资为例，认为房地产的投机活动制造看不见的严重损失：有许多人买不起房子，有许多人因交不起房贷利息而失去房子，有许多人带着配偶和孩子住在父母的家，还有许多沦为街友或收容所的游民（hooks，2000：141）。胡克斯的结论是："住房问题将成为这个国家（美国）未来阶级斗争的场域。当街友增加，当工作没了，而家变得拥挤，或根本找不到或保不住家，住房问题中的阶级歧视会越来越明显。"（hooks，2000：140）

消费行为主要涉及消费的客体——商品。胡克斯尽管严厉批判消费资本主义，却并未深入探讨商品的本质。其实不论大如房地产，或小如青少年所向往的跨国名牌运动用品，用文化与媒体学者马丁·李（Martyn J. Lee）的话说，"商品被用来建构繁复多样的身份，确认某些文化群体的成员资格，表示不同群体之间不快且时生对立的社会与文化差异"（Lee，1993：xi）。透过广告和营销，商品所操弄的主要是差异与认同政治，借此制造消费者之间的阶级幻觉，让消费者误以为商品可以协助他们跨越阶级鸿沟。胡克斯对这一点倒有相当深刻的体认。商品之为商品，其存在意义并不纯在其使用功能或经济价值，而在此商品所隐含或明示的社会与文化意义。这些社会与文化意义固然无法解释商品本身的生产关系，甚至完全脱离生产商品的劳力所属的社会条件：当我们穿着一件跨国名牌服饰或者一双运动鞋时，我们并不清楚这些服饰或运动鞋是在何种社会条件之下生产的。我们可能只满足于这些跨国名牌所暗示的社会阶级认同。

胡克斯对这一点倒是有相当深刻的体认。在她 40 岁生日的时候，她换了一部早就想拥有的名牌车，为了坚守俭朴生活的原则，她换的还是二手车。但即使是二手车，因为出身名厂，任何修理都是所费不赀，因此她不太情愿将车子借给别人使用，这跟以前的她是很不一样的："我发现自己更亲近这件物品，同时更保护它。这是我前所未有的经验，拥有这么一件物品，而对这件物品的认同改变了我跟他人的关系。这件事帮我了解到，那些拥有更多阶级权利的人如果与他人分享物资，他们或他们的物品受到损伤的话，他们是如何恐惧。"（hooks，2000：59）

消费资本主义所造成的道德堕落主要表现在人的自私与贪婪，也就是马丁·李所说的"对金钱不顾廉耻的贪婪，以及对物质与财富无止境的崇拜"（Lee，1993：x）。《旗帜鲜明》一书中充满了这方面的道德警惕。譬如说，自私与贪婪滋生黑人社群中的毒品文化，"许多家庭一开始也反对毒品文化，可是当这个行业可以赚钱支付账单、购买必需品，并供应奢侈品时，这些家庭也难免心动"（hooks，2000：67）。因此，胡克斯视贩毒为出于贪婪的掠夺式资本主义——这是胡克斯的用语——的产物，那些毒贩"只是法西斯的力量，把暴力和破坏带进原本平静的社区。他们为白人至上论资本主义父权统治阶级卖命，从事剥削与同族相残的勾当。就好比被第一世界国家派遣到世界其他小国的雇佣兵一样，他们摧毁，他们破坏稳定"（hooks，2000：67-68）。因此，在胡克斯看来，跟这种贪婪资本主义——这是胡克斯的另一个用语——所支持的毒品文化的斗争其实是"一场阶级战争"（hooks，2000：68）。

胡克斯的阶级叙事隐含一个乌托邦的计划——一场企图改变现状的阶级斗争。这个计划的中心是在重建胡克斯念兹在兹的社群主义。要遏阻自私，杜绝贪念，胡克斯的解决之道是简朴生活和分享物资，这两者互为表里，相因相成，是她心向往之的社群主义的真谛。

她对不同群体的人不断宣扬这样的生活哲学。她提醒革命派女性主义者，要取得阶级权力，其实不必像改革派女性主义者或若干有色人种女性那样，背叛自己的阶级或种族立场。要达成这个目标，"就要生活简朴，分享物资，并拒绝陷于享乐的消费主义和贪婪的政治。我们不是为了飞黄腾达，而是希望在经济上能够自给自足"（hooks，2000：108）。另一方面她也劝导青少年，要把注意力"从奢侈品和名家设计的衣服，转移到质朴的、回归自然的生活方式"。她从这一类年轻人身上看到希望的种子，也从那些争取环境权，那些面对阶级困境仍不忘为实现公平社会而奋斗不已的年轻人身上看到希望的种子（hooks，2000：88）。胡克斯执着于她的理念，《旗帜鲜明》一书中甚至不时出现相当琐碎的富兰克林式的生活格言，譬如："不管你月入多少：十元、五十元，或五百元，重点是你要懂得如何用钱。充分掌握花钱的去处，不论钱给你带来多少力量，要先做好预算。"（hooks，2000：152）

与马克思主义的政治计划不同的是，胡克斯对消费资本主义的批判初不在追求一个没有阶级的社会。她知道不可能会有这样的社会。反讽的是，她的社群主义其实根植于她少年时代种族隔离的美国南方黑人聚落：

> 在我成长的街坊里，很多睿智的黑人长者从来就未曾有过支薪的工作，他们都有共同的体认：我们并非只有物质需求和财富而已。在万般困苦当中，他们创造了既有尊严而又正直的生活。他们能够做到这一点，因为他们相信，物质财富的需求并非赋予生命意义的唯一行为。（hooks，2000：127）

在这样的社群中，人们不只生活简朴，物质要求不高，最重要的是，邻里之间都能做到互助友爱，互通有无："在那个世界里，如果有任何人经济发生困难，有人总会知道，总会有办法一起分享——一起面对急难。"（hooks，2000：142）这些人虽然有职业上的阶级之分，但却拥有共同的经验："我们都住在同一个种族隔离的世界。我们彼此认识，我们设法像一个社群那样住在一起。"（hooks，2000：143）

除了少年时代美国南方种族隔离的聚落经验之外，社群主义的另一个重要支柱是胡克斯的宗教经验，特别是基督教和入世佛教。《旗帜鲜明》书中多次引述《圣经》的故事，说明与穷人认同，并与他们分享物资的重要性（hooks，2000：38-39，44，71，78）。当她在奥柏林学院（Oberlin College）任教的时候，她开始接触佛教："我喜欢将基督教教义中的解放叙事与佛教相结合。对这两者来说，生活简朴并与他人分享物资，都是其精神信仰与修行的基本教义。生活简朴并非意味着没有享受的生活；它意味着没有过度享受。"（hooks，2000：59）

在当代美国的文化批评界，胡克斯应该属于较为激进的黑人女性主义者。有趣的是，在强烈批判消费资本主义，抨击当代美国消费社会的阶级迫害与剥削之余，她所倡导的社群主义竟然是回归到最基本的传统价值，排斥耽于自我的个人自由主义，并主张简朴的集体价值——这是她对 20 世纪 60 年代某些解放运动有较高评价的地方。另一点值得注意的是，胡克斯的社群主义无论如何不是马克思主义政治计划的产物，但她却以马克思式的预言结束她的批判计划："这个时刻将会到来，财富将会重新分配，全世界的工人将会再度团结起来——为了经济正义，为了一个能够让我们温饱、让我们遮风避雨的世界。"（hooks，2000：164）[1]

---

[1] 胡克斯的预言很容易让我们想起《共产党宣言》结束时的呼吁："普劳分子一无所失，失去的只是枷锁，但是将会赢得整个世界。全世界的普劳分子，联合起来吧！"（Marx and Engels，1998：77）

# 十四　从黑人美学到非裔美国文化研究：贝克访谈录

　　贝克（Houston A. Baker, Jr.）现任美国范德堡大学（Vanderbilt University）英文系与非裔美国与离散研究讲座教授，曾先后任宾州大学英文系讲座教授暨黑人文学与文化研究中心（Center for the Study of Black Literature）主任、杜克大学英文系讲座教授暨非洲与非裔美国研究教授，并曾主编著名的《美国文学》（*American Literature*）季刊。1992 年膺选为美国现代语文学会（Modern Language Association of America）会长，为黑人学者担任此要职的第一人。贝克为当代最重要的非裔美国文学理论家之一，其著述甚丰，学术性著作包括《黑人长歌》（*Long Black Song: Essays in Black American Literature and Culture*，1972）、《拂晓歌手》（*Singers of Daybreak: Studies in Black American Literature*，1973）、《迢迢归途》（*The Journey Back: Issues in Black Literature and Criticism*，1980）、《蓝调、意识形态与非裔美国文学》（*Blues, Ideology, and Afro-American Literature: A Vernacular Theory*，1984）、《现代主义与哈林文艺复兴》（*Modernism and the Harlem Renaissance*，1987）、《非裔美国诗学》（*Afro-American Poetics: Revisions of Harlem and the Black Aesthetic*，1988）、《精神的活动》（*Workings of the Spirit: A Poetics of Afro-Ame-*

*rican Women's Writing*，1990)、《黑人研究、饶舌歌曲与学院》(*Black Studies, Rap, and the Academy*，1993)、《批判性记忆》(*Critical Memory: Public Spheres, African American Writing, and Black Fathers and Sons*，2001)、《再次转向南方》(*Turning South Again: Rethinking Modernism / Re-reading Booker T.*，2001)、《背叛》(*Betrayal: How Black Intellectuals Have Abandoned the Ideals of the Civil Rights Era*，2008)等。贝克同时也是一位诗人，出版有诗集数种，包括：《无论你走到何处，你仍旧是个黑人》(*No Matter Where You Travel, You Still Be Black*，1979)、《精神奔驰》(*Spirit Run*，1982)、《蓝调归程》(*Blues Journeys Home*，1985)等。

1992年2月初至7月底，我在宾州大学的黑人文学与文化研究中心研究半年，贝克时任该中心主任。中心位于费城胡桃街(Walnut Street)与三十八街交界处，我的研究室紧邻贝克二楼的主任办公室，从窗口可以俯览车来人往的胡桃街与三十八街。贝克学术与行政两忙，但每次经过我的研究室，总要停下来聊上几句。就这样在这半年间，有时在他的办公室，有时在我的研究室，有时则在一起进餐的餐厅，我们有过许多次不拘形式的谈话。我觉得他的谈话有许多其实很值得公开发表，于是就向他提议作正式的访谈。这就是这篇访谈录的由来。正式的访谈共有三次，时间分别为1992年4月1日、2日及7月21日，地点就在贝克的办公室。

＊

李：我们也许从你早年的生活谈起，特别是你早年受教育的经过。你认为你早年的教育经验对你后来的批评事业有何影响？你原来是研究维多利亚时代的文学的，二十年前为什么会转治非裔美国文学呢？

贝：我原先之所以决心研究维多利亚文学，主要是受到大学时代若干老师的影响。我想影响我最大的是戴伟斯(Arthur P. Davis)和沃特金斯(Charlotte Watkins)两位老师，他们分别治18世纪与19世纪的英国文学。他们书教得非常好。戴伟斯讲课尤其幽默有趣，不时插入题外话，他熟悉美国黑人风土传统，经常透过黑人风土传统来讲课。沃特金斯则是一位认真严肃的学者，没课的时候老往国会图书馆跑，她研究《呼啸山庄》（*Wuthering Heights*）与特罗洛普（Anthony Trollope）等作家。她的论文经常出现在像《现代语文学会集刊》（*PMLA*）、《维多利亚诗研究》（*Victorian Poetry*）等刊物，是位以出版著称的学者。我的兴趣可以说是自霍华德大学（Howard University）[1] 开始的，而且别忘了，这是 1961 年至 1965 年间的霍华德大学。

上研究所以后，我已经相当确定我要研究 19 世纪的英国文学了。在洛杉矶加州大学（UCLA）我也碰到像戴伟斯和沃特金斯那样鼓励我、启发我的老师。除此之外，当时我所读过的文学中，要属浪漫时期与维多利亚时期的英国文学最令我心动了——我真是成卷成套地读。我甚至连帕特默（Coventry Patmore）、道生（Ernest Dawson）、克拉夫（Arthur Hugh Clough）等人也读了。我们读重要的作家，也读次要的作家。丁尼生、布朗宁、勃朗特姊妹之外，我们还读盖斯凯尔夫人（Mrs. [Elizabeth Cleghorn] Gaskell）和马蒂诺（Harriet Martineau）等。在我看来，19 世纪是个很特别的时代，作家不断思考艺术家与社会的关系，许多人甚至采取叛逆的立场，批判正在冒现的中产阶级；浪漫诗人尤其如此。这一切对我年轻的感性非常受用——透过写作反叛不失为一个好主意。（笑）我之所以对浪漫主义文学与维多利亚时代文学最感兴趣，部分原因即在于这些作家所采取的社会立场。他们既是艺术家，同时也是社会代言人，这两者之间的关系如何呈现在他们实际的创作中，这都是我的兴趣所在。有些作家的作品最初出版的形式目前还看得到。我把一份份的《爱丁堡评论》（*edinburgh Review*）找了

---

[1] 编著：霍华德大学位于华盛顿，是一所美国屈指可数的黑人名门大学。

出来，它们还在架上。我还记得读了一些有关穆勒（John Stuart Mill）《论自由》（*On Liberty*）的评论。如果你到牛津、剑桥及爱丁堡旅行，你还可以找到这些书的第一版。还有很多书商，如果找不到第一版，你还可以用很便宜的价钱从他们那儿找到完整的版本。因此一切那么吸引人，我决心要做维多利亚文学的学者似乎是很顺理成章的事。

转治非裔美国文学对我而言是个实实在在的转变。我到耶鲁大学任教时，正值黑权运动（Black Power Movement）的高峰。耶鲁刚刚招收一批黑人学生。我在报纸上读到许多都市、乡镇及黑人社群中种种风起云涌的运动。1965 那一年，我还在《华盛顿邮报》（*Washington Post*）上读到许多有关洛杉矶华兹（Watts）暴动的消息。到处弥漫着改革的空气。黑人似乎站在这些改革的最前线。有人跑来对我说："你看来就像是我们要找的人。你长得像马尔孔·X（Malcolm X）。（笑）我们需要人来参与，来促成我们所期待的改革。请你加入我们。"我说："好呀，我是你们的人。"于是我大量阅读非裔美国文学，而且在1969 年至 1970 年这个学年第一次在耶鲁教非裔美国文学。我从非裔美国文学中所获得的乐趣非常直接，我的生命中似乎回响着一种相当个人的乐趣……

李：你在大学时代难道没有读过非裔美国文学吗？

贝：没有。当时可以说根本没有门径。但这就好像有人说根本没有门径学打篮球一样，其实到处都是篮筐，你只需要去玩就行了。（笑）根据英文系主任泰乐（Ivan Taylor）的说法，当时霍华德大学是有一门叫"黑人文学"的正式课程的，但是他找不到学生选课。在洛弗尔（John Lovell）教授的美国文学课上，我们读了布克·华盛顿（Booker T. Washington）、惠特利（Phillis Wheatley）及道格拉斯（Frederick Douglass）。这是我初次接触这些作家，以前只听过他们的大名。就这些。我到洛杉矶加大的时候，盖尔（Addison Gayle, Jr.）已经在那儿，他说他的硕士论文要写雷丁（J. Saunders Redding）。[1]他是名作家琼思（LeRoi Jones）的朋友，也认识批评家伊曼纽尔（James Emanuel）。伊曼纽尔在纽约市立学院（City College）教过他。他还认识鲍德温（James Baldwin）和艾利森（Ralph Ellison）。盖尔可以说是促使我开始思考非裔美国文学问题的人，但整体而言，即使在研究所我也谈不上认真地研究过非裔美国文学。

我在霍华德大学所学到的东西，跟我在中学的英文课上或后来在洛杉矶加大念研究所时所学的，实质上并无不同。但也有人在霍华德大学的经验非常不一样，因为他们认识布朗（Sterling Brown）教授。布朗会带他们到他家那布置得宜的地下室去，播放蓝调音乐给他们听，介绍他们认识黑人音乐与诗歌，告诉他们黑人表现文化的种种，甚至朗诵他自己的诗。但我想这些人只是被挑选受到眷顾的少数。在霍华德大学的正式课程中，谈不上有什么设计，可以明显告诉你这是个鼓励你从事黑人文化研究的地方。霍华德大学的一切说明了它只鼓励学生阅读经典的、典律的、欧洲中心的著作，来建构自己的一般知识。在许多方面这是间黑脸孔的白色大学。

李：黑皮肤、白面具？[2]

贝：正是这样！一点没错！（笑）

李：影响呢？这些早年的求学经验对你后来的评论事业有何影响？

贝：在霍华德大学最具挑战的应该是一群优秀的教授，他们有一套高标准，对我很有吸引力，我总想达到他们的标准。就以英文系来说，除了沃金斯、戴伟斯、泰乐等人的课外，还有一门欧陆小说。这是

---

[1]　雷丁（J. Saunders Redding, 1906—1988）为著名非裔美国文学史学者与批评家，曾任康奈尔大学美国研究暨人文学讲座教授，是黑人学者中以文学批评受常春藤盟校之聘为讲座教授的第一人。他的《黑诗人记》（*To Make a Poet Black*, 1939）是第一部由非裔美国人所撰写的较全面的非裔美国文学史。

[2]　这里当然是袭用法农（Frantz Fanon）的名著书名 *Black Skin, White Masks*。

一门非常与众不同的课，我们读巴尔扎克、福楼拜、陀思妥耶夫斯基、托尔斯泰，等等。这门课让你觉得，"只要我在这门课修得个'甲'，把许多材料都吸收了解了，我有足够的学识和学富五车的朋友或同行谈谈，那就是项了不起的成就"。因此这可以说是个选材好、教法好的结合。

在研究所则除了好的教材和教法之外，还有竞争，也就是要击败你的同学，要表现得比他们好。（笑）我可能是第一位以三年时间修完洛杉矶加大英文系博士课程的人，而且应该是该系第一位一毕业就被聘到常春藤盟校去的英国文学博士。这就是竞争的一面，而我常得到像布思（Bradford Booth）教授之类的人的鼓励。他实在不可思议，根本不让我停下来。有时候我觉得自己跑得够快了，可以稍微缓下来了，他会说："不行，你开始跑得多快，我就要你继续这样跑下去。"所以我得参加语言考试，我得修这门课，修那门课。他对我似乎很有信心，而且形诸于外。

李：谈谈你早年在肯塔基州路易斯维尔市（Louisville, Kentucky）的生活。你早年所受到的种族歧视如何反映在你后来的黑人文化民族主义的立场？或者说，你认为你早年的经验与你的黑人文化民族主义是否有些关联？

贝：我认为这两者之间确实有关联。我想如果我是同一对父母的孩子，却生长在费城，我的生活会有实质的不同。路易斯维尔市的种族隔离经验是非常痛苦的经验。路易斯维尔市是个位于南北之间的边界小镇，镇上的生活相当闭塞。路易斯维尔市的黑人小资产阶级所关心的是如何向白人中产阶级看齐。这并不是说黑人小资产阶级中没有思索变革的人，只是一般的黑人大众想的不外是穿得华丽一点，酒多喝一点，舞会多开一点，书却读得不多。大家关心的是社会地位，喜欢的是蜚短流长，很少人关心精神生活的问题，而我的家庭却很重视精神生活。这就是为什么我说，如果我生在费城，家庭的影响——关心社会服务与知性发展的家庭影响——就会找到客观投射（objective correlative）。可是在路易斯维尔市，种族隔离与小资产阶级的闭塞生活却留给我相当苦涩的经验。

李：我前面的问题提到，你早期的批评可以纳入黑人文化民族主义的大计划中。甚至时至今日，你的黑人文化民族主义的立场依然没有改变——虽然这个立场已经是个修正的，或者说已经解放的立场。你是在什么情况下成为一位黑人文化民族主义者？你个人是否参与黑人文艺运动（Black Arts Movement）或黑权运动？

贝：我的黑人民族主义立场最初始于耶鲁大学。1969年我到耶鲁之后所接触的人——主要是学生，也有一些黑人教师——大都有黑人文化民族主义的倾向。而在学术上当时我真正亲近的则是黑人美学（the Black Aesthetic）。在黑人美学内部真正有影响的要属巴拉卡（Imamu Amiri Baraka，当时他还叫 LeRoi Jones）、尼尔（Larry Neal）及盖尔。我读得最热切，而且带给我启发最多的杂志是《黑人文摘》（*Negro Digest*），也就是后来的《黑色世界》（*Black World*）杂志。不久《黑色世界》停刊，我们几个合起来创办《第一世界》（*First World*）杂志。这本刊物及其主编富勒（Hoyt Fuller）对文学批评与艺术创作中的黑人文化民族主义立场影响很大。一切新思潮、新力量似乎皆可纳入黑人美学的旗帜下，而黑人美学当然是黑人文艺运动的自然结果。琼斯和尼尔创立了哈林黑人艺术戏剧学校（Harlem Black Arts Repertory Theatre School）。尤其是琼思，他比任何一位批评家都要令我信服，他论黑人文化民族主义，论形象的力量，论何以有必要与作家所赖的文化动力建立一种行动的、语言的、艺术表现的关系。琼思与尼尔合编的选集《黑火》（*Black Fire*）是黑人文化民族主义最重要的纪念碑之一。我当时读的就是这些人的东西。更重要的是，霍华德大学还举办黑人作家会议。我去参加会议，也就因此认识这些人。参与黑人文艺运动与黑人美学运动的女作家也不在少数，她们包括了乔丹（June Jordan)、布鲁柯斯（Gwendolyn Brooks）、桑切斯（Sonia Sanchez）、罗杰斯（Carolyn Rodgers），等等。中西部还有个美国黑人文化组织（Organization of Black American Culture，简称OBAC），这个组织是芝加哥一群黑人作家努力的结果，其中包括唐·李（Don L. Lee）、富勒、布鲁克斯及批评家肯特（George Kent）。当时不论在东北部或中西部，都有人力倡黑人文化民族主义，同时也都有黑人女性作家热烈参与，一时之间给人感觉这是个全国性的运动，充满了力量、洞见，以及反叛的精神。

李：除了黑人文化民族主义，你早期的文学批评也深受新批评的影响，强调细部的文本分析。在我看来，这两种文化或批评思想有许多难以交集的地方。正如你所说的，黑人文化民族主义富于叛逆精神，可以说是进步的、革命的，同时也是一个强化社会、文化、政治力量的计划。可是另一方面，新批评强调文本的自主性，一向被认为是非社会、非历史与非政治的。你如何疏通或调和这两种批评思想？

贝：我想这两种批评思想的关联是建立在文学技巧与文学成规上。参与黑人文艺运动的作家诗人虽然一再强调，他们正在创造新的形式，可是如果你去翻翻像《黑火》这样的一本选集，你看到的仍然是十四行诗、歌谣、散文、独幕剧或两幕剧等。换言之，你在黑人文艺运动中所看到的形式多半与传统标准的西方形式并没有太大不同。黑人作家和批评家都相信，黑人的新内容已经把形式改变了。我想我们可以这么说，如果一首十四行诗具有黑人的内容，他在黑人读者之间可能产生不同的效应与感动。假如束缚这些作家的创作形式在许多方面都是西方的形式，那么像新批评这样的一套计划就可能大有用处。我们尽可质疑新批评家所谓的文本的自主性，但同时不妨了解在处理西方的形式成规方面，新批评家也有其细腻的真知灼见。因此我认为，特别是对诗的了解方面，新批评那一套对我们帮助很大。我们可以利用新批评的那一套工具来处理新批评家最拿手的形式的作品。在黑人文艺运动或黑人美学运动中，如果有人反对"为艺术而艺术"，或反对文本的自主性，我想他们主要是要求黑人的内容。他们强调三点，即功能、介入，以及鼓励他人介入。如果你读他们的创作，你会发现他们在功能方面所受到的形式束缚，其实与艾略特的诗或莎士比亚的十四行诗没有两样。由于新批评家对这些形式相当机敏，他们所采用的阅读工具——不是他们的意识形态——对我们大有用处。新批评家可能比他们自己或我们大部分人想象中要做得更好。

李：你的修正版的黑人文化民族主义其实可见于你的蓝调解放（blues liberation）观念。这个观念你在《蓝调、意识形态与非裔美国文学》（*Blues, Ideology, and Afro-American Literature*）这本书中已经解释得相当清楚了。这是一种解放的黑人美学，不怕挪用非裔传统以外的一切。因此我们不妨把蓝调解放看作对黑人本土论或极端的非洲中心论（Afrocentricism）的批判。我个人则视之为一个乌托邦的计划，原因在于，作为一种美学思想，蓝调解放一方面要求改变、革新，另一方面则不忘强调其社群的、集体的，以及黑人风土的层面。

贝：一点不错。我想你的话一点不错，特别是挪用的观念。我称之为蓝调母体（blues matrix），我强调的是一种谨慎、介入的使用，为的是要把事情做好。整个态度是朝向一种综合的计划。"乌托邦"这个观点也很对，因为我们不应该认为自己能够完成最后的、确定的综合工作。一个所谓确定的综合工作是件坏事。（笑）在我看来，我所谓的精神活动（spirit work）这个观念——思想和批评的革新与即兴的形态——其实是一种富于动力的批判。对美国非裔批评家与艺术家而言，最迫切需要的莫过于针对所谓主流而创造出完全不同的地形绘制法（cartographies），以多种方式阅读世界，但千万别自以为这是最终的阅读，最后的说法，最后一首歌，或者你所能谱出的最好的调子。

李：你今天谈了不少黑人美学，其实你在著作中也谈了不少，不过我仍然希望你能对整个黑人美学的计划约略作一个评估。你认为黑人美学对新一代的批评家和学者如盖茨（Henry Louis Gate, Jr.）、奥克华（Michael Awkward），以及若干黑人女性主义者如斯皮勒斯（Hortens J. Spillers）、瓦莱丽·史密斯（Valerie Smith）、胡克斯（bell hooks）等有什么影响？

贝：我觉得目前的非裔美国文学理论与批评最叫人伤心的是，我们似乎忘记了黑人美学。黑人美学的奠基者、最初的推动者及精神的震撼者都是一批前行者。他们主张，非裔美国艺术家和批评家都应该了解自己对非裔美国人负有清楚明确的责任，也应该了解非裔美国人与加勒比海地区，以及非洲之间的离散关系（diasporic connection），并且对这些地区的解放要有所贡献。他们对这些主张一点也不含糊。今天非裔美国文学批评家最关心的是自己的事业，关心个人在学院或艺术与文化世界中的地位。其次他们关心的是我们在肯塔基州路易斯维尔市早已看到的模仿白人的行为，也就是如何把他们在日常生活中所碰到的白人比下去。最不可思议的是第三——也许这才是前两者的背后动机——也就是想尽办法少做事，多赚钱，甚至不惜说了些虚假不义的话，那才是真正背叛了黑人美学。我想这一点很令人伤心。

李：所以你觉得目前的黑人文学批评场景有其令人感伤的一面。

贝：我的确看到这一面。但我也看到乐观的一面，那是来自某些研究生和新进的专业人士。最反讽的是，努力奋斗，想要复兴黑人美学的，有时却是某一位富裕的年轻白人男性。要我们莫忘了盖尔与尼尔的遗产的，有时可能是某一位中上阶级的年轻白人女性。有时可能是某一位来自台北的中产阶级亚裔学生，坚持我们应该阅读桑切斯的创作。最大的反讽就在这儿。如果你留意某些杰出的非裔美国批评家、理论家及作家，你会发现他们似乎急着撇清与黑人美学的关系，或者根本已经放弃了黑人美学。因此我的乐观是摆在新的一代。在新的一代中，黑人研究生、博士及新进的专业人士非常非常重要。吊诡的是，极力为黑人美学辩护的往往是年轻白人，而有地位的黑人批评家则背弃了黑人美学。

李：你的这一番话教我想起亨德森（Stephen Henderson）。我一直以为他是黑人美学运动中最有创见的批评家之一。我们似乎还未公平承认他的贡献。

贝：的确。谈到黑人文艺运动，不能不谈到亨德森的《了解黑人新诗》（*Understanding the New Black Poetry*），这是一座纪念碑，是真正分水岭之作。亨德森无疑是国之瑰宝。不幸的是，亨德森的环境与个性不允许他生产更多的著作。他论非裔美国表现文化传统的著作无不具备了历史的深沉与复杂性，他对非裔美国文化了解之细腻称得上是天才与美的结合。他的著作对我们每个人来说都极为重要，而他个人每次出现都会给人带来坚定、温和、诚恳、知多识广的感觉。

李：你刚才曾经提到精神生活这个观念，其实你在《精神的活动》（*Workings of the Spirit*）这本书的《绪论》中也提到过，这是个"非裔美国表现文化的自传性回响"。这是个很重要的观念，可不可以再进一步解释？

贝：精神活动指的是驱策非裔美国人与非裔美国文化挣脱物质枷锁的解放动力。如果你去观察黑人的物质生活景况，你看到的是早上我们观看莫里森（Toni Morrison）的访谈录像带中所谈到的那种情景。他们不仅被一种经济制度所禁锢，亦且被某些特定的器械或工具所禁锢，包括面罩、铁口络、嚼口、轭头、项圈，等等。因此在物质上，被带到美国或是新世界的非洲人是被压榨与禁锢在一种经济制度底下。他们居住在只有单房的奴屋里，自然没有什么隐私可言。摆在非洲人眼前的每一个物质符号无不在告诉他们说：你们是奴隶，你们不是人。但是在这些人的社群内部，他们以意志与决心，透过说故事、唱歌、跳舞、讲道等精神活动构成实体社群，这些精神活动则传达一种与众不同的精神状态与所属感（sense of who they are）。因此，对我来说，精神活动意味着透过仪式、姿态、舞蹈及语言来增强精神力量，同时也增强社群的语意的精神力量，也就是生存的力量，使他们第二天能够早起，能够忍受那些物质的符号。即使无法超越这些符号，至少也能够与之并存。精神活动有其变动不居的一面，摆在一个非常正面的层面来看，精神活动变动不居的一面正是面对逆境时的即兴式随机应变（improvisation），使任务得以顺利完成。

李：为什么《非裔美国诗学》（*The Afro-American Poetics*）、《现代主义与哈林文艺复兴》（*Modernism and the Harlem Renaissance*）及《精神的活动》等三书构成你所谓的三部曲？

贝：这三本书之所以构成三部曲，首先是出自于自传之谋略，而自传性则是任何批评或理论行动所难免的。其次是基于家庭的观念。所谓家庭一方面是指我的父亲、我的母亲，以及我的兄弟姊妹；另一方面则是指非裔美国人在美国这块土地上流徙播迁的经验中无数的父母与孩子。其三则涉及所谓的主体位置（subject position）。在这种文化里，观察父母亲的主体位置常意味着观察这些父母亲后代的主体位置。因此我认为，透过主体位置的角度，借着自传性、家庭、精神活动等，可以把这三本书组合在一起。

李：当然，所有的批评或理论活动本质上都是自传性的，你的著作尤其如此。这么说来，前两本书的关怀是父亲与孩子的著述，最后一本则是关于母亲作品的书……

贝：一点没错。我想也许我可以这么说，《现代主义与哈林文艺复兴》是我父亲的书，《非裔美国诗学》则是关于我，《精神的活动》却是我母亲的书。

李：你记得肖沃尔特（Elaine Showalter）曾经批评你所谓的非裔美国文学批评的世代递嬗（generational shifts）这个观念。比方说，她认为这个观念不足以描述一位批评家终身的批评事业。但她的批评最严重的地方则在于你对黑人女性主义批评的忽略。能不能谈谈你对她的批评的反应？[1]

贝：让我给你一个相当自传性的反应。我记得肖沃尔特发现我的"世代递嬗"后给我的电话。她对我说："真是高！真是了不起！这个观念让我完完全全了解女性主义批评所发生的一切。"果然，肖沃尔特就在她的女性主义批评选集中采用了这个观念，但却只字不提出处。因此我想肖沃尔特是深受"世代递嬗"的影响的。其实每一个批评建构都不免有其短处，当一位知识工作者的创见被别人用一种非经意的方式转化，并且在指出其短处之余，甚至进一步使之充实，这就是知识工作者的乐趣所在。因此我想我们很少人会自以为自己已经完成了什么确定而完整的建构的。也正因为这样，当肖沃尔特说我的世代递嬗观念未包含非裔美国女性批评家时，我想她是对的。而这一点早已被好几位非裔美国女性批评家矫正了。另外一点——也就是有关批评家的毕生事业——我想也是我们每个人都要碰到的。由于每个人都身陷于时间的秩序中，任何规划最终难免仍会为时间所毁。我记得摇滚歌手詹姆斯·布朗（James Brown）这么说过："金钱改变不了你，但时间会跟你作对。"（笑）而时间的确跟我们所有的批评建构作对，而且还说，"好了，别固定下来"。举个例子来说，我们该如何描述杜波依斯？他时而是种族分子，时而是位文化民族主义者，时而是位共产党人，时而又是位经验论的社会学家。我们该如何为杜波依斯的生平归类？我想较富启发性的做法是尽你的智慧而为之，尽你所能，视你的建构为通往更全面的了解而准备，千万别心存你已给事物下了最后定义的念头。

李：我们暂且回到肖沃尔特对黑人女性主义批评的说法。我的想法不一定对，不过我倾向于把《精神的活动》的第一部分当作你对她

---

[1] 肖沃尔特（Elaine Showalter）的观点见其论文"A Criticism of Our Own: Autonomy and Assimilation in Afro-American and Feminist Literary Theory," Ralph Cohen, ed., *The Future of Literary Theory*. New York and London: Routledge，1989：347-369。相关讨论请参考本书第八章（163-167）。

的批评的反应……

贝：说实在的，与其说我的反应是针对肖沃尔特，倒不如说是针对那些假设由她代为发声的人——也就是非裔美国女性批评家和学者。她们的立场假设之一是，她们具有特殊的途径去亲近非裔美国女性的表现性动力。而这种所谓特殊的亲近途径是不合表现文化研究的广大活动的。这表示有一种特殊的渗透力，一种渗透性的途径，可以让你亲近非裔美国女性的表现文化，而这种渗透力只基于一个很本质性的前提，因为你是非裔美国女性。这一点对我而言毫无意义。其次是，我觉得最近表现文化研究理论有许多真知灼见，对白人女性主义的表现文化批评实践帮助很大，我看不出同样的真知灼见何以不能应用在非裔美国女性的表现文化创作与批评上。这就是我的出发点。我想我的假设至少在这两点上是与若干非裔美国女性批评家大异其趣的。

李：你刚刚提到本质性的前提，使我想起前些时候我和迪亚瓦拉（Manthia Diawara）所谈论的非洲中心论的问题。[1] 似乎有不少黑人知识分子认为以非洲中心性（Afrocentricity）来解读黑人文化文本不仅是重要的，事实上也是必要的。这一点我可以理解。可是在后结构主义或后现代主义这个时代，当我们不再视文化属性为普遍的、超越的东西，不再视文化属性为霍尔（Stuart Hall）所谓的封闭体（a closure），我们如何以非洲中心论来阅读呢？你自己的立场是什么？

贝：我目前的立场要比我期盼中的开放得多。我这么说，那是因为我所读到的非洲中心论者的著作并不是那么令人鼓舞。非洲中心论者总是夸夸而谈，我们还未看到多少对某一特定文本出于细部的、批判的、解释性的阅读。我认为非洲中心论的原始动力是出于一种理想

---

[1] 迪亚瓦拉（Manthia Diawara）时任宾州大学英文系教授暨黑人文学与文化研究中心副主任，后来出任纽约大学非洲研究所所长，是一位非洲与英美黑人电影学者，著有《非洲电影：政治与文化》（*African Cinema: Politics and Culture*）、《寻找非洲》（*In Search of Africa*），编有《美国黑人电影》（*Black American Cinema*）及《英国黑人文化研究》（*Black British Cultural Studies*）等论文集。

化的意识形态。不过我也了解，今天你也许找不到实质内容，但你或许正在开辟一个天地，让实质内容在明天出现。也许我们现在看到的非洲中心论只是某个计划理想化的意识形态的最初阶段，未来在诸如天普大学（Temple University）的阿桑特（Molefi Kete Asante）所调教出来的年轻学者身上，我们可能找到很多的实质内容。[1]因此，一方面我们固然说这是个后结构主义的时代，我们质疑像本质、自我、历史、上帝等所有出自白色神话、出自现存的形而上学的事物；另一方面，我们看到世界各地的地理和人口正在分崩离析，这表示在人类精神的分裂中仍存在着某种对特定场域、属性、疆界的渴求。我们也许会同意弗罗斯特（Robert Frost）的话：人的身上似乎有什么总是喜欢墙。这表示尽管人们现在大谈解构批评，大谈后结构主义，但人们仍然渴望某种疆界、某种属性政治。如果你看看美国的现状，你会发现大部分黑人的处境相当艰苦，因此，回到一种理想化的、本质化的非洲中心论，对这些人来说，是无限的慰藉。令人沮丧的是，这个国家也有不少白人处境不是那么顺遂，他们理想化的、本质的、富于民族主义意识的慰藉往往是以杜克（David Duke）、[2]新纳粹分子或仇恨集团的形式显现，所以你在美国也可以看到出现在东欧的类似脉动。这是令人沮丧的一面。令人振奋的一面是，假如你看看非洲中心论的未来，这个时刻所产生的正面结果可能是为未来的一群学者开辟新的天地。

李：近年来你的关怀多少转移到黑人通俗表现文化，特别是饶舌歌曲和电影。这些转移是出于什么动机？

贝：我对饶舌歌曲之所以发生兴趣，部分是由于我儿子。这个故

---

[1] 阿桑特（Molefi Kete Asante）曾任费城天普大学（Temple University）非裔美国研究系教授兼系主任，是一位著名的非洲中心论者，著有《非洲中心性》（*Afrocentricity*）、《非洲中心理念》（*The Afrocentric Idea*）、《基美特、非洲中心性与知识》（*Kemet, Afrocentricity and Knowledge*）等。

[2] 杜克（David Duke）为前三K党分子，曾于1990年竞选路易斯安那州联邦参议员，虽未当选，但竟获43%的选民支持。

事我在不同场合已经说过好几次了。我的儿子在十七八岁或更年少的时候，也和其他青少年一样，非常难以沟通。我们没有太多共同的话题，但很长的一段时间我们唯一共同的话题是黑人流行音乐。我们经常听收音机，我们可以谈谈这些话题。在他到了俄狄浦斯反叛期时，拥有共同的话题就变得格外重要。饶舌歌曲就是我们的话题。我自青年时代就很喜欢黑人乃至于美国年轻人的流行音乐，同时也很留意它的发展。我曾经是午夜四十大歌曲排行榜节目的忠实听众，一度还想过有朝一日要当午夜歌曲节目的主持人。所以说我对黑人流行音乐的兴趣不是一朝一夕而已。我在完成那本讨论蓝调的书之后，开始关心黑人流行音乐的最新状态与形式。我特别留意，从广大黑人听众的立场来看，最新的歌曲形式是否也像蓝调一样充满特性与变化。饶舌歌曲适时成为我的关怀。因此可以这么说，首先是家庭关系；其次是我个人对流行音乐所采取的学术立场；然后是我对这个音乐形式的兴趣，它总是不断在变。

李：饶舌歌曲的根源是什么？你如何建立饶舌歌曲与黑人音乐传统的关系？我们知道黑人音乐传统与黑色美国的经验和斗争是分不开的。

贝：有关饶舌歌曲的根源，我想我的故事也是许多饶舌歌手所津津乐道的故事。饶舌歌曲始于 20 世纪 60 年代中期，它最早的形式结合了西印度群岛的乐音系统（sound system），以及他们所谓的 DJ，或者西印度群岛通俗音乐的主持风格。Grandmaster Flash 和 Kool DJ Hero 是这个形式最早具有影响力的两位西印度人。在 60 年代，这两人利用的是双转盘、大麦克风及扩音器，以及低音音波，这些后来都成为饶舌歌曲的重要配件。这些加勒比海的乐音后来传到黑色美国的城市街坊，城市黑人青少年——特别是男性——接受了这些乐音，不过他们也给这些乐音掺进了节奏蓝调（Rhythm and Blues）和灵魂音乐，外加非裔美国文化中的叫阵对骂（the dozens）和表意行为（signifying）。

而这一切做起来要带动整个身体，因为饶舌歌曲最初出现时，它是以嘻哈文化（hip-hop culture）出现的，因为它包含了霹雳舞、涂鸦（graffiti），以及与众不同的穿着、走路与说话方式。从西印度的音乐形式到黑人城市青少年文化，突然间我们有了这种混杂的乐音。饶舌歌曲最近的面貌则包括了像 A Tribe Called Quest 这样的团体，他们尝试把爵士乐带进饶舌歌曲中；还有一支叫 Arrested Development 的新乐团则企图把黑人民族主义和救赎的题旨融入他们的饶舌歌曲中。

李：请谈谈饶舌歌曲的文化、政治与经济意义。换句话说，我们该如何阅读或诠释饶舌歌曲？如何将之视为对当下美国历史中非裔美国人生活的反应？我的意思是，你看看美国城市内部低下层黑人的生活，还有毒品、失业、失学、流离失所，再加上同族相残等所造成的社会危机，对许多城市黑人青年来说，未来几乎毫无出路。

贝：我想我们只能以相当复杂的方式讨论饶舌歌曲与你所描述的世界的关系。我们也许可以很浪漫地说，艺术提供机会让人们宣泄其灵魂的力量；如果灵魂的力量获得宣泄，那么人们就会得到救赎。不过我想这种想法非常浪漫。我不认为有效。目前饶舌歌曲在某方面几乎已成为黑人的鸦片。饶舌乐团 Original Gangsters 所说的，要用枪弹武器以牙还牙，要建立黑人民族国家，要重新分配美国财富，这有点像漫画书中的情节，就好比给儿童看的西部故事。在我看来，这只是某种版本的浪漫故事而已。还有一种饶舌歌曲，如果你以为把它的歌词记住了，尽管失业潦倒，只要在夏夜的城市里，在警察的环伺下，开着吉普车一路播唱，你真以为这样就可以改变一切，那你充其量只是幻想而已。不过，饶舌歌曲倒是让才华出众的城市黑人青年有机会以一种表现文化的形式捕捉自己的现状，诠释自己的现状。如果这些年轻人有眼光，又有企业头脑，这是个赚大钱、摆脱经济困境的大好机会。如果他们在有眼光、有企业头脑之余，又富于社群意识，他们可能会回馈社群，捐钱教育社区内的年轻人。我至今仍深信楷模的重要性，虽然也有人说楷模并不是今天我们所需要的。我觉得这些有眼光、又有企业头脑的饶舌歌手可以成为创造性的楷模。因此我们会有像 Kool Moe Dee 这样的饶舌歌手，他挺身参与他所谓的"阻止暴力运动"（Stop the Violence Movement）。他认为有必要阻止黑人社群内部的暴戾凶杀。另外还有一群叫 HEAL（Human Education Against Lies）的饶舌歌手，他们提倡要给黑人青少年正面的教育。还有 BDP（Boogie Down Productions），他们献身教育黑人青少年，教导他们有关黑人的历史；教导他们什么该做，什么不该做。他们还透过饶舌歌曲反对虐待儿童，反对约会强暴，等等。确实有这么一批在 60 年代我们称之为正面教育场域的饶舌歌曲。情形的确非常复杂。当然还有那些纯为跳舞设计的饶舌歌曲，里面没有什么微言大义，却被大量复制在全球市场销售而大发利市。这个形式真的很复杂，教化与娱乐究竟始于何处，终于何处，有时还真说不上来。像 Naughty by Nature 这个饶舌乐团，他们走红的歌曲 "OPP" 只是绕着如何追别人的女朋友，如何抢别人的男朋友，然后如何上床打转。去年夏天这首歌红极一时，每个人都想知道 "OPP" 里头到底在说些什么。可是在靠 "OPP" 走红大赚一笔之后，这个乐团现在推出的饶舌歌曲却大谈父亲失踪的单亲家庭，大谈生长在黑人贫民窟的意义，这些歌曲节拍动人有力，实在难以想象。而且赚了大钱之后，他们说起话来也变得有分量了。而在大谈正面教育之余，他们变得更受欢迎。可是他们下一回又可能回到只有跳舞节拍而毫无正面教育意义的产品。无论如何，饶舌歌曲毕竟是过去三十年间最受城市黑人青年欢迎的表现文化形式，我想今天国际市场上也是如此。

李：你是一位文学批评家和文学史学者，你如何建立你对饶舌歌曲的研究与你的专业之间的关系？

贝：我认为我对饶舌歌曲的研究所延续的是 60 年代逐渐辐合形

成的力量，这些力量让我今天有立场与位置向诸如你这样的人交谈。（笑）许多来自城市内部的年轻黑人在 60 年代步入校园，他们的出现引起不少骚动。他们的表现说明了，他们才智并不输给其他人，只要给予机会，他们照样可以修得学位。他们要求开设黑人文化研究的课程，要求学校聘用黑人学者。而我刚好有个学位，又刚好碰上天时地利。那些黑人城市青年的到来带给我很大的力量，当我开始把黑人文学与文化纳入我的学术研究领域时，我的研究领域与美国城市内部黑人社群的关系显然是无法分割的。因此，在我的事业的这个阶段，我选择饶舌音乐这种黑人城市文化形式毋宁是件很自然的事，这似乎也是黑人文化研究的学术使命。如果我们从文化研究的角度来思考我们的工作，这正意味着我们没有学院内外的疆界之分，而任何区分里外的疆界可以说全是武断的建构。因此我以为我们有义务观察这个美国城市黑人的表现文化形式，看看这个表现文化形式如何扩大，如何使我们这些研究黑人文化的学者在美国学院中的工作更为复杂。

李：你过去的诗很明显受到蓝调的影响，但近期的创作有没有受到饶舌音乐的影响呢？

贝：没有。（笑）没有。有人认为——而且这是很多人的想法——饶舌歌曲很简单，每个人都可以成为饶舌歌手，因为它的风格很容易复制。我研究这种文化形式，也试过模仿这种形式，捕捉这种形式的风格，但却失败了。我现在可以告诉这些人，如果饶舌歌曲那么容易，大家早就扬名立万，早就发达了。不过，在写作中模仿饶舌歌曲也不是绝对的难事。有些人做得到。我觉得像替《村声》（*Village Voice*）周刊撰稿的泰忒（Greg Tate）有时候就捉得住饶舌歌曲的语调和旋律。但是能够做到这样的还不多见。所以，没有。饶舌歌曲没有像蓝调那样影响我的创作。我最感兴趣的是饶舌歌曲的多重面貌，它可以从一个主题转到另一个主题，譬如说，从讨论电视广告跳到讨论马尔孔·X，就像一种拼凑，一种奇怪的混杂，我倒觉得这方面使我的散文少了一些束缚。尤其在写有关饶舌歌曲的文章时，我多用了一点省略法，多用了一些括号。诸如此类的。我想我的散文变得玩兴比较重一点。

李：上次我去听你演讲，你提到饶舌歌曲时说，这种城市黑人文化形式其实也是当代黑人诗的形式之一。当时我原以为你会就这一点进一步说明……

贝：当时我之所以这么说，我想我的依据还是 60 年代黑人文艺运动的脉动，强调黑人诗人必须与构成美国黑人口述传统和音乐的根源、影响、旋律、语调和节奏结合在一起。假如你能自觉地说，"我是个诗人，我参照这些根源创造一种践行性的（performative）形式，就像一位节奏蓝调的歌手或一位爵士乐艺术家那样，让你的生活更美好、更清朗，更有正面意义"，假如你看看饶舌歌曲那些正面的、教育的、充满活力的场域，你会发现饶舌歌手所做的一切确实紧紧扣住美国城市黑人的风土表现形态。不管这个表现形态是一首诉说强烈的爱的诗，还是一段谴责警察暴行的话，这些艺术家所诉诸的形式都是践行性的。饶舌歌曲具有舞蹈的成分，又有加勒比海音乐传统作为基础，在 MTV 上观赏饶舌歌手表演尤其富于视觉享受。60 年代的黑人诗人在某方面其实有意师法黑人布道家，所以他们的诗糅杂了口述、音乐与教育的成分。这是表现形态的复杂化，诗人抽取了不同的成分，再混杂呈现出来。我认为饶舌歌手的做法也是这样，他们甚至利用数码化（digitalization）的过程，捕捉录音室里的任何声音。

李：能不能谈谈你最近的研究计划？

贝：我目前有两个计划。一是关于黑人保守主义的研究。我想这个计划的架构将是选择性与历史性的。举例来说，我会讨论像 19 世纪的迪拉尼（Marin Delany）这样的一个人。迪拉尼最先鼓吹黑人应该离开美国，后来发现此路不通，只好去当医生。最后他决定加入当权的的阶级，企图从内部展开战斗。我也会探讨像布克·华盛顿这样的一号人物，同时讨论布克·华盛顿与杜波依斯之间的复杂关系。布克·华盛顿算得上是位保守分子吗？当你在社会上一无所有时，你怎能想到保守的问题？你究竟要保守些什么？我的意思是，保守这个理念其实隐含着阶级利益，包括得自于物质生产关系的土地、金钱、价值等。可是你一无所有。所谓黑人保守分子究竟是什么意思？或者像杜波依斯这样的激进分子又是什么意思？我还会讨论几个当代所谓的保守派。我也会谈谈许多人都很关切的托马斯（Clarence Thomas）最高法院法官听证会。另一个我很感兴趣的领域是目前美国社会中仍然沸沸扬扬的多元文化主义（multiculturalism）。这是个很动人的用词，具有正面的力量。但就像所有的符号一样，这也是个武断的符号，任何人都可以赋予它不同的意义。所有的争论以及环绕着多元文化主义这个符号的文化资本（cultural capital）都是武断的。在这个经济不景气，失业严重，全国焦虑不安的世纪末美国，这一切尤其显得有趣。

李：我发现你讨论布克·华盛顿和杜波依斯的方式非常有意思。当然，这一点你在《现代主义与哈林文艺复兴》一书中已经谈了不少。我一向把他们当作两种意识形态的具体表现，代表了 20 世纪初黑人社群中两种互相冲突的价值。你对他们的读法多少影响我重新修正对他们的看法。我们也许应该设法体会他们在冲突中相依互补的成分。我的意思是，这两人其实是相辅相成的，他们的社会与政治立场看似互相排斥，细究则是一体的两面。不过我倒想起了另一个人，那就是道格拉斯。在这样的关系中，我们应该把道格拉斯摆在哪里？

贝：这是个很有意义的三角关系，在我看来，不论把黑人贴上任何标签——或进步分子，或保守分子，或激进分子——都是与社会上的白人权力分不开的。杜波依斯原来的取向是西方的，他必须挣脱那种西方取向，挣脱他与后启蒙论述的关系。他以那样的模式写成了他早期的社会学著作，如《费城黑人》（*The Philadelphia Negro*）。到了70岁左右，他发现似乎少了些什么，譬如马克思和弗洛伊德。不过他说，这些人是不会改变的。（笑）他还说，按道理我们还是得讨论较富于民族主义的议题。道格拉斯透过自己的报纸和政治生涯为黑人争取幸福。布克·华盛顿则由下而上，专谈些"力争上游"之类的事。他灌输动手动脚的劳动观念，散播阿尔杰（Horatio Alger）之类主张的自力更生、勤劳致富的传统福音。杜波依斯是个知识分子，布克·华盛顿则不算是。他比较属于讲求教学设计，偏于技术取向的代言人，在政治上相当谨慎机敏。道格拉斯则多少属于有机知识分子。[1] 无论如何，正如我所说的，这几个人都是面对着白人权力来建构自己的，但是他们也想到，面对黑人权力时，他们能够从黑人民族主义的议题中得到些什么。

---

[1] 有机知识分子（the organic intellectual）一词应出自葛兰西（Antonio Gramsci）。葛兰西考察意大利知识分子的历史，将知识分子分成两大类，即传统知识分子和有机知识分子。简单地说，传统知识分子代表封建或资本主义社会中抗拒政治变革的一群，有机知识分子则紧密地与其所属阶级结合，启导其阶级，并致力于创造新的社会与知识社群。详见 Antonio Gramsci, *Selections from the Prison Notebooks*, trans. Quintin Hoare and Geoffrey Nowell Smith. New York: International Publishers, 1971：5-23。

# 十五　台湾地区的非裔美国研究 *

## 一

　　大约始自 20 世纪 60 年代，"研究"一词在学术论述与教学实践中即蕴含特定的意义。尤其是在美国，许多"研究"源于 60 年代的认同政治，诸如妇女研究、性别研究、黑人研究，以及其他以族裔为名的研究等。依英国学者弗雷德·英格利斯（Fred Inglis）的说法，这些"研究"通常"否定学科单一与专制的含意"，暗示"众多探索者的集合，而每一位探索者皆友善地向邻近的领域商借知识方法，并拒绝旧式的追求对现实的准确再现以及寻找这些再现的单一方法。'研究'是临时性的，富于弹性，而又变动不居"（Inglis，1993：227）。这些新兴的学术领域与教学实践无不具有共同的权力根源，就是前面提到的认同政治——不管是国族认同、性别认同、族群认同或情欲认同。认

＊　本文英文原稿最早发表于在京都所举行第 57 届日本黑人研究学会的年会（2010 年 6 月 25、26日），年会主题为"全球化时代的黑人文学"（"Black Studies in the Age of Globalization"）。谢谢该学会会长加藤恒彦教授的邀请，也谢谢与会学者对本文的回应。原文见：Lee Yu-cheng, "Doing Things with African American Studies in Taiwan: Some Critical Reflections," *Kokujin Kenkyū*（《黑人研究》），No. 81 (March 2012)：9–19。

同所凝聚的政治力量开拓了新的论述空间，并为学术领域与教学实践开启了新的可能性。

这些学术领域与教学实践还有一个共同特色：它们大都是科际整合的、多学科或跨学科的。它们一方面向人文科学（human sciences）中的许多知识传统与学科领域寻求奥援；一方面又与这些提供支持的知识传统与学科领域有所区隔：它们质疑现有知识传统与学科领域的片面性、武断性及稳定性，这些特性使得人文科学的现有部门难以面对许多新生议题的挑战，显然必须另起炉灶，结合或统合人文科学的若干部门，才能更有效地处理这些新生议题。上述新的学术领域与教学实践固然导源于认同政治，因而或多或少都是权力斗争的产物，但若非新的情势带来新的议题，而人文科学的现有部门在面对这些新的议题时又显得捉襟见肘，这些新的学术领域与教学实践是否能够顺利发展恐怕不无疑问。

一如许多诞生于20世纪60年代的"研究"，非裔美国研究根植于美国黑人的社会、政治、文化斗争，非裔美国人希望借此改变他们的形象，改变对他们不利的社经环境，也改变长期以来他们被扭曲的再现的方式与状况。因此，非裔美国研究的存在目的在于对抗酒井直树所说的美国黑人的"社会状况的敌对性本质"（Sakai，1999：117）。


二


根据王智明的说法，"台北帝国大学"于1928年成立时，文学这个大项目之下共有五个子领域："国语"（即日语）、"国家文学"（即日本文学）、东方文学、西方文学及语言学。西方文学的教师包括岛田谨二、工藤好美及矢野峰人等学者。他们所受的训练主要为英国文学或比较文学，对美国文学根本缺乏兴趣。此外当时修读人文学科的本地学生比例很低，因此文学研究只限于少数的日本学生。二战结束之后，这些日本学生与大部分的教师必须离去。或许基于这个原因，虽然有过长达五十年的日据时期，台湾地区却几乎没有外国文学研究的遗产留传下来（王智明，2011：104-105）。

然而在大陆，杨昌溪在1933年就出版其《黑人文学》一书，这容或是该领域的第一本中文著作。在杨昌溪的著作出版之前，1932年夏，著名非裔美国诗人兰斯顿·休斯（Langston Hughes）在东京停留了两周，接着从横滨去往上海和南京。他后来回忆说，在这两个城市里，他"接受访问，让人家拍照，并受邀参观市镇、庙宇、剧院、公园及大学。也品尝美食好酒，受到最有趣最充满活力的招待"（Hughes，1963：242）。在上海，他受邀与孙中山夫人宋庆龄共进晚餐。他在回忆录中这么写道："那晚是传统中式餐宴，餐点从燕窝到皮蛋，很有意思。"他觉得"孙夫人跟照片中一样动人，深黑的头发、澄亮如水的眼睛，以及高贵的琥珀肤色"（255）。有一晚在上海的私人聚会中，他也见到了"年老的鲁迅，当时他因思想危险而遭到怀疑，但他仍然是中国广受尊敬的作家和学者之一"。休斯此行并未走访北京（当时叫北平），"因为日军有时让，有时不让火车通行"（256）。在他离开上海之前，一群中国记者和作家请他午宴，其中一位年轻人当时正着手翻译他的小说《非无笑声》（*Not without Laughter*）（256）。

这些事正说明在对日抗战前夕，中国学界与舆论界对美国黑人文学已经颇感兴趣。国共内战结束后，有一段不短的时间，中国的外国文学研究在意识形态上深受苏联影响。至少在"文化大革命"之前，苏联的影响几乎无处不在。1949这一年，有不少研究西方文学的杰出学者选择到台湾大学（前身为"台北帝国大学"）[1]或其他台湾地区的高等教育机构担任教职，只不过在这些学者当中，没有任何一位对黑

---

[1] 1945年，"台北帝国大学"改名为台湾大学，两年后设立外国语文学系。

人文学或文化产生兴趣。换言之，台湾地区有关非裔美国文学的严肃学术研究必须从头开始：没有先例，没有传统，甚至没有适当的批评工具可以用来了解非裔美国人的历史与文化。一切都得从头做起，而这个起点就是冷战。

　　冷战为美国对台湾地区的全面性影响铺路，此后数十年，这种影响更是深入到政治、军事、经济以及文化等各个领域。当然，在冷战年代的亚太地区，台湾地区并非唯一落入美国霸权的地方。只要摊开东亚地图，我们会看到一条由美军基地形成的军事链，一路从韩国、日本铺下来，直到菲律宾，目的在于保障美国的太平洋属地与美国西岸的安全。

　　有趣的是，文学领域也沦为反共的战场。譬如，台北的美国新闻处在 20 世纪 60 年代便大力推动美国文学研究，而英语——特别是美式英语——则凌驾其他外国语文之上。美国文学也没有两样。翻译美国文学经典作品，开设美国文学课程，设置各种奖助金鼓励研读美国文学等举措，目的无不在于提升美式英语的学习与美国文学的研究，一时之间整个政治社会仿佛开始觉察到文学的意识形态力量。美国文学突然扮演起轴心的角色，成为冷战意识形态的滩头堡。60 年代末期开始在台湾大学讲授美国文学的朱立民教授在晚年接受访谈时表示："需要去多了解美国文学，好像跟我们的政治情况也有关系。"（朱立民，1996：120）单德兴在考察美国文学研究时也提出类似的论点："跟英国文学相比，美国文学是未受到注意的新来者，兴盛于冷战时期，时当台湾地区被纳为美国政府围堵政策下的一员。许多经费被用来翻译文学作品，供应英文书籍，出版杂志，及训练美国文学学者，朱立民教授即是其中亮丽的一位。因此，越来越多念文学的学生都为美国文学所吸引，最后人数上甚至超过从事英国文学研究的学者。"（Shan，2004：242-243）在另一篇专论冷战时期中译美国文学的论文里，单德兴谈到美国在亚洲华文世界中为对抗共产主义而部署的文化政治：

1952 年，美国政府于香港地区设立今日世界社和今日世界出版社，以中文向共产地区之外的华文世界发行刊物和书籍，提倡以美国为代表的科学新知，宣扬其典章制度、政治思潮、社会现状、学术思想，介绍文学艺术，就成为和共产主义进行斗争的更微妙、普遍、与日常生活结合的方式，借由潜移默化，让知识较落后地区的读者接受"先进的"美国所代表的民主、自由、法治、科学的价值系统。（单德兴，2009：121）

记得 20 世纪 70 年代初，当我还在台湾师范大学读书时，我每月都会收到一份免费的《今日世界》杂志。此外，我们也很热切地阅读由香港今日世界出版社出版，而在台湾地区销售的中译美国文学经典作品。单德兴当时就读于台北的政治大学，他也有类似的回忆：

对成长于冷战时代的台湾学子而言，今日世界出版社所翻译、印行的书籍是许多人的共同记忆，这些书籍不仅介绍了当时一般的新知与思想，在美国文学的译介上更是范围广泛，数量众多，质量突出，为冷战时代政治戒严、思想封闭、视野狭隘、创作贫乏的台湾知识界与文学界，引进了重要的源头活水。对笔者这一代的英/外文系学子而言，这些美国文学译作既是重要的课外读物，也是准备课业、甚至考试时的辅助材料。对当时一般的知识青年而言，这些译作也发挥了重大的启蒙作用。然而，以更宏观、历史的角度来看，这套文学译丛具有深远的文化政治意义，值得探究。（单德兴，2009：7—8）

今日世界出版社的翻译计划虽然并未纳入任何黑人作家，但是台湾地区对于非裔美国文学的兴趣，还是必须放在整体冷战的脉络来理解。冷战初期，我们对于美国的认识主要受制于白人的价值。事实上，当时的美国校园情形也大致如此。非裔美国文学批评家贝克（Houston A. Baker, Jr.）就曾经这么回忆：60 年代初期，"美国校园相对单纯，有时很明确地就是西方知识教化的田野花园，总是由清清楚楚的意识形态所制约。随着多元大学的出现，在大企业与大政府以亿万研究经费挹注到学术花园，并将之转变为工厂之后，这些意识形态的好处大增。当然，没有改变的还是基本的白人特质，以及高教和谐的西方特质。"（Baker, 1993：7-8）

20 世纪 60 年代的美国民权运动对台湾地区知识界也影响至巨，也就在这个时候，周围开始有人注意到美国黑人研究。我记得自己开始阅读詹姆斯·鲍德温（James Baldwin）是在 60 年代晚期。我最先读到的是一本由两篇文章集结而成的文集《下回是火》（*The Fire Next Time*），此书出版时正值民权运动的高峰期。我把这本书视为鲍德温对美国人民和社会的沉痛警告。这是 1970 年我从马来西亚来台求学时行囊中所携带的唯一一本英文书。60 年代的美国社会充满了动乱与暴力，除了风起云涌的反越战运动之外，马尔孔·X、约翰·肯尼迪、罗伯·肯尼迪及马丁·路德·金等先后遇刺。美国南方还有种族暴动与冲突，通常以暴力流血作终。

朱炎教授是研究非裔美国文学的先驱。60 年代末他在美国加州克莱蒙学院（Claremont College）从事研究时，亲身体验到非裔美国人为民权与人权所做的奋斗。后来他在一篇文章中省思这些体验如何激发他对非裔美国文学的想法，他把非裔美国文学视为黑人痛苦的象征：

> 六年前，当笔者在美国加州克莱蒙研究院做研究的时候，由于目睹黑权运动正将一个逼人的黑色现实推向世人面前，要求重视与关切，而开始对美国的黑人问题与美国黑人文学，发生研究的兴趣。事实上，黑人问题的确是美国国内最长久、最重大的问

题，也是美国研究界所不能忽视的一个动人的现实。笔者深深地感觉到：要想真正认清这个现实，必须要通过黑人文学，因为文学是一面现实的镜子，而黑人文学则是黑人痛苦的象征。（朱炎，1976：183）

三

2000年下半叶有两篇论文对台湾学者半个世纪以来的非裔美国研究做了相当广泛的评论，很值得一谈。这里无意重复这两篇论文的细部内容，不过我们可以借此省思台湾地区的非裔美国研究。

纪元文是我在"中央研究院"欧美研究所的同事，他在2006年发表《台湾的非裔美国文学研究》一文，无疑这是台湾地区截至目前在相关议题上最为全面的析论。纪元文在论文一开始就说明他的研究目的：一、描述早期台湾地区引介非裔美国文学的概况；二、勾勒非裔美国作家与其作品被台湾读者接受的情形；三、分析近年来台湾地区非裔美国文学研究的趋势；四、说明非裔美国文学研究如何可以作为台湾地区弱势论述的借镜（纪元文，2006：275）。

纪元文花了不少篇幅叙述早期台湾地区引介非裔美国作家的情形。当时批评家与学者的文章多属短论，且多发表在文学杂志和报纸副刊上，目的主要在于为读者提供当代非裔美国文学的信息。根据纪元文的说法，这些评介文字早在1953年就已经出现。

纪元文同时指出，就文类而言，最受评论家和学者青睐的是小说，而托妮·莫里森（Toni Morrison）是最广被研究的小说家。在60年代，非裔美国诗则颇受重视，兰斯顿·休斯和勒鲁埃·琼思（LeRoi Jones，即后来的Imamu Amiri Baraka）都有人评介和翻译。有趣的是，他们的作品当时都被视为所谓的地下文学。

纪元文的论文还附录有"台湾非裔美国文学研究书目初编"。这份书目相当完备,对有意了解台湾地区非裔美国文学的人而言,是一份不可或缺的参考数据。

蔡米虹是一位年轻的历史学者,在她 2009 年的论文《台湾学界对非裔美国人的研究讨论》中,她以历史观点检视台湾学者在非裔美国研究中所做的贡献。她的论文目的在于勾勒相关研究在台湾地区的主要趋势,以及这些研究的重点与面向,她希望借由她的发现能找出未来发展的可能性。蔡米虹的研究大致分成三个部分:第一部分聚焦在"中央研究院"欧美研究所(1991 年前为美国文化研究所)的研究成果,以及该所期刊《欧美研究》(早期为《美国研究》)在相关领域的发展情形。蔡米虹认为,大约从 1971 年到 1991 年,在欧美研究所易名并纳入欧洲研究之前,《欧美研究》中有关非裔美国的论文主要集中在历史和文学研究方面,而以后者居多。自 90 年代初起,尤其在欧美研究所更名之后,该期刊所发表的美国研究论文显著减少,这种情形连带对非裔美国研究也有所影响。史学方面所受的影响特别明显。非裔美国文学研究方面则依然继续茁壮(蔡米虹,2009:370-371)。

蔡米虹也同时指出,《欧美研究》有关非裔美国历史的论文大多聚焦于废奴运动与美国内战。这些论文不仅诠释内战,也试图检视黑奴在战争中所扮演的角色。蔡米虹提到几篇有关种族隔离、黑人教育、黑人医疗问题,以及黑人女性社会运动的论文,性质上多半属于社会学或法学领域。不过蔡米虹并没有触及文学领域,她只提到有若干学者探讨黑人作家如克劳德·麦凯(Claude McKay)、詹姆斯·鲍德温及托妮·莫里森等,但她也约略分析了几篇研究斯陀夫人(Harriet Beecher Stowe)与威廉·福克纳(William Faulkner)等的论文,这些白人作家非常关心美国的种族问题(376-378)。

蔡米虹论文的第二部分是有关非裔美国研究的硕、博士论文(见其论文附录二)。这些论文完成于 1964 年至 2009 年之间,在二十八本论文当中，只有两本博士论文，其余皆为硕士论文，主要出自淡江大学的美国研究所，少数来自各公立大学的历史系。蔡米虹在检视这些论文的主题后表示，大部分的学生显然对社会问题较感兴趣，而且多与民权运动有关。两本博士论文中，一本完成于1976年，另一本则是2009年完成的（她自己的博士论文）（379）。不过蔡米虹的列表显然并不完整，她并未纳入许多大学英、外文系的非裔美国文学研究的学位论文。她也承认自己的论文只涵盖历史系与美国研究所的学位，因为她觉得文学研究的主题过于庞杂，而且多属理论导向，所以她刻意排除非裔美国文学的论文（385）。她相信排除文学研究并不影响她的分析，可是这么一来我们就无法看到台湾地区高教对非裔美国研究的全貌。

蔡米虹在结论中表示，或许由于美国的全球影响力正在消退，台湾地区的美国历史研究逐渐失去动力，非裔美国史研究也不例外。然而，她依然肯定非裔美国研究的重要性，她认为台湾学者应该以她所谓的台湾观点从事非裔美国研究，特别是涉及种族的议题方面（391）。

# 四

就学术人口而言，台湾地区从事美国研究的学者相对较少，不过我同意冯品佳所说的，"台湾的非裔美国文学教学与研究相当普及，而且建制完善"（Feng，2007：19）。根据冯品佳的说法：

> 台湾的美国文学研究的多元文化与多元族裔转向，始于非裔美国研究领域，并涵盖了广大的作者。刚开始是研究黑人男性作家如拉尔夫·艾利森（Ralph Ellison）、理查德·赖特（Richard Wright）、詹姆斯·鲍德温（James Baldwin）、兰斯顿·休斯

（Langston Hughes）、亚历克斯·哈里（Alex Haley），很快就转移到黑人女性作家，其中最普受重视的是佐拉·尼尔·贺斯顿（Zora Neale Hurston）、托妮·莫里森（Toni Morrison），及艾丽丝·沃克（Alice Walker）。莫里森无疑是台湾地区最常被研究的美国作家之一。如果上线搜寻我们的"'国家图书馆'博硕士论文系统"网站，就会发现从 1991 年到 2006 年间，有五十六本硕士论文与三本博士论文是讨论托妮·莫里森的，相较于讨论其他广受欢迎的族裔作家的论文，以下的数据至为重要：有二十笔论艾丽丝·沃克、十九笔论谭恩美（Amy Tan）、十五笔论汤亭亭（Maxine Hong Kingston）。四本莫里森后期的小说，包括《宠儿》（*Beloved*）、《爵士乐》（*Jazz*）、《乐园》（*Paradise*）及《爱》（*Love*），都已有中译本。她早期的小说也正由学有专精的台湾学者翻译中。2005 年"中央研究院"欧美研究所举办了一场讨论托妮·莫里森的研讨会，意义重大，因为这是在台湾地区的研讨会中，少数专论单一作家的研讨会。（Feng，19）

冯品佳所说的托妮·莫里森研讨会是在 2004 年 12 月 17、18 日举行的，后来衍生了《欧美研究》2006 年 12 月的托妮·莫里森专号，由何文敬客座主编。何文敬在"序言"中指出："这期专号反映台湾莫里森研究极为选择性的最新样本。"他希望"此样本能开发新的对话与新的视野，并启发全球莫里森研究新的观点"（Ho，2006: 519）。

事实上，在这期莫里森专号之前十三年，也就是 1993 年，贝克受邀访台并发表系列演讲，我曾为台湾大学外文系出版的《中外文学》月刊主编了一期贝克专号。这是台湾学术期刊有关非裔美国作家或学者的第一本专号，内容包括台湾学者论贝克的学术论文、贝克诗的翻译，以及其本人的评论文章。专号也刊登了我和贝克的长篇访谈（即本书附录一），他在访谈中畅论自己的学术研究，并论及非裔美国研究的未来发展。我在专号的序文中特别强调支撑贝克批评志业的活水源头，也就是四百年来非裔美国人的历史经验与文化传统，其批评同时也是非裔美国文化政治与若干当代理论之间对话、交锋、协商下的产物。此外，我也提醒读者，贝克之外还有许多非裔美国作家与批评家，他们对非裔美国文学与批评传统贡献一样值得重视（李有成，1993：9）。

# 五

非裔美国研究之为全球现象其实至少有两层意义：一是将之视为解放论述，另一是视之为理解黑人文化产品营销全球的工具。虽然非裔美国研究主要源于美国黑人对美国社会压迫、剥削及不公的反抗，但是这个领域始终都带有全球性的政治意涵。这也意味着压迫、剥削及不公依然是世界上普遍存在的现象，更说明了何以非裔美国研究始终具有许多可供我们思考的养分，激励我们追求一个更为平等与较少压迫的世界。换句话说，对那些声音遭到泯灭，民权和人权遭到否决，甚至生计遭到剥夺的人而言，非裔美国研究的解放理想仍然充满启发意义。众所周知，爱德华·萨义德（Edward W. Said）对利奥塔式（Lyotardian）的后现代主义向来多所不满，他认为"利奥塔所谓的解放与启蒙的伟大合法叙事欠缺一种惊人的信仰"（Said，1993：26）。他也以类似的理由批评晚期的福柯（Michel Foucault）。按萨义德的说法，利奥塔和福柯不再注意"现代社会的对立面"，也对"解放的政治"失去希望（Said，1993：26）。对萨义德来说，这个世界——特别是第三世界——仍然需要解放论述与对立的力量。他认为"第三世界许多学者和知识分子，尤其是那些离散到西方世界的流亡者、去国者，或是难民及移民，他们的意识中依旧存有一种对立特质"。因此有必要将他们的著作视为"与大都会中的弱势及'受压迫的'声音共享重要的关怀，包括女性主义者、非裔美国作家、知识分子、艺术家等"（Said，1993：54）。显然，在萨义德看来，非裔美国知识分子与文化工作者跟许多第三世界的作家和知识分子一样，仍然相信解放与启蒙的宏大叙事。

正如其他源于 20 世纪 60 年代认同政治的"研究"那样，非裔美国研究基本上是美国的本土现象。由于美国拥有庞大与具有渗透性的建制力量，以研究机构、大学、基金会、研讨会、期刊、出版社、学术奖项及奖学金等形式推波助澜，非裔美国研究才能发展为全球性的学术与教育活动。随着非裔美国研究走向全球，这个领域也变得越来越多元与多面向——显然并非所有的国家和地区都以相同的方式面对与接受非裔美国研究的。譬如在台湾地区，虽然非裔美国大众文化在年轻人之间广受欢迎，却只有非裔美国历史和文学获得学界和知识界的认真关注，而且真正主导的还是非裔美国文学。这当然要归功于英、外文系训练出身的学者。

就像其他形式的非裔美国文化一样，由于美国的全球性影响力，非裔美国文学现在也是全球现象，世界各地都有人阅读与讲授非裔美国文学。约翰·汤姆林森（John Tomlinson）曾经在讨论文化生产的全球性影响时指出，"思索文化影响的全球化，办法之一就是要抓住文化的'本土'行动如何造成全球性的影响"（Tomlinson，1999：24）。同一句话也适用于非裔美国文学，因为从跨国的视角来看，非裔美国文学显然展现了不同的政治或文化面向。如同宋惠慈（Wai-Chee Dimock）所说的，美国文学研究"近来涌现许多受'跨国'和'后国族'启发的著作"，这正强烈意味着，"以主权国家为分析对象的适切性已日渐受到质疑"（Dimock，2006：3）。美国文学研究的晚近趋势对非裔美国文学研究也可能具有类似的启发价值。因此就此视角而论，我们能否想象一种跨国的非裔美国文学研究？在横越太平洋之后，非裔美国文学会是什么样的面貌？

　　我当然无法论定跨国非裔美国研究可能的正确形式。更重要的是，我认为我们不该忽略非裔美国研究滥觞时期所展现的刚强不屈的精神。2007年3月日本的《黑人研究》期刊发表了我的一篇论文，此文主要在论证如何将非裔美国研究亚洲化，我想引用其中一个论点作为本文的结束：在这个全球化的时代，如何再造，重塑，或重新定位非裔美国研究至关紧要，我们可以借由非裔美国研究来"面对我们社会中仍然存在的诸多问题——种族歧视、社会不公、性剥削、违反民权或人权、对客工与外配的歧视，以及对弱势群体的压迫等"（Lee，2007：8）。换言之，非裔美国研究作为学术论述与教育实践，必须与时俱进，时加改造与重塑，这样才能强化民主的力量，追求更美好的社会与更善良的人类世界。

# 书目

## 中　文

王智明.《沟通中外，重建文明》. 杨儒宾主编.《人文百年化成天下：
　　"中华民国"百年人文传承大展》. 新竹："清华大学"，97-107，
　　2011.

朱立民.《朱立民先生访问纪录》. 单德兴、李有成、张力访问. 口述
　　历史丛书59. 台北："中央研究院"近代史研究所，1996.

朱炎.《痛苦的象征——谈美国黑人与黑人文学》，《美国文学评论集》.
　　台北：联经出版事业公司，183-193，1976.

李有成.《文学教育与典律之争》，载《当代》（1988）32：10-17.

＿＿＿.《写在"裴克与非裔美国论述"专号之前》，载《中外文学》
　　（1993）22（5）：9. [1]

纪元文.《台湾的非裔美国文学研究》. 李有成、王安琪主编.《在文学
　　研究与文化研究之间：朱炎教授七秩寿庆论文集》. 台北：书林出

---

[1]　编注："裴克"即"贝克"，两岸用字不同。

版有限公司，271–330，2006.

张四德.《多元文化与美国历史教育》，载《当代》（1991）66：36-47.

单德兴.《反动与重演：美国文学史与文化批评》. 台北：麦田出版社，2002.

____.《翻译与脉络》. 台北：书林出版有限公司，2009.

本杰明·富兰克林.《富兰克林自传》. 杨景迈译. 台北：协志出版，1979.

蔡米虹.《台湾学界对非裔美国人的研究讨论》，载《台湾师大历史学报》（2009）42：367-398.

郑培凯.《多元文化真难》，载《当代》（1991）66：4-35.

# 西　文

Acharya, Gayatri Dasgupta. "Twentieth-century Autobiography: Its Modes and Achievements." Diss. Tufts University, 1976.

Althusser, Louis. *Lenin and Philosophy and Other Essays*. Ben Brewster, trans. London: NLB, 1971.

Andrews, William L. "The First Century of Afro-American Autobiography: Theory and Explication." Hazel Arnett Ervin, ed. *African American Literary Criticism, 1773 to 2000*. New York: Twayne Publishers. 223–224, 1999.

Appiah, Anthony. "The Uncompleted Argument: Du Bois and Illusion of Race." Henry Louis Gates, Jr, ed. *Race, Writing, and Difference*. Chicago and London: Univ. of Chicago Pr. 21–37, 1986.

Aufderheide, Patricia, ed. *Beyond P.C.: Toward a Politics of Understanding*. St. Paul: Graywolf Pr, 1992.

Awkward, Michael. "Race, Gender, and the Politics of Reading." *Black

*American Literature Forum*, 22.1 (Spring): 5-27, 1988.

Baker, Houston A., Jr. "On the Criticism of Black American Literature: One View of the Black Aesthetic." Houston A. Baker, Jr., ed. *Reading Black: Essays in the Criticism of African, Caribbean, and Black American Literature*. Philadelphia: Afro-American Studies Program, Univ. of Pennsylvania. 48-58, 1976.

_____. "Introduction: Literary Theory Issue." *Black American Literature Forum* 14.1 (Spring): 3-4, 1980a.

_____. *The Journey Back: Issues in Black Literature and Criticism*. Chicago and London: Univ. of Chicago Pr, 1980b.

_____. "A Note on Style and the Anthropology of Art." *Black American Literature Forum* 14.1 (Spring): 30-31, 1980c.

_____. *Spirit Run*. Detroit: Lotus, 1982.

_____. *Singers of Daybreak: Studies in Black American Literature*. Washington: Howard UP, 1983.

_____. *Blues, Ideology, and Afro-American Literature: A Vernacular Theory*. Chicago and London: Univ. of Chicago Pr, 1984.

_____. "In Dubious Battle." *New Literary History* 18.2 (Winter): 363-369, 1987a.

_____. *Modernism and the Harlem Renaissance*. Chicago and London: Univ. of Chicago Pr, 1987b.

_____. *Afro-American Poetics: Revisions of Harlem and the Black Aesthetic*. Madison: Univ. of Wisconsin Pr, 1988.

_____. "Handling 'Crisis': Great Books, Rap Music, and the End of Western Homogeneity (Reflections on the Humanities in America)." *Callaloo* 13.2 (Spring): 173-194, 1990a.

_____. *Long Black Song: Essays in Black American Literature and Culture*.

Charlottesville and London: UP of Virginia, 1990b (1972) .

_____. *Black Studies, Rap, and the Academy*. Chicago and London: Univ. of Chicago Pr, 1993.

Bakhtin, Mikhail. *Problems in Dostoevsky's Poetics*. Caryl Emerson, ed. and trans. Theory and History of Literature, vol. 8. Minneapolis: Univ. of Minnesota Pr, 1984a.

_____. *Rabelais and His World*. Hélène Iswolsky, trans. Bloomington: Indiana UP, 1984b.

Bal, Mieke. *Narratology: Introduction to the Theory of Narrative*. Toronto: Univ. of Toronto Pr, 1985.

Baldwin, James. *Notes of a Native Son*. Boston: The Beacon Pr, 1955.

_____. *The Fire Next Time*. New York: The Dial Pr, 1963.

Baraka, Imamu Amiri. *Raise, Race, Rays, Raze: Essays Since 1965*. New York: Random House, 1969.

_____. *The LeRoi Jones/Amiri Baraka Reader*. William J. Harris, ed. New York: Thunder's Mouth Pr, 1991.

Barlow, William. *"Looking Up and Down": The Emergence of Blues Culture*. Philadelphia: Temple UP, 1989.

Barnes, Albert C. "Negro Art and America." Alain Locke, ed. *The New Negro*. New York: Atheneum. 19−25, 1970 (1925) .

Barthes, Roland. "To Write: An Intransitive Verb?" Richard Macksey and Eugenio Donato, eds. *The Structuralist Controversy: The Language of Criticism and the Sciences of Man*. Baltimore: The Johns Hopkins UP. 134–145, 1970.

_____. *S/Z*. Richard Miller, trans. New York: Hill and Wang, 1974.

_____. *Image-Music-Text*. Stephen Heath, trans. New York: Hill and Wang, 1977.

Benjamin, Walter. "Little History of Photography." Edmund Jephcott and Kingsley Shorter, trans., Michael W. Jennings, Howard Eiland, and Gary Smith, eds. *Selected Writings, Volume 2, 1927—1934*. Cambridge, MA and London: The Belknap Pr. of Harvard UP. 507–530, 1999.

Benston, Kimberly W. "I Yam What I Am: The Topos of (Un) naming in Afro-American Literature." Henry Louis Gates, Jr., ed. *Black Literature and Literary Theory*. New York and London: Methuen. 151–170, 1984.

Benveniste, Emile. *Problèmes de linguistique générale*. I. Paris: Édition Gallimard, 1966.

Berman, Paul, ed. *Debating P.C.: The Controversy Over Political Correctness on College Campuses*. New York: Dell, 1992.

Berthoff, Warner. "Witness and Testament: Two Contemporary Classics." *New Literary History* 2.2 (Winter): 310–327, 1971.

Bhabha, Homi K. "Opening the Floodgates." *Poetics Today* 8.1: 181–187, 1987.

_____. "A Good Judge of Character: Men, Metaphors, and the Common Culture." Toni Morrison, ed. *Race-ing Justice, En-gendering Power*. New York: Pantheon Books. 232–250, 1992.

_____. *The Location of Culture*. London and New York: Routledge, 1994.

Bloom, Allan. *The Closing of the American Mind*. New York: Simon and Schuster, 1987.

Bloom, Edward. "In Defense of Authors and Readers." *Novel* 11.1 (Fall): 5–25, 1977.

Bradley, David. "Layers of Paradox." *Dissent* 42 (Winter): 112–120, 1995.

Brémond, Claude. "La logique des possibles narratifs." *Communications* 8: 60–74, 1966.

Brignano, Russell C. *Black Americans in Autobiography.* Rev. and exp. edn. Durham: Duke UP, 1984.

Bronfen, Elisabeth. *Over IIer Death Body: Death, Femininity and the Aesthetic.* Manchester: Manchester UP, 1992.

Butler-Evans, Elliot. "Constructing and Narrativizing the Black Zone: Semiotic Strategies of Black Aesthetic Discourse." *The American Journal of Semiotics* 6.1: 19−35, 1988—1989.

Butterfield, Stephen. *Black Autobiography in America.* Amherst, MA: Univ. of Massachusetts Pr, 1974.

Carby, Hazel V. "The Canon: Civil War and Reconstruction." *Michigan Quarterly Review* 28.1: 35−43, 1989.

＿＿＿. "The Multicultural Wars." Gina Dent, ed. *Black Popular Culture.* Seattle: Bay Pr. 187−199, 1992.

Carluccio, Dana. "The Evolutionary Invention of Race: W. E. B. Du Bois's 'Conservation' of Race and George Schuyler's *Black No More.*" *Twentieth-Century Literature* 55.4 (Winter): 510−546, 2009.

Carroll, David. *The Subject in Question: The Language of Theory and the Strategies of Fiction.* Chicago and London: Univ. of Chicago Pr, 1982.

Carter, Erica, James Donald and Judith Squires. "Introduction." Erica Carter, et al., eds. *Space and Place: Theories of Identity and Location.* London: Lawrence & Wishart. vii-xv, 1993.

Chandler, Nahum D. "Of Horizon: An Introduction to 'The Afro-American' by W. E. B. Du Bois - circa 1894." *Journal of Transnational American Studies*, 2: 1 (2010). Retrieved from: http://escholarship.org/uc/item/8964g6kw

Chang, Han-liang. "W.B. Yeat's *Autobiographies*: Problems in Interpretation, Genre, and Style." Unpublished paper, 1981.

Chicago Cultural Studies Group. "Critical Multiculturalism." David Theo Goldberg, ed. *Multiculturalism: A Critical Reader*. Oxford and Cambridge, MA: Blackwell. 114–139, 1994.

Clarke, John. *New Times and Old Enemies: Essays on Cultural Studies and America*. London: HarperCollins Academic, 1991.

——, et al. "Subcultures, Cultures and Class." Stuart Hall and Tony Jefferson, eds. *Resistance through Rituals: Youth Subcultures in Post-war Britain*. London: HarperCollins Academic, 9–74, 1976.

Cooke, Michael G. "Modern Black Autobiography in the Tradition." David Thorburn and Geoffrey Hartman, eds. *Romanticism: Vistas, Instances, Continuities*. Ithaca and London: Cornell UP. 255–280, 1973.

——. *Afro-American Literature in the Twentieth Century: The Achievement of Intimacy*. New Haven and London: Yale UP, 1984.

Dant, Tim. *Knowledge, Ideology and Discourse: A Sociological Perspective*. London and New York: Routledge, 1991.

Davis, Arthur P., Sterling A. Brown and Ulysses Lee, eds. *The Negro Caravan: Writings by American Negroes*. New York: The Dryden Pr, 1941.

Davis, Charles T. and Henry Louis Gates, Jr., eds. *The Slave's Narrative*. Oxford and New York: Oxford UP, 1985.

Davis, Mike. *City of Quartz: Excavating the Future of Los Angeles*. New York and London: Pimlico, 1998.

——. *Ecology of Fear: Los Angeles and the Imagination of Disaster*. New York: Vintage Books, 1999.

de Man, Paul. "Autobiography as De-facement." *Modern Language Notes* 94 (December): 919–930, 1979.

——. *The Rhetoric of Romanticism*. New York: Columbia UP, 1984.

Deleuze, Gilles and Félix Guattari. *Kafka: Toward a Minor Literature*. Dana

Polan, trans. Minneapolis: Univ. of Minnesota Pr, 1986.

Derrida, Jacques. *Positions*. Alan Bass, trans. Chicago: Univ. of Chicago Pr, 1981.

_____. *Memoires, for Paul de Man*. Cecile Lindsay, Jonathan Culler, and Eduardo Cadava, trans. New York: Columbia UP, 1985.

_____. *Writing and Difference*. Alan Bass, trans. Chicago: Univ. of Chicago Pr, 1987.

Diawara, Manthia. "Black American Cinema: The New Realism." Manthia Diawara, ed. *Black American Cinema*. New York and London: Routledge. 3−25, 1993.

_____. "Black Studies, Cultural Studies, Performative Acts." John Storey, ed. *What Is Cultural Studies? A Reader*. London and New York: Arnold. 300−306, 1996.

Dimock, Wai-Chee. *Through Other Continents: American Literature Across Deep Time*. Princeton and Oxford: Princeton UP, 2006.

Douglass, Frederick. *Narrative of the Life of Frederick Douglass, an American Slave. Written by Himself*. Benjamin Quarles, ed. Cambridge, MA: The Belknap Pr. of Harvard UP, 1960 (1845) .

Dousset, Bénédicte, Pierre Flament and Robert Bernstein. "Los Angeles Fires Seen from Space." *Eos* 74.3 (January 19): 33, 37−38, 1993.

Dreyfus, Hubert and Paul Rabinow. *Michel Foucault: Beyond Structuralism and Hermeneutics*. 2nd ed. Chicago: Univ. of Chicago Pr, 1983.

D'Souza, Dinesh. *Illiberal Education: The Politics of Race and Sex on Campus*. New York: Vintage Books, 1992 (1991) .

Du Bois, W. E. B. *The Souls of Black Folk*. Greenwich, CT: Fawcett Pub, 1961 (1903) .

_____. "Address to the Nations of the World." Philip S. Foner, ed. *W. E. B.*

*Du Bois Speaks: Speeches and Addresses, 1890—1919.* New York and London: Pathfinder, 1970a.

_____. "The Conservation of Races." Philip S. Foner, ed. *W. E. B. Du Bois Speaks: Speeches and Addresses, 1890—1919.* New York and London: Pathfinder, 1970b.

_____. "The Afro-American." *Journal of Transnational American Studies*, 2: 1 (2010). Retrieved from: http://escholarship.org/uc/item/2pm9g4q2

Durot, Oswald and Tzvetan Todorov. *Encyclopedic Dictionary of the Sciences of Language.* Catherine Porter, trans. Baltimore and London: Johns Hopkins UP, 1979.

Eagleton, Terry. *Criticism and Ideology.* London: Verso, 1978.

Eakin, Paul John. "Malcolm X and the Limits of Autobiography." James Olney, ed. *Autobiography: Essays Theoretical and Critical.* Princeton: Prinecton UP. 181–193, 1980.

Eder, Klaus. *The New Politics of Class: Social Movements and Cultural Dynamics in Advanced Societies.* London: SAGE Publications, 1993.

Edwards, Jay. "Structural Analysis of the Afro-American Trickster Tale." Henry Louis Gates, Jr., ed. *Black Literature and Literary Theory.* New York and London: Methuen. 81–103, 1985.

Fanon, Frantz. *Black Skin, White Masks.* Charles Lam Markmann, trans. New York: Grove Pr, 1967.

_____. *The Wretched of the Earth.* Constance Farrington, trans. New York: Grove Pr, 1968.

Feng, Ping-chia. "'A Brave New World': New Frontiers and Challenges for English Studies in Taiwan," *Journal of English and America Studies* (Korea) 6: 5–28, 2007.

Fisher, Dexter and Robert B. Stepto, eds. *Afro-American Literature: The Re-*

construction of Instruction. New York: Modern Language Association of America, 1979

Foucault, Michel. *Language, Counter-Memory, Practice: Selected Essays and Interviews*. Donald F. Bouchard and Sherry Simon, trans. Ithaca: Cornell UP, 1977.

\_\_\_\_\_. *The Archaeology of Knowledge and the Discourse on Language*. A. M. Sheridan Smith, trans. New York: Pantheon Books, 1982.

Franklin, Benjamin. *The Autobiography of Benjamin Franklin*. New York: Pocket Books, 1954.

Franklin, H. Bruce. " 'A' Is for Afro-American: A Primer on the Study of American Literature." *The Minnesota Review* NS 5 (Fall): 53−64, 1975.

Franklin, John Hope and Alfred A. Moss, Jr. *From Slavery to Freedom: A History of Negro Americans*. 6th ed. New York: Alfred A. Knopf, 1988.

Gates, Henry Louis, Jr. "Preface to Blackness: Text and Pretext." Fisher and Stepto, eds. *Afro-American Literature*. 44−69, 1979.

\_\_\_\_\_. "Criticism in the Jungle." Henry Louis Gates, Jr., ed. *Black Literature and Literary Theory*. New York and London: Methuen. 1−24, 1984.

\_\_\_\_\_. "Writing '*Race*' and the Difference It Makes." Henry Louis Gates, Jr., ed. "*Race*," *Writing, and Difference*. Chicago and London: Univ. of Chicago Pr. 1−20, 1986.

\_\_\_\_\_. *Figures in Black: Words, Signs, and the "Racial" Self*. Ithaca: Cornell UP, 1987a.

\_\_\_\_\_. "What's Love Got To Do with It?: Critical Theory, Integrity, and the Black Idiom." *New Literary History* 18.2 (Winter): 345−362, 1987b.

\_\_\_\_\_, ed. *The Classic Slave Narratives*. New York: New American Library,

1987c.

_____. *The Signifying Monkey: A Theory of Afro-American Literary Criticism*. New York and Oxford: Oxford UP, 1988.

_____. "Authority, (White) Power, and the (Black) Critic; or, it's all Greek to me." Ralph Cohen, ed. *Future Literary Theory*. New York and London: Routledge, Chapman and Hall. 324–346, 1989a. Also in *Cultural Critique* 7 (Fall ): 19–46, 1987.

_____. "The Hungry Icon: Langston Huges Rides a Blue Note." *Voice Literary Supplement* 76 (July): 8–13, 1989b.

_____. "The Master's Pieces: On Canon Formation and the African-American Tradition." *South Atlantic Quarterly* 89.1 (Winter): 89–113, 1990.

_____, ed. *Bearing Witness: Selections from African-American Autobiography in the Twentieth Century*. New York: Pantheon Books, 1991.

_____. *Loose Canons: Notes on the Culture Wars*. New York and Oxford: Oxford UP, 1992.

_____. "Beyond the Culture Wars: Identities in Dialogue." *Profession* 93: 6–11, 1993.

_____. *Colored People: A Memoir*. New York: Alfred A. Knopf, 1994.

_____. "Parable of the Talents." Henry Louis Gates, Jr. and Cornel West. *The Future of the Race*. New York: Vintage Books, 1996a.

_____. "W. E. B. Du Bois and 'The Talented Tenth.'" Appendix. Henry Louis Gates, Jr. and Cornel West. *The Future of the Race*. New York: Vintage Books. 115–132, 1996b.

_____. *Thirteen Ways of Looking at a Black Man*. New York: Random House, 1997.

_____ and Cornel West. "Preface." *The Future of the Race*. New York: Vintage Books, vii–xvii, 1996.

Gayle, Addison, Jr. "Cultural Strangulation: Black Literature and the White Aesthetic." Addison Gayle, Jr., ed. *The Black Aesthetic*. Garden City: Doubleday, 1971.

_____. "The Function of Black Criticism at the Present Time." Houston A. Baker, Jr., ed. *Reading Black: Essays in the Criticism of African, Caribbean, and Black American Literature*. Philadelphia: Afro-American Studies Program, Univ. of Pennsylvania Pr. 37−40, 1976.

Gilroy, Paul. *"There Ain't No Black in the Union Jack ": The Cultural Politics of Race and Nation*. Chicago: Univ. of Chicago Pr, 1991.

Giroux, Henry A. "Post-Colonial Ruptures and Democratic Possibilities: Multiculturalism as Anti-Racist Pedagogy." *Cultural Critique* 21 (Spring): 5−39, 1992.

_____. "Living Dangerously: Identity Politics and the New Cultural Racism." Henry A. Giroux and Peter McLaren, eds. *Between Borders: Pedagogy and the Politics of Cultural Studies*. New York and London: Routledge. 29−55, 1994.

Gless, Darryl, L. and Barbara Herrstein Smith, eds. *The Politics of Liberal Education*. Durham: Duke UP, 1992.

Goldberg, David Theo. *Racist Culture: Philosophy and the Politics of Meaning*. Oxford and Cambridge, MA: Blackwell, 1993.

Gooding-Williams, Robert, ed. *Reading Rodney King/Reading Urban Uprising*. New York and London: Routledge, 1993.

Graff, Gerald. *Beyond the Culture Wars: How Teaching the Conflicts Can Revitalize American Education*. New York: W. W. Norton, 1992.

Green, Michael. "The Centre for Contemporary Cultural Studies." John Storey, ed. *What Is Cultural Studies? A Reader*. London and New York:

Arnold. 49−60, 1996.

Gunn, Janet Varner. *Autobiography: Toward a Poetics of Experience*. Phila-delphia: Univ. of Pennsylvania Pr, 1982.

Hall, Stuart and Martin Jacques. "Introduction." Stuart Hall and Martin Jacques, eds. *New Times: The Changing Face of Politics in the 1990s*. London and New York: Verso. 11−20, 1990.

Hayden, Robert. "Preface to the Atheneum Edition." Alain Locke, ed. *The New Negro*, ix-xiv, 1970 (1925).

Henderson, Stephen. *Understanding the Black Poetry: Black Speech and Black Music as Poetic Reference*. New York: William Morrow, 1973.

Hjelmslev, Louis. *Prolegomena to a Theory of Language*. Rev. English ed. Francis J. Whitfield, trans. Madison and London: Univ. of Wisconsin Pr, 1969.

Ho, Wen-ching. "Editor's Preface," *EurAmerica* 36. 4: 515−520, 2006.

hooks, bell. *Feminist Theory: From Margin to Center*. Boston: South End, 1984.

_____. *Yearning: Race, Gender, and Cultural Politics*. Boston: South End, 1990.

_____. *Teaching to Transgress: Education as the Practice of Freedom*. New York and London: Routledge, 1994a.

_____. "Transgression." *Paragraph* 17.3: 270−271, 1994b.

_____. *Where We Stand: Class Matters*. New York and London: Routledge, 2000.

Howarth, William L. "Some Principles of Autobiography." James Olney, ed. *Autobiography: Essays Theoretical and Critical*. Princeton: Princeton UP. 84−114, 1980.

Hudlin, Warrington. "The Renaissance Re-examined." Arna Bontemps, ed. *The Harlem Renaissance Remembered*. New York: Dodd, Mead & Co.

268–277, 1972.

Huggins, Nathan Irvin. *Harlem Renaissance*. New York: Oxford UP, 1971.

Hughes, Langston. *I Wonder as I Wander: An Autobiographical Journey*. New York: Hill and Wang, 1963 (1956).

_____. "I Too." Alain Locke, ed. *The New Negro*. New York: Atheneum. 145, 1970 (1925).

Hurston, Zora Neale. *Their Eyes Were Watching God*. Urbana and Chicago: Univ. of Illinois Pr, 1978 (1937).

Ingersoll, Earl G. "Review of *Colored People: A Memoir* by Henry Louis Gates, Jr." *CLA Journal* 38.3 (March): 360–364, 1995.

Inglis, Fred. *Cultural Studies*. Oxford and Cambridge: Blackwell, 1993.

Iser, Wolfgang. *The Act of Reading: A Theory of Aesthetic Response*. Baltimore and London: Johns Hopkins UP, 1978.

Jackson, Blyden. *A History of Afro-American Literature, Vol. 1, The Long Beginning, 1746—1895*. Baton Rouge and London: Louisiana St. UP, 1989.

Jakobson, Roman. "The Dominant." Herbert Eagle, trans. *Readings in Russian Poetics: Formalist and Structuralist Views*. Ladislav Matejka and Krystyna Pomorska, eds. Michigan Slavic Contributions 8. Ann Arbor: Michangan Slavic Publications. 82–87, 1978.

Jameson, Fredric. *The Political Unconscious: Narrative as a Socially Symbolic Act*. Ithaca: Cornell UP, 1981.

_____. *The Ideologies of Theory: Essays, 1971—1986, Vol. 1, Syntax of History*. Minneapolis: Univ. of Minnesota Pr, 1988.

_____. *Postmodernism, or, The Cultural Logic of Late Capitalism*. Durham: Duke UP, 1991.

JanMohamed, Abdul R. *Manichean Aesthetics: The Politics of Literature in*

*Colonial Africa*. Amherst, MA: Univ. of Massachusetts Pr, 1983.

_____. "Humanism and Minority Literature: Toward a Definition of Coun-
ter-hegemonic Discourse." *Boundary 2* 12.3 − 13.1 (Spring/Fall): 281 −
299, 1984.

_____ and David Lloyd. "Introduction: Toward a Theory of Minority Dis-
course: What Is To Be Done?" Abdul R. JanMohamed and David
Lloyd, eds. *The Nature and Context of Minority Discourse*. New York
and Oxford: Oxford UP. 1 − 16, 1990.

Jay, Paul. *Being in the Text: Self-Representation from Wordsworth to Roland
Barthes*. Ithaca and London: Cornell UP, 1984.

Jenks, Chris. *Transgression*. London and New York: Routledge, 2003.

Johnson, James Weldon, ed. *The Book of American Negro Poetry*. Rev. ed.
New York: Harcourt, Brace & World, 1931.

Jones, Jacquie. "The New Ghetto Aesthetic." *Wide Angle* 13.3 & 4 (July-
October): 32 − 43, 1991.

Joyce, Joyce A. "The Black Canon: Reconstructing Black American Literary
Criticism." *New Literary History* 18.2: 335 − 344, 1987.

Keith, Michael and Steve Pile. "Introduction, Part 1: The Politics of Place . . . "
Michael Keith and Steve Pile, eds. *Place and the Politics of Identity*.
London and New York: Routledge. 1 − 12, 1993.

Kibbey, Ann. "Language Is Slavery." Harold Bloom, ed. *Frederick Doug-
lass's* Narrative of the Life of Frederick Douglass. New York: Chelsea
House. 131 − 152, 1988.

Kimball, Roger. *Tenured Radicals: How Politics Has Corrupted Our Higher
Education*. New York: Harper and Row, 1990.

King, Anthony D. *Global Cities: Post-Imperialism and the Internationaliza-
tion of London*. London and New York: Routledge, 1990.

Kristeva, Julia. *Nations without Nationalism*. Leon S. Roudiez, trans. New York: Columbia UP, 1993.

Kuhn, Thomas S. *The Structure of Scientic Revolution*. 2$^{nd}$ en1. ed. Chicago: Univ. of Chicago Pr, 1970.

Kutzinski, Vera M. "The Descent of Nommo: Literacy as Method in Jay Wright's 'Benjamin Banneker Helps to Built a City'," *Callaloo* 19 (Fall): 103–120, 1983.

Lang, Candace. "Autobiography in the Aftermath of Romanticism." *Diacritics* 12.4 (Winter): 2–16, 1982.

Lauter, Paul. *Canon and Contexts*. New York and Oxford: Oxford UP, 1991.

_____ and Ann Fitzgerald, eds. *Literature, Class, and Culture: An Anthology*. New York: Addison Wesley Longman, 2001.

Lee, Martyn J. *Consumer Culture Reborn: The Politics of Consumption*. London and New York: Routledge, 1993.

Lee, Yu-cheng. "A Discourse on Autobiography." *American Studies*（《美国研究》）15.1 (March): 75–106, 1986.

_____. "Asianising African American Studies." *Kokujin Kenkyū*（《黑人研究》）76 (March): 1–9, 2007.

Levine, Lawrence W. *Black Culture and Black Consciousness*: *Afro-American Folk Thought from Slavery to Freedom*. Oxford: Oxford UP, 1977.

Lévi-Strauss, Claude. *Tristes Tropiques*. John Weightman and Doreen Weightman, trans. New York: Atheneum, 1975.

Lloyd, David. "Race under Representation." *Oxford Literary Review* 13.1–2: 62–94, 1991.

Locke, Alain. "Negro Youth Speaks." Alain Locke, ed. *The New Negro*. New York: Atheneum. 47–53, 1970a (1929).

_____. "The New Negro." Alain Locke, ed. *The New Negro*. New York:

Atheneum. 3−16, 1970b (1929) .

Lusane, Clarence. "Rap, Race and Politics." *Race & Class* 35.1: 41−56, 1993.

Malcolm X. *Malcolm X on Afro-American History*. New York: Pathfinder Pr, 1970.

_____ and Alex Haley. *The Autobiography of Malcolm X*. New York: Ballantine Books, 1965.

Mandel, Barrett John. "The Didactic Achievement of Malcolm X's Autobiography." *Afro-American Studies* 2: 269−274, 1972.

Manifesto for New Times. "The New Times." Stuart Hall and Martin Jacques, eds. *New Times: The Changing Face of Politics in the 1990s.* London and New York: Verso. 23−37, 1990.

Marin, Louis. "The Autobiographical Interruption: About Stendhal's *Life of Henry Brulard*." *Modern Language Note* 93 (May): 597−617, 1978.

Marx, Karl. *Early Writing*. Rodney Livingstone and Gregor Benton, trans. Harmondsworth, Middlesex: Penguin, 1975.

_____and Frederick Engels. *The Communist Manifesto*. Intro. Eric Hobsbawn. A Modern Edition. London and New York: Verso, 1998 (1848) .

Mason, Theodore O., Jr. "Between the Populist and the Scientist Ideology and Power in Recent Afro-American Criticism or, 'The Dozens' as Scholarship." *Callaloo* 36 (Summer): 606−615,1988.

Massood, Paula J. "Mapping the Hood: The Genealogy of City Space in *Boyz N the Hood* and *Menace II Society*." *Cinema Journal* 35.2 (Winter): 85−97, 1996.

McLaren, Peter. *Critical Pedagogy and Predatory Culture: Oppositional Politics in a Postmodern Era*. London and New York: Routledge, 1995.

Medhurst, Andy. "If Anywhere: Class Identifications and Cultural Studies Academics." Sally R. Murt, ed. *Cultural Studies and Working Class: Subject to Change*. London and New York: Cassell. 19−35, 2000.

Meese, Elizabeth A. *Crossing the Double-Cross: The Practice of Feminist Criticism*. Chapel Hill and London: Univ. of North Carolina Pr, 1986.

Memmi, Albert. *The Colonizer and the Colonized*. Howard Greenfeld, trans. New York: Orion Pr, 1965.

Middlebrook, Diane Wood. "The Artful Voyeur." *Transition* 67: 186−197, 1995.

Mills, Nicolaus. "The Endless Autumn." *The Nation*, 16 April. 529−530, 1990.

Mueller-Hartmann, Andreas. "Houston A. Baker, Jr.: The Development of a Black Literary Critic." *The Literary Griot* 1.2 (Spring): 100−111, 1989.

Nash, Gary B. "The Great Multicultural Debate." *Contention* 1.3 (Spring): 1−28, 1992.

Neal, Larry. *Visions of a Liberated Future: Black Arts Movement Writings*. Michael Schwartz, ed. New York: Thunder's Mouth Pr, 1989.

Niemtzow, Annette. "The Problematic of Self in Autobiography: The Example of the Slave Narrative." John Sekora and Darwin T. Turner, eds. *The Art of Slave Narrative*: *Original Essays in Criticism and Theory*. Macomb: Western Illinois UP. 96−109, 1982.

Noè, Keiichi. "Cultural Universals as Endless Tasks: Phenomenology, Relativism, and Ethnocentrism." *The Monist* 78: 41−51, 1995.

Ohmann, Carol. "The Autobiography of Malcolm X: A Revolutionary Use of the Franklin Tradition." *American Quarterly* 22: 131−149, 1970.

Olney, James. "Some Versions of Memory/Some Versions of Bios: The Ontology of Autobiography." James Olney, ed. *Autobiography: Essays Theoretical and Critical*. Princeton: Princeton UP. 236−267, 1980.

_____. "The Founding Fathers—Frederick Douglass and Booker T. Washington." Deborah E. McDowell and Arnold Rampersad, eds. *Slavery and Literary Imagination*. Selected Papers from the English Institute, 1987. New Series No. 13. Baltimore: Johns Hopkins UP. 1–24, 1989.

Omi, Michael and Howard Winant. *Racial Formation in the United States: From the 1960s to the 1990s*. 2nd ed. New York and London: Routledge, 1994.

Ongiri, Amy Abugo. *Spectacular Blackness: The Cultural Politics of the Black Power Movement and the Search for a Black Aesthetic*. Charlottesville and London: Univ. of Virginia Pr, 2010.

Outlaw, Lucius. "Toward a Critical Theory of 'Race'." David Theo Goldberg, ed. *Anatomy of Racism*. Minneapolis: Univ. of Minnesota Pr. 58–82, 1990.

Pike, Burton. "Time in Autobiography." *Comparative Literature* 28 (Fall): 326–342, 1976.

Posnock, Ross. "How It Feels to Be a Problem: Du Bois, Fanon, and the 'Impossible Life' of the Black Intellectual." *Critical Inquiry* 23.2 (Winter) : 323–349, 1997.

Poster, Mark. *Foucault, Marxism and History*. Cambridge: Polity, 1984.

Prince, Gerald. *Narratology: The Form and Function of Narrative*. Berlin, New York and Amsterdam: Mouton, 1982.

Radhakrishnan, Rajagopalan. "Ethnic Identity and Post-Structuralist Difference." *Cultural Critique* 6 (Spring): 199–220, 1987.

Rampersad, Arnold. "Afterword: W. E. B. Du Bois, Race and the Making of American Studies." Bernard W. Bell, Emily R. Grosholz and James B. Stewart, eds. *W. E. B. Du Bois on Race and Culture*. New York and London: Routledge. 289–305, 1996.

Randall, Dudley, ed. *The Black Poets*. New York: Bantam Books, 1971.

Ravitch, Diane. "Multiculturalism: E. Pluribus Plures." *The American Scholar* 59.3: 337−354, 1990.

_____. "In the Multicultural Trenches." *Contention* 1.3 (Spring): 29−36, 1992.

Redding, J. Saunders. *To Make a Poet Black*. Ithaca: Cornell UP, 1988 (1939).

Reed, Ishmael. *Flight to Canada*. New York: Random House, 1976.

Resnick, Stephen and Richard Wolff. *Knowledge and Class: A Marxian Critique of Political Economy*. Chicago: Univ. of Chicago Pr, 1987.

_____. "*Empire* and Class Analysis." *Rethinking Marxism* 13.3/4 (Fall/Winter): 61−69, 2001.

Riffaterre, Michael. *Text Production*. Terese Lyone, trans. New York: Columbia UP, 1983.

Rosenblatt, Roger. "Black Autobiography: Life as the Death Weapon." James Olney, ed. *Autobiography: Essays Theoretical and Critical*. Princeton: Princeton UP. 169−180, 1980.

Rousseau, Jean-Jacques. *The Confessions*. J. M. Cohen, trans. Harmondsworth, Middlesex: Penguin Books, 1984 (1953).

Rowell, Charles H. "An Interview with Henry Louis Gates, Jr." *Callaloo* 14.2: 444−463, 1991.

Rycroft, Charles. "Viewpoint: Analysis and the Autobiographer." *Times Literary Supplement* (27 May): 541, 1983.

Said, Edward W. *Beginnings: Intention and Method*. New York: Columbia UP, 1975.

_____. *Orientalism*. New York: Vintage, 1979.

_____. *The World, the Text, and the Critic*. Cambridge, MA: Harvard UP, 1983.

_____. "Yeats and Decolonization." Terry Eagleton, Fredric Jameson, and

Edward W. Said. *Nationalism, Colonialism, and Literature.* Minneapolis: Univ. of Minnesota Pr. 69−95, 1990.

_____. *The Question of Palestine.* New edn. London: Vintage, 1992.

_____. *Culture and Imperialism.* New York: Alfred A. Knopf, 1993.

Sakai, Naoki. *Translation and Subjectivity: On "Japan" and Cultural Nationalism.* Public World, Vol. 3. Minneapolis and London: Univ. of Minnesota Pr, 1999.

Sayre, Robert F. "Autobiography and the Making of America." James Olney, ed. *Autobiography: Essays Theoretical and Critical.* Princeton: Princeton UP. 146−168, 1980.

Scott, Allen J. and Edward W. Soja, eds. *The City: Los Angeles and the Urban Theory at the End of the Twentieth Century.* Berkeley: Univ. of California Pr, 1998.

Scruggs, Charles. *Sweet Homes: Invisible Cities in the Afro-American Novel.* Baltimore: John Hopkins UP, 1993.

Sekora, John. "Comprehending Slavery: Language and Personal History in Douglass's Narrative of 1845." *CLA Journal* 29.2 (December): 157−170, 1985.

Shan, Te-hsing. "American Literary Studies in Taiwan," *Journal of American Studies* (Korea) 36.1: 242−243, 2004.

Shields, Rob. *Places on the Margin: Alternative Geographies of Modernity.* London and New York: Routledge, 1991.

Showalter, Elaine. "A Criticism of Our Own: Autonomy and Assimilation in Afro-American and Feminist Literary Theory." Ralph Cohen, ed. *The Future of Literary Theory.* New York and London: Routledge. 347−369, 1989.

Smith, Barbara Herrnstein. "Cult-Lit: Hirsch, Literacy, and the 'National

Culture.'" Darryl Gless and Barbara Herrnstein Smith, eds. *The Politics of Liberal Education.* 75−94, 1992.

Smith, Sidonie. *Where I'm Bound: Patterns of Slavery and Freedom in Black American Autobiography.* Westport: Greenwood Pr, 1974.

Smith, Valerie. *Self-Discovery and Authority in Afro-American Narrative.* Cambridge, MA: Harvard UP, 1987.

Smitherman, Geneva. *Talkin and Testifyin: The Language of Black America.* Detrott: Wayne St. UP, 1986.

Soja, Edward W. *Thirdspace: Journey to Los Angeles and Other Real-and-imagined Places.* Oxford and New York: Blackwell, 1996.

Spiller, Robert E., et al. *Literary History of the United States.* 4th rev. edn. New York: Macmillan, 1974.

Stallybrass, Peter and Allon White. *The Politics and Poetics of Transgression.* Ithaca, NY: Cornell UP, 1986.

Starobinski, Jean. "The Style of Autobiography." Seymour Chatman, ed. *Literary Style: A Symposium.* London and New York: Oxford UP. 285−296, 1971.

Stimpson, Catharine R. "Presidential Address 1990: On Differences." *PMLA* 106.1 (January): 402−411, 1991.

Stone, Albert E. *Autobiographical Occasions and Original Acts: Versions of American Identity from Henry Adams to Nate Shaw.* Philadelphia: Univ. of Pennsylvania Pr, 1982a.

_____. "Collaboration in Contemporary American Autobiography." *Revue Française d'Etudes Americaines* 14 (May): 151−165, 1982b.

Storey, John, ed. *What Is Cultural Studies? A Reader.* London and New York: Arnold, 1996.

Suleri, Sara. "Multiculturalism and Its Discontents." *Profession* 93: 16−17,

1993.

Sundquist, Eric J. "Introduction: W. E. B. Du Bois and the Autobiography of Race." Eric J. Sundquist, ed. *The Oxford W. E. B. Du Bois Reader.* New York and Oxford: Oxford UP. 3–36, 1996.

Sylvander, Carolyn Wedin. *James Baldwin.* New York: Frederick Ungar Pub. Co, 1980.

Takaki, Ronald. "Culture Wars in the United States: Closing Reflections on the Century of the Color Line." Jan Nederveen Pieterse and Bhikhu Parekh, eds. *The Decolonization of Imagination: Culture, Knowledge and Power.* London: Zed Books. 166–176, 1995.

Taylor, Charles. "The Politics of Recognition." Amy Gutmann, ed. *Multiculturalism: Examining the Politics of Recognition.* Princeton: Princeton UP. 25–73, 1994.

Taylor, Gordon O. *Studies in Modern American Autobiography.* London and Basingstoke: The Macmillan Pr, 1983.

Therborn, Göran. "The Two-Thirds, One-Third Society." Stuart Hall and Martin Jacques, eds. *New Times: The Changing Face of Politics in the 1990s.* London and New York: Verso. 103–115, 1990.

Todorov, Tzvetan. "The Place of Style in the Structure of the Text." Seymour Chatman, ed. *Literary Style: A Symposium.* London and New York: Oxford UP. 29–39, 1971.

_____. *The Poetics of Prose.* Richard Howard, trans. Ithaca: Cornell UP, 1977.

_____. *Introduction to Poetics.* Richard Howard, trans. Minneapolis: Univ. of Minnesota Pr, 1981.

_____. " 'Race,' Writing, and Culture." Henry Louis Gates, Jr., ed. *"Race," Writing, and Difference.* Chicago and London: Univ. of Chicago Pr. 370–380, 1986.

Tomlinson, John. *Globalization and Culture*. Chicago: Univ. of Chicago Pr, 1999.

Tynjanov, Jurij. "On Literary Evolution." *Readings in Russian Poetics*. C. A. Luplow, trans. Ann Arbor: Michigan Slavic Publications. 66–78, 1978.

Walker, Alice. *The Color Purple*. New York: Harcourt Brace Jovanobich, 1982.

Ward, Jerry W., Jr. "A Black and Crucial Enterprise: An Interview with Houston A. Baker, Jr." *Black American Literature Forum* 16.2 (Summer): 51–58, 1982.

Washington, Booker T. *Up from Slavery*. John Hope Franklin, ed. *Three Negro Classics*. New York: Avon, 1965.

West, Cornel. "Minority Discourse and the Pitfalls of Canon Formation." *The Yale Journal of Criticism* 1.1 (Fall): 193–201, 1987.

_____. "The New Cultural Politics of Difference." Russell Ferguson et al, ed. *Out-There: Marginalization and Contemporary Cultures*. New York: The New Museum of Contemporary Art; Cambridge, MA: The MIT Pr. 19–36, 1990.

_____. "Learning to Talk of Race." Robert Gooding-Williams, ed. *Reading Rodney King/Reading Urban Uprising*. New York and London: Routledge. 255–260, 1993.

_____. *Race Matters*. New York: Vintage Books, 1994.

_____. "Black Strivings in a Twilight Civilization." Henry Louis Gates, Jr. and Cornel West. *The Future of the Race*. New York: Vintage Books. 53–112, 1996.

White, Hayden. *Tropics of Discourse: Essays in Cultural Criticism*. Baltimore and London: Johns Hopkins UP, 1978.

Whitfield, Stephen J. "Three Masters of Impression Management: Benjamin Franklin, Booker T. Washington, and Malcolm X as Autobiographers." *South Atlantic Quarterly* 77: 399–417, 1978.

Williams, Raymond. *Marxism and Literature*. Oxford and New York: Oxford UP, 1977.

_____. *The Politics of Modernism: Against the New Conformists*. London and New York: Verso, 1989.

Willis, Susan. *Specifying: Black Women Writing the American Experience*. Madison: Univ. of Wisconsin Pr, 1987.

Wintz, Cary D. *Black Culture and the Harlem Renaissance*. Houston: Rice UP, 1988.

Wiredu, Kwasi. "Are There Cultural Universals?" *The Monist* 78.1: 52−64, 1995.

Wright, Richard. "The Literature of the Negro in the United States." *White Man, Listen!*. Garden City: Doubleday. 105–150, 1964 (1957) .

_____. *Black Boy*. New York: Harper & Row, 1966 (1937) .

Zukin, Sharon. *Landscapes of Power: From Detroit to Disney World*. Berkeley, Los Angeles and Oxford: Univ. of California Pr, 1991.

_____. *The Cultures of Cities*. Cambridge, MA and Oxford: Blackwell, 1995.

# 电 影

Hughes, Allen and Albert (the Hughes Brothers) , dir. *Menace Ⅱ Society*. New Line Productions, Inc. 1993.

Singleton, John, dir. *Boyz N the Hood*. Columbia Pictures Industries, Inc. 1991.

# 索引*

---

\* 有些条目是大家所熟悉的，用汉语已经足以清楚表达，因此不再附加英文。加上英文目的在于避免造成误解。

图书在版编目（CIP）数据

逾越：非裔美国文学与文化批评 / 李有成著.—
杭州：浙江大学出版社，2015.10
ISBN 978-7-308-15112-2

Ⅰ.①逾… Ⅱ.①李… Ⅲ.①美国黑人－文学研究－
美国 Ⅳ.①I712.06

中国版本图书馆CIP数据核字(2015)第209466号

**逾越：非裔美国文学与文化批评**
李有成 著

| | |
|---|---|
| 责任编辑 | 周红聪 |
| 营销编辑 | 李嘉慧 |
| 责任校对 | 叶　敏 |
| 装帧设计 | 卿　松 |
| 出版发行 | 浙江大学出版社 |
| | （杭州天目山路148号　邮政编码310007） |
| | （网址：http:// www.zjupress.com） |
| 排　　版 | 北京大观世纪文化传媒有限公司 |
| 印　　刷 | 北京天宇万达印刷有限公司 |
| 开　　本 | 635mm×965mm　1/16 |
| 印　　张 | 20 |
| 字　　数 | 260千 |
| 版 印 次 | 2015年10月第1版　2015年10月第1次印刷 |
| 书　　号 | ISBN 978-7-308-15112-2 |
| 定　　价 | 52.00元 |

浙江大学出版社发行部联系方式：（0571）88925591；http://zjdxcbs.tmall.com